大鱼

有爱的青春陪伴者

一击即中

周沉 著

四川文艺出版社

图书在版编目（CIP）数据

一击即中 / 周沅著 . -- 成都：四川文艺出版社，
2023.9
ISBN 978-7-5411-6708-9

Ⅰ . ①一… Ⅱ . ①周… Ⅲ . ①长篇小说 – 中国 – 当代
Ⅳ . ① I247.5

中国国家版本馆 CIP 数据核字 (2023) 第 134254 号

YIJIJIZHONG

一击即中

周沅 著

出 品 人	谭清洁
责任编辑	范菱薇
特约编辑	裴欣怡
装帧设计	Insect 孙欣瑞
责任校对	段 敏

出版发行	四川文艺出版社（成都市锦江区三色路 238 号）
网 址	www.scwys.com
电 话	0731-89743446（发行部） 028-86361781（编辑部）

排 版	长沙大鱼文化传媒有限公司
印 刷	长沙鸿发印务实业有限公司
成品尺寸	145mm×210mm 开 本 32 开
印 张	9.5 字 数 295 千字
版 次	2023 年 9 月第一版 印 次 2023 年 9 月第一次印刷
书 号	ISBN 978-7-5411-6708-9
定 价	42.80 元

目录 ///

目录 ///

Chapter 1
/ 相逢低谷 /

夏日如火炙烤，操场的柳叶被晒得打卷，蔫蔫地垂在炽热的风里。

肺部在燃烧，呼吸如火滚烫地滑过喉咙，汗水落上睫毛，又缓慢沁入眼里发涩发酸，跑道尽头的终点线已经模糊。

"再快一点。"教练握着秒表在跑道边缘喊道，"你能再跑一次十一秒五零！"

许一十岁被教练挖掘练短跑，十三岁成为正式运动员。如今十六岁，她离省队一步之遥。许一看着终点线，心里默念：三、二……

她重重地摔向了终点线，手臂和膝盖一同砸到了红色的跑道上。

许一猛地睁开眼，天刚蒙蒙亮，不能遮光的窗帘把天色完整地映入室内。灰白的光照着简陋的房间，书桌轮廓清晰，上面堆满了练习册。

炽热的风似乎还在耳边，那天毒辣的太阳余温似乎还在，可腿上的隐隐作痛提醒着她已经过去了三个月。

许一抬手横放在眼睛上，急促的呼吸渐渐平稳，喉咙却像是塞了团棉花，喘不过气似的难受。枕头上湿了一片，潮乎乎地贴着皮肤。

她没有突破十二秒，她在集训时摔了，右小腿骨折。

清晨山间寂静，窗外所有的声响都清晰可闻。鸟儿在枝头鸣叫，划破天际，母亲的开门声，还有接电话的声音。

许一拉起夏凉被遮住脸，隐隐约约听到母亲打电话的声音，对方不知道是谁，母亲语气十分客气。

三个月前，她因骨折失去了进省队的机会，出院后被接回了老家仙山镇休养。

"小一，你醒了吗？"母亲林琴在门外小声叫她。

许一推开夏凉被，擦了一把脸坐起来："醒了。"

"还睡吗？"林琴敲了一下门，"睡的话我就不打扰你了。"

"不睡了。"许一抿了抿嘴唇，找衣服穿，"有事吗？"

"周至要回来了。"林琴在门外说，"你还记得周至吗？周奶奶的孙子，小时候跟你玩得很好。刚才你周奶奶打电话过来，说他可能中午到。我过去再把房子打扫一遍，需要换的东西都换上，超市那边你去看着行吗？"

许一坐在床上紧紧握着睡衣的边缘，一时间不知道下一步动作是什么。

周至回来了？

天彻底亮了，薄透的窗帘挡不住的光争先恐后地涌进了房间。

"你在听吗，小一？你要是不想去的话，我把超市关了，今天休息一天。"

"不用。"许一的胃部忽然有些不舒服，连带着浑身都不舒服。她抬手把套头睡衣脱掉，换上了运动背心，皱了下鼻子，"好，我去看店。"

小超市是家里的主要经济来源，帮人打扫卫生是林琴的兼职，父亲去世后，母亲就是这么做两份工作把她和弟弟养大。

"锅里炖着排骨汤，骨头汤补充营养，你起来记得喝。"林琴在门外叮嘱，"复健那些也要做，听医生的好得快。"

许一穿上背心坐到床边，纤瘦偏白的腿往床底下一捞，够到拖鞋，穿上鞋走向衣柜："我知道了。"

三个月的居家休养让她的皮肤有种不健康的白，乌黑短发齐耳，从脖颈到肩头骨骼清晰。她瘦得厉害，一米六五的身高，手臂纤细修长。

"周至可能不会在这里住，毕竟六七年没回来，家里什么都没有。

工作量不大，我中午就会回家做饭，你想吃什么？虾可以吗？补钙，对腿好。"

"有什么吃什么，不用特意买。"许一拉开柜子，陈旧的木质柜子，开合之间合页发出刺耳的咯吱声。

"卖虾的就在门口，这个季节虾又不贵，让人给我们留一斤就是了。"林琴往外面走，又叮嘱，"去超市时把小坞给你做的笔记带上，闲下来时看看，多一手准备。"

衣柜里整整齐齐地挂着运动装，有比赛服、有学校发的，还有赞助商送的。她跑了六年，六年里不是训练就是在参加比赛，她的世界只有那条跑道以及终点线。

离开跑道，离开学校，离开哨声。

她失去了终点线。

衣柜的下层放着大大小小的荣誉证书以及一个最耀眼的奖杯，这些以前放在客厅最显眼的地方。她出事后就把它们搬到了衣柜里，关上柜门，将它们停在暗无天日的地方。

"那我走了。"林琴的脚步声渐远。

随着外面大门关上的声音，小院里恢复了宁静。

许一从衣柜里取出一套黑色运动装挨个撕掉广告，这是她六月参加全国赛的赛服，当时风光无限，转眼什么都没有了。

她是一个普普通通的倒霉蛋。

许一穿好衣服出门，客厅空荡，凉意透过运动衣落到皮肤上，体感温度已经降到20℃。

入秋半个月了，山间小镇的温度降得很明显。洗脸池在院子里，许一走了出去挽起袖子，抬了下头。门外高大茂密的梧桐树已经开始泛黄，东方山脊线处一片橙金色，太阳即将升起。

风过，树叶在秋风里沙沙作响。远处桂花香飘来，落在清风里。

桂花应该是周家院子里那棵，别墅离这里不到三百米，风一吹香气便飘过来了。两家虽然挨着，但天差地别。

周家是豪华别墅，他们家是普通平房。周家早年有用人，许一的妈妈以前在周家帮佣。

周家全是人中龙凤，周至的姑姑是射箭世界冠军，周至的爸爸是射击队教练，周至更是闪耀，如今是射箭队的明星运动员。

许一收回视线打开院子里的水龙头，冰冷的山泉水哗哗哗地流了出来，她捧起水扑到脸上，几乎把脸埋到了盆子里。

夏天彻底结束了。

八点钟，太阳懒洋洋地晒在小街主干道的青石板路上，早晨小超市没什么人，冷冷清清。许一整理好货架回到柜台把手机支到桌子上，打开了复健视频却迟迟没有做。

她出院后就一直待在家里很少出门，做复健也是拉上窗帘反锁上门在房间照着视频做。她不想被人看到笨拙的模样，也不想被人指指点点。

小镇不大，流言比风还快，如今整个小镇都知道她"残了"。

复健视频播到第二遍，许一起身把小超市的玻璃门拉了下，只留出半米宽。早上要上班的人已经离开了小镇，街上没了行人，许一起身重新播放复健视频。

伤后拉伸比摔的那一下还疼，许一做了半个小时，疼出了一身汗。

"丁零"一声，门口的感应门铃发出声响，提醒着她小店来客人了。许一连忙关掉视频，擦了把额头的汗抬起头："要什么——"

后半截的声音卡在嗓子里，她直直地看着门口。

半米宽的超市门，一个高瘦青年侧身进来，准确来说，他是介于青年与少年之间。

黑色口罩遮到眼下，高挺陡直的鼻梁弧度在口罩下清晰可见。他穿着白色运动套装，身材比例很好，腿又直又长，目测一米八以上。

矜贵清冷，与乡下昏暗的小超市格格不入。

他纤长稠密的睫毛漫不经心地垂着，单手插兜长腿跨进门，才若无其事地抬眼看向许一。

"你要买东西？"许一站起来，听到自己的声音，她很想抿一下唇，最终什么都没有做，她保持着面上的平静，"买什么？"

他是周至。

"有烟吗？"他的嗓音偏冷质，仿佛冬日的北方，阳光下的湖面，结着厚厚的冰层。

"要什么牌子的？"许一起身拉开放烟的抽屉，指给他看，"上面有价格。"

他垂下眼看柜台上的玻璃："一盒苏烟。"

他很高，站在柜台前挡住了大半的阳光，以至于许一这边的空间偏暗。她取出苏烟放到玻璃柜台上，指尖触到玻璃柜台冰凉一片。她看着柜台反光的一角习惯性地问："要打火机吗？"

"可以。"

许一取出一个打火机放在上面，没抬头："一共五十元，前面有收款码，扫码就可以了。"

"嘀"的一声响，小店里回荡着收款五十元的语音提醒。

他骨节分明的修长手指落到玻璃上，拿走了烟和打火机。他转身往外面走，阳光把他的影子拉得很长。许一关上抽屉，看着那道影子越来越远。

影子停住，周至一半身子已经出了小店，肩部轮廓在休闲运动装下若隐若现，口罩被他拉下停在下巴处，俊美到曾经被媒体疯狂追捧的一张脸显露出来。他的薄唇上咬着烟，似随口问道："你叫什么？"

"林琴！"外面一声喊，"你要的虾。"

许一从柜台后面站起来，应声："我妈不在。"

周至没有等到答案，转身大步走出了超市。他的步伐不算快，但腿很长，几步就走到了路边停着的高大黑色越野车前。越野车线条冷硬悍利，他在车前停了片刻，拿下烟把口罩拉上去，拉开车门上了车。

车玻璃是黑色，许一再看不清了。

"你给我吧。"许一把玻璃门彻底推开，炽热的阳光毫无遮挡地晒在身上，她走出了门。

"许一啊？你能出门了？"送虾的是隔壁水产店的老板娘，穿着黑色围裙把装着虾的塑料袋递给许一，上下打量许一，"腿怎么样？"

许一接过塑料袋，尽力不让自己跛脚："快好了。"

老板娘叹一口气："你也是运气不好，就差一步。你要是能进省队参加大赛，你妈能轻松很多。谁能想到，这回压力又到了你妈身上。你妈这么多年也不容易，你爸去世后她一个人带两个孩子。"

许一攥着塑料袋站在原地，有种裸奔感，她像个罪人。

"你快点好起来吧，找个普通高中上也行，哪怕不拿奖学金也不要让你妈操心。"

许一点了点头，垂下眼："谢谢。"

水产店老板娘又站了一会儿就离开了。

许一拎着虾走回去倒进水盆里养着。虾鲜活地在盆子里跳跃，溅起的水落到许一的眼睛上，冰凉一片。

门口又"丁零"一声，这是前几天送货的供应商送给他们的感应门铃，十分吵。许一擦了一把眼，转身走向柜台。

"拿一盒黄鹤楼……哟？小一今天看店啊？"

来人是隔壁卖热水器的中年男人，叫董进，一辈子都不知道上进是什么。

许一拉开抽屉取了最便宜的黄鹤楼递给他。董进扫码拿到烟撕开了密封条，靠在一边的货柜上没有要走的意思："你妈呢？怎么舍得让你出来看店？"

"有事。"许一没有具体解释，坐到柜台后面彻底地收起了手机。

"腿还有点跛，以后能继续比赛吗？"董进上下打量许一，"怕是不能了吧？"

许一把腿也收到柜台后面，拿出了书本，明显一副不想跟人说话的模样。

"刚才开大奔驰来你店里的那个很高的男孩是谁啊？"

"不认识。"许一冷冷回复，不想和董进多说话。

"你生个病怎么脾气还变差了？"董进拆开烟取出一支要点，"你以前多乖啊，最近跟刺头似的。"

"这里禁止抽烟。"许一指了指墙上的标语。

"好好好，出去抽。"董进夹着烟往外走，到门口时又回头，"你看新闻了吗？"

许一翻开物理书，对他的话没有任何兴趣。

"周至你还记得吗？"董进站在玻璃门外叼着烟低头点燃，烟雾缭绕，他吸了一口才探头跟许一说话，"周老爷子的孙子。周老爷子活着的时候，他每年暑假会来仙山镇，你们经常一起玩，他走的那天你哭着跑了快十里地追他。你妈跑不过你，是我骑车带你妈追到你，把你抱回来的。就他，前段时间的奥运会上输得特别惨，全网都在骂他，说他故意输了比赛。听说要被国家队处罚，已经上了热搜。啧，虎父也照样能生出犬子。周锦和周玉都是国家射箭队的顶梁柱，周玉还拿了世界冠军，下一代周至没出息。"

许一的心情特别差，皱眉把物理书翻得哗哗响："不知道，没兴趣。"

"你练体育的怎么连体育圈的新闻都不关注？还是一个镇上的人。"许一的反应让董进的话题进行不下去了，他夹着烟直起身，跺跺脚试图震掉身上的灰，"行吧，你看书吧，不打扰你了。好好学习，考上个差不多的大学找个好工作将来好嫁人。听说练短跑腿会变粗，你这练的时间短，腿还没有变形，塞翁失马焉知非福。"

许一攥着物理书抬眼看过去，眼圈有些红。

这"福气"给你，你要不要？

"我先过去了。"董进夹着烟离开了小超市。

许一再也看不进去书了，她往后靠在椅子上看着刺目的阳光。

周至确实败了。

他十七岁在世锦赛上一战成名，男子团体赛上面对队友频频失误的情况，他连续四个十环稳稳地扎在靶心，力挽狂澜带男队拿到了世锦赛团体金牌。

之后个人赛一路表现优异，决赛上以一环之差输给了当时反曲弓竞技排名世界第一的选手，拿到了个人赛银牌，他的世界排名直升到前五。

他在赛后接受采访时回应，下一次，他会成为新的世界第一。

狂妄自信，嚣张跋扈，他的相貌又是顶尖的绝。

他这段话一出就火了，无数媒体争先恐后地采访这位少年天才，猜测他会成为下一个周玉，为国争光攀上高峰。

今年奥运会上他在万众瞩目下遭遇了滑铁卢，个人赛在关键时刻脱了靶，倒在了四强。

脱靶的原因有很多，室外比赛太容易受天气影响。比赛那天下着小雨，风速、雨速都会影响。

个人赛结束，迎接他的是声势浩大的讨伐。

他在赢的时候说出来的话，被奉为经典的自信，如今都成了讨伐他的罪名。自信变成了傲慢，褒义变成了贬义。

铺天盖地的讨伐辱骂，恨铁不成钢。

第二天的团体赛毫无意外地再次输了，惨败。周至全程没有高光，他没有射中一个十环，他最好的成绩是九环。

赛后采访，有粉丝愤怒地骂他是废物。周至面对着长枪短炮，沉默了很久，他点头："对，我是废物，你行你上。"

他没有道歉没有检讨，说完这话他背着弓转身走了，留下一个笔直傲慢的背影。

于是周至被骂上了热搜，这场骂战持续了快三个月。周至依旧没有公开道歉，也没有任何解释。骂战越演越烈，最近已经开始给国家队施压，要求处理周至。

他回来跟这件事有关吗？

太阳看久了是纯粹的黑，许一重新把目光落到了书本上。

周至怎么样跟她有什么关系呢？七年前周至不告而别后，他们就再没有关系了。

如今她和周至互不相识，也没必要相识。

中午十二点，林琴拎着拖把回来，进门就直奔厨房。许一放下书去厨房帮忙。超市后面就是小厨房，平时会在这里做饭。

"周至早上就到了，你见到了吗？"

许一手一抖差点把米倒到了外面："不知道，没注意。"

"开着黑色大奔驰，车很大。长得跟明星似的，他是从小好看到大。"林琴麻利地处理着虾，"下午你还得看店，他要在这边住，不去宾馆。那别墅六七年没人住过，很多电器都坏了，想住的话全套换新的。你多煮点饭，他虽然出去了，但不确定中午回不回来吃饭。"

林琴以前在周家做过保姆，周家离开小镇后把房子交给林琴看管，每年定时会打一些钱过来。这么多年，周家别墅那边有大小事都是她处理，周家有人回来祭祖，也是在她家吃饭。

周至开车出去的时候许一看到了，黑色越野车从超市门前一闪而过，扬起了灰尘。

"哦。"许一又加了米进去，淘洗干净放进了电饭锅。

周至迟迟没有回来，许一和林琴吃完午饭也没看到他的身影。

林琴吃完饭就开始打电话联系送电器的人去周家安装，风风火火地出了门。

林琴为了赚钱忙成了陀螺，从许一记事起林琴就这样忙碌，许一六岁那年父亲去世后，林琴就更忙了。

下午小镇变天了，阴云密布，暗沉沉地压在头顶，天地陷入昏暗。浓绿的树木在风里挣扎，残破的树叶被卷在空中翻飞。空气中弥漫着树叶断裂散发的清苦，小镇充斥着山雨欲来的气息。

暴雨来得又急又凶，仿佛瀑布落错了地方。许一在落雨滴的时候就去搬门口的货物了，可还是没来得及，她最后是在暴雨中把全部东西搬进了超市，衣服都湿透了。

运动装湿淋淋地贴在身上，腿上伤口也阴冷地疼着，许一抽了一条毛巾擦脸。这时，林琴打着一把破伞跑着进了门。

许一连忙把毛巾递给她，说道："你怎么跑回来了？衣服都湿了，你怎么不等雨停再回来？"

"东西都搬进来了？"林琴环视四周，看到门口的货全部被搬到了超市里面，又看许一一身水，声音立刻提高了，"我就怕这个，所以一看到雨滴就赶紧跑回来了。你的腿不能吃力不能见水知道吗？谁让你搬东西的？"

"我这条腿没吃力，我就是把门外的东西搬到了屋里，没用力。"许一被吼得一愣，解释道，"一点点水，我马上回去把衣服换掉，没事。"

"什么一点点水？你衣服都湿透了。"林琴推着许一把她按到椅子上，蹲下去掀她的运动裤裤脚，急得眼睛都红了，"让我看看伤，你可要注意腿，不能马虎一点。你是运动员，你要跑步的，腿非常重要。那些货物泡水就泡水了，大不了损失点钱，哪有你的腿重要？伤到腿留下一辈子的病根怎么办？"

"真没事，你别这么大惊小怪。"许一被迫坐到椅子上，宽松的运动裤很轻易地被掀到了膝盖上面，被雨水泡胀的伤口更加丑陋狰狞，就那么暴露在空气中，"我这样不可能再跑步了，妈妈。"

虽然过去了三个月，许一还是不能坦然地面对自己的伤。她转过头去，想压下堵到嗓子眼的情绪，却看到了一个意外的人。

周至穿着中午来买烟时的那套白色运动装，挺拔修长，一身雨水似要跨进超市，脚却停在门槛边，半边身子留在雨里。以至于感应门铃都没有识别出来，不知道他是要进来还是出去。

他湿透的黑色发丝贴着冷白的肌肤，睫毛潮湿漆黑，目光从许一脸上划过，最后停留在她触目惊心的伤口上。

闪电划过灰暗的天空，整个小镇连着山脊线都亮了起来，随即炸在空中，震得玻璃嗡鸣。

许一立刻推开林琴的手，拉下并死死地按住裤脚遮住了伤。

"你干什么？怎么了？"林琴顺着许一的目光转头看到周至，停顿几秒站起来，"你回来了？没带伞吗？赶紧进来，别淋雨了。"

周至很高，头顶几乎抵到了玻璃门的上方，他低头跨进超市，黑眸已经恢复如常，又是上午那种懒散淡漠的神情，嗓音偏冷："我忘记带奶奶家的钥匙，林阿姨，你这里有备用钥匙吗？"

"房子里还有安装工人，门没锁，大门是不是被风刮上了？我刚才走得急忘记给支起来。"林琴连忙抓起毛巾递给周至，递到一半意识到这是用过的旧毛巾，又收回来，"我去给你取条新的。"

小超市实在太小了，周至进来后空间都变得逼仄起来。许一垂着头感觉太刻意，她装作忙碌的样子收玻璃柜台上的书本。

林琴取了一条崭新的毛巾拆开包装递给周至，又把钥匙也递给他，说道："你吃午饭了吗？"

"吃过了。"周至接过钥匙和毛巾，漫不经心地擦着手上的水，"这里有伞吗？借把伞就行。"

玻璃柜台一尘不染，许一已经没什么可收拾了。

她坐得笔直，装作若无其事的样子抬眼，猝不及防看到周至因为擦水的动作带起了湿淋淋的外套袖子，缠着医用绷带的手腕一闪而过。她还想看仔细，周至已经把袖子放了回去，贴着白皙的手背肌肤。

"有，我去给你拿。"林琴转身回去拿雨伞，说道，"房子已经打扫好了，你的卧室被褥换了新的。空调和热水器都坏了，工人正在那边安装，钱你家已经付过了，你过去不用管他们。"

"谢谢。"

许一垂下视线坐直，后面是墙，却觉得如芒在背。

窗外雨声与雷声交织，轰隆隆地响在大地上。

林琴取了新的雨伞出来递给周至，看着窗外的暴雨皱了眉："等雨停了再走吧，这会儿太大了，打着伞也会淋一身水。"

周至放下毛巾握住伞，垂下睫毛，若有所思。

"哎，对了，这是许一。"林琴介绍许一，说道，"她在市体校读书，练短跑，国家二级运动员。小一，这是周至哥哥，你还记得吗？小时候你很黏他。"

浓深的云雨层压在小镇上方，以至于整个屋子都暗了下来。

暴雨声很大，像是处在瀑布底下，许一被雨压得抬头都有些困难。她抬眼看向前方的人，周至站在逆光处，骨节分明的手指拎着雨伞，伞尖抵着地面，眉眼深邃冷厉，居高临下地看着她。

许一的呼吸很沉，感觉过去了快一个世纪，她抬起下巴，大眼睛黑白分明："是吗？我记不清了，想不起来。"

"阿姨，我先走了。"周至似乎看了许一一眼，又似乎什么都没有看，他高高在上，或许根本没看见许一。他把钥匙装进裤兜，撑开伞大步走出了超市。

他的腿很长，步伐很大，运动鞋带起了一连串的雨水。

林琴默了片刻，转头看向许一。

"我回家换套衣服。"许一起身去拿雨伞，"湿衣服贴在腿上很难受，伤口有些疼。"

"我就说不让你碰水搬东西，伤口会疼，你还不信。是吧？疼了吧！"林琴一下子就忘记了刚才的事，急匆匆去拿最大的雨伞，"走，把店关了，妈带你回家看伤。"

周至已经走出了小街，走向了那套占地面积很大的三层小洋楼。

林琴又取了一件大外套披在许一身上，拉着她往家走。

许一收回了视线，攥着母亲的袖子踩着冰冷的积水往家走。

许一不记得是什么时候认识的周至，从她有记忆起，每个暑假都会去找周至玩。周至的爷爷奶奶住在仙山镇，就在许一家隔壁。

周至每年夏天会回仙山镇住一段时间，周至有很多零食玩具，周奶奶还会变着花样给他做好吃的。周至挑食得厉害，饭不好好吃，零食也不怎么吃。许一只要赖在他们家，这些东西就进了许一的肚子。

周至从小高冷，永远穿着很贵的一尘不染的白衬衣，端着冰冷漂亮的脸睥睨众生。他和小镇格格不入，他不跟镇上的小朋友玩，不跟人说话。他纯粹是看不起人，眼高于顶。

镇上那些小孩碰了钉子后，就不再找他玩了。

整个小镇只有许一锲而不舍，天天追在周至身后。

后来，许一的父亲生病需要很多钱治病，林琴一天打好几份工。周家就给了林琴一笔钱，让她去周家做兼职保姆，负责周家的卫生和周至的饮食。

林琴厨艺很好，只有她做的饭，周至能多吃两口。林琴一天去周家三次，负责一日三餐。

许一很小就会帮母亲做事，择菜洗碗做家务，她正式开始频繁地出入周家，彻底成了周至的跟屁虫，一天到晚跟在周至身边。

林琴去其他地方工作，她也留在周家，用帮周奶奶做事的借口，赖在周至的房间里。

她很喜欢跟周至玩，周至长得好看，他的好看在镇上是独一无二。周至不打人，周至再生气都不会动手，跟镇上其他孩子不一样。

他看起来很不喜欢许一，可他每年暑假回来都会给许一带巧克力，会给她带一些看不懂包装的进口饼干。

周至十岁正式练射箭，许一也是那年成了周至的"陪练"。周至性格傲慢，看不上大部分小孩，以至于没有朋友。周奶奶却说他每天只能在靶场孤独地练射箭，非常可怜。

许一自告奋勇地成了周至的"陪练"，周至训练，她就在旁边守着，端茶倒水拿靶纸送零食，殷勤得非常有存在感。

她做了周至两年陪练，她曾经以为他们可以一直这么在一起。周至十二岁时，他爷爷去世了。

周家人打算接走周奶奶，离开仙山镇，不再回来。

许一从母亲那边得知消息，她急匆匆地跑到周家别墅，看到周至坐在门口的台阶上看夕阳。

周至穿着非常干净的白衬衣，他长得很快，已经长很高了。营养跟不上生长速度，他瘦得很明显，肩胛骨在衬衣下清晰分明，看起来单薄冷傲，像是出鞘的薄剑。

许一平复呼吸在他身边坐下，她挖空了心思也没想出话来，只是很难过。她从口袋里翻出一颗大白兔奶糖放到他的手边，看向了他的视线处。

连绵山脉延伸到了天际，太阳已经落山，傍晚的彩霞十分艳丽。像是火在天边燃烧，世界被烧成了橙金色。

"你想练射箭吗？"周至问她。

许一转过头看他，余晖落在他长长的睫毛上，他的眼睛里倒映着火烧云，仿佛盛着不一样的东西。

许一跟他说过，想跟他学射箭，她也想进射箭队，成为周至的小师妹，这样就可以跟他一起训练，不再是只有暑假才能见面。

天边的火烧云熊熊燃烧。

许一心跳得飞快："真的吗？"

周至把那颗糖装进了裤兜，起身把手递给许一，站姿笔直："真的。"

周至不喜欢让她牵手，也没耐心教她射箭。那天，周至牵着她走了很远的路，带她到了射箭训练场，握着她的手，把弓塞到了她的手里。

周至说射箭队对队员的标准是拉开二十磅的弓，能在三十米射中十环。

许一很拼命地练，她想射中十环，想拉开二十磅的弓，想进周至所在的射箭队。

她很努力。

周至离开那天，她拉开了二十磅的弓，连续几次射中十环。她兴冲冲地去找周至，她想告诉周至，她能申请加入周至在的射箭队。

但周家别墅空了，大门紧锁。

周家搬离了仙山镇，载着周至的车已经开远了。周至没有给她留下任何东西，甚至连告别都没有。

周至不告而别。

许一跑了十里山路，想追上周至问他，为什么要教她射箭，为什么给她希望又把她抛下。

她没有追到周至的车，最后被林琴抱回了家。林琴说周至本来就不属于仙山镇，他回家了，回到了属于他的世界。

许一也回到了自己的世界。

暴雨凌晨才停。

许一是天亮之前睡的，薄薄的窗帘挡不住外面的光，天空是青灰色，高大梧桐叶子是最深沉的黑。风吹梧桐，掀起的树叶带落了残留雨滴，响成一片。

她在呼啸的风声中，拿出手机把相册里关于周至的图片全部删除，锁屏把手机藏到了枕头下面。她闭上眼把脸埋进松软的枕头里，沉入黑暗。

她在一片阳光中醒来，光从没有拉严的窗帘外直射进来，刺着她的眼。

许一躲在被子里翻手机，手机屏幕上显出时间：11:30。

上面躺着一条未读消息，十点的时候林琴发消息问她几点起床。

她回复：【已经醒了。】

许一放下手机，起身套上运动衫和长裤抬腿下床。这时，电话响了起来，是林琴打来的。

许一拿起手机接通，拉开了卧室门，冷空气扑面而来，凛冽如利刃，当即退回卧室。

"妈？"

"等会儿来店里吃饭，我做了糖醋排骨。"

"好。"许一取出一件白色运动外套穿上，"我马上过去。"

"也不用太着急，把衣服穿好。"林琴叮嘱，那边有人喊她，她应了一声才继续跟许一说道，"头发脸都洗干净。"

"有什么事？"许一狐疑，有种不好的预感。她穿上了厚外套，揉了把凌乱的短发走到秋风凉如水的院子。

林琴沉默了一会儿才说："早上我去给周至送牛肉汤，顺便打听了一下射箭队，射箭也挺有前途，对腿没有要求。你以前不是很想去练射箭吗？那时候我们家穷，练不起。现在家里好起来了，有钱了，你转练射箭怎么样？"

许一大脑里一片空白，她站在秋天的院子里，手已经碰到冰凉的金属水龙头，洗手池白色瓷砖在阳光下反射出寒冷的光。

"射箭队不用那么拼命，我昨晚连夜看了射箭比赛，他们站着不需要太用力，相对来说轻松很多。你在听吗？小一？"

"我对射箭没兴趣，早就不喜欢了。"许一拿下洗漱台上的白色杯子，打开水龙头，冰冷的水涌了出来，溅到她的手背上。许一拿着杯子把手放到了冷水下面，"别想了，也不要再去找周——至，人家又不欠我们的。你看到的轻松是别人背后无数年的训练和极高的天赋，也会有各种伤病，不是谁都能去练射箭。"

"也没有说什么，只是问了他射箭队的一些要求。我记得你小时候射得挺准，比同龄孩子都有天赋，是我耽误了你——"

"不要再想了，也不要再提了。"许一打断了林琴的话，"我的腿会养好，关于未来我想自己决定。"

许一挂断电话把手机放到了洗手池边缘，水还在流。许久，她低头捧起水，把整张脸埋进了冰凉的水里。

她也曾有过妄想。

林琴说射箭需要去训练场，需要弓箭买装备，需要很多钱的投入，他们家没钱。许一自制过一把弓在院子里练射箭，她射到百发百中。

她第一次从周至那里拿到真正的竞技弓时，心脏都在颤抖。

周至走了，他带走了竞技弓。许一选择了没有成本的短跑，射箭就像是她的一场梦。

雨后阳光清透，毫不掩饰地射在青石板路上。许一在家待了很久，才走出大门踩上青石板路，双手插入运动装上衣衣兜，往小超市走。

桂花香随着凉风飘荡在小镇上，对面街道黑色屋脊在太阳底下泛着光泽。

许一一瘸一拐地走进小店，正面跟周至对上视线。

超市后面的储物间被改成了厨房，可以做饭，林琴在厨房和超市连接的空地摆了一张小饭桌，平时他们家中午都在这边吃饭。

周至穿着一套黑色运动装正往饭桌前走，他挺拔高挑，使得整个空间都局促起来。他的黑色短发很服帖地落在白皙的额头上，俊美的脸上没有什么情绪，很平静。他手上端着与他气质格格不入的白瓷碎花的盘子，他的眼很黑，冷淡地掠过许一，便把菜放到了桌子上。

"小一，过来盛饭，准备吃饭。"林琴转头看到门口的许一，上下打量了一眼，把脸转过去很轻地叹了一口气。

许一还是朴实无华的白色运动装，她长得太快，裤子短了露出一截脚踝。可她又太瘦，上衣尺码也不合身，空荡荡的。

许一快步走向厨房。周至就站在货架尽头的方桌前，空间狭小，许一想走进厨房就要贴着周至过去，许一靠近他时脚步迟疑了下，周至往旁边侧了一大步，好像是怕跟许一挨着。许一埋着头走过去到厨房拿出三个饭碗。

"地方有些小，平时都是我跟小一两个人，她弟弟初中就读寄宿学校了，很少回来。你觉得不舒服的话，我们可以把饭桌搬到外面。"林琴把糖醋排骨盛出锅，放到餐桌上，看向周至。

"不用。"周至拉开小凳子坐下，长腿憋屈地横在一边，"谢谢。"

"别跟我客气，你能来我们家吃饭我很高兴。"林琴笑着走向冰柜，"你喝什么饮料？"

"不用。"周至拒绝。

许一端着饭碗回到饭桌，看了周至一眼，在思考该把饭放哪里。小小的桌子上摆了满满当当的菜肴，比过年还像过年，林琴在秀厨艺吗？

周至伸出手，横到许一面前，微偏了头冷冷看着她。他坐得比许一低，但那个表情是睥睨。

许一把一碗饭放到了他手里，指尖擦过他的手心，一触即离。温热的触感像是火焰，灼烧着许一的皮肤。

"妈，你的饭放货架上行吗？桌子放不下了。"

"好。"

许一把饭放到货架上，转身端最后一碗饭。到了厨房，她狠狠在衣服上擦了下手指，试图把那种很不自在的触感擦掉，不要再萦绕在她的指尖了，很不舒服。

"小一每顿饭都要喝牛奶，给你也拿一盒。"林琴走回来刚要往周至对面坐，许一立刻坐到了对面的凳子上。

林琴看了她一眼，坐到了中间，一人递了一盒牛奶。

"记得你小时候最喜欢吃我做的糖醋鱼，你尝尝看，是不是还是以前的味道。"

周至的目光从许一身上移开，夹了一筷子鱼肉放进饭碗里，垂着睫毛挑鱼刺："谢谢。"

"一转眼你们都长这么大了。"林琴熟练地给许一夹糖醋排骨，"你奶奶最近还好吗？"

"挺好。"周至挑完最后一根鱼刺，吃到鱼时已经凉透了。

"你爸妈好吗？"

周至夹菜的动作顿了下，随即点头："还是那样。"

许一埋头扒饭，反正她不用夹菜，林琴也会把她的碗填满。今天的米饭有些干，许一被噎了下，她拿起牛奶盒没找到吸管，盒子上原本粘吸管的地方此刻只剩下两块胶。

许一无语地看着牛奶盒，陷入沉默。

超市有卖一种吸管单独放的牛奶饮料，林琴每次都找不到放吸管的盒子，就随手从纯牛奶的箱子里抠，没有吸管的纯牛奶可以给许一喝。

　　许一放下碗筷，打算起身去找杯子。

　　一盒完整的带着吸管的牛奶递了过来，握着牛奶的手指骨清晰，皮肤冷白，指甲修剪整齐。运动装袖口因为他的动作被带上去了，他的腕骨上缠着白色医用绷带。

　　林琴看到周至把牛奶递给许一，说道："她有牛奶，你不用给她。"

　　许一的嗓子无端地发硬，她点头："是，我有。"

　　周至漫不经心地收回牛奶，放到了一米外，跟自己撇得干干净净。似乎刚才递牛奶的事不是他干的，他什么都没有做。

　　"我不喝牛奶。"周至解释了一句，问道，"有汤吗？"

　　"有，要喝吗？桌子放不下了，我没把汤端上来，我这就去端。"林琴离桌去盛汤。

　　许一拉开牛奶盒子的折页，咬出缺口喝了一大口牛奶，然后放下牛奶，继续吃饭。

　　"你们国家队待遇是不是很好？"林琴端着汤锅过来，给周至盛了碗鸡汤。

　　"还行。"周至的嗓音偏冷质，接过汤，客气又疏离，"谢谢。"

　　"你们射箭队最晚练射箭的运动员是多大年纪？"林琴重新拿起碗筷，"有没有年龄标准？"

　　"妈，你问那么多干什么？"许一突然出声，她抬眼瞪着林琴，耳朵已经烧起来了，因为羞耻，"吃饭时少说话，不要耽误别人吃饭。"

　　"我就随便问问，也没说什么。"林琴看许一脸色不对，给她夹了一筷子青菜，说道，"我不说了，你赶快吃饭吧。"

　　"谁想进射箭队？"周至抬起头，黑眸看了过来，"多大？以前学过吗？"

　　许一抬头时眼前都有些花，她保持着镇定，看着周至："我妈随便问问，她就是话多。"

　　"是吗？"周至的目光更沉。

　　"对对对，我随便问的。"林琴观察着许一和周至的表情，说道，"赶快吃饭吧，都多吃点，今天菜做得多。"

　　周至的眼很深，还看着许一。

许一拿起牛奶又喝了一口，强行收回了视线。

"你这次回来要待多久？"林琴转移了话题，问道。

"一周。"周至回答很淡，轻飘飘的。

"这么快？不多住一段时间？"

"还有事。"

之后他们就没再聊天。

闷着气吃饭很容易胃胀，许一吃完饭胃就不舒服了，她帮忙收拾完碗筷，回到柜台找健胃消食片。面前伫立着一道阴影，下午的阳光把他的影子拉得很长。

从影子上看，他是双手插兜，站得笔直。

许一连吃三颗健胃消食片，把药盒放回去，酸甜的味道还停在舌尖上。她握着健胃消食药板，直起身坐到了柜台后面。

"周至，下午你要出去吗？"林琴收起餐桌，擦着手走过来。

"嗯。"周至点头，"去漂流。"

许一把玩着健胃消食片的盒子，抬起头往后靠在椅背上。

周至双手插兜站在门口，他很高，投下很长的一道影子，一半落到了玻璃柜台上。他似往回看，目光掠过了许一。本来散漫的眼沉了下去，他的睫毛很长，垂着眼落下很深的阴影。

"昨天刚下过雨，仙女河涨水了，去漂流危险吧？"林琴把毛巾放到了货架上，取了一瓶矿泉水递给周至，"不如去划划船看看枫叶什么的，安全，风景也好。可以让小一带你过去，她跟景区的人熟，门票免费。"

许一倏然抬眼。

想什么呢！

"好啊。"周至深邃的眼看向许一，嗓音低沉，缓缓道，"麻烦——许一了。"

许一留着齐耳短发，很乖的刘海落到眉毛上方，皮肤白皙。光落到她的睫毛尖上，她黑白分明的大眼睛里写满了震惊。

周至的嘴角扬了下，飞快地落回去，暗沉黑眸平静，嗓音淡淡："不方便吗？"

当然！非常不方便！

林琴说："方便，下午小一没事。"她转头看向许一，"你带周至哥哥过去吧，可以在那边玩会儿。你也很久没出门了，出去走走。"

许一的声音卡在嗓子里。

"你们开车过去还是走路？"林琴问周至，"走路也不远。"

"开车吧，我回去开车。"周至深深的目光从许一身上移开，转身迈开长腿走出了小超市。

周至颀长的影子在玻璃柜台上一闪而过，随着他迈开的步伐，影子越来越短。他走进阳光里，运动鞋踩着青石板路，在白墙青瓦的街道上走远。

许一又抠了一片健胃消食片填进嘴里，"嘎嘣"一声咬碎，掉落的粉末在口腔里融化溢开。

"别吃那么多健胃消食片，拉肚子。"林琴扯了一个便利袋，走向货架，"你想吃什么？我给你们装点零食和水，景区的东西生产日期都不稳定，很多过期货，还有假货。装矿泉水可以吗？你们是不是都不能喝饮料？"

"我不吃零食，你不用装那么多。"许一皱眉，"限制功能性饮料，普通饮料没事。"

她确实可以免费带人进景区，家里来亲戚朋友，林琴都是让她带过去。带周至好像没有什么问题，可她不太想。

"怎么了？不想去吗？"林琴装着水，回头看许一。

"没有。"许一摇头。林琴收了周家的钱，照顾周至理所当然。

"小一。"林琴装着东西，突然问道，"你不练射箭是不是因为他呀？"

一瞬间，许一大脑一片空白，有什么声音轰隆隆地响着，像是冬日惊雷。她捏着健胃消食片，麻木地抬眼："什么他？谁？"

"周至。"林琴拿了四瓶水放进便利袋，又去装零食，"你当年那么喜欢他，他练射箭你也练。你为了练拉弓天不亮就起床，他走后，我就没见你再练过。"

雷劈过还有着冰冻层的土地，没有留下任何痕迹。

"练也白练。"许一把剩余的半板健胃消食片扔到桌子上，胸口闷着一团，让她有些喘不过气，"打不了职业，没有奖金。"

"是我耽误了你。"林琴叹了一口气，"如果我能多赚点，我们家有钱，我一定送你去练射箭，说不定你早就站到世界赛场了。"

许一胸口闷着一团，垂下眼看被太阳晒得泛白的玻璃："我现在没有多差，我射箭也没多好。"

"百发百中，还不好吗？"

周至那辆线条冷硬的黑色大奔驰缓缓开了过来。车庞大悍然，小街的青石板路宽度有限，车占据了大半面积。

许一站了起来，说道："别装那么多零食。"

林琴拎着一大包零食过来递给许一，抬手整了整许一的衣领，把她的拉链拉好，揉了把她的头发："我给你转了一些钱，想玩什么就玩，别那么省。注意你的腿，别见水别磕碰。"

许一打算拿到门票就走人，拎起便利袋："不用转钱，我有。"

"这是妈妈给你的零花钱，你有你存着，玩得开心点。"林琴握着许一的肩膀，把她推出门，"注意安全。"

许一拎着袋子走向周至的车，迟疑片刻拉开了副驾驶车门。车门比想象中的要重，车身悍然，很高。

"周至，你有什么需要跟小一讲，不用客气。"林琴站在车窗外叮嘱，"注意安全，开车慢点。"

周至修长的手搭在黑色皮质方向盘上，斜着肩膀越过许一看向窗外的林琴："好，知道了。"

许一上了车，双手搭在装零食的塑料袋上，靠近周至的那半边脸滚烫炽热，周至看窗外的林琴时必然会看到她。

"安全带。"周至提醒。

周至单手握着方向盘把车缓缓开出了青石板路，车速很慢，许一低头找安全带。她很少坐私家车，没有上车就系安全带的习惯。

许一找到了安全带，却没找到扣的地方。

出小街的路面有减速带，车子颠簸，零食袋子从腿上滑落。

一只瘦而长的手从旁边斜着落了过来，他的手指很漂亮，骨关节在阳光下泛白。他微凉的指尖碰到许一的手背，许一一惊抽回了手，安全带的另一端稳稳地落到了他的手里。

周至单手握着方向盘，修长的手指轻巧地一按，安全带贴上了许一的胸口。

周至收回手搭在方向盘上："很不情愿跟我出来？"

许一弯腰捡零食袋子，声音不高："知道还问？"

"理由？"周至垂下睫毛，手指缓缓地敲着方向盘，嗓音很沉，"我跟你有仇？"

"没有，我不记得我们认识。"许一把袋子扎起来放到脚边，坐直转头注视着周至的侧脸，他什么都不记得了吗？

"不习惯跟陌生人出门。"

车已经行驶到了仙山镇的大桥上。

宽阔的仙女河波光粼粼延伸至远方，银色的尽头是浓重色彩的山脊。秋风劲烈，从河面上猎猎刮来，撞击在降了一半的车窗玻璃上。

周至握着方向盘往后靠着，舌尖抵着腮帮，双眸沉了下去。

风吹乱了许一的头发，她转过头看窗外。下午阳光艳烈，金属桥柱反射出的光连成了一片，通向遥远处。

"那委屈'完全不认识'我的你来给我做导游了。"周至的语调冷沉，没有什么情绪。

"我并不是自愿。"许一强调，"是我妈要求的。"

周至从手边的储物盒里翻出一盒大白兔奶糖，取出一颗单手剥开糖纸咬在齿间，睫毛在他眼下投出一片阴翳。他缓缓道："那巧了，我就喜欢勉强别人做不愿意做的事。"

果然如此，他叫她出来就是为了报复。

许一缓慢地深呼吸，看着窗外，任由劲风吹着头发，抿紧嘴唇一言不发。

把他送到，她就走，绝不会停留。

周至也没有再说话，车厢内只有风声。

车速变快了，越野车穿过仙女河大桥一路朝着上游奔去。

仙山镇被仙女河一分为二，镇上这几年旅游业发展得如火如荼。上游水上乐园，山水如画，下游急勇漂流刺激带感。他们去的是水上乐园，挨着镇上最大的射箭训练基地。

越野车扬起灰尘，驶上主干道，许一忽然想到一件事，立刻出声："停车。"

"为什么？"周至并没有减速，仍然握着方向盘往前开。

"前方在修路。"许一头脑风暴，拼命找理由，"不能通过，我们换一条路吧。"

周至修长冷肃的手指点了下导航屏幕，抬眼："上面没有显示。"

"村里修路不会立刻上传导航。"许一也不太懂导航，根据所知内容编谎话，她很少撒谎，以至于心跳加速，"我是本地人，我知道。"

周至看了许一一眼，目光深沉："真不能走？"

"不能。"许一注视着窗外，整个人都麻了，嘴上十分肯定，"退回去走河边那条路，路宽风景还好。"

小镇唯一一个射箭训练基地的外墙贴着周至的巨幅海报，两米多高，他穿着白色运动装拎着弓面无表情地看着镜头，非常张狂。那是他刚拿到世界排名时拍的杂志照，被训练基地的老板盗印贴在了射箭基地外。

许一刚才说没见过他完全不认识他，这谎话太低级了。

周至咬着糖块，嘴角翘了下。他没有刹车，继续往前开。

"路真不能走。"许一攥紧了手指，看着越来越近的训练场，"你相信我。"

"虽然我很想相信你，但——"周至的语调慢悠悠的，意味深长，"我昨天走过这条路。"

晴天霹雳。

许一人已经傻了，进镇有两条路，她以为周至不会走这里。

"畅通，没有修路。"周至单手握着方向盘，转过弯道，训练场的正门矗立在路边，白色围墙外面竖着巨幅海报。

一共三幅海报，全被撕得乱七八糟。撕不掉的用彩绘喷在上面，五彩斑斓。周至的脸此刻喷上了一片红漆，干涸在上面像是血，触目惊心。

那上面满是恶意，写满了他失败的罪证。

最底下是周至硕大的签名以及宋体标注，射箭明星运动员：周至。

"怕我看到什么？"周至看向窗外，直到开过去才收回视线，"那些被毁掉的海报？"

这是不认识不记得？不认识会阻扰他看那些海报？

"这里什么时候贴了海报？是你的吗？"许一后颈都麻了。如果这里有离开地球的火箭，她会毫不犹豫地把自己挂上去，从地球上消失。

许一硬着头皮坐得端正，信口开河，说道："我这几年很少回来，不太清楚。"

　　她在医院住了一个月，回来两个月，闭门不出，不知道周至的海报被毁成这样了。

　　许一从后视镜里看射箭训练基地，原本基地末端写着"世界冠军周至的故乡"，现在被恶意涂改成了"世界废物周至"。

　　周至的语调居然还能那么轻松。

　　"是吗？"周至打了把方向，车已经开进了景区停车场。停车场是碎石子铺成的，车轮碾过发出声响。

　　"是。"许一这回回答得很肯定，"这几年我到处参加比赛，很少回来。"

　　周至垂下睫毛，忽然开口："我不在意，你也不用在意。"

　　在意什么？

　　车停稳，周至解开安全带转身大步下了车。许一抠开安全带，从另一边也下了车。

　　非假期，景区没什么人。河面宽阔清澈，上面停着几艘鸭子船，两岸枫叶被秋雨浇得泛了黄，离红还需些时日。

　　天高气爽，白云浮在湛蓝的天空。

　　许一抚开吹到脸上的头发，拿出手机打算联络卖票员。

　　"许一？过来玩啊？"

　　许一握着手机回头，看到景区负责人陈姨拎着空垃圾桶正往这边走。景区刚开的时候，许一在这边帮过忙，景区的人都认识她。

　　"是。"许一点了点头，刚想解释送一个人进去。

　　"这是你男朋友吗？长这么帅。"

　　许一猛地回头跟正往这边走的周至对上视线。

　　周至停住脚步，掀起稠密漆黑的睫毛，黑眸看了过来。

　　"不是，不是！"许一心跳加速，视线匆忙从周至身上移开，慌乱之中脱口而出，"他是我哥。"

　　许一从记事起就叫周至"哥哥"，叫了七八年。

　　"原来是你哥，我还想你这么乖怎么会早恋。"陈姨笑出了声，跟周至打了招呼，"你好呀，许一的哥哥，欢迎过来玩。"

　　周至朝她点头，开口："我叫周至。"

　　许一后背僵硬，没有看周至，热意从耳根开始，汹涌的火滚烫地烧了下去，一路蔓延到心脏。

"我带你们进去。"陈姨十分热情，放下垃圾桶快步上前带路，"你们是表兄妹？你家基因真好，都长得好看。"

周至长腿迈过来走到许一身边，颀长的影子落到许一身上，他偏了下头注视许一的侧脸，饶有兴趣。

许一埋着头往前走，发梢落在她的脸侧，扫到皮肤有点微微的痒。周至高得很有存在感，风吹动他的运动外套鼓起，快碰到许一。

"你的腿恢复得怎么样？"陈姨问道，"现在走路影响吗？"

周至的脚步声就在身后，不紧不慢踩着从停车场滚到水泥路上的沙石发出声响。

许一皱了下眉，还是回答："没事，好了。"

"我看还是稍微有些瘸，得再养半年，运气不好。"陈姨叹口气，"不过也没事，条条大道通罗马，又不是只有一条路可走，不用压力那么大。"

许一最怕别人对她叹气，仿佛她这辈子再没有希望了。

她抿着唇，胸口发闷。离省队一步之遥，却摔在门口。

所有人都知道，周至也该知道了。

陈姨放开栅栏，抬手把许一推进了检票口："今天陈姨这里你可以玩通关，全免费，去吧。"

许一是打算把周至送到就走的，她还没来得及退出来，陈姨就喊了一嗓子，嘹亮的嗓门响彻景区入口："小一和她哥哥过来，不用给她检票，自己人。"

景区工作人员全是镇上的人，纷纷看过来。许一仿佛一只裸奔的熊。

"玩得愉快，我去忙了。"陈姨热情地挥挥手，说道，"不用跟阿姨客气，当自己家一样。"

陈姨离开，许一立刻跟周至解释："带亲戚过来免门票，我带过来的人，一般都说是亲戚，你说是我表哥就好。"

"这样？"周至双手插兜，看了许一一眼，嗓音沉下去缓缓道："那你有很多——哥哥？"

许一倏然抬眼："没有。"

周至正看着她，他们目光对上。

周至的头发偏短，接近短寸，他侧头时下颌线条清晰。黑色运动外套拉链敞开半截，露出里面的白色 T 恤。他单手插兜，姿态懒散，但双眸深邃。

"你要玩什么？"许一转移了话题，"这里的项目都可以玩。"

"你跟你的哥哥们都玩什么？"周至偏了下头，看向许一，睫毛尖上沾了下午的阳光。他说到"哥哥"两个字，明显是咬了牙。

许一带人过来从不陪玩。

但这些需要跟周至解释吗？不要她的是周至。

"鸭子船玩吗？"许一随手指了个周至绝不会玩的项目，想尽快远离他，"我想去划船。"

周至以前不玩水，不去水边，对鸭子船这种东西嗤之以鼻，非常看不起，觉得低幼至极，配不上他高贵的身份。

"可以。"周至抽出手，迈开长腿朝鸭子船走去，"走。"

许一一口气卡在嗓子里，喘不出来，这人是故意的吧？故意跟她作对。

许一穿上救生衣上船，周至已经坐到了另一边。深蓝色救生衣绑在他身上，他的长腿懒洋洋地抵着鸭子船边缘，好整以暇地看着她："这个是脚蹬的，你的腿行吗？"

船身摇晃，许一连忙坐到了位置上，调整救生衣，耳朵火辣辣地烧着："行。"

"全程不要脱救生衣，最远可以划到枫叶林。"看船的大叔解开绳索扔到了船尾，说道，"需要两个人配合，不然会打转。"

"不行就现在下船。"周至往后靠着，手肘支在船边栏杆上。

许一单脚踩上脚踏，用力地踩着，鸭子船飞快地转了半圈。那边周至把脚落到了脚踏上，船正回去迅速地朝前开去。

鸭子船底的桨发出巨大声响，许一握着方向盘："去哪里？"

"腿是怎么伤的？"周至的目光从许一的腿上掠过，踩着脚踏，跟许一的速度保持一致。

"对面一片黄的地方，是这个景区的网红打卡点。"许一没有回答他的问题，指了指对面的枫叶林。下过雨后，枫叶林黄了，如同打翻的颜料浓墨重彩地蔓延上山。

一片云飘过来，遮住了刺目的阳光。山湖平静，如果没有身边的周至，这里就是最美的风景。

周至松开了脚蹬，长腿屈起支在一边，转过头注视着许一，停止配合。

许一埋头踩脚蹬，没有说话。船在湖中间打转，周至的目光也冷了下去，他转头看向远处，水鸟张着翅膀飞向枫叶林，片刻又看回来："我的问题很难回答吗？"

"你还划吗？"许一抬眼，视线有些模糊，她抬手擦了下，模糊得更厉害，"不想划的话我们回去。"

周至停下动作，直直地看着她。

他们都停止了踩鸭子船，船在河中随风漂着。船上寂静，风掠过水面带起波纹，朝两边荡去。

"回答什么？我倒霉，在省队的试训上摔断了腿？倒在省队门口？"许一看着周至，忽然涌上来委屈。从事发到现在，她什么都没说，什么都不解释，她沉默着面对一切。

她不会在人前哭，她不想被人笑话，她是个失败的人。她所有的期待都落空了，她一无所有，她仅剩的脆弱的自尊心在刚才被击溃。

"如果你的手受伤了，你愿意别人提吗？你愿意被追问，为什么你会在奥运会那么关键的赛场上脱靶吗？"

最后一句话出口，许一就后悔了。可说出的话，覆水难收。

成排水鸭子划着翅膀从旁边游过，水面泛起了涟漪。

许一的嗓子发哑，像是塞满了棉絮，让她喘不过气。清冷的风拂过额头，她彻底冷静下来，扭头粗暴地擦了下眼："抱歉，我没有讽刺你的意思。我只是——"

"原来你看过我的比赛。"周至扬了下嘴角，"啧"了一声，"那还假装不认识我？"

没有人踩脚踏，鸭子船沿着枫叶林往前开，起风了，船身也飘荡。远处一片乌云飘来，停在头顶遮住了太阳。

最近仙山镇的天气总是这样，阴晴不定。

"听别人说的。"许一把运动外套的拉链拉到下巴处，遮住了半张脸，其实她想整个人缩进衣服里。她强行转移话题，"你需要拍照吗？"

"不拍。"周至往后倚靠在塑料栏杆上，长手垂下去撩了下河水。冷白瘦长的手指带起了一串水珠，他的手停在湖面上片刻才收回来，"你想知道我为什么在奥运会上脱靶吗？"

"我不想知道。"许一脑子嗡嗡作响，想跳河，刚才一冲动什么话都往外说，说完就后悔了。她踩着脚底下的脚蹬。

阴云遮住天幕，挡下了烈阳。湖面被风吹得泛起了浪花，拍击着岸边的岩石，卷走了边缘的泥土，混浊了一片。

船剧烈地摇晃，风起得很突然，浪几乎要拍上船。

遥远处的岸边，看船的大叔喊道："回来吧！变天了，可能要下雨！很危险！"

许一把脖子缩进运动衣里，低着头踩鸭子船，船在水面上转圈："该回去了。"

周至收回手甩了甩水，把运动装拉链拉到下巴处，垂下睫毛踩上了脚蹬。

他们到岸边时天彻底暗了下去，风吹得路边招牌猎猎作响。路边的枫树摇曳着，残破的树叶随着狂风翻滚到了遥远处。

周至的运动衣被风吹得鼓起来，他走在前面，许一跟他保持着一米远。周至没说话，许一跟景区的人打了招呼，应付了几句客套话。

他们一前一后走到停车场，许一迟疑片刻，还是坐到了周至的副驾驶座。

船上发生的一切会随着一周后周至的离开，烟消云散。他们不会再见面，也许会在午夜梦回时想起来后悔一会儿，但再不会留下任何痕迹。

周至并没有立刻开车，他打开车窗点燃了一支烟，白色烟雾在他面前短暂停留后便随着风散了。周至抬手把烟递到窗外，风吹得烟头快速燃烧，一片猩红。他就这么搭着手，静静地看着泛起波浪的湖面。

周至从小就是别人家的孩子，各方面都优异的矜贵小少爷。永远穿着一尘不染的白色衣服，干净得像是北方冬天湖面结起的冰层，透明清澈。

以前许一无法想象他抽烟的样子，觉得那些东西和他不是一个画风。可他现在就在自己面前抽烟，姿态散漫，依旧高贵，但总有哪里不太一样。

他跟那些为了耍帅抽烟的人不一样。

淡薄的烟雾落到他面前，他整个人显得疏离又冷漠，仿佛这个世界与他无关。

许一的注意力从他指尖的烟上移开，她拿起手机翻看信息，不去想刚才船上发生的一切，既然已经发生了，想什么都没有用。

林琴发来了微信转账，给她转了五百。许一把转账退回。

"我的手是受伤了，不是如果，是已经发生了。"周至拖过烟灰缸倾身把烟头按了进去，淡薄的烟雾在车厢内飘荡，随即随风散去。

许一转头看去，周至抽了一张湿纸巾擦手，睫毛耷拉着，表情清冷。

许一有些蒙，没反应过来："什么？"

周至擦干净手，撂下湿纸巾，动作散漫地卷起右手衣袖，一直被袖子遮住的手腕显露出来，上面缠着很长的一道白色医用绷带。

周至不是很在意地说道："半年前工作人员失误，这里骨折，三个月前——又造成了拉伤。对，我摔在了奥运会门口。"他停顿了一下，嗤笑，"粉身碎骨。"

天已经阴成了暗色，分不清白天与黑夜，狂风席卷大地。

瞬间就变天了。

闪电劈在小镇上方，照亮了遥远处的山脊线。浓重的云雨层停在那里，越积越厚，隐隐透着黑。

不到一分钟，轰隆隆的雷声在头顶炸开。秋风带着路边高大的枫树，猎猎作响。

周至慢条斯理地拉下袖子，手指搭在方向盘上，嗓音依旧低缓："如果你认为我是在嘲笑你。"

许一看着他修长的手指，嗓子里像塞着一团什么东西，让她呼吸不畅。

"你可以嘲笑回来，我不在意。"

所以下车前，周至说的"不在意"是指这个。

秋风肆虐，湖面被风吹出层层波纹，呼啸着贯穿车厢。

第一滴雨落到车玻璃上，周至收回目光发动引擎，车窗玻璃升了上去，隔绝了全部的声音。

越野车倒出停车场，朝着小镇开去。

雨滴越来越密集，最后连成了线，冲刷着挡风玻璃。周至打开了雨刮器，指腹抚过皮质方向盘，轻轻地点了下。

穿过小镇街道，跨过大桥进入小街，他把车停在了超市前。

许一没有立刻下车，她还在看周至的手腕。

"看什么？"周至心情差到了极点，但表情还没有变，"不下车？"

许一立刻解开安全带推开车门走了下去。车门关上发出了声响，她挺直单薄的脊背，快步走进了超市。

她一条腿还有些瘸，她很努力地让两条腿高度一致。

周至松开刹车往前开，又取了一支烟咬在唇上，垂下的睫毛在眼下拓出阴影。他把车停在老宅门口，摸过银色金属打火机，指尖划过齿轮，蓝色火苗卷上了香烟。白色烟雾飘荡，他摁下打火机解开了安全带往后靠着。

打火机碰撞发出声响，周至瞥了眼，看到金属打火机撞上了昨天许一卖给他的塑料打火机。他捡起塑料打火机看了一会儿，在手上转了一个来回，拢在手心。

他垂下眼，睫毛上染了烟丝，冷漠散了些许，呼出烟雾，取过手机拨了个号码。

电话很快就接通了，周至开口："是我，周至。"

"你怎么会想到给我打电话？"秦川的声音传了过来，带着调侃。

"跟你打听个人。"周至拿下烟夹在指尖，长手拖来烟灰缸，随意地将半截烟搭在黑色烟灰缸边缘，"应该是 H 市短跑队的。"

"叫什么？"秦川说，"你还会打听人？打听什么？"

秦川是 H 省射箭队教练，周至曾经的搭档。不过秦川退得早，年纪大一点。男队拿到世界冠军后，他迅速转到了教练组，今年又调到了 H 省。

"许一。"周至将手里的塑料打火机磕上汽车仪表台，发出清脆声响。

窗外的雨也劈头盖脸落了下来，拍向大地。

"许一？短跑队六月份招上来那个小姑娘？长得很可爱，眼睛很大。"秦川回答很快，"你怎么认识她？"

"老家邻居，你知道？"周至抬起沉黑的睫毛，看着窗外的雨。

"老家？邻居？"秦川笑着说，"你居然还认识什么老家邻居，我以为你只能看到天边的云和箭靶的中心。"

周至："……"

"这姑娘运气不好，特别倒霉。"秦川正色，"去年成绩就可以进省队了，正好赶上当时政策变动有了年龄限制，她未满十六周岁。今年满了，所有程序都走完了，她却摔断了腿。"

轰隆隆的雷声滚在天际，窗外暗沉暴雨冲刷着车玻璃，雨突然下大了，大到水流遮住了车窗，什么都看不清，仿佛置身海底。

一缕白色烟丝缓缓落入空气中，散开变淡。

"还有机会吗？"周至问了一句。

"没有了，很可惜，听说十岁就开始练短跑，六年。"秦川叹口气，"如果你跟她家里人关系不错的话，劝她改行吧，不要再抱幻想。以现在国内短跑运动员短缺的情况，但凡有一点机会，省队都不会退她。体育竞技，对身体素质要求太高了，差一点都不行。"

许一走进超市，大雨紧跟其后就下来了。天地陷入昏暗，豆大的雨滴争先恐后地落了下来，震耳欲聋。

"妈，我回来了。"许一走到玻璃柜台后面打开了灯，小超市亮了起来。

林琴从后面仓库出来，应该是刚搬完货，脱掉身上的围裙往许一身上看："周至呢？没有跟你一块回来？这都入秋了，还下暴雨，淋到雨了吗？"

"没有，他回去了。"许一拉开柜台后面的椅子坐下，支着下巴看玻璃门外黑沉的暴雨。

雨下得很大，很快就汇成水流从屋檐上倾泻下来，重重地冲击青石板路，遥远处山脊线笼罩着浓雾，暗到天与山相连，分不清彼此。

"晚上过来吃饭吗？"林琴打开水洗手，水声哗哗中，问道，"今天玩得怎么样？"

"挺好的。"许一趴到玻璃柜上，脸埋在胳膊里，"挺好。"

周至受伤了。

林琴走了过来，吐槽道："这天上是倒扣了一个海吗？没完没了地下雨。你怎么了？不舒服？趴着干什么？"

许一的眼泪忽然就涌了出来，浸湿了衣袖布料："太久没出门了，有些累，趴一会儿。"

她尽可能地让声音平稳，不泄露一丝情绪。

"都玩了什么？划船了吗？"林琴拉过一边的椅子坐下，说道，"跟周至聊得还愉快吗？"

"嗯。"许一的皮肤贴着潮湿的衣料，"划了，后来风太大了就回来了。"

"那明天再去玩。"林琴抬手抚了下许一的头发，往玻璃柜台前靠了下，"早上我跟你说的射箭，可能有些草率。不过你可以试试，镇上不是有射箭场？你去拉拉弓，如果还有兴趣，我们跟你教练谈谈，看能不能转专业。"

许一闭上眼沉默着没说话。

"不是必须要走这条路。"林琴的手放在许一的肩膀上，"也是一个选择，如果可以的话，那再好不过了。"

"我再想想。"许一开口。

"你累的话，回去睡觉？"林琴收回手，打算去拿雨伞。

"我在这里趴一会儿就好。"许一没有抬头，怕被林琴发现异样。待脸上彻底干涸，林琴去忙其他的，许一才抬起头。

她看着玻璃上倒映的自己，头发凌乱，面色苍白。她抬手揉了揉脸，直到把脸揉得红润，才放下手。

她和周至同病相怜。

Chapter 2

/ 峰回路转 /

雨下到傍晚，暴雨转为细雨。暮色降临，两边商铺都亮起了灯光，远处群山暗沉，与天相接。

周至依旧没过来，林琴没有周至的电话号码，她包完馄饨就打着雨伞出门去周家老宅了。

许一把馄饨下到锅里，热气氤氲，玉白的馄饨在汤里翻滚。她取了三只碗，调上汤料。门口传来脚步声，许一心跳很快，转头看去。

林琴穿着雨靴进了门，然后将湿漉漉的雨伞扔进了塑料桶里。身后是空旷的灰色街道，没有其他人。

"周至不过来吃饭了，我们吃吧。"林琴脱掉雨靴，换上拖鞋走进超市，"馄饨没煮完吧？吃完饭我给他送过去。"

许一抿了下唇，迅速把放了汤料的碗递到水龙头下面，打开水龙头试图把汤料冲掉，装糊涂："那这上面放的是几人份的？我都煮了。"

"三人份的呀。"林琴走了过来，"都煮了？调了几碗汤料？"

"那我煮错了，我以为是两人份。"许一一只手拿着勺子，另一手挤了洗洁精到碗里，迅速把痕迹清除。

"煮就煮吧。"林琴走过来看到沸水里翻腾的馄饨，去取饭盒，"那我再调一份底料，现在给他送过去。水池里的碗是装什么的？洗到一半？"

"什么也没有。"许一的心跳到了嗓子眼，慌乱之中差点撞翻了锅，她连忙按住锅边，"调错了一份，给洗掉了。"

林琴取来饭盒，盛了馄饨进去："刚才看到手机上的消息，我们这里发黄色预警了，说今晚有特大暴雨。吃完饭你就回去吧，今晚早点睡。"

"好。"

许一吃完饭就被林琴赶回去看书，她也没有过问周至，不知道该怎么开口，好像说什么都不对。

晚上八点，暴雨再次袭来，巨大的声响让人有种身处瀑布之下的错觉。许一合上书本拿起手机打电话给林琴，想让她尽快关店回家，可电话没打通。

许一又发了消息过去，林琴的回复很快：【水漫上来了，我去周家别墅看看情况。你早点睡，不用管我。】

周家地势低，可十几年仙女河的水也没有漫上河堤，离他们家还远着呢。

【注意安全。】许一发完信息，放下手机走出门在客厅打开了瑜伽垫。

她想尽快地恢复，住院一个月，闭门不出两个月，她腿上的肌肉在流失。不管选择什么，射箭还是继续短跑，都不需要一个孱弱的身体。

重新练射箭吗？她不知道，心里也没有底。

许一做了半个小时康复训练，汗水已经把衣服洇湿。汗湿的刘海贴在额头上十分不舒服，她找了根皮筋扎了个冲天辫，露出光洁的额头。

她重新尝试着拉腿，以往能轻松做到的动作，现在艰难万分。她拿弹力绷带拉了几次后，突发奇想，抬脚往一边一米高的架子上放。

但抬不起腿，她尝试了三次都没抬起来。

许一不服输的劲儿上来了，她扳着自己的腿强行放到了一米高的架子上。

瞬间剧痛袭来，她倒吸一口气，连忙扶住一边的椅子狼狈地收回腿，急促地喘着气。客厅房门发出声响，她汗流浃背地回头，跟站在门口的周至四目相对。

周至穿着黑色连帽卫衣，帽子遮到了眉毛处，半张脸都落在阴翳里，只有高挺鼻梁落在光下。

他身形挺拔，穿着牛仔裤的长腿笔直，一条腿跨进门槛，另一边肩膀松松散散地抵着房门，一半落在光下，一半落在黑暗中。

一滴汗顺着许一的睫毛滚下去浸到了眼睛里，她慌忙抬手擦了一把，手臂扫到冲天辫的发梢。

"周至，赶快进去。"林琴的声音在院子里响起，和在雨声中。

周至深深地注视着许一，用脚支着房门，拖出身后的黑色行李箱。他抬起下巴，冷淡的嘴角扬了下："好。"

林琴也跨进了门："今晚周至住我们家，河水漫上来把别墅淹了。"

许一一把揪掉头顶的皮筋，头发并没有如愿地落回去，而是趾高气扬地竖在头顶，像炸开的蒲公英。

周至跨进客厅，抬手拉掉了连帽衫的帽子，整张脸显露在光下，剑眉之下是深邃的眼，正饶有兴趣地看着许一。

许一用手压住头顶的头发，面红耳赤，整个人都快烧起来了。

"拉伸完了吗？完了赶快去洗澡，天冷小心感冒。"林琴看她一头汗，头发凌乱，"头发怎么回事？"

您能别说了吗？

"我去洗澡。"许一捂着头没有看周至，叠起瑜伽垫直奔浴室。

"穿件衣服再去。"林琴喊道，"穿厚点，外面很冷。"

许家的浴室在外面，跟洗手间挨在一起。

"把暖风打开，热了再脱衣服。"林琴叮嘱，"别着凉。"

许一抓了一件外套连头带身上一起遮住，快步出了门。她走得飞快，穿过走廊走进浴室，外面有风，关门时发出巨大声响。

外面雨打梧桐，声响震天。浴室里冰冰冷冷的，许一用力揉了下凌乱的头发，没勇气照镜子，也没勇气看自己。

她打开暖风机，反锁上门。

周至今晚要住她家？会住许坞的房间吧？就在许一的隔壁，一墙之隔。

暖风机响起，与窗外的雨声齐平。

浴室里热了起来，许一抬手脱掉了身上的衣服。运动衫已经湿透，她扔到了脏衣筐里。丑陋的腿彻底暴露出来，许一受伤以来，第一次认真地看自己的伤疤。

差不多有十厘米长，从膝盖狰狞地斜下去，三个多月，手术刀口已经愈合，增生肌肤泛着白，从裂痕里生长出来。

断裂的骨头愈合，破损伤口的旧皮肤死去，新的皮肉又填满皮肤。

外面响起林琴的声音："小一，我给你换一床厚被子，你出来穿厚点。"

许一的目光从腿上移开，仰起头："嗯。"

她走到淋浴下面，打开了水。起初有些凉，她冷得一激灵，随即热水顺着她的头顶流了下来。她仰起头，迎着热水闭上眼。

她想蜕个壳。

许一洗了很久，外面林琴的声音听不见了，她始终没有听到周至说话的声音。

悬挂在浴室上方的热水器发出警报，热水有限。许一关掉水龙头，拿起大毛巾包住湿漉漉的头发。

冷风从门窗的缝隙里挤了进来，许一后知后觉地冷了起来，转身去拿衣服，只看到门口衣钩上挂着长款的连帽运动衣。脏衣筐里一套黑色运动装被淋浴的水打湿，塌在筐底。

许一沉默了足足有一分钟，开始怀疑人生。

她一会儿怎么出去？没有带手机，喊林琴送衣服吗？

周至住在家里，她一想到周至就从头顶麻到脚趾，身上每一根毛孔都透着抗拒。

许一在浴室把头发擦得半干，地面的水干涸，身上已经凉透。外面除了雨声再没其他，许一深呼吸拿起大外套套在身上，遮到了腿弯，拉上拉链，毛巾包着头，拉开了浴室门。

冷风瞬间袭到腿上，许一埋着头匆匆往里走。推开客厅门，她差点撞上周至，立刻退开。她仰了下头，看周至都是虚影："抱歉。"

周至已经换上睡衣，黑色休闲 T 恤松松垮垮地穿在身上，条纹睡裤勾勒出长腿，趿拉着拖鞋的脚已经迈开，又落回去。高挑身形在客厅映出很长一道阴影，他逆着光，五官深邃，漫不经心地抬眼，目光短暂地停留了下，开口时嗓音很低："洗手间在什么地方？"

"需要打伞，院子里。"许一把毛巾捂在胸口，仓皇一指，"灯的开关在门口。"

周至深黑的眼还停在她身上，他点了点头："嗯。"

许一捂完胸口又觉得画蛇添足，完全没必要。她强装淡定，保持着一副见过大风大浪的成熟模样，仰着头直起身，大步走回自己的房间。

她关上门，若无其事地上床。林琴已经给她换上了厚被子，她坐到床上才把脸埋到了被子深处。

想死。

非常。

敲门声响起，许一一颗心都快跳飞出去了，她深呼吸一口，抬起头看到未拉的窗帘敞开着，玻璃窗户对着院子。

"洗完澡了？"林琴在外面说道，"我给你送水。"

许一面无表情地下床走过去拉上窗帘，她的窗户在院子东侧，洗手间在院子西侧，周至应该不会看到。

"进来吧。"许一从另一边上床，立刻把身子缩进了被子里。

林琴端着水进门，还拿了一颗大红苹果，看起来就脆甜。

"你洗完澡怎么穿这个衣服？"林琴关上门走过来把水和苹果放到床头柜上，抬手帮许一整了下宽大的衣领，"明天周至就走，再去住酒店没必要，今晚先住我们家。"

外套太大了，许一拉链已经拉得很高，但还是露出了大片胸口。林琴忽然意识到，她家小孩长大了。

"头发没吹？怎么是湿的？"林琴碰到她的发梢，"我去给你拿吹风机。"

"明天走？"许一的心脏忽然就陷下去一块，生生地拉扯着她的神经，有种空旷的疼。

"嗯，临时决定的，说是有事。"

许一攥着的手指很紧，指甲几乎陷进了肉里。

"哦，挺好的。"许一很快就回过神，扬了下嘴角，看向林琴，"我等会儿去吹头发，还有事吗？"

"没了，你记得吹头发，早点睡。"林琴很轻地叹息。

房门关上，外面雨声小了，许一听到了隔壁关门的声音，大概是周至回来了。房子隔音质量太差了，一点点动静都能听见。

林琴去给周至送了苹果，他没有吃。许一没有听到声音，隔壁很快就恢复寂静，没有任何声响。

许一躺到床上，整个人陷进被子里。

他们可能不会再见了。

隔壁没有动静，她这边也一片寂静。许一不知道什么时候坠入深梦，醒来时脖子酸痛，厚重的运动外套推到了脖子处，卡得她痛苦万分。

天还没亮，雨已经停了，窗外灰蒙蒙的。

万籁俱静。

没有风声也没有雨声，屋子和院子的灯全部熄灭了，静得仿佛置身荒野。

她拿起床头的手机按亮屏幕，五点半。

小腹坠着，再睡不着了。

许一没有开灯，拿着手机照明从床上翻了套运动装套上，悄悄地推开了门。客厅漆黑一片，周至的房门紧闭，她轻手轻脚地穿过客厅打开外面的门，猝不及防看到橘色的光在黑暗中闪烁。

许一后颈汗毛都竖了起来，斜了下手机屏幕："谁？"

周至手指间夹着烟斜站在屋檐下，身形挺拔修长，乍然看到光，他冷峻的眉毛蹙着："许一？"

许一的汗毛落了下去，又忽然有些紧张，也不知道紧张什么。

一阵风吹来，他指间的烟头火星被风吹散，湮灭在黑暗中。许一觉得手机灯光太亮，按灭了手机屏幕，整个世界陷入黑暗。

"你不睡觉？"许一紧紧攥着手机，手机边缘硌得手心有些疼。

院子里太静了，她现在是继续上洗手间还是回去睡觉？上洗手间的话声音会不会很大？毕竟这房子的隔音堪忧。

"看星星。"周至随手把烟头按灭，敞着腿站在院子里。昏暗中，他身形挺拔修长，五官轮廓看不清楚。

阴天有星星？

许一仰起头，还真有。

天上只有一颗星，挣扎在乌云边缘，随时都可能被乌云吞噬。

光亮得脆弱不堪，岌岌可危。

"哦。"许一不知道该说什么。她和周至好像无话可说，他们不是朋友也不是亲戚。可周至今天就要走，离开这里，她的话是脱口而出，"你要看日出吗？"

许一听到自己声音的时候也愣住了。

"现在有星星，天亮应该是晴天。"许一的嘴不听大脑控制，语速飞快，"仙山上看日出很棒……"

周至忽地笑了，黑暗之中，许一竟然看到了他双眸里的笑意。他的双眼皮很深，长长的眼尾悠悠扬扬地弯下去，他很少笑，但笑起来很是惊艳。

许一的声音戛然而止，她抿了下唇："我的意思——"

"你想邀请我看日出？"周至单手插兜，注视许一。

"不是，我想上山看日出。"许一反应极快，立刻改口，"你不去就算了，我回去睡觉，日出也没有那么好看。"许一心乱如麻，转身往回走，就不应该开口，丢人的是她。

"谁说我不去？"周至敛起了笑，嗓音低沉，抬腿踩上台阶，朝许一走来，"你替我决定？你——是我的谁？"

许一倏然转过身。

周至已经走到了离她一米远处，伫立在那里，黑眸锐利，似居高临下地看着一切。许一仰起头，背在身后的手缓缓松开，紧紧地盯着周至，很轻地呼吸："开车还是走过去？"

"开车。"周至目光下垂，在许一的腿上短暂停留。

"我要换衣服，周至。"许一叫周至名字的时候很奇怪，有种心脏被揉了一遍的感觉，嗓子也绷着。她的脑子转得飞快，她还是很想上洗手间，仙山上没有洗手间，可又怕周至听见，"你能去外面等我吗？大概五分钟。"

空气寂静，一片梧桐叶从天上坠落，砸到了院子里，发出脆弱的声响。

"让我等你——"周至的运动鞋尖踩着台阶的边缘，他穿着黑色卫衣和黑暗几乎融为一体，嗓音依旧冷冷淡淡，"还叫我周至。"他话语略顿，点头，"可以。"

可以什么？

不叫他周至叫什么？叫周狗吗？

周至转身迈开长腿大步走下台阶，朝外面走去，嗓音冷淡地落在身后："等你两分钟。"

许一看着周至挺拔的背影在黑暗里走出大门，金属的大门关上发出声响。她走下台阶，直奔洗手间，两分钟时间可以做很多事，她刷了牙洗干净脸，罩上宽大的运动外套出门。

高大悍然的越野车停在小街上，车灯照出很远。小街凌晨没有路灯，白墙灰瓦的房子在微亮的黑暗里暗沉得像是怪兽。

风吹动梧桐树，桂花香浸在寒凉的秋风里。暴雨之后，天气骤然变凉，寒得仿佛要入冬。

许一把宽大的运动外套拉链拉到嘴唇处，遮住了下巴。她两只手插在口袋里，快步走向周至的车。她快走到副驾驶的时候，越野车忽然发动引擎，她吓一跳，往旁边退了半米。

车缓缓停在她身边，车玻璃降下，露出周至英俊的侧脸。他含着一块奶糖，姿态懒散地咬着。

他表情冷淡，甚至没有看许一："上车。"

许一拉开车门上了车，坐到副驾驶座扣上了安全带，也不看周至。

车内弥漫着大白兔奶糖香甜的味道，许一看了眼放在座位中间的经典蓝白色大白兔奶糖铁盒包装。

"要吗？"驾驶室内的灯光熄灭，周至骨节清晰的手指从操纵杆上移开到糖盒的边缘，他的手指修长，单手抠开了铁皮盒子。

"我不吃糖。"许一看向前方的路，车灯所照之处一片光明。

"不吃糖？"周至的指尖抵着铁皮盒，"喀"的一声，又盖了回去，"你不吃糖？"

车开到了小街出口，陡然明亮。仙山镇主干道有路灯，连着桥柱上的灯光，蜿蜒到了遥远处。灯光在黑暗中，宛若灿烂耀眼的银河。

周至把手移到方向盘上，含着奶糖若有所思道："什么时候不吃的？"

他什么都记得，那他记不记得有个小孩被他丢下了？还是根本就不在意？

"长大就不吃了。"许一转头看窗外。车子飞驰，路灯不断后退。暴雨让仙女河涨水，几乎漫上了河堤，水面宽阔泛着波浪。

周至走后，她就再没吃过奶糖，一颗都没有。

车玻璃倒映出周至完美冷峻的侧脸，他漫不经心地吃着糖，目视前方。他鼻梁高挺，唇因为吃糖有了色彩，似乎觉得许一长大这个事儿有些好笑，他短促地扬了下嘴角："你长大了？"

"我没有长大吗？"许一从车玻璃里盯着他，他长了喉结，长高了，五官更英俊，他也长大了。

"行。"周至点头，咬着糖说话，"你长大了。"

长得六亲不认。

"为什么练短跑？"车开过仙山镇大桥，周至说着话带着喉结也滑动，他咽下了半颗糖。

小镇的主街道路边种着枫树，起风了，树叶在风中摇曳。

许一拉上外套的帽子，几乎遮到了眼睛。帽子让她多了些安全感，她仿佛置身黑暗中："我跑得快，能跟汽车比速度。"

汽车飞驰在小镇中，越过成排的小楼，朝着仙山开去。

周至的手机响了起来，很突兀的铃声，音调居然是欢快的。许一把帽檐拉得更低，靠在座位上，余光看到放在座位中间的手机屏幕上显示来电是：教练。

周至的教练？周玉姑姑吗？

周至松开一只手落到手机上，他没有看来电显示，直接挂断按着手机关机。手机屏幕暗了下去，归于平静。他把手机撂了回去，"咣当"一声。

许一看着暗光下周至的指尖，透着凉寒。

连教练的电话都敢拒接。

许一是绝对不敢忤逆教练的，他们队伍里教练有绝对话语权，是说一不二的存在。

车内重新恢复寂静，周至依旧沉默，他绷着脸专注地开车，仿佛这个世界与他无关，比刚才更冷了。

"你是跑得挺快。"车到了仙山镇盘山公路入口，周至放慢了车速，"很能跑。"

"我最好的成绩是十一秒五零。"许一坐直说道，"我可以突破十一秒。"

"那些成绩都是过去式。"周至开口，话说得随意，"一切归零，你以后有什么打算？"

许一的大脑"轰"的一声，一瞬间有种喘不过气的感觉，她攥紧安全带："我不知道你在说什么，谁说我归零了？"

车子拐上一道急弯，喇叭声响彻山间。周至的手还搭在喇叭上，目视前方："你的腿上不了跑道。"

许一猛地把头扭到一边，盯着山脊边缘。天光渐亮，层层叠叠的山脉已经显现出来，延伸到远处，她呼吸了两次才开口："谁说我上不了跑道？你是医生吗？你凭什么给我判死刑？我的腿只是暂时的，并不是永久。腿好之后我还是我，一定会继续。"

许一扬起下巴，用最后的倔强说道："赛场依旧是我的，我的跑道永远属于我。我不认输，我就没有输。"

车子开在盘山公路上，一个弯道接着一个弯道。

车内寂静，只有引擎的声音。许一始终看着窗外没有回头，她不想在周至面前输，她也不想看周至。

周至把车开到山顶，停下。天边的青色更甚，许一盯着遥远处的天。山脊线与天的交汇处，一半是灰一半是黑暗。

风突然就灌进了车里，寒冷凛冽。许一回头看到周至已经下车，他拿了烟盒迈开长腿往山顶悬崖处走。

许一在车里坐了一会儿，抬手狠狠擦了把脸，解开安全带从另一边下车。

周至站在山顶悬崖边缘的栏杆内点燃了一支烟，风把他单薄的卫衣吹得鼓起。

白色烟雾见风就散，烟头被风吹得燃烧得更快，一片猩红，他把打火机装进裤兜，抬起长腿跨过栏杆。风很大，这个动作让他露出一截腰，精瘦的腹肌一闪而逝。他一步跨出去，站到了栏杆外，一块石头从他脚下滚落，跌入万丈悬崖。

许一的心提到了嗓子眼，快步走过去。

"你不认输就是没有输？谁告诉你的？"周至拿下烟回头，笑着睨视许一，"这么幼稚的话你也信？"

"输了就是输了，淘汰了就是淘汰了。这就是体育竞技，就是——残酷的修罗场。"周至站得笔直，肩膀轮廓在衣服下清晰，他的声音落在风里，"人可以有梦想，但不能妄想，也不能太沉溺妄想。小孩，看在你以前叫我哥哥的分上，送你一句实用的。"

他双手插兜，斜着站在风里，也可能是被风吹斜了高瘦的身形。他垂下眼皮，睫毛覆在眼下像是浓重的阴影，嗓音轻缓："该转行就转行，不要再存幻想，这一行差一分都不行。"

许一身体里的血液瞬间冲到大脑，她攥紧了手，盯着周至。

周至往前又走了半步，直到脚尖悬空，他垂下眼看着落石："我下个月退役，新闻上说的都是真的。"

悬崖巨石陡峭，几棵荆棘艰难地生长着。石头滚下去便再也没有了踪影，脚底下是茂密的林木，秋天里，黄了一片。

周至踢了下脚底下的石块，又一块石头滚落。他眯了眼，看远处云海。

今天应该没有日出，最后一颗星被云吞没，青灰色的天边是层层叠叠的乌云，翻滚涌动着。

周至垂下稠密漆黑的睫毛，抽完最后一截烟，他把烟头捏在手里转了一圈。他转头看许一，扬了下嘴角："要学会接受现实，妥协命运，人不能跟天斗。我不是嘲笑你，我只是告诉你这个事实。得不到的东西，拼了命把自己搭进去，得不到还是得不到。"他短暂停顿了下，又轻轻道，"没用。"

他们隔着几米的距离。

许一穿着宽大的灰色外套，风把她的帽子吹歪了，她很瘦，脸也很小，一半都隐在帽子里。她的皮肤很白，唇色也白，只有一双眼又黑又亮，直直地看着周至。

风声在耳边呼啸，云层涌动。

天越来越亮，他们清晰地落在天光下。

"及时做出正确的选择。"周至转身继续看暗沉的云海，从这里可以俯瞰整个小镇。一条河把小镇一分为二，白色的河面泛着灰光，灯光零星升起。房屋在晨光下，渐渐显出轮廓。

"你不用太排斥我，我中午就走，以后如果你不想见，我们不会见面。今天说的这些话，也不会有第三个人知道。"周至抬起头，"你不想认识我，就继续不认识我。"

决定退役，他什么都没有想，开了七个小时的车，从黑夜到太阳升到正当空时回到了这个地方。

他过去的人生每天都活在规划里，训练射箭拿奖冲冠军，母亲说他是为冠军而生，他不应该把有限的生命浪费在没有意义的事上。

这是他第一次做一件毫无意义的事，没有目的，没有方向。

"七年前你说要教我射箭，要带我进射箭队。既然你记得我，那这话你认不认？你说话还算话吗？"

女孩的声音在身后响起。

周至回头看许一。

"我不信命，我只信我自己。"许一单薄的脊背挺得笔直，目光坚定，"我不会离开赛场，腿断了我还有手，若是哪天手断了我就去参加残奥会。那个领奖台，我一定能站到上面。"

周至始终没有说话，眸子很暗。

许一一颗心坠到深处，仿佛沉入了万米海底。她往后退了一步，嗓子里含着冷风，身体发冷，攥紧了拳头。

"你现在想练射箭？"周至往许一这边看来，目光凌厉地注视着许一，"想进射箭队？"

许一梗着脖子，不躲不避地盯着周至的眼："是，不行吗？"

周至长腿跨过栏杆，把烟头扔进垃圾桶，径直往这边走来。

他身高腿长，许一顿时感受到压力。她把双手插入外套衣兜，手指跟手心搓在一起，警惕地盯着周至。

"行不行不是用嘴说的。"周至越过许一，拉开驾驶座车门倾身进去取了一包湿纸巾。

许一退后两步，心脏落回原处，跟他保持着距离。风吹得她的衣帽全兜在脸上，遮住了视线。

"要试训吗？"许一抿了下唇，抬手把帽子往下压露出眼睛。

周至一边用湿纸巾擦着手，一边看着许一，直到手指上的烟灰全部擦干净。周至把湿纸巾扔掉，靠在高大悍然的车身上，注视着许一："敢跟我比一场吗？"

许一猛地抬头。

"敢不敢？"周至的目光平静。

"我不欺负老弱病残。"许一扭头看向一边，帽子遮住了她的脸，只剩下尖瘦白皙的下巴。

"十二支箭，能赢我一支，我手把手教你，把你送进省队。"周至抬腿上车，靠坐在座位上，下巴上扬拉出傲慢的弧度，"敢吗？"

周至在赛场上就是这样傲慢。

许一按着帽子顶，看着周至那张不可一世的脸。风很大，吹得她几乎站立不稳。她抿了下唇："去哪里比？有弓吗？"

"车里有。"周至靠在座位上，示意后面的车后备厢，"镇上训练场。"

他们隔空对峙。

大约一分钟后，许一开口："你说话算话吗？我赢你一支箭，你教我射箭。"

"需要我给你写个字据画个押吗？"周至忽然往前倾了下身，黑眸锐利地注视着许一，一字一句，"我周至向来说话算话，从不食言。"

你放屁！

许一从口袋里摸出手机打开录音，递给周至："录下来。"

周至黑沉的眼注视着许一，看得许一莫名心虚。她打算收回手的时候，周至抽走了手机。他靠在座位上单手操作着许一的手机，另一只手捞起自己的手机。

"不敢录吗？"许一看他迟迟没有动作，说道，"你不敢录就算了。"

周至掀起睫毛，目光掠过许一："今天没有日出，要下雨了，站在外面淋雨吗？上车。"

许一仰头看天，果然飘来一片阴沉沉的雨云。她快步走到副驾驶，拉开车门上了车，坐好后看到周至打开了她的微信。

"你是不是开错了？那是微信。"许一伸手就要去拿自己的手机。

周至抬起手肘挡了下，许一碰到他的手臂，触电一般缩了回去。

"嘀"的一声响，周至把许一的手机还了回来。他面无表情地操作着自己的手机，以公事公办的态度："微信上约定更有说服力，我的微信是公开的。"

许一心跳得飞快，捡起手机划开屏幕打开微信，发现新添加了好友。

哥哥。

聊天框还是一片空白，许一攥着手机的手很紧，这是周至的微信？周至的微信名叫"哥哥"？

随即，周至的声音在车里响了起来："我周至和许一约定。十二支箭，她能赢我一支，我送她进省队。"

"嗖"的一声，许一的手机立刻就弹出消息，来自哥哥的语音。

许一打开微信，看到一段几秒钟的语音，她紧张得连呼吸都乱了，手指扣着手机。

"可以吗？"周至撂下手机。

许一把手机锁屏装进口袋："可以。"

"安全带系上。"周至拉上安全带，语调淡淡，"我不接受逃兵，不管输得多惨，十二支箭都得给我射完。"

许一扣上安全带，抬着下巴："我不知道'逃'字怎么写。"

周至舔了下牙，扭头看窗外，片刻才移回来，到底没把其他的话说出口。

越野车顺着盘山公路开到小镇，天亮了，但没有完全亮。阴天乌云厚重，沉沉地压在小镇上空。

风拽着路边的枫树疯狂摇曳，似乎想把所有的树木都拔离地面。

七点整，越野车停在射箭训练场门口。大门紧闭，整个场地风沙弥漫，外场的靶子根本没法用。

周至到地方就下车了，许一紧跟其后，她迎着风看外墙上被毁掉的海报。重新看这些，心情全然不一样。

她忍不住想起周至站在悬崖边摇摇欲坠的身影。

"去后面拿弓箭。"周至拿起手机打电话，背影高挑挺拔。

后备厢已经打开，许一看了眼周至，走到车尾看到他完整的装备整整齐齐地放在后备厢里。黑色弓包同款黑色箭袋，这个包在周至的街拍照片上出现频率很高。

据说他从不让旁人拿他的东西，他的弓箭一直是自己背。许一迟疑片刻伸手拎了出来，弓包很重，许一背在肩膀上又抱起箭袋才关上了后备厢。

周至在打电话，他垂着头露出一片白皙的脖颈，运动鞋踩在沙石地上，轻轻地磕着，手机贴在耳边。电话那边的人不知道说了什么，他应了一声。

他抬眼，恰好跟许一的视线对上。

许一移眼，快步走过去，拨弄了下吹到脸上的头发："能进去吗？"

周至拿下手机挂断放进裤兜，伸手到许一面前拿弓，手指在空中一顿落了回去抄入口袋，他的运动鞋落到沙石地上站稳："能。"

不到五分钟，一个肥胖的中年男人衣衫不整地跑过来，显然是刚从被窝里出来，头发还凌乱着，拎着一串钥匙哗啦啦作响。男人一看到周至就兴奋得两眼放光，直奔过来伸出手："周至？真是你啊？你怎么回来了？我给你开门。"

"麻烦你了。"周至没有握手，说道，"我会按照正常价格的两倍付给你。"

"客气，你过来玩不用付钱。"训练场的小老板叫陈东。他走到前面开大门，正面迎上那些"精彩"的涂鸦，他张着嘴尴尬了两秒，硬着头皮解释，"这海报都是镇上一些熊孩子涂的，你别在意，过两天我会换你新的照片上去。"

"没事。"周至神色冷淡，"你要挂新的上去就要找我的经纪人谈了，需要付我广告费。"

陈东默默把剩余的话咽了回去，推开大门说道："车需要开进来吗？"

"不用。"周至迈开长腿走了进去。

周至的弓箭比寻常的重，许一换了个肩膀背弓，跟在后面走进训练场的内场地。场馆应该许久没有人用，空旷的场馆，说话有回音，到处都是灰尘。

"要用弓吗？器械室里什么都有。"陈东抬手挥了挥灰尘。

周至抬手一指许一的背："带了。"

"许一呀。"陈老板好像现在才看到许一，笑着道，"腿好了？挺快的。这么多年过去了，你们两个感情还是这么好。以前就经常一起来练射箭，形影不离，那个词叫什么？青梅竹马，对，青梅竹马。"

不会说话就少说两句，闭嘴也行。

许一耳朵滚烫，攥着背包带，嘴唇抿成了一条线。

她顺着台阶快步往下面的靶场走，走出大半截才发现身边没人，回头看到周至走在另一边。他双手插兜看着许一，一步步往下走。

"我去开灯，你们还需要什么跟我说。"陈东喊了一声朝另一边跑去。

"小青梅。"周至走下台阶，抬起下巴，扬了声，"打七十米，你跑五十米那里干什么？"

许一转身往七十米的方向走。

打七十米吗？她从没打过七十米。

许一走到七十米的靶位前，先拿纸巾擦了台面才把背包放上去。

没有开灯，室内场馆很暗，看不清靶心。

许一环视四周。

她已经很久没来过这里，设施陈旧没有太大的改变，只是墙面重刷了漆。

"打过七十米吗？"周至站在桌子前拉开了背包拉链取出弓箭配件，姿态还是那样散漫。他的弓通体黑色，散发着冷光。弓把在他的手指上转了半圈，落入手心，他熟练地装着配件，动作间手腕上的绷带显露出来。

十分刺眼。

"你的手……真的没问题吗？"许一忍不住又问了一遍，"我可不想乘人之危。"

他拉弓没事吗？虽然她怀了私心，但也不想周至的手更严重。

"乘人之危？"周至轻笑，身上气场陡然锐利。黑色金属弓身闪烁着光泽，像是出鞘的剑刃。

场馆灯光大亮，整个世界都亮了起来。

周至戴起指护随意取了一支箭搭在弓上，抬起下巴。他看了许一一眼，张扬傲慢。轻描淡写地一抬手，弦被拉到了极致。他敞着长腿站得笔直，如手上拉开的弓，手腕到肩背呈现出完整流畅的力量线，锐利锋芒毕露。

箭破长空发出声响，回弹的弓撞在他的胸口又落回空中，在他手上晃了晃。

靶场的尽头电子计数跳出数字：十环。

"周至果然是周至！真强！"场馆上方响起老板陈东的叫好声，"这个十环漂亮呀。"

周至侧了下头，冷傲的下巴上扬，带着信然的骄傲，弓并在身边贴着他的身体。他嗓音慢悠悠地道："我是'老弱病残'里面的哪一项？小孩。"

许一的耳边还是箭划破空气引起的颤动感，她缓缓把目光落到周至身上，正对上他意味深长的眼。周至巅峰时期就是这样，不瞄，拉开就射，百发百中。

近距离看他射箭更震撼。

"你的手……没事吗？"许一的目光停在他的腕骨上，他刚才那一箭太漂亮了，完美没有任何瑕疵。

张扬自信，独属于周至的狂妄。

"打你绰绰有余。"周至把弓递给许一，"四十五磅拉得动吗？"

许一看着周至的弓，没有伸手接。刚才周至组装的时候她就看清了，这把弓是周至的专属弓，打过世锦赛。

据说，很昂贵。

"怎么，害怕了？"周至的手指松松地握着金属弓身，冰冷的黑色衬得他肌肤很白。他始终抬着头，从下巴到喉结线条清冷，蜿蜒落入深色运动衣里，他带着点居高临下的傲慢，"不敢？"

"用你的弓吗？"许一抬手接过弓，比想象中的重。

"不想用我的？"周至从包里取出护胸递给许一，他扬了声对往下走的陈东说，"借一套护具。"

"我可以试一次吗？"许一握着周至的弓，脊背挺得笔直。

"可以，护具戴上。"周至摘下指护扔到了桌子上，他把自己的那套给了许一，长腿往后撤了一步，单手插兜靠在栏杆上。

许一脱掉外套，她里面穿着白色卫衣黑色运动裤。周至的指护她用不了，只能用护胸和护臂。她太瘦了，所有的护具都要拉到最紧才能贴到身体。

宽松运动衣遮住的身体显露出来，她身形纤瘦，腿很长。

周至从裤兜里摸出一颗奶糖撕开包装放进嘴里，黑眸沉静没有波澜地注视着许一。

小孩长大了。

许一拿弓的姿势非常不专业。

"这是教许一射箭？"陈东走过来把护具放到桌子上，"许一很多年没射过箭了吧？她不是练短跑去了？能拉开弓吗？"

陈东："这弓不会是你经常打比赛那把吧？"他看到许一手里的弓，惊奇地"啧"了一声，那把弓浑身上下透着金钱的气息，"直接给许一用呀？"

周至淡淡看向陈东："不是。"

原来不是？许一握着冰冷的金属弓身，松了一口气。

"四十五磅拉不动可以换。"周至直起身看向许一，"不要勉强。"

谁勉强了?

许一咬牙掠了他一眼,把弓放到操作台面上,戴上指护。她重新拿起弓,抬起手臂发力拉开了弓弦。四十五磅,她的手臂到肩膀绷成一条直线,肩胛骨的力量蓬勃而发,她把四十五磅的弓拉到了极致。

她单薄的身形像是出鞘的薄剑,锋利有着光芒。

周至停住脚步,目光变深,然后又咬着糖靠回栏杆。

"我拉得开。"许一咬着牙把弓弦一点点放回去,反曲弓回弹力量很大,不能空放。手臂有些疼,她太久没训练了,拉开四十五磅的弓确实很吃力。

"小姑娘劲儿挺大。"陈东也被许一惊住了,看起来瘦瘦弱弱的小孩手臂力量惊人。他往后退了两步,靠在栏杆上,取出烟盒,"可以啊,能教。"

"不是他教我,我们在比赛。"许一放下弓,不动声色地活动着肩膀,直直看着周至的眼,"我和周至比。"

陈东拿烟的手停住,半晌才回过神:"你?跟周至比射箭?"

"是。"许一调整指护的位置,胸口闷着一口气,仿佛厚重的雨云挤在那里,翻滚涌动,让她呼吸不畅。

陈东张了张嘴,转头看周至。周至表情平静,默认了许一的说法。

"哄小孩吧。"陈东把烟咬到嘴上,失笑着离开了,大概是觉得这事儿太好笑,他走出几步笑得更明显了,"行,你们比,我去给你们换靶纸。小心点,有人的时候不要射。"

"我能试一次吗?"许一握着弓,没有看周至也没有看陈东,她只感受着弓身的力量。

周至:"可以。"

陈东换好靶纸,许一把箭搭上了弓。

她上一次拿弓是两年前。

周至参加的那场比赛在开始之前,没有人看好中国射箭队。也没有人看好周至,这个年轻漂亮的男孩顶着一张堪比流量明星的脸,拿着弓走上箭位,张扬傲慢。

没有人会想到他能连续射出四个十环,面对一干老将他没有惧怕没有失误,他的表现超乎意料的好。

那天晚上,他们学校的射箭场挤满了人。射箭突然就成了热门运动,每个人都渴望成为下一个周至，成为那个"顶流"。

许一被室友拉去了射箭场，她掩藏着深埋的心思，跟着风随着大流，融入人群之中，拿起了她渴望已久的弓。

她练短跑是想拿奖，想有一天在最高的领奖台上和周至相见。

七十米太远了，许一看不清靶心。四十五磅比她以往拉的弓重，她缓缓地拉开了弓弦，拉到了极致。

她在最后一秒松手，箭离开弦的那瞬间，她心里"咯噔"一声。

果然。

"上隔壁靶了，不过也不错，至少上靶了。"陈东点燃了烟，在旁边看热闹，吐着烟雾说道，"我以为会连靶都找不到呢。"

许一的脸上火辣辣地烧，她把箭射到了隔壁靶上。

离天下之大谱，她第一次在周至面前射箭就这么丢人。

"我想换一把弓。"许一把弓放到桌子上，不等周至开口，快速把话说完，"这个弓我用不习惯，我想换一把正式跟你比，直接比。"

她说完，硬着头皮直视周至，耳朵嗡鸣，心跳如擂鼓。

"有四十磅的弓吗？借一把给她。"周至走向了旁边的箭位，拿起弓调箭弦。

"有，我去给你取。"陈东叼着烟起身，整了下衣服上楼，"你们不如从五十米开始练，或者三十米，新手三十米最合适。那就不用拉这么重的弓，可以选择三十磅左右的。"

"七十米是决赛标准。"周至拿起桌子上的护指往手上戴，看了许一一眼，"五十米还是七十米？"

"七十米。"许一攥紧的手指松开，"我要跟你比七十米。"

"行。"周至没有过多的解释，他甚至都没有看许一，调好弓走过去换靶纸。

陈东把弓送过来，很普通的训练弓，四十磅。

周至射出了第一箭，标准的十环。周至的手很稳，比许一想象中的更稳。

许一拉开弓拼命地想曾经周至教她的东西，太久了，想不到什么。唯一想起的是周至站在她身后，圈着她，握着她的手拉开弓弦。

他贴着许一的后背，环着她，声音很低地响在耳边："你的目标是靶心，看着你的目标，它是你的。"

很早之前的事，她已经忘得差不多了。

许一拉开弓弦到脸侧，她凭感觉调整手臂的发力点，紧紧地绷着。她没打过七十米，七十米的靶心是看不清的，不能凭视力去瞄。

"第一箭偏左。"周至在旁边开口，嗓音偏冷，"就往右移，不要用眼去看，要找中心点的感觉。比赛不是总分制，你只需要赢我一箭。"

许一松开了箭弦，箭破空而出直直地飞向了靶子，"砰"的一声扎到靶子边缘。

一环。

许一咬了下牙，抬起下巴看向周至。

"不错！终于上靶了！"陈东拍手叫好，"许一天赋很高呀！居然没有脱靶。"

这叫好叫得许一尴尬，一环不错个屁！上靶是多光荣的事吗？

"继续。"周至深沉的黑眸轻描淡写地掠过许一，搭上了第二支箭。他不瞄，速度很快，动作行云流水，搭箭就射。

十环。

靶子好像为他而生，箭在他的手上有了生命，箭会听他的话。轻轻松松地飞出去，扎到了靶心。他射完的姿态是傲慢居高临下的，下巴微微上扬，薄唇抿着，不可一世。

许一搭上了第二支箭，咬紧牙射了出去。

上半场结束，六箭，许一最好的环数是六环，唯一能安慰的是没有脱靶。而周至始终是十环，一次失误都没有，手伤没有影响他的发挥。

专业运动员和业余的差距就像是一座巨大的山，无法攀越。周至带给人的压迫感是铺天盖地的，他是无法战胜的神，高高在上。

下半场依旧是周至先射，他在赛场上姿态很高，那是独属于他的意气风发。他第七箭，十环。

弓回弹撞到他怀里，周至拎着弓转头看许一，嘴角扬了下，嗓音低沉："叫声哥哥，或许，我可以让你一箭。"

许一倔强地梗着脖子，拿起她的第七支箭，拉开了弓瞄准靶心。

锋利的箭弦贴着脸颊肌肤，微微刺痛，许一眯了眼，上一箭偏了一些，她细微地调整了下。

世界在这瞬间静了下来，什么声音都没有。没有风声没有冷嘲热讽，很静，她能听到自己的呼吸声，缓慢沉静。

她看着中心的那个点，不知道过去了多久，许一松开了手。

箭离弦发出鸣叫，她的箭朝着靶心飞去，"砰"的一声响。

"十环！"陈东从栏杆上直起了身，他眼睁睁看着许一从脱靶到十环。她笨拙的姿势一次次调整，打得越来越好，拉弓的姿势越来越熟练。

陈东跑过去换靶纸，许一听到自己的心跳声，轰隆隆地响着。她转过头，有些挑衅地看向周至。

"不错，可你没赢我。"周至不意外她射中十环，他意外的是她在高压之下越来越稳的心态。

许一的射箭天赋在八九岁的时候就显露出来，非常高，是周至见过的小孩里最适合射箭的人。周至想过带她走，可她拒绝了。

她没有选择射箭，而选了短跑。

如今许一的腿受伤了，她退回了原来的跑道。

周至沉黑的眼缓慢地掠过许一，淡声："继续。"

许一抿了下有些干燥的唇，心脏紧得有些疼，发梢垂落到脸颊上有些痒。她抬手把头发夹到耳后，头发有些长了，该剪了。

会赢你的。

许一在心里说。

第八支箭，周至射了个九环。他的手伤到底是影响了，射完他就垂下了手，不动声色地活动手腕，疼是缓慢地从里到外，又从外到骨头缝深处。

许一跟着射出九环。

陈东不抽烟了，他把烟掐了看这两个人较量。他一开始觉得许一那个十环是蒙的，可接着的九环让陈东目光深了下去。

许一有点东西。

还剩四箭。

周至射了一个十环一个九环一个八环，许一射了三个七环。

起风了，靶场不是完全密闭的，空旷的训练基地破旧，四处漏风。风速会影响射箭，许一就被影响得很厉害。她射箭全凭本能，没人教她风速的计算。

最后一箭，周至的姿势没多大变化，信步而站。按照以前他的水准，这支箭应该落到十环上。风吹过，九环。

回弹的弓身撞到肩膀上，周至的手腕疼得厉害，弓垂下去荡在手上。他口中的奶糖已经咽了下去，他抵了下腮帮，姿态散漫地仰起头看窗外的天。

人生就像这箭，不管多努力，风推了一把，只能落到九环。

他收起弓走到后面的台子前脱掉了指护。

他可以把许一推荐给秦川。

许一还站在靶位上，她拉开了弓却没有立刻射，大概是在等风停。

风迟迟没停，吹动了她耳边的碎发，贴着她偏白的皮肤。她巴掌大的脸绷着，非常严肃，她的唇抿成一条线，没了血色。

随即，她松开了弦，箭飞出去稳稳地扎到了靶心。

十环。

Chapter 3
/ 说话算话 /

"我赢了你一箭。"许一握着弓的手因为用力微微泛白，她转过身面对周至，清凌的眼带着锋芒，"按照赛前的约定，你教我射箭。"

许一尽可能克制自己的音调，不泄露一丝情绪："愿赌服输，不能反悔。"

靶场尽头的那支箭尾还在颤动，它停在靶子中间，标准得不能再标准的十环。

"谁说我要反悔？"周至抬手解着护胸撂到桌子上，又看向靶心那支箭，许一这支箭射得太漂亮了。

"那就是同意了？"许一无法抑制地翘起嘴角，尖瘦的下巴上扬，透着点骄傲，有了幼年许一无法无天、胆大妄为的影子。

一束阳光从训练场上方的玻璃照射进来，热烈地洒在训练场中间。周至解着护臂，护臂贴着他的手臂肌肉，扣得很紧。

"会收弓吗？"周至单手解开护臂，黑色护臂跟护胸放在一起，他把右手揣入裤兜，没有正面回答许一的问题。

"会。"许一放下手里的弓，"收我这个吗？"

"我的。"周至用下巴示意自己的弓，往后靠在桌子上，喉结很轻地滑动，垂下了睫毛，"不会可以问我。"

"我会！"许一会拆弓配，弓的每一个配件都熟悉，她在很多年前跟在周至后面做小尾巴的时候就熟记于心。她拿到周至的弓刚要拆，警惕地抬眼，缓了下才问，"今天不——开始教吗？"

"你至哥我是铁人吗？不需要吃饭睡觉？"周至掀起眼皮，深邃黑眸注视着许一，嗓音很沉，"明天开始。"

周至今天不走吗？他要留下来？

许一心思百转千回，倒是没有直接问。问了显得她很在意这个问题，她没那么在意。

周至的弓配都是极好的，许一拆得很小心，虔诚地把弓配一样样放回去，全部整好拉上背包拉链，抬头猝不及防撞上周至的眼。周至的眼黑沉寂静，像是黑夜下的水面，蕴着波涛。

她心跳快了些，欲看仔细，周至直起身大步朝台阶上走："饿了，镇上有什么吃的？"

"不回家吃早饭吗？那我跟我妈打电话说一下。"许一穿上外套，背上弓包，抱起箭袋快步跟上周至，"有一家牛肉汤，他们家的牛肉煎包很好吃，你要吃吗？"

"可以。"

许一摸出手机给林琴发信息。

"结束了？这就走？"陈东刚才回去换衣服，回来就看到周至和许一正往台阶上走，"谁赢了？"

两个人相貌都极优越，站在一起使得他这空旷破烂的训练场都莫名有了质感。

"许一赢了。"周至踏上最后一阶台阶，抬手把连帽衫的帽兜戴到了头上，双手插兜往前走。

"哈？"陈东傻眼。

许一从耳朵烧到了脖子，但还是高高地昂着头从陈东面前走过去，反正她赢了周至一箭。

外面风很大，一出门许一就被吹歪了帽子，她被风推着走。

雨没下来，风把云吹走了，拨开浓雾，暴烈的太阳晒在大地上，地面蒸腾出土腥味，空气中弥漫着青草与树木断裂的清苦味道。头发糊了一脸，许一拉起外套帽子盖住脸，忽然肩膀上一轻，面前多了一道很高的身影。

她的额头已经撞到了周至结实的手臂，她立刻把头低下去。周至近在咫尺，身上有奶糖味道。

"怎么了？"许一心跳很快，红着耳朵。

"你想背多久？"周至修长的手臂越过许一的肩膀，拎走了她背上的弓包，抬手散漫地背在了自己的肩膀上，他单手插兜站到许一身侧，偏了下头，"背回家吗？"

许一才没有觊觎他的弓。

"我也不是很想背你的弓。"许一活动肩膀，没了累赘她轻松许多。她的手机响了，她拿起手机看都没看来电就接通了。

"你跟周至出去了？"林琴的声音落过来，"我以为你们都在睡觉，害我扫地都不敢大声，怕吵到你们。"

"出来了，你别做早饭，我回去给你带牛肉汤。"许一快步往外面走，踩得脚底下沙子发出声响。

"不用给我带，你们吃吧，记得付钱，不要让周至花钱。"林琴说，"不要去水边，河水涨得厉害，很危险。"

"吃完饭就回去了。"

周至拉开后备厢把弓箭放了进去。许一看着他挺拔的侧影，拉开副驾驶的车门上了车："我会给你带牛肉汤，你不要吃早饭。"

许一迅速地挂断电话，拉下帽兜。

驾驶座车门打开，周至长腿跨上车，坐到了驾驶座上："在什么地方？用开导航吗？"

"不用。"许一把手机装进口袋，扣上安全带，脑筋转得飞快，"就在主街道那里，开进去就看到了，我会给你指路。"

"嗯。"周至发动引擎打了把方向利落地倒出去，越野车压过地上的积水，扬起水花朝着白墙灰瓦的小镇驶去。

"我妈问你，今天还走吗？"许一问完的一刹那脚趾都蜷曲起来了，她表面上强装镇定，没有泄露分毫，"几点走？"

"不走。"周至左手扶着方向盘，放慢了车速，"到了，哪一家？"

"真的？不走了吗？"

许一一瞬间的笑过于灿烂，就像是盛夏最灿烂的太阳，挂在空旷碧蓝的天空，直接不加掩饰地晒在大地上，明亮透彻。周至的目光扫过去，短暂滞留了下，车开过了牛肉汤店。

"开过了，刚才那家。"许一反应过来说道，"最热闹的那家。"

"我倒回去。"

"走过去就好。"

仙山镇很小，主街道也不过四五百米，清晨时分大部分店都冷清，只有一家牛肉汤馆门口坐满了人。

周至把车停到路边，准备下车。

"我们带回去吃吧，我要给我妈带，我们吃完再回去就凉了。"许一突然开口，语速很快，"我下去买，你要辣椒吗？"

周至从倒车镜看向小店，牛肉汤馆的店面很小，一口大锅支在门口，沸腾着冒着热气，门口摆满了简陋的矮桌，坐着满满当当的人，地上扔着很多用过的纸巾。

"不要辣椒。"周至抬手搭上车门，"拿得动吗？"

"拿得动，你别下车。马上就好，很快。"许一快速拉开车门走了出去，没有看周至就关上了车门，直奔小店。

手机在车内响了起来，铃声刺耳。周至收回视线拿起手机，看到来电时，他的眼底一片晦暗。

响到第二遍，周至接通了电话。

"我让司机去县城接你，你把车开到县城坐高铁回来，不要再开车了。"

"我不打算回去了。"周至仰起头看街上茂密的树木，尽头是一碧如洗的蓝天，早晨的阳光照亮了一半，"不用来接。"

"不回来？"电话那头，李颖的声音陡然拔高，"你打算在那个鬼地方待多久？我真是无法理解你的脑回路，你现在越来越离谱了。这个时候，你不想想怎么面对媒体，挽回损失。你跑回那个破地方，你的世界是那个山村吗？是那个落后破旧的小镇吗？"

"那我的世界是什么？接不完的综艺拍不完的广告？"周至嗤地笑出声，他扭头看窗外，眼中尽是讽刺，"射箭运动员因为接商务断了手？是吗？那我的世界，真是高贵。"

"那是意外，我们也没有想到会发生这样的意外。可事情发生了，我们就要尽力补救，把损失降到最低——"

"损失降到最低。"周至拿起烟盒，咬着牙笑，他用食指挑出一根香烟，夹在指间，"对于一个射箭运动员来说，不能射箭，一切就结束了。"

"医生说你的手只要养好，还是可以上赛场，并没有说你不能打比赛。而且你有那么多商务，就算不能射箭了，你道歉配合宣传后可以完美转行，你有美好的未来！"

"我不是很想呢。"他把烟衔在唇上，垂下稠密漆黑的睫毛，声音低哑，"我只想看你付违约金，李颖女士。你签的合同，损失你自己负责，我们的合约到此为止。"

"周至你疯了吗？"

周至没兴趣听咆哮，直接按断了电话关机，重重地撂下手机，手机碰撞发出巨大声响。

他往后靠着捞起了手边的打火机，冷眸注视着前方笔直的道路，延伸到树荫尽头。短暂的沉默后，他拨动打火机的齿轮。

蓝色火苗卷上了香烟，周至深吸烟雾，半晌才吐出。烟雾在车厢内飘荡缠绕，他的喉结滑动，眼睫在眼下拓出阴影。

未来，他还有未来吗？

周至咬着烟偏了下头靠在座位上看倒车镜，抽烟的动作突然停住。

昏暗陈旧的牛肉汤馆门口，许一身旁站着一个黄毛青年，凑得很近跟许一说话。

那个玩意儿不会是许一的男朋友吧？许一早恋了？

周至把半截烟按进了烟灰缸，蹙眉抽湿纸巾擦手。许一不让他下车的原因是这个？一张湿纸巾被他揉成了团，他坐起来推开了车门。

"瘸子，跟你说话呢，别装没听见。"陈锋凑近许一，贱兮兮地说，"你不是很牛吗？进省队还扬言要打世界比赛，笑死人了，怎么不进了呢？现在是准备参加残奥会还是回家继承你妈的小卖铺？"

许一下车时就看到了陈锋，她和陈锋的恩怨追溯起来可以到童年。陈锋以前住她家后面，她父亲生病后，她们家骤然贫困起来，地方越是小，阶层之间的争斗越是明显。

镇上的小孩就一起欺负许一，陈锋是带头的那个人。

她跟陈锋的"斗争"八岁才结束，那次他们刚打完架，她就撞上了回仙山镇的周至。

周至是他们小镇的食物链顶端，他永远穿着一尘不染的白色衣服，高高在上，看不起所有人。他不跟人动手，也没人敢跟他动手，他就是用最纯净的水晶做成的精致摆件，高贵地住在玻璃罩里，别人碰不起。

许一第一次见周至打架，是他踹开了陈锋家大门。那一架打得惊天动地，他们见识到了周至的凶狠，陈锋被打掉了一颗牙。

从此，陈锋看到许一只敢嘴炮，始终不敢动手。哪怕后来周至走了，他也怕哪天周至回来揍他。

许一怀疑射箭基地外墙上的喷绘就是陈锋干的，只有陈锋会那么恨周至，也只有陈锋有时间和精力。陈锋高中没读完就被开除了，现在流窜在小镇混日子。

陈锋的嘴特别贱，会说很多很难听的话，她不想让周至听到。

"听说你的周至哥哥手也断了，大喜事啊。他还吹牛拿世界冠军，这回该退役了吧，废物——"

许一猛地转身抓住陈锋的衣领把他推到了旁边的空调架上，体育生的力气大得出人意料。

陈锋来不及反应脑袋就磕到了金属架上，发出一声巨响，痛感瞬间传来，应该是磕破了。他没想到许一会突然动手，而且这么凶。

许一把他按倒后，手臂就横在他脖子上。陈锋仰起头却抬不起身，咬牙骂道："你大爷！"

体育生是什么怪物！

许一的手臂往下压，强行把陈锋的声音卡了回去。她干净的眼盯着陈锋，声音压得很低，认真严肃："再侮辱他一句，你进医院，我进派出所。"

"怎么突然打起来了？"周围吃饭的人连忙上来拉架，"怎么回事？陈锋你又招惹许一了？你想干什么？"

陈锋十几岁就辍学，不务正业地在街上混，许一是"别人家的孩子"，又乖又听话，不可能是许一招惹陈锋。

陈锋喘不过气，只想翻白眼：你们瞎吗？谁欺负谁？

"快别打了！"

许一松开陈锋往后退了一大步，肩膀就撞上一个人，她匆忙道歉：

"对不起。"

一只骨节分明的手握住了她的肩膀，强势地把她拉到了后面，她倏然抬头，冷质嗓音在头顶响起："站我后面。"

周至的衣服微凉，许一被拉得跟跄了一下，脸上皮肤擦过他的衣服，她抓住周至的袖子，很快就松开。

周至已经挡到了她面前，严丝合缝地把她护在身后。

"陈锋你怎么回事？你也长大了，能娶老婆的年纪了，天天欺负人家小姑娘，有事没事？"店主放下勺子怒斥陈锋，"你也干点正事吧，许一你怎么样？哎？这是？"

"我是许一的——哥哥。"周至嗓音很淡，下巴微抬示意陈锋，"你叫什么？"

陈锋怀疑自己的头出血了，磕得有些晕，得了自由就去摸头，下一秒，听到一声拽到天上的话。

他抬眼看到了周至，周至比电视上更凌厉，站在两米远的地方，冷沉的眼居高临下地睥睨他。周至很高，身形挺拔利落，身上的寒气很重。

所有的声音卡在嗓子里，陈锋只觉得血液往脑子里冲，浑身冰凉。

他的童年阴影回来了。

"我家小孩还小，很多事不是很懂，比较莽撞。"周至在许一冲出来之前，抬手去挡。

许一长大后没那么听他的话，他猝不及防碰到了她细瘦的手腕，皮肤很软，温热的触感。那手腕一僵，立刻如同鱼一般从他手心里滑走了。周至喉结很轻地滚动，单手插兜用手臂挡住身后的许一："别插话，我来解决。"

周至脸上表情未变，面对陈锋说道："你要找她谈什么？可以找我。"

他一顿，接着说："我跟你谈到底。"

"谈"字他咬得很重。

绝不是文谈。

陈锋捂着头，喉咙上下滚动，始终没有发出声音。半晌后，他一咬牙转身大步朝着另一边走。

周至手有多黑他不想体验第二次。

"你是周至吧？"店主突然开口，看着周至说道，"你什么时候回来的？”

"前天。"周至迈开长腿走向小店，"我们买的东西好了吗？"

"煎包马上就出锅，热的最好吃，焦黄脆底软面。"店主笑着说道，"大明星回来了，真是你！好几年没回来了吧？以为你不会回来了呢。"

许一攥紧的手松开，垂下头看地面，心跳得很快。

周至什么时候过来的？听到了多少？没有听到她跟陈锋说的话吧？

许一听到煎锅"嗤"的一声，牛肉香气四溢，她走到桌子边拿打包盒。

"我说许一哪里来的哥哥，原来是周至。你可算回来了，当年许一追了你十里地，跑得脚上都是血泡——"

"哎！"许一猛地回头，大脑一片空白，她麻木地看着周围熟悉的面孔，牛肉汤的锅沸腾着冒着白气，吃饭的人纷纷看了过来。她刚才的声音很大，打断了所有的声音，"是用这个盒子装煎包吗？"

"是啊，不是一直用这个盒子吗？"店主笑着说道，"被陈锋吓到了？那个混混，你别理他。把盒子拿过来吧，出锅了，我第一个给你装。"

许一是镇上出了名的懂事小孩，会帮人做事，见人也会问好。

"谢谢。"许一拿着盒子走过去，没有看周至。

周至还站在那里，身形挺拔。许一把盒子递过去给老板。

"汤用锅给你装，多装点，晚点你们家有人来街上把锅还回来就好。"店主麻利地装完煎包，连带着一口锅端给了许一。

"谢谢。"许一去端锅，周至已经快她一步把锅端走了。

"我回去了，再见。"许一保持着表面的冷静，客气地跟店家打了招呼，接过煎包袋子快步跟上周至。

身后的讨论声渐渐高了起来，都在讨论周至回小镇这件事。

"开车门。"

周至的声音在头顶响起，偏沉。

许一连忙去拉驾驶座车门，视线里周至笔直的腿抬了下，示意："后排，前面怎么放锅？"

许一拉了一半抬头："会洒，我抱着吧。"

周至的眼在睫毛下很沉，若有所思："不能抱，很烫。"

"放副驾驶座底下，我扶着。"许一脑筋转得飞快，盯着周至高挺陡直的鼻尖，把注意力放在一个地方就不会脸红了。

停顿了下，周至点头："可以。"

汤放到许一的脚底下，她全程低着头，一路忐忑，怕周至问追了十里地的事。幸好周至没提，他专心地开车，车开得很稳。

他们到家是九点，在小超市吃完早餐后，周至就回去补觉了。许一不好意思跟着回去，怕跟太紧引起周至的怀疑，她留在小超市帮林琴理货。

"你们早上做什么去了？"林琴拿着货单对货物生产日期，似不经意地随口一问。

"他要教我射箭。"许一没有绕弯子，直接说道，"妈，我想进射箭队。"

林琴拿货的手停住，片刻才笑着站起来，转身搂住许一狠狠地抱了下，说道："好啊，你可以让周至教你几天，学得差不多去学校申请转射箭队。妈给你买弓，你喜欢什么牌子的？要什么规格？我也不是很懂，要去问问周至吗？"

许一已经比林琴高了，她摸了摸林琴眼角的皱纹，抿了下唇才问道："妈，你觉得我行吗？"

"知道你的名字怎么来的吗？"林琴笑起来眼角皱纹很深，她在太阳底下看许一，"你的一是世界第一的一，你就是世界第一。世界第一行不行需要问别人吗？当然不需要。你的命运在你手里掌握着，只有你能决定，你想行就一定行。"

周至踏着青石板路走到了简陋的小院，早晨的太阳清透地晒在大地上，桂花的幽香飘荡在空气中。

他在院子里站了许久，才抬腿走进屋子。屋子里家具简陋但温馨，墙上挂着一家四口的照片，木质家具擦得一尘不染。

他回到卧室反锁上门拉过一把凳子坐下，取出医药箱给手换药。

深色绷带解开，属于手术的刀口已经痊愈，新增的是划痕。纵横交错划了好几道，他面无表情地把旧绷带扔进垃圾桶里，拿新的缠上。

疼让周至心情很差，他想拿烟，手指到烟盒上绕了一圈落到旁边的奶糖袋子上，取了一颗大白兔奶糖没有拆包装咬在齿间。

药喷上手腕，褐色液体顺着手臂蜿蜒而下，他把手对准垃圾桶，喷了几遍药才松开手。他散漫地往后靠着，慢条斯理地缠着绷带。

大白兔奶糖的包装纸一角就停在他冷淡的唇边，他敞开腿靠在木质的椅子上，仰起头，凸起的喉结暴露在空气中。

他缠好绷带，就那么靠了有四五分钟，才坐直从裤兜里摸出手机开机。

一连串手机通知跳了出来，无数的未接来电和信息来自不同的人。周至咬着奶糖撕掉了包装纸，修长的手指绕开那些不想回复的信息，找到李颖的电话拨了过去。

那边秒接，李颖应该一直在等他的电话。

"想通了吗？今天回来吗？今天真的是最后一天了，不然谁都保不住你，你肯定会被射箭队除名——"

"问你一件事。"周至咬着奶糖，靠着一点甜让自己不那么恶心，"你当年到底有没有把我的弓交给许一？"

他原本想直接带许一走，被李颖拦住了。李颖说许一不是他的玩具，他应该尊重许一，让许一做选择。

周至很自信，他觉得许一一定会跟他走，许一没有不跟他走的理由。

他给许一留了一把弓和一部手机，他走的那天等了许一很久，许一没来送他。但他也没太失望，毕竟，未来他们会一直在一起。

事实却并没有。

许一没有跟他打电话，没有来找他。

他等了一段时间，始终没有消息，他怀疑过许一是不是没收到他的东西。

他等了半年才打电话给林琴，想让许一接电话，许一没有接。又过了半年，李颖告诉他，许一去练短跑了，她跟市体校的教练走了。

可真是有意思得很。

他其实挺不想见许一，许一的存在提醒着他的失败。

自始至终，他一无所有。

回到仙山镇是意外，他鬼使神差地来了，住进了许一家。她长大了，但也没有完全长大，她偶尔还会有当年的影子。

周至问她为什么选择短跑。

许一说她跑得快，可以和汽车比速度。镇上的人说许一为了追他的车，跑了十里路。

可以和汽车比速度，怎么比的？

她面对那个混混的挑衅一言不发，可那个混混骂他，她跳起来跟人打架，细胳膊细腿，倒是凶。

"如果你撒谎，我这辈子都不会回去，我让你人财两空。"周至眼底浮起了戾气，"你当年是怎么跟她说的？你——是不是骗她，说我不要她了？"

周至这一觉睡到晚上，晚饭时林琴去叫了，他没醒。

吃完饭，许一就回了房间，从床底下拉出自己的弓拆了装，装了拆，反反复复。弓是她十五岁生日时买的，当时她参加比赛拿了奖金。林琴把奖金全给了她，她悄悄买了一把弓藏在床底下，无人知晓。

晚上八点半，隔壁房门响了一声，许一竖起了耳朵。

慢沉的脚步声在外面响起，每一步间隔的时间都比寻常人长。

周至起床了。

许一迅速把弓装回去塞到了床底，拿起湿巾擦手端正地坐到了书桌前，翻开了物理书看风速与力学。

周至出了房门，随即水龙头哗哗声响。

"起来了？给你留了饭，我这就去热。"林琴的声音在院子里响起。

"谢谢阿姨。"周至的嗓音很沉，有着刚睡醒的惺忪，尾调微哑。

许一盯着书上的公式，心全然在门外，她跟这种枯燥的公式天生八字不合，处了这么久，依旧互不相识。

周至应该坐到了门外的小餐桌前，许一没有听到他进门，她翻了一页书，端正地坐在椅子上往后靠。

外面很安静，院子里灯亮着，偶尔一声蟋蟀鸣叫。

两分钟后，林琴把饭端到了桌子上，问道："要不去客厅吃？外面有些冷。"

周至穿着纯白色休闲卫衣，身形高大，肩背清瘦，骨骼在衣服下清晰可见。他坐在门口的小椅子上有些憋屈，清瘦修长的手指接过林琴递来的筷子："不用，这里就行。"

"锅里热了两盒牛奶，等会儿你和许一一人喝一盒。晚上喝热牛奶，睡觉会舒服一些。"

周至拿筷子的手一顿，片刻又垂下稠密睫毛，遮住了情绪："谢谢。"

"那你吃饭吧，我回去看电视了。吃完叫我，我来收碗筷。"

许一家客厅没有电视，林琴回房间看电视了。

院子恢复寂静，周至低着头吃饭。林琴的厨艺很好，还是小时候的味道。

同样是妈，李颖和林琴天差地别。

周至吃完一碗饭，收起碗筷往厨房走。身后有很轻的脚步声响起，周至眉毛动了下，把碗筷放进洗碗池里。

"你要洗碗吗？"少女轻悦的嗓音在身后响起，带着质疑，"你会洗碗吗？"

周至偏了下头看到许一穿着一身黑，拎着个空杯子，短发发梢很乖地贴在脖颈肌肤上，大眼睛正盯着他看。

周至打开水龙头，水花瞬间飞溅喷了他一身。他的眼皮动了下，面无表情地盯着急涌的水流。

一道柔软身影闪了过来，许一贴到了他身边，细瘦白皙的手指拧上了一半的水龙头。水流变缓，许一跟他紧贴着。

她比周至矮了接近一个头，头顶看起来很软。

周至把手递到水龙头下冲洗，任由水流冲着手。

"你出去吧。"许一挤了洗洁精，周至在旁边存在感太强了，他很高，投出很大一片阴影，完全把许一罩进去了。

冷白瘦长的手递了过来，就横在她面前。

大少爷要干什么？

许一把洗好的碗放到一边柜子上，压着心跳抬眼看去："要什么？"

"手上很油。"周至因为刚睡醒，嗓音倦懒，他掀了下睫毛，"有洗手液吗？"

许一将洗手液递给他，周至没动，居高临下地看着她。他看得专注，双眸沉黑。

厨房里很安静，周围的温度莫名高了些，空气骤然稀薄。许一看着他的睫毛，心跳得很快，有些紧张。

沉默了一会儿后，许一把洗手液挤到他的手背上，压下慌张，思维转得飞快："我帮你洗碗，有没有报酬？"

"要什么？"周至重新把手递到水龙头下，他往这边一站，几乎贴上了许一。冰凉的水浇在他的手上，他的手指清瘦，骨节分明，手背上筋骨很清晰。

"你睡醒了吗？"许一往旁边移了半步，跟他保持距离，空气恢复了正常，"你吃好饭了，是吗？"

"嗯。"周至的嗓音很沉，尾调缓慢地落过来，"有事？"

"那你能不能教我射箭？"许一一口气把话说完，直直盯着周至，"我拿到了训练基地的钥匙，随时能过去。"

冰凉的水流冲着周至的手漫到了手腕，洇湿了一片绷带，他才慢悠悠地收回手："好，现在过去。"

"真的？"许一想了很多借口，还没来得及出口，周至就答应了。

"嗯。"周至湿淋淋的手停在半空中，他环视四周。

"要毛巾吗？"许一抽过干净的蓝色毛巾递给周至，"我跟我妈说一声。"

周至接过毛巾擦手，看了许一一眼，点头："我去外面等你。"

许一扬起嘴角，又迅速落回去，眼梢还浸着笑："好啊。"

周至迈开长腿走出了门。

许一快速洗完剩余的盘子，挤了洗手液在手上，动作都是轻快的。

心情大好。

周至在小镇停不了多久，他很快就会离开。

在他走之前，许一要把能学的都学到。既然选择了射箭，就要考虑职业性。

学校射箭队不缺人，并不好进，想进得有绝对好的成绩。她的时间有限，如果转不到射箭队，她可能没机会冲省队了。

"许一，你怎么在洗碗？怎么不叫我？周至呢？"

许一关上水龙头回头看到林琴，她拿下毛巾擦手，擦到一半意识到跟周至用的同一条，耳朵火辣辣地烧着。

"我想让他教我射箭，他出去开车了。"许一把毛巾搭回去，"我们现在出去。"

"晚上去练射箭？"林琴皱眉，"明天白天不行吗？大晚上开车也危险。"

"我怕时间来不及。"许一抿了下唇，"他在这里待不了太久。"

"周至。"林琴顿了下，说，"他同意？"

许一点头。

林琴抬手揉了把许一的头发，目光深了下去，半晌才开口："注意安全，有任何事都要第一时间跟我打电话，明白吗？"

　　许一点头："知道了。"

　　"去吧。"林琴推了下许一的肩膀，把她推出门，"注意脚，别那么拼命。我知道练射箭重要，对于运动员来说成绩是一切。可身体是本钱，身体好才是根本，没有好身体根本出不了好成绩。别练太晚，早点回来。"

　　"知道了。"许一冲进房间拎了一件外套，抽走床底下的箭袋背在肩膀上就冲出了门。

　　周至的车停在巷子口，车灯亮着，他靠在车身上抽烟。他穿着白色卫衣，修长手指夹着烟，被夜风吹得猩红。

　　许一放慢了脚步，若无其事地穿上外套，把弓重新背回去。

　　"周至。"许一清了清嗓子。

　　周至抬起眼，深邃黑眸落过来。他的眼在夜色下分外锐利，许一站得更直了，攥着箭袋："走吗？"

　　周至抬手把烟按灭在旁边的石块上，熄灭的烟头弹进了垃圾桶里。他偏了下头："背的什么？"

　　"我的弓，三十磅。"

　　"太轻了，没有练的必要，借训练场的弓。"周至拉开了车门。

　　"那我送回去？"许一转身要往回走。

　　灯光一闪，周至看清许一背上的弓包品牌，目光沉了下去："放后排座位吧，上来。"

　　周至的长腿迈进车厢，拉上了车门。

　　许一先拉开后排座位放弓包，才坐到了副驾驶。

　　"这个弓——三十磅这个，你用了多久？"

　　"去年买的，没怎么用。"许一拉上了安全带，车厢内有烟草味道。随即薄荷香在车厢内飘荡，许一转头看过去，周至修长手指夹着一盒薄荷硬糖递过来。

　　"要吗？"

　　他已经咬了一颗薄荷糖，漫不经心地放在齿间。

　　车厢内很安静，周至也没有听歌的习惯。两个人在一个空间里，许一觉得吃颗糖可能会好一些，她更自在。

许一伸手接薄荷糖盒子，猝不及防碰到了周至的手指，许一立刻就要缩回手。手被按住，她倏然抬眼。

"躲什么？"周至握住她的手，另一只手拿着薄荷糖的铁盒倾斜着往许一的手心里倒，薄荷糖的清甜弥漫在空气中，周至身上也是薄荷糖的味道。

车灯明亮，两颗浅绿色薄荷糖躺在许一的手心，许一硬着头皮坐得笔直："没有躲，两颗够了。"

周至的手指上有薄茧，碰触到肌肤有种粗粝感。许一像是被仙人掌刺了下，细软的刺落进肉里，不疼但刺挠。

"我很可怕？"周至掀起稠密睫毛，靠坐回去，他又取了一颗放进嘴里。硬糖落到齿间，他"嘎嘣"一声给咬开，舌尖抵了下腮帮。

"谁怕你。"许一把两颗薄荷糖都放进了嘴里，攥着手心转头看窗外，"我才不怕你。"

"那你转过来看着我说话。"周至发动引擎，寂静的深夜，声响特别大。许一在这种声响中，稍微平静些，她转过头想跟周至说话。

"咕噜"一下把两颗糖都咽了下去，她对上周至的眼。

周至黑沉的眼里，笑意缓缓地溢开，像是湖水里落进了石块，潋滟的水纹荡漾开。

"还要吗？"周至因为笑嗓音有些哑，修长的指尖点了下储物盒里的绿色糖盒，"可以整盒给你，不过。"他顿了下，语调慢悠悠，"下次别咽了。"

"我就喜欢咽着吃。"许一面无表情，没有碰糖盒，"不需要了，谢谢。"

周至抬起下巴，从下巴到喉结拉出清冽的线条。眼底的笑还没散干净，他发动引擎，单手握着方向盘缓缓地把车开出了巷子。

"行。"

你行什么行？

许一口腔里还残留着薄荷糖的味道，她有些尴尬。

她不知道该说什么，抠了下手心，垂下视线看手指。

许一不是不能跟男生接触，体校男女比例悬殊，她面对那些男同学都游刃有余，理智条理分明。不会紧张也不会说错话办错事，可她面对周至总是一塌糊涂。

不管之前做了多少准备，两个人在一个空间，她就兵荒马乱。

"许一。"

车子开过仙女河大桥，周至忽然开口。

许一抬起头。

周至专注地开着车，镇上的路灯从窗外掠进来落到周至英俊的侧脸上。

他的相貌极其优越，今天下午许一看他的八卦新闻，媒体说他可能要退役进娱乐圈。有人骂有人捧，他处在风暴中间。

"想不想跟我走？"周至的手指很轻地抚了下方向盘，喉结滑动，他的嗓音很沉，"跟我去 B 市，我送你去我姑姑的射箭队。"

路灯一盏接着一盏地掠进车厢，掠过许一的眼，也掠过了周至冷沉的脸。

"你射箭天赋很高，可能会高过你的短跑天赋。"周至依旧看着前方的路，齿间的薄荷糖已经变成了粉末，他喉结很轻地滑动，咽下粉末，"不应该被埋没。"

越野车奔向镇郊的射箭训练基地，仙女河景区的景观灯光蜿蜒到遥远处，仿若银河落到了人间。

"你愿意的话，一个月后，你的腿养好了，我来接你。"

车停在射箭基地大门口，周至吃完了薄荷糖，停稳车解开了安全带，注视着许一："想好了吗？"

许一没有回答他，她解开安全带下车。劲烈的风扑到了脸上，她拨过短发夹到耳后，先去后排拿了护具才拎着训练场的钥匙开门。身后车灯灭了，门口这一段没有灯光，寂静漆黑。

许一拿出手机打开了手电筒，拿钥匙开门。

金属大门发出声响，雨后大门有着铁锈腥味。她推开了门，拿出手机照明，踩着咯吱作响的沙石地往里走。

周至握着车钥匙在手心转了一个来回，落入了裤兜，他单手插兜跟在许一身后迈入陈旧的训练基地。

训练基地的器材室，许一挑了一把四十磅的弓组装。她装弓没有拆弓那么娴熟，周至接过了她手里的弓，装上了弦。

周至徒手拉弓，四十磅的弓被他拉到了极致，他整个人绷得像一把蓄势待发的弓，凌厉带着锋芒。

许一盯着他的手腕，思绪短暂地飘走，又迅速被拉回来。

周至已经把弓弦放回了原处，他装上瞄具，巨大的弓在他手上变得轻巧容易。周至抽了一支箭搭在弓上，只是比了一下并没有拉，他垂下浓密纤长的睫毛，眼下被拓出阴影："我明天要走，不能留在这里了。如果你考虑清楚了，给我打电话。"

他把弓递给了许一。

短暂的沉默后，许一接过弓背上箭袋走出了训练室。

周至又从头教了她一遍，从拉弓到站姿，一如当年。

周至站到许一身后，胸口几乎贴上她的脊背，他指点着许一的手臂："发力点在肩，手臂不要斜，保持一条直线。"

许一挺直腰，看着前方的靶。

周至握住她拿弓的手，拿了一支箭搭上了弓，另一只手包着许一的右手拉开了弓："看着靶心。"

许一尽可能全神贯注地看靶心，但周至的存在感太强了，他几乎是环抱着自己。他的呼吸落到她后颈肌肤上，锋利的箭弦贴着她脸颊皮肤。

箭弦被拉到了极致，随即破空而出发出凌厉声响。

七十米四十磅十环，周至拉着许一的手打的。

反曲弓回弹撞到了许一的胸口，她站得笔直。身后就是周至，周至身上有烟草混着薄荷的气息。

他松开了许一的手，许一攥着弓垂下眼看手背。

周至往后退了一步，拉开距离："这次，我一定会带你走。"

许一没有换靶纸，她拿起箭重新搭上了弓。她按照周至刚才教的姿态站好，拉开了弓，看着靶心屏住呼吸。

弓被拉到了极致，她的手臂到肩膀紧紧地绷着。

她在心里数秒，第三秒，她松开了手。

长箭发出凌厉的鸣叫，直直飞向靶心，撞掉了第一支箭扎到了十环的位置。许一转过头看周至，站得笔直："好啊。"

不带她走，她就把周至永远地送走。

周至教许一练到十二点，他凌晨一点半开车离开了仙山镇。

许一听到了他走的动静，没有出去送他。

她躺在床上拉起被子遮住了头，把手背压在眼睛上。

周至在半个月后公布了伤病情况，官宣暂时离开国家队。一时间铺天盖地都是他的新闻，什么言论都有，周至除了那条伤病长微博，再没有发过其他的动态。

许一在第二十九天，拎着行李箱离开了家，打算去 B 市。县城没有直达车，她需要倒两次车。

在 H 市高铁站等车时，许一给周至发送了自己的定位：【你能把位置发给我吗？】

手机立刻响了，是一个陌生号码。

归属地是 B 市。

许一的心跳骤然快了起来，她抿了下唇拿起手机接通了电话。

"你在 H 市高铁站？"周至的声音落过来，"坐上车了吗？"

"还没有。"许一的心瞬间紧了起来，仿佛被无形的手攥着。这一趟她是瞒着林琴进行的，没有人知道她去 B 市，没有人知道她去找周至。

周至拒绝的话，她就说去 B 市玩，并不是找周至。

"别坐车，直接出站，我去接你，我也在 H 市。"

许一的耳边仿若响起了箭鸣，有那么一瞬间的空白。拥挤的车站，头顶是重复的广播，她握着手机，手心里有汗。

"啊？"

"我计划明天回仙山镇，既然你过来了，我不用回去了。"周至的嗓音很沉，在那边响起，浸着点笑意，"行，在那里等我，别乱走。"

周至挂断电话。

许一后知后觉，他居然有自己的号码。

自己却没有他的！

许一看着那串陌生的号码，迟疑片刻，保存到通讯录备注：周至。

她心跳得更快了——周至在 H 市，他原本是要去仙山镇接自己。

头顶广播响起，提醒她这一趟列车要开了。

许一迅速登录手机退票，还被收了手续费。许一忍着肉疼拖着行李箱逆着人流往出口走。

十月下旬，H 市已经进入了深秋，街边的桂花开到了尾声，不知名的树木叶片泛黄挂在枝头摇摇欲坠。

夕阳挂在城市的尽头，金色的光斜着照在大地上，傍晚时分，太阳快要坠入地平线。

许一握着行李箱拉手站在高铁站广场的边缘，不断地踩路沿。反反复复，心跳得很乱，整个人都乱七八糟。

这么冲动。

周至会不会笑她？

许一把外套的帽子戴到头上，低着头想，周至要是敢笑，她就拿箭射周至。

鸣笛声响，许一拖着沉重的行李箱挪到了台阶上。鸣笛声又响，许一觉得开车的人有毛病，又挪了一步才看过去，猝不及防跟周至对上了视线。

他穿着黑白拼色运动外套，歪戴着棒球帽，长手架在车窗上专注地看她。他没有戴口罩，鼻梁高挺，黑眸深沉。

周至没有开他那辆大奔驰，他开的是白色奥迪。

"还躲？"周至的语调扬了下，浸着点意味，"躲哪里去？"

许一骤然看到周至，嘴角上扬，但很快就压了回去。她握着行李箱拉杆站得笔直："你好。"

"嗯，我挺好。"周至推开车门，长腿迈出了车子。

许一总觉得他又长高了，他穿着黑色运动裤，长腿笔直凛然，走到许一面前拿走了行李箱。

"我自己拿。"许一挣扎。

周至抬手落到她的头上，很轻地推了下她的头："去，上车。"

周至的手指很长，手很大，虽然一触即离，但贴着头发的感觉特别清晰，许一耳朵热了起来："行李箱很重。"

周至绕到车后合上拉杆，单手提起行李箱塞到了后备厢，他关上后备厢大步走过来："想吃什么？吃完饭再回去。"

许一来过几次 H 市，但都是参加比赛，学校安排的。

她对 H 市并不熟，坐到副驾驶拉上了安全带，看周至上车才开口："我订哪里的酒店比较方便？"

"先住我家。"周至取出一瓶水拧开递给许一。

"不用，我找酒店就好。"许一接过水，规矩了许多，"谢谢。"

H市是他们所在省的省会城市，周家在这里有房子。

"我自己住。"周至拉上安全带，"没其他人。"

她不好意思的是其他人吗？

"不方便吧？"许一已经从耳朵烧到了脸，她把瓶盖又拧回去。

"不方便？"周至斜睨她，发动引擎把车开出去，他修长的手指敲了下方向盘，"你的不方便是指哪方面？我的房子离省队训练基地很近，我姑姑最近带队在这边集训，你过去训练很方便。"

许一攥着冰凉的水瓶，周至已经安排好了吗？这么快？

"还是你觉得男女方面不方便？"周至的嗓音慢下去，扬了下嘴角，意味深长，"许一小朋友长大了？"

"不是。"许一立刻反驳，"那可以，麻烦你了。"

"选个餐厅。"周至在红灯前踩下刹车，修长手臂搭在方向盘上，拿起手机翻看消息，嗓音慢沉，"烤肉？火锅？江南菜？"

"都可以，我不挑食。"许一看着他的手腕，他的绷带拿掉了，腕骨线条冷肃，戴着一块黑色运动手表，手表很好看，"我请你吃饭？"

她应该要请周至吃饭，她迅速地计算手机里的余额。

周至的手机响了起来，他按下接通。直行变成了绿灯，他踩下油门把车开出去，点了下外放。

"大少爷，你家着火了吗？约得好好的，说走就走——"

周至关掉外放，单手扶着方向盘，取出放在储物盒里的无线耳机戴上。他垂下眼，若无其事地把手又搭到了方向盘上。

"有事，改天再约。"

许一听清了两句，怕耽误周至的正事，压低了声音："你如果有事，先去忙。你把地址给我就行，我来过H市，不是第一次来，我认识路。"

她可以开导航，许一很自立。

"女孩？女朋友？"秦川在电话那头"啧"了一声，"这确实比你家着火更紧急。"

车厢内太安静，许一听到了这句，耳朵上的热轰然炸开，蔓延到了手指尖。她拧开水喝了一大口，冰凉的水涌进胃里，她迅速转头看窗外。

"不是。"周至抬手按了下耳朵上的耳机，看向许一的后脑勺，她柔软的黑发贴着后颈白皙的肌肤，他的嗓音沉下去，"是许一，我家的小孩，她今天来 H 市。"

许一又喝了一口水，躁动已经完全沉了下去。

那边不知道说了什么，周至松开了按耳机的手，随意地搭在方向盘上："过段时间再说吧，我会给你回复。"

周至的手机屏幕亮了下又灭了，他拿掉耳机摞到手边的储物盒里。

"吃什么？"他的嗓音很沉。

"火锅，可以吗？"以许一的认知，周至说的另外两样价格没有上限。火锅最贵也不过几百块，她可以付钱，还人情。

"可以。"

半个小时后，许一翻着黑色鎏金菜单觉得"肾疼"，她对周至的消费能力一无所知。

为什么一份牛肉可以卖八百多？她不能理解。她一路往后翻，停在了主食页，一份炒饭就上百。

"不要看主食区，看前面。"周至抬眼看过来。他脱掉了运动外套，只穿着薄卫衣，他身上没戴任何饰品，露出半截清冷的锁骨，蜿蜒落入衣服深处。

他的语调很淡："有忌口吗？"

"没有。"许一摇头，有一点窘迫，她很轻地掐了下手心，为了掩饰自己没见过世面这件事，她迅速转移了话题，"我什么时候可以试训？"

"腿好彻底了？"周至叫来服务员点菜。

"差不多，不影响。"许一把菜单翻到第一页，目光游弋。很高档的餐厅，他们在隔间里，大厅的轻音乐被隔绝在外，整个餐厅装潢看起来处处透着贵。

"最近练得怎么样？"

"很好。"终于聊到许一擅长的事了，她放下烫手的菜单，坐直把手放到餐桌上，"我现在成绩很稳。"

服务员回头看她，目光中带着打量。

许一脊背挺得更直，坐得端正："我随时都可以试训。"

周至嘴角扬了下，往后靠在椅子上跟服务员点菜。他点菜很娴熟，大概是经常在这边吃饭。

许一端起桌子上的水喝了一口，有些局促。

手机响了一声，来自林琴的微信，问她有没有到学校。她跟林琴说要回学校。

许一心虚，按着手机半晌才回复：【到了。】

林琴的电话打了过来，许一连忙起身说道："洗手间在什么地方？"

"这边。"服务员拉开了房门，带许一往前走，指了指洗手间的方向说道，"一直走就到了。"

"谢谢。"许一攥着响动的手机快步走向洗手间，走到最里面才接通电话，"妈。"

"学校怎么安排的？同意你转专业吗？"

"还没回复。"撒谎让许一心跳很快，生怕露馅。她找周至的行为很莽撞，也很离谱。她一向听话，第一次做这么疯狂的事。

"不要着急训练，一定要养好腿。"林琴一顿，问道，"你最近跟周至联系了吗？"

许一的耳朵又烧了起来，含糊地应了一声。

"他有没有给你什么建议？他在这方面是专业的。"

"没聊。"

"有时间聊聊也行，周至跟他爸妈不一样，他像你周爷爷和周奶奶，更重感情。这次回来，我看他把你当亲妹妹，你们没什么不能聊。"

"知道了。"许一不敢提她已经跑来找周至了，"我会联系。"

"注意安全，在外面照顾好自己。钱不够了跟我说，早点休息。"

"好。"

许一跟林琴又聊了几句才挂断电话，出去洗完手擦干，顺着原路回去。离隔间还有四五米远时，一个很高很漂亮的女孩拉开隔间门走了出来，她的穿着很精致，目光从许一身上掠过，径直走了。

许一若有所思，推开门走进隔间。

周至靠在椅子上，骨节分明的手指夹着黑色手机在打字，修长手肘随意地撑着。看到许一，他放下手机："菜上来了，还想吃什么再加，菜单在你右手边。"

"不用，这些就够了。"桌子上已经摆满了菜，许一环视四周，这个房间没有其他的出口。

刚才那个女孩是来找周至的吗？他的女朋友？

周至外貌优越，网上有很多周至的女友粉，他谈恋爱合情合理。

"看什么？"周至把一小碟蛋糕推到许一面前，"这家的栗子蛋糕不错，试试。"

蛋糕非常精致，巨大瓷盘里一小块，上面撒着碎栗子。许一拿勺子挖了一小块放到嘴里，她很多年不吃甜品，本来想敷衍地吃一口。

蛋糕入口即化，栗子香气浓郁，不过分甜也没有腻，恰到好处。她挖第二块时，看了周至一眼。

周至在涮牛肉，没看她。他的左手袖子挽起来露出修长的手臂，右手始终遮在衣袖里。

许一把勺子往后移了些，很克制地挖了一小块，把剩余的一半推给了周至："很好吃，你不吃吗？"

"碗拿过来。"周至捞起牛肉，示意许一的碗。

许一连忙把碗递给周至，接到了一碗肉，她咽下蛋糕收起碗："我自己来。"

"会吗？"周至掀起稠密睫毛注视许一。

"我可以学。"许一脸上滚烫，理直气壮，"我学了我就会。"

"行。"周至放下筷子，拎过一旁的涮肉指南摆到许一面前，"按照这个时间煮，你涮给我吃。"

周至拿起银色勺子把剩余半块蛋糕挖走，毫不客气地吃完了。

许一："……"

跟周至就不能客气。

许一原本想咬牙拿全部积蓄来付这顿饭钱，看到价格，她松开了牙把机会让给了周至。

她攒了很久的钱只有三千，他们吃了五千多。

坐上车，许一扣上安全带，长长的账单被她攥在手心里。

周至从驾驶座上车，拎着一个包装精美的盒子递给许一："拿着。"

"什么？"

"送了一份栗子蛋糕。"周至拉上安全带，"明天早上我带你去训练场试试，状态好的话，周五我送你去我姑姑那里。"

许一拎着栗子蛋糕的盒子，看着周至的侧脸，沉默片刻："谢谢。"

周至单手握着方向盘正往后倒车，闻声踩上了刹车，他转头看过来，黑眸深邃，嗓音沉缓："谢不是你这样的。"

"那是什么样的？"许一看着他的眼，握着蛋糕盒子坚硬的边缘。

"叫声哥。"周至扬唇，瘦长的手指敲了下方向盘，缓缓地把车倒出去，开上主干道，"告诉你。"

"等我以后拿到奖金，我请你吃饭。"许一抱着蛋糕，从倒车镜里看那家高档的餐厅，"就这家，随便你吃。"

周至沉黑的眼没了多少情绪，骨节分明的手指搭在方向盘上："一顿饭就想打发我？许一，我的人情这么廉价？"

许一能想到的最贵的东西就是这顿饭了，她不想叫周至"哥哥"。

"再想想。"周至也没有提醒她，撂下一句就专心开车。

许一没想到还有什么能比这顿饭贵。

周至没有住别墅，他住在顶楼平层。离省队训练基地很近，非常安静的小区，车是直接开进地下停车场的。

坐电梯到顶层，许一盯着电梯上的数字，三十三层。

她握着行李箱拉杆跟着周至走出电梯，空旷的楼梯间只有一个房门，周至按下密码锁，"嘀"的一声房门打开。

屋子里的灯亮了起来，周至把车钥匙撂到玄关处的柜子上，拉开鞋柜门取出两双男士拖鞋给许一递了一双："进来吧。"

房子很大，装修得很好。许一能想到的词只有这么多，虽不是金碧辉煌，但每一处都精致，不会太便宜。

许一拖着行李箱进门，周至已经换上了拖鞋走进客厅，客厅的灯全部亮了起来。

"你住次卧，在我的房间隔壁。"周至推开一扇门，"过来看房间。"

地板一尘不染，整个屋子很干净，和周至的气质很一致，他原本就应该生活在这种地方。

许一连忙把黑色运动鞋脱在门口，很轻地嗅了下，确定身上没有味道，脚也没有味道才穿上他的黑色拖鞋走进去。

房间很大，入口处有洗手间，里面还有个小房间。床上用品和整个屋子的风格格格不入，他的房子装修是冷色调，床上铺着的却是一套浅粉色边缘带蕾丝的四件套。深色床头柜上放着两个粉白色小熊，很奇怪的搭配。

周至关上了卧室窗户，找到窗帘遥控器把窗帘拉上："需要什么跟我说。"

"好。"周至的房子比许一住过的所有地方都好。

周至环视房间，目光落到许一身上，四目相对，空气寂静了大约有一分钟。

许一匆忙指着门口："那我把东西搬进来？"

周至双手插兜，很轻地皱了下眉就松开，也出了许一的房间，推开主卧门："我住这里，有事叫我。"

"好。"许一直奔玄关，看到行李箱上的蛋糕，才想起来，"蛋糕需要放冰箱吗？"

"你一会儿把它吃掉，不能隔夜。"周至进了卧室，反手关上门。

"你不吃吗？"许一问了一句。

半晌没有听到回答，许一以为他没听到。她拎着行李箱到卧室门口，主卧的门忽然打开，周至已经脱掉了外套，穿着卫衣靠在门边，长腿随意地支着。他身形高挑清瘦，注视着许一大约有一分钟，才缓慢开口："不吃。"

"哦。"许一握着蛋糕盒子和行李箱，一时间想不起来下一步该做什么。

他在房间里回答，许一应该也能听到，不用出来说。

"早点睡，明天早上去训练场。"周至先收回了目光，直起身子，长腿踢上了卧室门，彻底把自己关进了房间。

许一抿了下唇，也关上了房门，她握着锁迟疑，"咔嚓"一声拧上了反锁。

她洗完澡穿着睡衣坐到床边拆开蛋糕盒子，很小的一块栗子蛋糕，没有放在盘子里那么精致。两个银色金属小勺子摆在一边，她拿起手机小心翼翼拍了一张照片保存，拿起勺子挖了一块放进嘴里，瞬间快乐。

贵有贵的道理，这是许一吃过的最好吃的蛋糕。

忽然想到很多年前，她过生日，那是周至第一次冬天回仙山镇，也是周至唯一一次陪她过生日。

许一的生日是大年初一，这个时间过生日最没意思，买不到蛋糕也没有什么特殊待遇，好吃的家里也都有。

大年初一，她去给周爷爷周奶奶拜年，拿到红包就美滋滋地冲向周至的房间。周至还没睡醒，她就把收到的所有红包都塞到周至的枕头下。

周至醒来，嫌弃地推开她的脑袋，却没让她出去。他穿着白色毛衣，趿拉着拖鞋过去反锁上门，转身打开了窗户，冷风卷进来，他拎来一个很小的粉色蛋糕盒塞到许一怀里："吃完快走。"

窗外有鞭炮声，那一年全国还没有禁烟花爆竹。门外有周家人说话的声音，这一年周家所有人都回来过年了，别墅里有很多人，很热闹。

房间里只有他们两个人，是他们的天地，周至记得她的生日。许一兴奋地冲上去抱住周至的腰，叫他哥哥。周至仰着头拨她的手，不让她靠近。

盒子里有数字蜡烛，许一插上蜡烛点燃，双手合十许了个很认真的愿望。她坐到周至的床上，挖了第一勺蛋糕喂给他。

周至躺在床上玩游戏，撩起眼皮看了她许久，才张口吃掉了勺子上的蛋糕。

许一的那个生日愿望是和周至一辈子在一起。

许一吃完了蛋糕，把盒子扔进垃圾桶，金属小勺子洗干净放到床头柜上，她拿起手机删掉了刚才的照片。

永远不要期待。

Chapter 4

/ 初试锋芒 /

许一醒得很早，五点半起了床在房间里做拉伸运动，七点走出卧室，客厅里一片炽白，第一束阳光从天际尽头照向大地，一缕金光落到客厅。

房子里很安静，周至应该还没有起床，许一轻手轻脚地带上了门，走向客厅巨大的落地窗。

客厅干净空旷，没有电视，只有一组白色的沙发。

许一走到阳台，阳台上有几盆干枯得看不出品种的花草，连救的必要都没有。小区外面的绿化很好，树木茂密浓绿，不远处便是训练中心的房子。

朝阳下，世界金灿灿的。

身后卧室有动静，许一站直转身，怔住。

周至腰上裹着浴巾，松松垮垮地挂着，穿着拖鞋一手拿着电话，姿态散漫地往餐厅的方向走。

电话那头不知道说了什么，周至皱着眉，沙哑着嗓音据理力争："你见到她会改变主意，如果必须要按照那套程序走，相信我，你们永远拿不到好的成绩！"

他的头发湿漉漉的，往下滴水，一颗水珠顺着他肌理分明的胸口缓缓滚动，滑过整齐的腹肌蜿蜒落入了浴巾深处，洇湿出一片深色。

周至走到开放式厨房拉开冰箱取出一瓶冰水拧开仰头灌了一口，喉结滚动，微一转头跟许一四目相对。

他的喉结滑动，咽下了那口水，连带着锁骨也动了下。

许一心跳加速，大脑一片空白，周至的身材很好，腰腹肌肉沟壑分明。他有人鱼线，缓缓地落入松松垮垮的浴巾内。

周至冷白修长的手指握着矿泉水瓶，指尖很轻地动了下，沾到了冰冷的水珠。大约过了半分钟，他抬手搭上右手腕，开口："转过去。"

许一猛地转身面对着落地窗，大脑火辣辣地烧着，烧得她快不能正常思考了。

周至关上冰箱门，耳朵里还是周玉的声音："虽然有很多天才运动员可以越过程序，但绝不是许一。她的身体局限了她的成绩，不会更高了。如果你觉得她的能力足够强，何必来找我？从省队打上来，不是更有说服力吗？"

周至的唇抿成了一条线，抬手盖住右手腕大步往卧室走。许一起得这么早，出乎他的意料。

"有能力就去证明，我跟你没什么好说的。"

许一从玻璃倒影中看到周至大步回到了房间，房门关上，她抬手捂住了耳朵。

周至也不算没穿衣服，比起他们学校的游泳队，周至穿得算多了。许一能面无表情看游泳队训练，却不能面对裹着浴巾的周至，他的身材极好，是许一见过的所有男生里身材最好的。

一团火顺着许一的心脏缓缓地流淌到四肢，从大脑烧到耳朵。

她缓慢地深呼吸。

"还背着呢？"客厅里响起一道低缓的嗓音，"转过来吧。"

许一转身把手背在后面，抬头看过去，想为自己辩解："我没看清。"

周至穿着白色休闲T恤，配了一条很宽松的白色休闲长裤，手里拎着毛巾漫不经心地擦着头发，黑眸中的笑缓缓地溢开了。他嗓音慢沉："你还想看清什么？"

许一张了张嘴没发出声音，攥着手指，问道："你要吃早餐吗？我出去买。"

"等会儿出去吃。"周至拉开冰箱打算取水，动作顿了下，关上冰箱门从另一边的箱子里取出两瓶常温矿泉水，拎着走向阳台，"怎么起这么早？"

"早上要做拉伸。"许一的耳朵还烧着，脸也滚烫，眼看着周至越走越近，说道，"我需要准备什么吗？"

"不用。"周至走到阳台把矿泉水递给许一，忽然倾身靠近她，"许一。"

"什么？"许一握着矿泉水瓶整个人都僵住了。

周至的衣领很宽，倾身时露出半截冷白的锁骨，他身上有很淡的茶香，萦绕在空气中，丝丝缕缕地缠绕。

金色阳光穿过玻璃，落到他的睫毛上，他的睫毛尖被映成了淡黄色，直直地看着许一。

"看什么？"许一握着水瓶，几乎屏住了呼吸，她站得笔直，"我脸上有东西吗？"

许一的脸很红，大眼睛琉璃似的透亮。

"看我会脸红？"周至单手插兜，骨节分明的手指很轻地敲了下手指上的矿泉水瓶。

"没有，热的。"许一立刻退后一大步，拉开距离，她借着喝水的姿势挡住脸，"你家很热，空调暖风开了吗？"

"哦，热的。"周至点头，直起身也仰头喝了一口水，看向城市尽头越来越炽热的朝阳，"我以为看你哥看的。"

"不是。"许一喝了一大口水，鼓着腮帮，片刻后咕咚咽下去，"几点出门？我需要准备什么？"

"看过别人的吗？"周至单手插兜，转过头来，目光很淡地落到许一身上，深处却压着凌厉。

"什么？"许一攥着矿泉水瓶的螺丝纹瓶口，指腹死死地抵着，她看别人不会脸红。

"没什么。"周至把最后一口水喝完，迈开长腿大步朝客厅走去，步伐凛冽，"我把弓拿给你，给你定制了一把新的，去训练场试试。"

许一连忙把瓶盖拧上，狂喜压过了刚才的尴尬："什么样的？多少钱？我转给你。"

周至看了她一眼，目光很深，没有说话。他把矿泉水瓶精准地投进了垃圾桶，走进房间，很快就拎着弓包走了出来。

白色弓包上面没有标志，许一接过包拉开拉链看到配件时，顿时陷入沉默。这把弓跟周至用的弓是同款配件，配置相同。

"我分期付给你。"许一把拉链拉上，背到肩膀上，"等我上比赛，我就能拿到奖金了。"

"那你早日拿奖金，毕竟你至哥挺穷，得靠卖弓的钱生活。"周至语调淡淡，话里话外全是调侃。

许一抿了下唇："我是认真的，我可以给你写欠条。"

她和周至非亲非故，凭什么收这么贵重的东西？

"我也是认真的。"周至拎起客厅沙发上的白色外套，抬手穿上，身形高挑挺拔，声音落在身后，"你至哥的下半辈子就靠你这把弓了，加油。"

周至明显不高兴，这个不高兴持续了很长时间。他们在楼下吃了馄饨，又赶往训练场，整个过程周至都没跟她说话。

周至小时候就是这样，生气就不跟人说话，需要人哄。

许一看他那一米八几的高个子、英俊的脸，以及早上没穿衣服至今还深深停在她脑海深处的身体，许一也没说话。

省训练基地场地很大，室外靶场非常标准，和奥运会一个规格，有种身处赛场的错觉。许一在箭位上打开弓包开始组装。

周至歪戴着鸭舌帽和墨镜靠在身后的栏杆上，长腿随意支着，姿态倦懒散漫。

许一装好弓弦，太阳升到了半空，整个训练场落到朝阳底下。

她回头看了眼周至，周至的外套拉链拉得很低，随意敞着，他看的是这个方向，但不知道是不是在看自己。他戴着墨镜，许一看不到他的眼。

许一戴上护具，拿皮筋扎起了头发，拿起一支箭搭上弓。

"周至？"身后传来一个男生的声音，"你怎么在这里？你的手不是废了吗？还能来靶场？"

许一握着弓转头看过去，三四个背着弓包的男生往这边走来。打头的是个很高的男生，穿着一身黑色运动装，他勾下脸上的墨镜，语调嚣张挑衅："被赛场抛弃的废物，居然敢来这里。"

说话的叫赵觉，省射箭队的队员，天赋挺高，技术也不错。可惜出师未捷，他第一次参加大赛遇到了周至。

当时周至正处于全盛时期，意气风发，遇神杀神。全国锦标赛上周至碾压式地赢了他，之后他的心态就炸了。

射箭不是其他，心态非常重要。他一炸就再也起不来了，如今快到退役年龄，依旧在省队。

许一追过周至的每一场比赛，所以知道这么个人。

周至抱臂靠在栏杆上，看都没看赵觉，淡淡评价："狗叫。"

"你说谁呢？"赵觉火气噌地上来了，看不惯周至那高高在上的傲慢样子。

周至的至是傲慢至死的至。

周至歪了下头，抬手揉了揉耳朵，抬起下巴居高临下地睥睨赵觉，嗓音慢悠悠，很是气人："别汪了，吵，手下败将。"

"你！"赵觉卸下弓包重重地拍到桌子上，大步走向周至，"你小子——"

"你碰他一下试试。"一道干净的女孩嗓音在旁边响了起来，非常好听。

赵觉怒气冲冲地转头看去，目光停住。

那是个很漂亮的小姑娘，穿着黑色运动装，戴着护具，护具勾勒出她高挑凌厉的身形。她的短发随意扎着，几缕碎发耷拉在雪白的肌肤上，她有一双很大的眼睛，双眼皮，长睫毛，鼻梁高得恰到好处，唇抿着。

她握着一把白色的反曲弓，搭着箭，弓已经被拉到了尽头，金属的箭头指着他。阳光下，箭头闪着寒光。

她已经美得很有冲击力了，可手里的弓比她的外貌更具有冲击力，杀气腾腾，蓄势待发。

周至的运动鞋踩了下地面，嘴角短暂地扬起，又迅速垂回去，他抬手扶了下脸上的墨镜。

"许一，把箭收了，别对着人。"

许一看了周至片刻，缓缓松开了弓弦，往前走了两步挡在周至面前，做完后又觉得这个动作太刻意了，她往旁边挪了些。她的影子落到周至身上，她直直看着赵觉："你觉得你很厉害吗？你有资格嘲讽别人吗？"

赵觉从面前小姑娘的美貌中回过神来，嗤了一声："不然呢？我叫赵觉，你知道我吗？不知道的话去网上查查我的名字，省上排行前十的射箭运动员。"

"是吗？没听说过。"许一开口，声音并不大，"既然你觉得你很厉害，那我们比一次反曲弓怎么样？规则你定，你输你公开跟周至道歉。我输你随意，比吗？"

不止赵觉，周围其他人也很震惊，这女孩很狂。

"你跟我比？"赵觉笑出了声，"你开玩笑的吗？练射箭的？你是周至的什么人？"

"你不用管我是什么人，敢比吗？"许一咬着牙，盯着赵觉，"你敢不敢吧。"

"胆子挺大，敢跟我比。比五十米、七十米，我怕你拉不开弓，找不到靶子，输了我不为难你一个小姑娘。"赵觉退后两步，扬起嘴角嚣张道，"你把你的微信给我。"

"只要微信？"许一狐疑地看着对方，她的微信又不值钱，这赌注太轻了，对方是笃定她一定会输，"好，一言为定。"

"我跟你比。"周至直起身拿掉墨镜，深邃黑眸里一片冰冷，抬手点了点赵觉，"赵觉。"

许一立刻转头看他的眼，用口型询问："我不行吗？"

要微信是很严重的事吗？就算她输了，她可以把赵觉单独放一个分组，每天发朋友圈只对赵觉可见骂他。

周至修长的手指上勾着墨镜，目光很深，注视着许一。

"我会努力赢的。"许一的心脏怦怦地跳，周至的眼像是深海，有着吸力，她压低声音也压下了情绪，"你放心。"

"周至，你要比？"赵觉嗤之以鼻，"不过你输可不是这个赌注。"

周至的手拿弓很危险，许一反应极快，一把按住周至的手，也就撞进了他温热的手心，他的指腹有薄茧，有种粗粝感。

许一的心怦怦跳，但没有松开，她攥了下周至的手指，提醒他不要冲动，然后对着赵觉说道："我的射箭是周至教的，你能赢我再跟他比。如果你连我都赢不了，你有资格跟他比吗？"

周至垂下稠密的睫毛，看着许一白皙纤瘦的手落在他的手心里。

她的手指很软，手心里有汗。

"你还能再狂几分钟，等会儿赵觉哥哥会教你做人。"赵觉的目光掠过许一和周至，他歪了下头，"你是周至的妹妹还是周至的女朋友？"

"你管人家是什么，你能不能比吧？"身后一道严肃的声音响起。许一握着弓回头，看到戴着帽子、墨镜的秦川正往这边走。

秦川一边走一边骂骂咧咧："废话那么多，赵觉你的出生技能点是不是都集中在嘴上了？"

"教练！"除了赵觉，其他两人立刻站直规矩起来。

"嗨，早上好，周至家的小孩。"秦川跨过栅栏，手指勾着墨镜边缘拖到眼下，朝许一看来，"胆量不错，挺有勇气，练了一个月就敢跟职业运动员叫板。"

秦川在国家射箭队八年，担任了好几年的队长。曾经的黄金手，拿过不少奖牌。前年跟周至在世锦赛上搭档，团体赛拿了冠军后光荣退役。

但秦川这几句话让许一不服，她抿着唇没有说话，脊背挺得笔直。

"那就让我看看你的实力。"秦川走了进来，从裤兜里摸出哨子戴到脖子上，一拍手掌，"许一打赢吃饭，中午请你下馆子，餐厅随便选。赵觉打输吃席，自己找根麻绳吊死。好了，开始吧，我给你们做裁判。"

周至的指尖很轻地捻了下，落入裤兜，但触感似乎还在，软绵绵地缠绕着他的指尖，丝丝缕缕。

他抬起下巴看着许一走到阳光下调整弓箭，许一的恢复能力很强，她的腿已经不那么瘸了。

秦川叼着哨子吹响，往后靠在栏杆上，扬声："六支箭，许一先射。"

见那两个人走到靶位上，秦川侧了下身，歪到周至这边说："不就是要微信，多大事？就算输了，你家小孩也不吃亏。"

周至重新把墨镜戴回去，语调冷淡："赵觉敢打她主意，我会弄死他。"

"真没看出来，踮如周至，居然操着一颗老父亲的心。"秦川从裤兜里摸出一根棒棒糖，递给周至，"许一也不小了，难道不能谈恋爱？"

周至缓缓转头看过去，冷冷地看着秦川。

"你这就管得宽了吧。"秦川剥开棒棒糖的包装纸，咬在齿间，"不要拉倒，我就这一根。最近管得严，不让在训练场抽烟。他们比试你凑什么热闹？许一比输了，你真上去跟赵觉打？"

周至没说话。

秦川接着说："许一这状态调整挺快，那么大的事故在她身上居然没有留下太多的阴影。"

许一调整好护具，回头看周至。

这一个月，她几乎每天都在训练场，从早练到晚，曾经失去的东西一点点捡回来了，精准度是越来越高。

第一次握着弓箭站到这样的场地，说不紧张是假的。这不是她练了六年的熟悉的短跑，这是她的开始，她新的起点。

这里聚集着射箭高手，他们有着更专业更稳定的水平。

"不要害怕。"周至拿下墨镜，注视着她，语调低沉，"平时怎么练今天就怎么打，输赢都没有关系。"他顿了下，说道，"我在你身后。"

许一很快地扬了下嘴角，又落回原处。

"哦。"她很轻地应了一声，落进了早晨的光里，没有飘太远。

风拂过她耳边的碎发，她抬手把头发夹到耳后，转过头看靶场尽头。

哨声响，许一拿起了第一支箭搭上了弓。

她深吸一口气拉开了弓，弓被拉到了极致，箭弦贴着脸侧异常锋利。这把弓比她之前用的训练场的弓要重一些，金属弓片冰凉，通体白色，在太阳底下反射出光。耳边静了下来，声音被她摒除在外。

她在射出箭的那一瞬间，忽然就起风了。

周至教过她风速公式，可许一数学不行，对于公式她始终是一知半解。她只会凭着本能，感受风速去移动手里的弓。她在仙山镇也练过室外，这个方式精准度很高。

箭尾划过空气发出锐利的鸣叫，长箭飞出，"砰"的一声扎到了靶上。

电子感应器上跳出数字：七环。

风把箭吹歪了。

"一个月能练成这样很可以了，难怪敢叫板省队运动员。"五十米七环对于一级运动员来说可能是普通成绩，但许一这种业余选手，曾经的短跑运动员，只练了一个月，能在室外打出七环，已经超越了百分之九十的普通人。

秦川吹了一声哨，示意赵觉射箭。

赵觉拉弓射箭，轻松地射出第一箭，十环。他非常自信，五十米对他来说就是小孩玩意儿。

周至看着许一的背影始终没有说话。许一很瘦，肩胛骨在衣服下面非常清晰，很难想象她那么瘦的身体里蕴藏着无穷的力量。她拉弓时，整个人锋芒毕露。

"江璐昨天跟我打电话要你的微信，我还没给，想今天见面问问你意见，她也在 H 市。"秦川说，"她在追你。"

"微信不加人，没兴趣，毕业之前不谈恋爱。"周至全神贯注看着许一，昨天吃饭时碰到江璐了，他已经明确拒绝了，没想到江璐会去找秦川。

秦川斜着肩膀靠在栏杆上，叼着棒棒糖，一副吊儿郎当的样子："你今年才大一，毕业还得四年，至哥牛啊。"

许一开始射第二支箭，她拉开了弓却迟迟没有射。又起风了，她运气极其不好。

周至不想搭理秦川的闲聊，专注地看许一。

三十秒预瞄时间，周至看着时间。

许一在等风。

时间一分一秒地过去，秦川说："你怎么带许一来这里射箭？"

"我想带她进射箭队。"周至语调很轻，心里在计时。

五。

四。

"她？射箭队？"秦川震惊，"短跑转射箭？怎么可能！"

三。

二。

许一在最后一秒松开了手，长箭离开她的手指飞向箭靶。风吹动她耳边碎发，她站得很直，反曲弓回弹撞到她的怀里又垂落。

靶场尽头电子计数跳出数字：十环。

许一在风里射出十环。

"怎么做到的？"秦川也愣住了，许一射箭的轨道很不寻常，非常刁钻，跟他们寻常训练的方式不一样。她松手的那瞬间，秦川觉得这支箭会落到七环，不管怎么算，都不会超过八环，可许一射出十环。

箭压着十环线，十分。

周至站直停顿片刻，抬起手臂缓慢地鼓掌。他的嗓音冷沉："可以，按照你的节奏来，不要被其他人影响，你的目标只有靶心。"

射箭和短跑有相似的地方，他们在同一个赛场，同一个起跑线。可他们有各自的跑道，想要赢就不要看别人怎么跑，只能看自己面前的路，不能分神，不然会摔。

她专注自己的跑道，一直往前。

许一扬了下嘴角，指腹摩挲过弓身。这把弓上刻着两个字母"ZY"，这是许一拿到弓时发现的，握弓时手正好能碰到。

可能是品牌做的特殊设计，但许一认为"Z"是周至的"至"，"Y"是许一的"一"。

风对每个人都有影响，赵觉的第二箭是贴着十环线的九环，压线算高环，他差一点。

许一落后两分，还有四支箭。许一深呼吸，平复心情，让自己沉到了最低处，拿出背上箭囊中的箭搭上了弓。

嗖地拉到了极致，她握着弓弦在等风拂过脸颊旁边的头发，微歪了下头，看向视线里的那个黑点。她这一个月练的都是七十米，打五十容易得多。

在倒数第三秒，许一余光看到不远处的周至，松开了箭。

她仰起下巴，洁白的皮肤在光下一尘不染，发丝抚着她的脸颊。她站在光里，身上也有光。

十环。

许一没有看赵觉打多少，松手那瞬间反曲弓回弹撞到怀里。她的手指嗡鸣，耳朵也嗡鸣，兴奋让她头皮发麻。她的胸膛里有滚烫的液体在流淌，沸腾着燃烧着。

仿佛，她又回到了曾经的赛场上。

路在脚下，世界是她的。

许一除了第一箭七环，后面都是稳定的十环。

赵觉射出三支九环三支十环，他们打平了。

许一的心态太好了，她是越挫越勇，越是高强的比赛环境她的爆发力越强。天赋极高，天生的赛场选手。

许一射完最后一个十环，全场寂静，鸦雀无声。

一分钟后，周至抬手鼓掌，清脆的巴掌声响彻清晨的赛场。

他抬起下巴，嘴角浸着意味深长的笑，视线落到秦川身上："她可能吗？"

许一的动作说不上多专业，她拉弓姿势也平平无奇。瞄准时间很久，有风时她的出发点总是很奇怪，偏偏每一箭都像是长了眼，落到了十环上。

漫长的沉默，赵觉收起弓箭，喉结滚动。他恶狠狠的目光掠过周至，看向许一，咬牙道："我输了。"

他输得心服口服，到第三箭他就敛起了轻视，这个女孩不简单。他在许一身上看到了曾经周至的影子，不是射箭方式，是那种天才的气场。

他完全相信，再有半场，许一绝对会赢他。她太稳了，心态太好了。

秦川看向赵觉，目光凝重。

若是许一差一点，他就可以大肆嘲笑赵觉，可许一表现得太好了。天赋的碾压，恐怖的压迫力。

"但，周至……"赵觉握着弓包，指着周至，"你没有赢，你跟我一样，不过是死在沙滩上的前浪。"他把弓装进背包，将箭囊和弓包背到肩膀上，转身大步离开了训练场。

秦川叼着的棒棒糖只剩下棍棒，他拿下棍棒扔进了垃圾桶里，清了清嗓子，严肃下来走向许一："给我看看你的弓。"

许一把弓递给了秦川，不知道为什么平局算赵觉输。她想反驳赵觉的话，赵觉已经走出了训练场。

她越过秦川看周至，周至双手插兜正看向她，他收敛了情绪，但也没有完全收敛，冷峻的脸上还有些张扬。他敞着笔直的腿站在空旷的场地上，忽然抬手，抽出的手心里带了东西，朝这边扔了过来。

许一一愣，本能地抬手接住，可能过去周至扔过太多次东西，以至于让她产生了肌肉记忆。

刻在 DNA 里的条件反射。

手心触到一个方块，许一摊开手看到一颗单独包装的巧克力。

秦川握着弓回头看了眼周至，蹙眉"嘶"了一声，又转回头继续看弓。

周至往后退了两步，靠在赛场边缘的栏杆上，他从另一个裤兜里拿出大白兔奶糖，剥开一颗奶糖放进嘴里，缓慢地咬到了齿间。似乎刚才赵觉说的话对他没有任何影响，他抬着下巴，下颌角在阳光下异常清晰。

他身后是训练场的观众席，空旷洁净，他恢复了之前的懒散，一副与整个世界都没有关系的模样。

许一把巧克力攥在手心，移开了眼，不知道秦川想干什么，抿了下唇："秦教练。"

"你今年十六是吧？"秦川拎着弓转了一个来回，四十磅的弓，适合女孩练习的磅数。可刚才在许一手里却异常有力量，她的箭能穿透风的阻力，让他以为这是一把五十磅左右的弓。

"是。"问她年龄干什么？

"练过七十米吗？"秦川把弓还给许一，若有所思，"拿这把弓能打七十米吗？"

许一点头："练过，可以。"

巧克力的香气似乎从手心散发出来，萦绕在鼻息间，落在秋天的阳光里。

"都是周至教的？"秦川问道。

"嗯。"许一并不是太满意刚才的成绩，她的第一箭射得太差了。五十米射程，她不应该有那么大的失误，"我自己射箭的时候，比现在好，我很少射七环。"

"是吗？"秦川打量许一。许一身上有光，他寻思了一会儿，觉得这个光应该是属于少年人的意气风发。

许一直视他的眼："你要看吗？"

"试试七十米。"秦川退后两步，"让我看看你的七十米。"

许一把巧克力装进了口袋，指腹很轻地擦过弓弦，听到弓弦碰触空气的声音，她开口："可以。"

她心脏紧紧地绷着，她不知道刚才周至夸的是不是她，周至很少夸人，他向来是高高在上看不起任何人。

但秦川这几句话就很耐人寻味，之前她被省队短跑队挑走时，省队的教练也是让她跑了一百米，然后带她离开了原来的学校。

她整理箭袋，重新背上走向隔壁的七十米靶场。

　　"一个月练出来的？"秦川退到周至身边，拧着眉看他，"你教出来的？"

　　许一的射箭跟周至截然不同，虽然都很天才，但周至属于体制内训练出来的精英。他规范姿态标准优雅，每一分都做到极致，他能做到几支十环在一个点上。

　　那是长年累月训练出来的结果。

　　许一就很野路子，她能射出五支不同位置的十环。从各个方向射靶心，每一箭都有自己的想法。

　　周至的舌尖抵着腮帮处的奶糖，双手插兜离开栏杆，长腿大步走向隔壁。手心里揉成团的大白兔奶糖糖纸坠入口袋深处，他扬了下嘴角，松开奶糖，道："她天赋很高，九岁就能百发百中，自学成才。如果不是——意外，她现在绝对在反曲弓竞技运动员里名列前茅。"

　　"什么意外？"秦川跟着周至往前走，偏了下头，他们离许一有些远，那边应该听不到，"身体原因？你们小时候认识？"

　　"跟她的身体没关系，外界原因。"周至喉结一动，整颗糖咽了下去，他的嗓音低哑，"她很强。"

　　周至很少这么直白地夸人，周至太傲了，让他夸一句比登天都难。秦川盯着他看了片刻，觉得周至夸人的离谱程度堪比许一——一个短跑运动员来练射箭百发百中。

　　这两个人都挺离谱。

　　"怎么样？她适合职业吗？"周至又问了一遍，"你这里不行，我再找人。"

　　"你们什么关系？这么上心？你想送她进省队？"秦川狐疑，"不单单是邻居家小孩吧？周至，你很不对劲。"

　　"一起长大，从小就认识。"周至看了秦川一眼，"她算是我妹妹，哪里不对劲？你要不要？"

　　不对劲的地方多了，但秦川也没有再说下去。

　　一起长大？青梅竹马。

　　秦川若有所思，转移了话题："上次跟你聊的来省队的事，你考虑得怎么样？我觉得你养好了手还能再打几年。总队插手不到我们这里，我们 H 省射箭队是独立存在的，同样能参加奥运会，还能给运动员绝对的自由，没有那么多事。不耽误你读大学，你在 H 市读大学，我们训练基地也在这里，你可以边读书边训练。"

"什么意思？"周至单手插兜，目光沉了下去。

"我可以给她机会，让她试。我希望你也能来，说真的，我们这里不比总队差多少，说不定你能在这里东山再起，重回赛场。"

周至看着训练场上的人，喉结很轻地滑动。

"考虑考虑，如果可以，其他的事情我来安排。"

经过了前面的六支箭，许一再射七十米就顺畅得多。

她第一支箭就射中了十环，没有水分，正中靶心。

在意料之中，她在仙山镇用靶场的训练弓，那个弓质量不怎么好，她的十环率都能达到七成。

周至送的弓不管是手感还是精准度都更好，许一一开始射中的七环纯属意外，一方面她还没有适应这把弓，另一方面她并没有做好起风的准备。

越射手感越好，许一全神贯注地看着靶心。

连续十支箭都在八环以上，其中五支十环，四支九环。最后一箭，许一拉开弓停了很久，原本有希望十环，右腿突然剧烈地疼，她身体小幅度地斜了下。长箭破空啾然鸣叫，扎到了六环上。

非常差的环数。

太阳已经升至正当空，晒得皮肤炽热，反曲弓回弹撞到她怀里，她的嗓子有些干，头皮有些麻，握着弓的手很紧。

心"哐当"一下坠入万丈深渊，马失前蹄。

箭囊已经空了，没有能挽回面子的箭。

刚才说的话，像是吹牛。

风吹过头发，汗顺着额头缓缓滚落，许一抬手擦了下汗，抿了抿干燥的嘴唇。她回过头，猝不及防看到场外十几号背着弓箭的运动员以及四个看起来像教练的人，整整齐齐地围观。

什么情况？

"休息一会儿。"秦川拎着一瓶矿泉水走了过来，递给许一，"打得不错。"

许一放下弓接过水握在手心里并没有打开，她看向赛场边缘的周至。周至没有跟其他人一样围观，他靠在栏杆上双手插兜垂着眼不知道在想什么。

"腿伤还没好彻底？刚才最后一箭是影响了吗？"

"好彻底了。"许一不顾腿疼立刻站直了，射箭消耗巨大，长时间的站立让受伤的腿疼得扎心，不过许一能忍，"刚才那个六环并不是腿伤的原因，我可以解释——"

"不用解释，挺好的。"秦川打断了她的话，笑着说道，"我没有其他的意思，我只是想知道你的腿具体恢复情况，什么时候能参加训练，我可能需要带你去做个全身检查，重新对你的健康做评估。如果暂时不能训练，我们可以把训练时间往后推。"

许一握着水瓶直直看着秦川，心跳到眩晕，她想去猜那个答案，但又不敢猜。怕希望落空，她紧张得手心里都是汗，贴着冰凉的水瓶，问："什么意思？"

秦川清了清嗓子，站直正色，伸出手到许一面前："重新认识下吧，我是 H 省射箭二队教练秦川，想来我的队伍吗？"

许一先跟秦川握了下手，拿起水瓶拧开喝了一大口，冰冷的水顺着喉咙一路滑到了胃里，她紧紧盯着秦川，开口："您不是在开玩笑吧？您认真的吗？"

"我为什么要跟你开玩笑？赛场上不开玩笑。我是认真的，你的天赋很高，如果经过系统训练，你的前途不可限量。我是想培养你，合适的话，我希望你能留在我的队伍里。"秦川表情严肃，他站在阳光底下，"敢不敢来我这里试试？"

许一不敢相信。

中午的太阳炽热，直直晒在皮肤上，许一转头看远处的训练场。有哨声有叫喊声，隔壁射击场的声音很大。

一切都像是在做梦，梦里她想要的都有。

她又找周至，周至还在赛场边缘，在遥远的地方站着。他身形颀长，帽檐遮住了他的眼，她看不清他的具体表情。

她紧紧地攥着水瓶，摩挲着瓶盖上的纹路，用力过度，指尖有些疼。

周至带她过来，是为了这个吗？如果能进省队，那再好不过了，这是她梦寐以求的地方。

像是饿了很久的人，突然天上掉下来一桌满汉全席。

"怎么试？"许一看着秦川，"要试训吗？需要多久？要签合同吗？我会留在这里？需要交钱吗？"

"不用交钱，任何需要你交钱的都是骗子。其他的我们中午吃饭再聊吧，说好你赢了中午请你吃饭。"秦川看许一急切的模样，忍不住笑出了声，"你很想进省队？"

"秦教练。"周至大步走了过来，站到许一旁边，挡住了大半的阳光，他的嗓音很沉，"那就吃饭时详细聊吧，不该说的别说了，说有用的。"

周至戴着帽子，后脑勺露出一截短寸，很黑很硬，脖颈肌肤冷白，很干净。许一的目光顺着往下，看到他衣服下面清晰的肩胛骨，用力把瓶盖拧回去，才发现自己的手指在颤抖。

她听到了周至的话，什么是不该说的？

"行，中午请你们吃饭，江南菜吧，我订餐厅。"秦川抬起手腕看时间，"我去打个卡，你们想练再在这里练一会儿，一个小时后我来接你们。"

"请您等一下。"许一立刻从裤兜里摸出手机，解锁越过周至递给秦川，"您可以把电话号码给我吗？如果——中间有意外，我可以联系您吗？"

这是个机会，许一珍惜每一个机会。

不管真假，她想往上，她疯狂地想往上。

秦川看周至明显阴沉下去的脸，笑出了声，接过手机："没问题，不过不用叫您，我也没比你大几岁。跟着周至叫我老秦、川哥或者教练都行，我是他师哥。"

"大一轮。"周至闲闲道，"十二岁。"

许一很轻地扯了下周至的袖子，让他先别说话。

周至垂下眼。

许一像是某种小动物，软绵绵的一团。

"谢谢。"许一开口，声音还是紧绷着，她咳了一声朝秦川很郑重地鞠躬，"谢谢您，教练。"

"可别跟我鞠躬。"秦川被她的鞠躬弄得愣了一下。许一太郑重了，显得他很不严肃，他快速输入自己的手机号码还给许一，"没事，你不用太紧张。你的水平没问题的，天赋挺高，进队没有任何问题，相信我。"

　　许一的射箭有点东西，她很有灵气。不是靠训练就能练出来的灵气，射箭很需要敏锐度和绝对的冷静，她都有。

　　周至敢拿前途替许一担保，秦川也会重视。

　　许一的手机没有落到她手里，周至插了一脚，把她的手机接走了。他修长的手指滑着手机屏幕把秦川的备注，从川哥改成了秦川，手机揣进了自己的裤兜："那你去忙吧，秦师兄。你确定好餐厅发给我，我们餐厅见，不用来接。"

　　"行。"秦川挥挥手，风风火火地走了。

　　秦川离开，训练场边缘看热闹的人也散了。

　　许一还在看秦川离开的方向。

　　周至的指尖抵着许一的手机背面，塑料手机壳上贴着很小的贴纸，贴纸边缘卷起来贴上了他的肌肤："还看？他好看吗？"

　　许一回过神，抬手捂着脸深吸一口气，仰起头："他说的是真的吗？"

　　这整整一个月，许一都泡在射箭训练场，天未亮就背着弓穿过长长的路走到训练场，晚上月亮升起才回家。手指上磨出很多血泡，她咬着牙练射箭。

　　她不知道自己的未来在哪里，可她不能停下来。

　　她停下来就真的被命运淘汰了，她必须往前。来找周至很草率也很鲁莽，可她不想放弃，她想再试一次。

　　"是。"周至对上许一的眼，她的眼底明明有期待，但她又不敢期待，小心翼翼的。她不应该这样，她应该自信张扬绽放光芒，她本身就很强。

　　周至抽出裤兜里的手机，递给许一，语气也缓和了很多："你射箭很有天赋，被省队的教练看上很正常。最近 H 省有比赛，我会找人给你报名，一旦你拿到奖项。不单单是省队，国家队的人也会来找你。"

　　许一来接手机，周至碰到她的指尖，她抖得厉害，周至蹙眉拉起她的手看："手抖什么？受伤了？"

　　射箭对体能要求很高，每一次拉弓都要用尽全力，她今天早上射了很长时间。她刚才腿还崴了下，她的身体并不是很好。

　　"没有受伤。"许一攥住了周至的手，又迅速松开，她把手背在身后，

"我能参加比赛？我……可以吗？就是说，他们让我参加集训，然后让我去比赛来争取机会？对吗？"

"对。"

"有没有可能再发生意外？"许一鼓起勇气，"我的意思，我……还会被退回去吗？"

漫长的沉默后，周至问："你怕吗？"

说不怕是假的，许一太多次摔在曙光之前，她每一次以为要到达终点，命运都会给她狠狠一击，告诉她不要做梦。

许一咬着下嘴唇，有些用力，她的唇上泛了血色，垂着眼踢了下地面："我运气不好，我明白了。"

早上周至那个电话，可能跟她有关系。

"你明白什么？你觉得你不行？你的自信呢？"周至蹙眉，"谁说你运气不好？"

"我会尽全力去比赛。"许一松开嘴唇，看着周至，她很想笑，但没笑出来，眼睛忽然一片潮湿，"七年前你不告而别的时候，他们说的。"

周至想说什么，声音停在嗓子里，随着他滚动的喉结又压回身体深处。

"我运气确实一般，谢谢你了。"许一说完就后悔了，立刻转移话题，"有这个机会很好，我会去抓住的。"

"七年前，我给你留了弓和手机，我想带你走，我没有不告而别。"周至看着太阳，热烈的太阳看久了，眼前会黑，他想做点什么，到底什么都没有做。

他在知道这件事的时候想过是否告诉许一，但已经过去七年了，他和许一都长大了，过去的都过去了，也许许一早就忘记了，提起来没意思，显得他很在意。他停顿了下，说道："中间发生了一些事，我妈和你妈做了什么约定我不知道，但那把弓没有到你的手里，手机应该也没有。"

"我没有。"周至双手插兜，站得笔直，"你很优秀，七年前的你很优秀，现在也很优秀。那时候你的能力就足以进任何队伍，不过是——她们的自以为是误导了你。我没有抛弃你，赛场也没有。你不用对任何人卑微，你也不用觉得自己运气不好，或者能力不行。机会也不是天上掉的馅饼，而是你自己争取来的。这是原本属于你的荣耀，如今又回到你的手里而已。

"如果你不相信我说的，你可以打电话问你妈。"

周至被弓弦擦伤的手指在裤兜里轻轻摩擦："许一，你不该如此，你也不止如此。"

许一看了他许久，拿起手机转身往另一个方向走去。

这傻子真是因为当初那件事记了这么久？放弃射箭这么久？

她一言不发拿着电话去验证真假，很能说明问题。

她很在意这件事，非常在意。可能在意程度，不亚于周至。

周至受伤的指尖在裤兜里狠狠拨着裤子布料，他敞着腿仰起头。

这小傻子等了他七年？

她也在装不在意？

周至站了许久，才抽出手收许一的弓。电话在口袋里响了起来，他拿起手机看到来电是周玉，停顿片刻他才接通："周教练。"

周玉的声音在电话那头响起："视频里那个女孩是许一？"

"是。"周至抬起下巴，脸上有着傲慢，"怎么样？她值不值得越过程序？她有没有天赋？"

周至回到 B 市就跟周玉推荐了许一，但被拒绝了。周玉对于选人十分严格，许一腿伤加上练射箭的时间过于短，她不看好。

周至还是把许一接了过来，他觉得周玉见了许一射箭的状态，肯定会改变看法。

许一在靶场上是有光的，没有人能拒绝她。

今天早上周玉再次打电话过来，拒绝了许一。

刚才周至拍了许一射箭的视频发了过去，他不是为许一争取，他只是想让人看看，他的姑娘光芒万丈。没有不行，她非常行。

"视频没有经过剪辑吧？"

"她需要吗？"周至嗤笑，无法理解，"许一的能力需要剪辑？"

"还可以，比我想象中的好。后天下午两点以后你带她过来找我，我跟她见个面，我看看她再说。"

许一站在训练场外的树影下打电话，林琴迟迟没有接，她垂着头踩地上女贞树的果实。黑色果实爆出汁液，染在了她的运动鞋上，电话终于被接通。

"妈，我是许一。"

"今天没上课？怎么这个时间打电话？"

许一抿了下唇，攥着手机的手很紧，其实走出训练场她就有些后悔了，走得太仓促也太急迫，显得她对这件事很在意。

虽然周至说的都是真相，但她也有自尊心，并不想让人看出来她对周至的在意，可已经走出来了，后悔没有用："我想问一件事。"

"什么事？"

"周至走的时候，是不是给我——留东西或者留话了？就是之前，他们全家搬离仙山镇那次。"

电话那头陷入死一般的寂静。

许一有种不好的预感，她深呼吸继续说道："我只是想知道他当年有没有不告而别，我可以接受他不带我走，但我接受不了不告而别。我能理解人分为三六九等，每个人都有属于自己的位置，但我不能理解——友谊为什么也要分三六九等。"

她的感情一文不值吗？

"对不起，我跟你道歉。他联系过你，他给你打过两次电话，我没有让你接，小一，我瞒了你。他应该是留了东西，可当年你们都是小孩，做主的是他父母。"如果不是周至留了东西，可能他父母反应还没有那么大。许一八岁那年，周至回来替许一打架，一向斯文礼貌的他，打起架来谁都拦不住。

那次周至的手受了伤，他是射箭运动员，手非常重要。林琴当时吓坏了，她被李颖指着脑门数落。她自知理亏，后来她劝许一离周至远点，怕周至再为许一出头。周家搬走那年，她松了一口气。

可周至给许一留了东西，他想带许一去练射箭。

李颖问林琴怎么选，她表面客气，其实没有留任何余地。许一和周至不是一个世界的人，李颖从周至出生就开始大量投入来培养，周至是站在世界之巅的人。周至是李颖完美的没有一点瑕疵的优秀作品，许一只是个普通人。

练射箭需要绝对的冷静和理智，周至因为许一失控过，这在李颖看来是重大的失误。李颖不会再允许这种事发生，她也不会允许她的完美作品跟许一这种泥腿子做兄妹。

　　林琴如她所愿，选择了拒绝。许一追着周至跑的时候，林琴忍着眼泪把许一抱回了家，她什么都没有了，只剩下不值钱的自尊心。

　　她的孩子也是宝贝，不是只有周至是宝贝。

　　瞒了七年，许一终于把这件事问出来了，林琴反而觉得是一种解脱："这次周至回来，我就想告诉你，可不知道该怎么开口。对不起，当年的事很复杂，我没办法跟你解释，你如果要怪，就怪妈妈吧，你跟周至见面了吗？"

　　做主的是周至的父母，许一隐隐约约明白了什么。

　　"对不起，人没有三六九等，我当年思想有问题。妈妈也是第一次做妈妈，不知道怎么做才正确，有些地方太主观了，做得很不好。"林琴说道，"你不要这么想，你不比任何人差。你非常优秀，你也不要因为这件事放弃射箭，你那么努力，你的世界就应该由你自己创造，谁都影响不了你。你想要什么就去争取，不要被我拖累。"

　　"我知道了。"许一听到自己的声音，有一些哑。

　　"我也对不起周至，他肯定以为你拒绝了他，我撒了谎。"林琴说。

　　许一不知道该说什么，她垂着头又踩扁了一粒女贞果实："我在周至这里，在 H 市，昨天过来的，我也撒谎了。我不甘心放弃，我想再试一次。我今天在省队的训练基地练射箭，他们射箭队的教练刚才跟我说，有办法让我进省队。"

　　"啊？"

　　许一知道周家人为什么要阻拦周至带她走，因为周家人看不上她。她不是傻子，林琴没有说明白是为了顾及她的尊严，她听明白了："我不知道他什么时候知道了我没收到他的东西，但他现在知道了，他告诉了我。"

　　"你在 H 市？在周至那里？"

　　"嗯。"许一也不知道该怎么解释让这件事更合理，"他之前答应我，说要教我射箭，要帮我。"

　　林琴沉默了很久，才说道："周至是个好孩子，人也很善良。他也成年了，如今的他是独立的，他可以决定他在做的事。他很优秀，你也很优秀。你们都在长大，这个世界终归是你们的。你们的友谊会怎么发展，应该由你们自己决定，不要被过去拖累。他帮了你，你懂得感恩，那是你们之间的情谊，我不会干涉。我见到他，我会跟他道歉，你不用想太多，这不是你的错，这是我的错。"

林琴："省队的事能确定吗？"

"不知道，应该还要打比赛。"许一心乱如麻。

"如果确定了，第一时间告诉我，我再给你转点钱过去。你一个人在那边要照顾好自己，住好一点的酒店。如果周至给你花钱了，记得还回去。"

"好。"

林琴又叮嘱了几句，才挂断电话。

手机"嘀"的一声，返回主页面，许一想蹲下去把脸埋在膝盖里，可她的膝盖实在蹲不下去。她深深地呼吸，胸口闷得发疼，连难过都不能，她什么都不能做。

她不想责怪母亲，这样只会徒增母亲的烦恼。

林琴很不容易，一个人抚养她长大。

风吹过树木，女贞果顺着她的衣领滚了进去，滚到背上冰凉的。

许一狠狠擦了一把脸，拉开衣服后背下摆想让女贞果滚出去，衣服会被染脏。衣领一紧，许一仰起头，转身撞入周至沉黑的双眸中。

他背着弓包身形挺拔修长，站在许一的身后，存在感极强："干什么？电话打完了？确认了吗？"

许一尴尬得想找个地缝钻进去，他们都长大了，还在纠结小时候的事情很羞耻，只好面无表情地回："女贞果掉衣服里了。"

"我看看。"周至仰头看巨大的女贞树，许一可真会选地方，这一树的黑色果实。

骨节分明的手指勾着许一的衣领往后面扯了下，她穿着运动装，衣领很宽。周至猝不及防看到黑色内衣带，立刻松开了手，移开眼："看不到。"

"我过去开车，你在这里等我。"周至转身大步朝另一边走，走出大概五米，回头，"别站树底下。"

许一抖出了女贞果，远离了那棵树。

周至戴上了口罩，大步朝停车场走去。他在人群中，背影都是独一无二。

刚才周至拉她衣领时，指尖碰到了她的后颈皮肤，酥酥麻麻的痒似乎停在了皮肤上，从那一片火辣辣地烧，一路烧到了心脏处。

许一拿出手机打开团购软件，寻找附近的酒店。如果不知道那些事，她住在周至家也就算了，知道了，再住不合适。

周至的父母对她避之唯恐不及，难怪昨天周至会强调他一个人住。

这一片不算繁华，酒店倒也不是很贵，许一订好酒店。周至的车缓缓开了过来，副驾驶车窗降下来。周至陷在阳光里，英俊的脸格外明亮，他的手搭在方向盘上："我们先去餐厅，等会儿秦川忙完自己过去。"

许一把手机装进衣兜，拉开车门坐到了副驾驶座，扣上安全带看向周至的侧脸，想说什么，又不知道该说什么。

"巧克力也不吃了？"前方红灯，周至踩下刹车，从储物盒里取出一盒蓝色包装的巧克力递给许一。

"吃。"许一接过巧克力，不吃大白兔奶糖的原因她不能说，"谢谢。"

周至扬了下长眉，扫视许一，落到她的胸口就干脆利落地把目光转回前面，目视前方："运动过后可以吃一些巧克力，补充能量。"

许一打开包装纸，取出一颗放进嘴里。生巧，入口即化，香甜在她的舌尖上溢开。早上出门时她还没看到巧克力，这一盒包装很新，可能是刚买的。

周至去取车，还买了一盒巧克力？

"你吃吗？"许一把盒子递了过去，看周至棱角分明的侧脸。

周至取了一颗放进嘴里，抽纸擦掉褐色痕迹。前方直行变成了绿灯，他捻着纸巾把车开出去："刚才我姑姑打电话过来，让我后天下午带你过去，想去试吗？"

"不想。"许一摇头，拒绝了，"我想做更有把握的事，如果要参加比赛，是要参加什么比赛？市赛？"

前方一辆车忽然减速，周至也跟着踩下了刹车，他舔了下嘴角，含着的巧克力在口腔里溢开："省赛，H省竞技反曲弓锦标赛。我姑姑那边起点更高一些，你可以考虑考虑。"

这比赛许一能打吗？

许一吃完了巧克力，把包装盒装好放回去，看着周至："你还会射箭吗？你会回去吗？"

车厢内沉默，红灯变成了绿灯。

"你会退役吗？"许一第一个问题就问得很唐突，她想刹住的，但开弓没有回头箭，她问出了她一直想问的问题，也是她一直在意的问题。

"你想我退役吗？"周至靠在座位上，回头注视着许一的眼，他扬了下嘴角，却不是完整的笑，他的黑眸中似乎有着浓雾，"你希望我退役吗？"

窗外有风，路边有着高大的树木，树叶被风吹落，砸到了挡风玻璃上发出很轻的声响。

"你曾经是我的目标。"许一咬了下嘴唇，很用力地把剩余的话说完，"我希望，我们能在巅峰相见。"

许一说完，周至没有回答。

许一不知道是不是这个话唐突了，想补救，但没有找到合适的话题。这个话题就这么高高地悬着，迟迟没有落地，车就这么开到了餐厅门口，周至停稳车，许一推开车门快步下去，迎着风把擦手的纸巾扔进了垃圾桶。

车落锁，尾灯闪烁，周至径直朝她走来。许一把双手坠入口袋，仰起下巴，假装刚才在车上没有问那么尴尬的问题："这家吗？"

"嗯。"周至点头，他已经戴上了黑色口罩，抬手把一个独立包装的黑色口罩递给许一，"戴上。"

口罩让他的声音有些闷，许一的视线掠过他的喉结，接过口罩，说："谢谢。"

她拆开包装把口罩戴到脸上，想解释下刚才自己的莽撞行为。

"刚才……"

周至修长的手指落到她的鼻梁上，他注视着许一，脸上没什么情绪，手指在许一鼻梁上轻轻一捏。

口罩边缘金属条严丝合缝地贴在许一的鼻梁上，他的指尖似乎在许一的鼻梁骨上短暂停留了会儿，又仿佛是许一的错觉。

周围空气陡然稀薄，许一看着周至运动外套上的纹路，屏住了呼吸。

"什么？"周至拉开距离，双手插兜站在许一身后，"刚才什么？"

他的尾音很沉，缓缓地落入许一的心脏。

许一重新把手塞回去，快步朝餐厅走："刚才——我订了酒店，吃完饭我就搬过去。"

身后没有声音，只有很沉的脚步声。搬走很合理，她昨天就不应该住进周至家。可笑吧，刀子没落到脖子上，总抱着侥幸。

"欢迎光临！"门口迎宾迎了上来，礼貌而客气地低声询问，"有预订吗？"

许一立刻停住脚步，抿着唇往后退了一步，后颈落入周至的掌心，他推了下许一的后颈："有预订，姓秦。"

周至报了电话，手没有离开许一的后颈，随意地搭在她的脖子上，不紧不慢地跟在许一身后。许一不好直接摆脱，总觉得周至会特别生气，但这么搭着她感觉很奇怪。

他们订的包厢在二楼，到二楼拐角处，周至收回了手："订哪家酒店？在哪里订的？给我看看。"

许一不顾脖子上的异样，拿出手机找到订单给周至看。

周至抽走了许一的手机，垂着眼走在她身侧，清瘦指骨划着许一的手机屏幕。她的手机很旧，触屏不是很灵敏，周至点开订单看到房间内部，眉头皱了起来："这里比我家好？"

许一的耳朵有些热："还行吧。"

还行？

周至抬头看了许一一眼，刻薄的话被他暂时压在薄唇之间，换个人他能把人羞辱死。

"什么原因让你着急搬走？"周至翻着页面，居然没有退款选项，许一找的这酒店绝了，"我在那里，你不方便？"

"不是。"许一迅速地找理由，"我妈这两天也要过来，早晚都要找酒店。"

"把酒店退了。"周至理直气壮地把手机塞回许一的手里，长腿迈入包厢，跟许一拉距离，说道，"我回仙山镇住你家，你来H市住我这里。林阿姨几号过来？需要去接吗？家里有空余房间，等会儿我让人过来收拾。"

许一握着手机张了张嘴，一时间不知道该说什么，周至真的很大方，不管哪方面，他都大方到了极点。

"我给你预约了明天早上的骨科专家号，你再检查一次腿。"周至拉开椅子坐下，示意许一坐他旁边。

"我上周做过检查，恢复没问题。"许一坐到周至身边，坐下后才发现有些近了，想往旁边挪，周至往这边靠了些，长手就倚靠在她的椅子靠背上，架着长腿接过服务员送来的平板翻看菜单。

"你想进省队吗？"周至靠到许一的椅子上，"想进就听我的。"

许一闭嘴了。

"明天要早起去医院，你选的那个酒店门前的路经常堵车，出行不方便。"周至漫不经心地翻着菜单，从头翻到尾，一个菜没点。他忽然转头，注视着许一，双眸很深，"许一。"

"嗯？"许一想往旁边挪，猝不及防被周至叫住，立刻坐直，"什么事？"

周至的指尖抵着平板电脑的边缘，直直看着许一："你很抵触跟我接触？那在你眼里我是什么？"他顿了下，想到秦川的问话，道，"一个——可以做男朋友的异性？"

许一差点从椅子上弹出去："没有，不是。"

"谈过恋爱吗？"周至又从头开始翻菜单，"有喜欢的人吗？"

"没有。"许一的脸已经烧起来，又坐回去，垂着头看周至手里的平板电脑，她视力5.0，却看不清平板电脑上的字，"真不是！我对你没有任何想法！真的！"

"是吗？"周至忽然很不舒服，那种不舒服让他想抽烟，但他忍住了，他转头注视许一，"对我没想法为什么非要分开住？"

许一压着心虚看他的眼："搬走只是怕麻烦你，你家里人知道也会觉得我麻烦，占你便宜。"

"我跟我家人断绝关系了，我和你怎么样都跟他们没关系，那套房子的产权是我独立拥有，我用奖金买的。我是我，他们是他们。不要把我和他们扯上关系。怕占我便宜，你可以做点事抵给我，而不是做出搬走这么离谱的决定。"周至收回视线，把菜单塞到许一的怀里，"点你想吃的，我出去抽支烟。"

许一想叫住他别抽烟，周至已经大步出了门，房门关上，所有声音隔绝在外。

许一看着平板电脑，屏幕渐渐暗了下去，倒映着她一张傻兮兮的脸，很呆。她抿了抿唇，心乱如麻。她对周至的心思确实不单纯，但跟她搬家没关系。

　　跟她搬家有关系的人，跟周至断绝关系了，为什么？跟她有关系吗？许一为自己的想法感到羞耻，太自恋了。

　　那现在周至只有一个人了？

　　不管她找什么理由要求搬走，在周至这里都无法通过，男女有别？周至对她没意思，不把她当女的，这一条叉掉。

　　她在周至眼里永远是长不大的小孩。

　　许一有些颓败地靠到椅子上。

Chapter 5
/ 口是心非 /

秦川是十一点过来的，他和周至一起进门。周至跟许一坐开了，保持着一个座位的距离。

秦川似乎想邀请周至去省队，一直在跟周至讲省队的事，畅想得十分美好。至于秦川对许一的邀请，秦川的意思是，让许一先参加集训，合适的话去打一场比赛。

如果她能拿到名次，秦川就会给她办档案。

这是目前许一唯一能走的路，不管她进什么队，都要有成绩。有能力，她就上，没能力回家去。

秦川让许一填了一份资料，把她的监护人还有负责老师都写到了资料上面。

吃完饭，周至结了账。这顿饭说是秦川请客，最后还是周至请了。饭不是很贵，普通消费。

许一想等会儿把钱转给周至，这顿饭算是她请。

秦川喝多了，一个人也能喝多。许一忽然对他产生了怀疑，这个人看起来十分不靠谱。

许一和周至都是滴酒不沾，他们连带颜色的饮料都不喝，只喝水。

出了包间，周至架着秦川走在前面，许一在后面拿着秦川的手机和车钥匙。

"把他的手机拿过来。"周至嫌弃地拿纸巾垫着手，扶着秦川，对许一说道，"扫他的脸。"

许一拿着手机扫了秦川的脸，解锁。

"要干什么？"许一拿着周至的外套，外面有些冷，"你——要把衣服穿上吗？"

"打开打车软件，给他叫一辆车，先不穿。"周至的车不拉醉鬼，他有些洁癖，能扶秦川已经是他的极限了。周至把地址报给许一，许一看他很艰难地扛着秦川，想上手帮忙。

秦川虽然没周至高，可比周至胖。

"别碰他。"周至抬手挡了下，"你打车就好。"

不放心吗？怕她把秦川给摔了？

许一打好车，两个人已经到了楼下，餐厅的服务员上前帮忙扶秦川。周至把人甩给服务员，拿起口罩戴上，也拿走了许一手里的外套。

"手机和车钥匙。"周至穿好衣服，伸手到许一面前，"秦川是男的，男女有别，在外面不要随便碰陌生男人。"

他不是你师哥吗？

许一连忙把手机和车钥匙放到周至的手心，跟秦川保持距离。

许一还有很多话想问，周至到底会不会退役？他还会回赛场吗？

送完秦川，周至送许一回家，带她录了房门指纹，他的电话就响了，那边好像是要他送什么资料。

周至垂着睫毛靠在玄关柜子上淡声应着，许一没有换拖鞋，她在玄关处等周至走。

吃完饭，许一肚子隐隐约约有些不舒服，她怀疑例假要来了，想等周至走后出去买卫生巾。周至可以觉得她不是女的，但在她这里，周至从来都是男的。

周至挂断电话，看了许一一眼："你要出去？"

许一迟疑片刻："门口有个超市对吧？我等会儿出去买点东西。"

"买什么？我去学校送档案，送完就回来，给你带。我一直是开车进出，没有办这里的门禁卡，你没有门禁卡，出去回不来。"周至迈开长腿大步走向客厅，"我现在没时间，明天办了给你，你要什么东西？很着急？"

"那我不要了。"许一立刻拒绝，让周至给她买卫生巾，不如让她去死，"你忙吧。"

"这样吧，你跟我去学校一趟。"周至拎起黑色书包把档案塞了进去，拉上拉链随意地斜挎到肩膀上，觉得这个提议很可行，"Z大经济学院离这里不远，送完资料就能回来。这次钟点工没有给我的冰箱买水果，我想回来的路上去超市买。还需要搬两箱水，家里的水已经没了。这几样我都没买过，你给我做个参考。"

"你去Z大送资料？"许一后知后觉，"是你的资料？入学吗？"
以前周至接受媒体采访时说过，他退役就去学经济。
所以，周至选择了退役？

"还没有办入学，先把资料送过去，可能会申请延期。"周至逆着光走到许一面前，拿起了车钥匙，抬手往她后脑勺上一揽。

周至的指尖抵着她的脖颈肌肤，带着她到了门外，反手拉上了门。他抬手按电梯："经济学课程比较多，现役时间排不开。"

现役？周至不退役了吗？

许一一晃神就跟着周至进电梯下到负一层，坐上了车。她后知后觉地反应过来，她根本不想跟周至去Z大，她只想去超市。

下午的太阳没那么好，天又阴了下来。他们住的地方离Z大经济学院确实不远，半个小时就到了，周至把车停在门口的临时停车位上，戴着口罩、帽子，拎着背包下车。许一把自己缩到座位上，攥着安全带没有下车的意思。

周至的手搭在车顶，俯身看车内的许一，睫毛动了下，嗓音低沉："你不进去？"

"不了，你去忙吧。"许一瞄准不远处一个小超市，快刀斩乱麻地解释，"我想在车里待着，不想走路。"

接触到周至的目光，许一补充："有些累。"

周至的手指缓缓敲了下车顶："腿疼吗？"

"没有疼。"许一摇头，"只是有些累，你不用管我，你忙你的。我高中还没有读完，离大学很远，不需要提前熟悉大学。"

"是吗？"周至由上至下打量许一，许一坐得端端正正，双手放在腿上，一副乖巧的模样，他倾身把车钥匙递给许一，"如果下车就锁车，上面有锁车键。有什么事跟我打电话，我的号码你记了吗？"

许一伸长手臂接过车钥匙，身体并没有离开座位："记了。"

周至关上车门背好书包，拿出墨镜戴上，才迈开长腿大步朝学校走。他的目的就是要许一过来，既然过来了，她待在哪里都无所谓。

等周至一走，许一迅速抬屁股看座位，很好，没有弄脏。

她松一口气，从后视镜里看周至走进了Z大。学校入口处有高大的树木，深秋季节，黄灿灿地蔓延到了远处。

他很快就走到了树荫深处。

许一解开安全带，下车拿着车钥匙按了下锁，"嘀"的一声车落锁。她试了试车门拉不开，握着手机快步走向了小超市。

买完东西在不远处的洗手间换好，她把剩余的装进外套口袋，手机便响了起来，来电是母亲。

许一冲洗好手，握着手机远离洗手间接通电话："妈妈。"

"你住在什么地方？"林琴说，"你把地址发给我。"

许一头皮一麻："啊？"

"我已经在高铁上了，大概下午六点能到。"林琴说，"我想了想还是不太放心，我把店关了过来陪你。你把酒店地址发给我，我下车后直接过去。"

许一紧张得手都在抖，抿了下唇，硬着头皮说道："我住在周至家，昨天来不及找酒店，我暂时先住在他家。"

电话那头死一般的寂静，大约有一分钟，林琴说："现在来得及找吗？你没时间的话，我来找吧，我订训练场附近可以吗？我订完把地址给你，你尽快搬过去。"

"哦。"许一垂下眼踢了下地面，"好。"

"那我订完截图发给你。"

许一猛然回神，说道："我早上订了一家还没退，你先别订，我找找地址跟那边确认好发给你。"

她早上订的是特价房，特价房不能退，申请了一下午都没有回应。

"那好吧。"林琴顿了下，嗓音缓和，"他回镇上住我们家，那合情合理，老家房子不值钱。而且他家出了点意外，没办法住人。我们不能来 H 市住他家，明白吗？感情没到那个份上。而且，你也长大了，你和周至都是大孩子了。不管你们感情再好，到底没有血缘关系，男女有别，要注意保持距离。"

许一攥着手机的手很紧，半晌才点头。

"他已经帮了你很多，这种小事就不要让人家麻烦了。他也不小了，将来要谈女朋友，你住人家家里，出去怎么说？没有血缘的亲妹妹？合适吗？"

林琴又叮嘱了几句才挂断电话。许一打开网站撤销退款申请，联系对方晚上要入住。全部安排完，许一把酒店地址复制下来发给了林琴。

办完一切，许一攥着手机站在校门口等周至。起风了，吹得她头发有些乱，她握着手机双手插进口袋盯着出口处。

等了大概有二十分钟，周至挺拔修长的身影出现在视线尽头，他穿着休闲运动套装，身高腿长。他单手插兜，一边肩膀上挎着个背包步伐很大地往这边走。

许一刚想挥手跟周至示意她在这里。

一个很漂亮的长头发女生握着手机快步走到周至面前，拦住了他的去路。周至停住脚步，似乎在跟她说话。

距离很远，许一听不清他们说的什么。她皱眉揪了下自己的短发发梢，往后退了一大步。

那是周至的女朋友吗？她已经第二次看到周至面前出现漂亮女孩了，昨天吃饭时那个女孩应该也是去找周至的。

许一又看了一眼，周至恰好抬头看来，四目相对。许一立刻收回视线，拉起外套帽兜扣到头上。

周至保持着单手插兜的姿态绕过女生大步朝这边走来，许一抿了下唇，双手坠在口袋里，一手攥着车钥匙，一手攥着卫生巾包装。她低垂着头，她在这里等周至挺合情合理，要第一时间把车钥匙还给周至。

"周至，你有女朋友吗？"女生又喊了一声，声音很大。

许一也抬起了头，这不是周至的女朋友？

周至看了许一一眼，转头蹙眉面对刚才花式要微信失败的女生，他从进校门就被当猴子围观，围观了一路。

"不拿奥运冠军不谈恋爱，还有什么要问的吗？没有的话，我要走了。"

周至刚在奥运会上惨败，又官宣手伤面临退役，这条件简直就是一辈子不谈恋爱。

女生沉默了半晌，说道："你找女朋友有什么标准吗？就是说，假如万一也许有一天，你能拿冠军了，你会找什么样的女朋友？"

"练射箭的。"周至抬手把耳机塞到了一边的耳朵里，环视四周看热闹的人。比赛结束后，他对很多陌生人发出的声音有了应激反应。他堵住了一边的喧嚣，态度散漫地抬眼看向不远处低着头踢地面的许一，语调淡淡，"最好是奥运冠军，门当户对，我可以走了吗？"

祝您一辈子单身，练射箭的奥运冠军，做什么美梦？

女生满脸写着无语，挥挥手："那您加油！"

您先拿个奥运冠军吧。

周至大步走出校门，走到许一面前，抬手一捞，扣住她的后脑勺往停车场走，然后抠掉了一边耳朵里的耳机。

"怎么出来等了？"

许一还没从刚才的震惊中回过神，扭头想看刚才的女生，她确实很漂亮，非常漂亮。

以许一的审美来说，如果她是男的，绝对会喜欢这个女生。

但许一还没来得及转头，脑袋就被周至按着转了回去。

周至戴着口罩，声音从口罩里出来有一些闷："看什么？看前面的路。"

"钥匙给你。"许一迅速从口袋里取钥匙，猝不及防把另一边的包装袋带了出来，她连忙塞回去把另一只手上的钥匙递给周至。

周至已经看清粉色包装上的"七度空间"，脚步一顿，松开了许一的头，手插入口袋。他迅速地转头看远处，片刻又若无其事地转回来，接走了车钥匙，大步走向自己的车。

"我妈过来了，她怕我一个人应付不来。"许一坐上车把包装袋往口袋里捅了捅，拉上安全带，快速把所有话都倒了出来，"她让我搬到酒店，马上回去就搬。她也住酒店，不住你家了，挺麻烦你的。她的意思，我们太麻烦你了，给你造成了很大的负担。酒店那边通行不方便的话，我走路过去，离你家不远。这两天真的非常感谢你，谢谢至哥。"

许一一口气把所有话说完，坐得笔直，双手交叠转头看周至。

周至的手指搭在方向盘上，目视前方，薄唇抿成了一条线，睫毛在眼下拓出阴翳。片刻后，他缓缓叩了下手指，收回视线发动引擎，把车倒出去："林阿姨几点到？我送你去接她。"

"不用。"许一连忙拒绝，"太麻烦了，我妈肯定也不会同意。"

"我下午没事。"周至若有所思，把车倒出去，"哪个站？把地址给我。如果我去仙山镇，阿姨也会接我。"

可我妈接你是收费的，你接我们倒贴钱。

周至到底还是跟许一一起去接了林琴，晚饭是林琴请客，周至把她们的行李送到酒店，林琴热情地邀请他在酒店门口的东北菜馆吃饭。

她没有给周至结账的机会，点完菜就直接结了。

吃完饭，许一和林琴在门口看着周至的车开走，酒店门口的路并没有周至说的那么堵，反而因为偏僻十分空旷。

林琴目送周至的车开走不见，牵着许一的手上楼，插上房卡，房间的灯就亮了起来。

两张床的标间，房间不大，行李堆得满满当当。

许一松开了林琴的手，走过去收拾东西，把洗漱用品拿到洗手间，换上了拖鞋。

"周至今年十九，是吧？"林琴忽然问道。

"嗯，他比我大三岁。"许一看镜子里的自己，仰起头，镜子里的人也仰起头。她太瘦了，瘦巴巴的，一点都不好看。

"有女朋友吗？"林琴也拿了洗漱用品到洗手间，抬手摸了下许一的头发，转身去放洗漱用品，"他条件那么好，应该不会缺吧？"

许一心跳忽然加快，滚烫的热意从脸颊蔓延，一路轰轰烈烈地烧到心脏处。

"没有吧，他想找个奥运冠军女朋友。"许一想到下午周至说的话，咽了下喉咙，嗓子干得厉害，"跟他门当户对，条件很高，一般人也达不到。"

"找对象确实需要门当户对。"林琴做事麻利，快速把洗手台上的东西都归置好，"不然差距太大，将来全都是矛盾。"

许一拿起发箍戴到头上，露出光洁的额头，拿牙刷挤牙膏："他的女朋友一定是很优秀很优秀的人了。"

"是呀，他就是很优秀很优秀的人。"林琴倚在洗手台上，转头看许一，笑眯眯说道，"忽然意识到，我们小一也长大了，是个大姑娘了。再过几个月，你就要十七岁了。"

林琴停顿了一下，继续道："那我们小一有喜欢的男孩子吗？"

许一惊得一把拽掉嘴里的牙刷，带出泡沫。她连忙抽纸擦，又把牙刷塞回去，混乱的大脑缓缓沉淀，她摇头："怎么可能？没有，不喜欢，谁都不喜欢。"

"喜欢并不是什么见不得人、羞耻的事情。随着人的长大，都会产生追寻另一半的本能，这是自然规律。"林琴拿纸巾给她擦脸颊上的泡沫，"如果你有喜欢的男孩子，也不用惊慌害怕，记得告诉妈妈，妈妈不会阻拦你的喜欢，这方面你永远都是自由的。但妈妈会以成年人、过来人的经验，给你一些参考建议，以便于关键时候你能正确地做出防范措施，不让自己受到伤害，也能更好地做出选择。"

喜欢一个人确实不羞耻，可若是喜欢一个不该喜欢的人，那就很羞耻了。

洗漱完，许一躺在酒店的床上抱着枕头看母亲忙碌，心思纷乱。手机响了一声，她拿起来看到周至发来的微信。

【明天早上七点在酒店门口等我，我去接你。】

许一的心跳又快了些，攥着手机在屏幕暗下去之前，打字"你到家了吗"，指尖点在屏幕上，迟迟不敢发送。

她踌躇许久，终于是发了出去。

周至的消息来得很快，几乎是秒回，他发过来一段两秒的语音。许一连忙坐起来去拿背包里的耳机。

"晚上睡觉不要戴耳机，对耳朵不好。"林琴洗完澡擦着头发走过来，"听歌吗？还是怕我晚上睡觉吵到你了。"

"听歌，我睡觉时拿掉。"许一压着心跳，若无其事地躺回去把耳机塞到了耳朵里，连上手机才在被窝深处点开了周至那条语音。

"早到家了。"周至的声音偏沉带着喘，"在跑步。"

许一点开又听了一遍，他的声音似乎有温度，灼烧着耳朵。

许一咬着上唇，缓缓松开，手指按着手机屏幕打字"明天出门要背弓吗？还练吗"，她迟疑许久，一个字一个字删除，重新打字：【今天麻烦你了，那你早点睡，晚安。】

发送成功，手机上方显示对方一直在输入中。许一看了五十秒，迅速撤回了消息。这条信息过于唐突，她和周至还没有熟到那个地步，晚安不能随便发。

周至：【？】

半分钟后，周至回复：【晚安，小孩。】

简短几个字，许一看了很久，她把手机郑重地放到枕头下面。她拿掉耳朵里的耳机，拉起被子，把脸埋了进去。

第二天，许一六点就起床了，做了半个小时拉伸被林琴拎到餐厅吃早饭。

这家酒店房间环境不怎么样，但早餐很好吃，许一吃了两个茶叶蛋、两个雪菜包子还没吃饱。

林琴说要出去买东西，先离开了餐厅。

许一吃完第三个包子，起身去多买了一份餐票，要了两个打包盒，打算带两个包子给周至。

周至一个人住，冰箱里只有水。昨天他让她陪同去超市买东西，正好林琴过来，什么都没有买。

刚把包子装进盒子里，周至的电话就打了过来。许一盖上饭盒盖子，接通电话，一时间不知道该怎么称呼他。

"醒了吗？"周至说，"我的车在酒店正门口。"

"我在餐厅。"许一说，"我给你送个东西。"

周至靠在座位上，转头看向便捷酒店的大门，许一不知道从哪里找的这家酒店，灰突突的样子，透着廉价。

"送什么？"周至降下副驾驶车窗的窗户，冷风灌了进来，他拉上运动装外套的拉链。他漫不经心地看着酒店大厅方向，一道纤瘦黑色身影箭一样冲了出来。

周至握着手机听到许一跑步发出的喘气声，许一说："早餐。"

周至扬了扬眉，许一冲到副驾驶欠身进来，将两个塑料盒子放到了座位上，她放下脸颊边的手机，一双亮晶晶的眼看着周至："这个包子很好吃，你要试试吗？"

包子的香气弥漫整个车厢，带着烟火气息。

"谢谢。"周至拿起装包子的盒子，嘴角很浅地扬起。

"等一下，我再给你拿一盒牛奶。"许一转身奔进酒店，跑得很快。

周至握着温热的塑料盒子，沉默了片刻，拆开包装取出里面热气腾腾的包子。

不到一分钟，许一风驰电掣地冲过来，又将一盒牛奶和一个通红的大苹果放到了副驾驶的饭盒上面。

她跑起来短发发梢跳跃，脸颊微微发红，早晨的太阳从城市边缘攀上天空。光芒落到她身上，她的眉眼也带着光辉。

"我上去拿东西，你需要等一会儿，麻烦了。"

许一离开不到一分钟，林琴拎着袋子就到了，看到他的车就热情地把包装精美的早餐往副驾驶座位上放，看到已经有了东西，动作顿住。

"许一刚才送过了，谢谢阿姨。"

林琴握着早餐袋子，沉默了片刻，还是放到了副驾驶座位上，说道："这两天麻烦你了，谢谢你照顾许一，帮她引荐。许一傻乎乎的，什么都不懂，我都不知道她来找你了。找专家要多少钱？我转给你——"

"不用了，阿姨，您不用那么客气。"周至打断了林琴的话，斟酌用词，"我帮她跟任何人都没有关系，只是因为她天赋高，很努力，她不应该被埋没。她七年前就应该走上射箭这条路，可她错过了。她马上就要十七岁，没有多少机会了，再耽误真的会是一辈子的遗憾。不管是作为哥哥还是作为一个同样不怎么幸运的运动员，我希望她走得更高更远，能实现她的理想。我不会害她，您永远可以对我放心。"

周至给许一约了骨外科专家，主要针对她的腿进行检查。检查的项目复杂漫长，堪比她摔断腿那次。

许一拿到检查报告，结果跟她之前做的差不多。她身体好，恢复得很快。

第二天，秦川又带她做了一次全身检查，然后把她送进了为期十天的封闭式康复训练中心。

封闭式康复训练结束后，许一的腿能恢复正常训练了。秦川接她去了射箭队的训练基地，H 市郊区集训。

秦川给许一报了 H 省射箭锦标赛，比赛时间是 11 月 10 号，她有十天的训练时间。课程紧任务重，秦川把机会都给她了，能不能把握住得看她自己。

所以许一也不敢松懈，她一颗心高高地提着。

林琴在许一进封闭式康复中心的时候，就跟秦川签完协议回仙山镇了。

许一背着弓包，拖着行李箱跟在秦川身后往宿舍走，全然陌生的环境，没有熟悉的同学，也没有熟悉的跑道。射箭是重新开始，靶场是她的新起点，她其实有些紧张。她不动声色地深呼吸，转头看室外训练场。

下午阴天，训练场空旷没有人。乌云翻滚在天际，已经进入深秋，枯黄的树木在风里摇曳。

"害怕比赛吗？"秦川问道。

许一摇头："不怕，今晚可以训练吗？"

许一从被关进封闭式康复中心，她就没碰过箭，秦川不让她碰。只让她练臂力，还有一些基础训练。

"明天吧，不急。"秦川走上楼梯，看许一单薄的手臂提着巨大的行李箱上楼梯，说道，"需要帮你拿吗？"

"不用。"许一提着箱子快步上楼，"我可以。"

秦川审视许一的细胳膊细腿，但想到她在靶场的爆发力，就没有帮她拿："等会儿我们队还会再来个新队员，跟你一起集训。"

"也要参加省赛吗？我们一起吗？"许一把箱子放到楼道里，抽出拉杆往前拖。秦川忽然提这个人，是跟她一样，也是特招进来的吗？

"他？"秦川嗤笑一声，表情就生动起来了，"他不参加，他没资格参加。"

没资格参加省赛，能进省队的预选？

"他房间在你隔壁，你们可以——结伴。有什么问题，可以互相探讨。"秦川清了清嗓子，"互相照顾。"

要她照顾新人吗？师妹还是师弟？

许一想完觉得都不合适，她还没入师门呢，不存在师弟师妹，最多是竞争关系。

"好，我知道了。"

"我希望你能顺利进队。"秦川停住脚步，注视许一，目光沉下去，严肃起来，"我也希望你能在这条路上坚定地走下去，不要半途而废。"

他欣赏坚韧的人，许一很坚韧，半年前摔成那样，爬起来还能打。这十天康复训练，他是盯着的，许一是真能扛。

有些疼大男人可能都忍不了，她都能忍。

许一沉默了一会儿，点头："我会的。"

许一是编外人员，没有固定的宿舍，她的临时宿舍是单人间。走进房间，许一小心卸下背上的弓包放到桌子上。

"那你休息吧，吃饭的时间我会来叫你。"

"谢谢教练。"

秦川摆摆手，转身大步离开。

许一关上门打开灯，宿舍的床已经铺好了，她从行李箱里取出新的床单铺上。她拿出手机插上电，这部手机用了太久了，电池很不耐用，在车上听了一会儿音乐就关机了。

等待手机开机的时间，她把行李箱做了简单的整理。

手机开机，"丁零"一声跳出信息。许一走过去拿起手机查看消息，母亲十分钟前发消息问她有没有到基地，新地方怎么样，有没有不适应。

许一回了消息，她转身趴到床上翻开微信。她和周至的微信聊天记录到昨天，她问周至一个风速公式，周至给她回了一张图片，拍的是草稿纸。

他的字很好看，黑色细圆珠笔写在白色的草稿纸上，整整齐齐的公式。

每个数字许一都认识，但拼到一起仿佛天文。

周至问她懂了吗，她回了个懂了，周至让她用语音回复一段自己的理解。

许一在线表演失踪。

所以他们聊天的结尾是周至的一个问号。

许一按着手机不知道要跟他发什么，她想告诉周至她进队集训了，但不知道该怎么开头。

她手指一滑，发出去个表情。

周至的信息立刻过来了：【？】

许一连忙撤回，周至又发来一个问号。

【我到训练基地了，明天开始集训。】许一点击发送。

【我会好好训练。】许一编辑信息，【十号要打比赛，你去看吗？】

她迟疑着不知道该不该发，她进康复中心后就没有再跟周至见面。她偶尔微信上找周至，周至会秒回。

但他不会主动给许一发信息。

许一想了很长时间，在手机屏幕暗下去之前，删除最后一段，换成了：【我十号要打比赛，可能会很忙。】

她提着心脏发送。

周至没有回复。

许一等了五分钟，她的信息仿若石沉大海。

许一狂跳的心脏渐渐沉寂，像是沉入深海的鲸鱼，无声无息。她又坐了一会儿，开始怀疑自己的手机网络是不是出了问题，她举着手机到窗边，身后敲门声响起。

许一不知道是谁，连忙把手机装回裤兜，快步走过去拉开门。

她猝不及防地跟门口的周至对上视线，周至的黑色行李箱放在脚边，骨节分明的手指随意地搭在行李箱拉杆上，背着黑色弓包，很长的弓身在他的背上像是长剑一样酷。他穿着一身黑色运动套装，身高腿长，倚靠在门框上。他逆着光站，俊美的脸清冷，黑眸深邃。

"刚才撤回了什么？"他的嗓音偏低，慢悠悠的，"现在当面补发给我。"

"你怎么在这里？"陌生环境乍然见到熟悉的人，许一的嘴角立刻上扬，眼睛弯成了月牙，但很快就收敛，"你来找秦教练吗？"

周至叩着行李箱拉杆，下巴上扬，淡声："找你。"

许一眨眨眼，周至忽然倾身平视她的眼。他离得很近，睫毛尖沉黑稠密，身后是昏暗的天空。

许一战术性后仰，周至的手就按上了她的发顶，让她无法动弹。

"找你算账。"周至的脸近在咫尺，他偏了下头，收回手落到裤兜取出一颗巧克力递给许一，直起身拖着行李箱往隔壁走，淡淡道，"发消息那么爱撤回是什么毛病？以后不准撤回，不然师哥教你规矩。"

许一猛然回神，什么师哥？

许一赶紧攥着巧克力追出门："你就是今天新来的队员？"

周至背着弓带着行李箱来射箭训练基地做什么？集训一般外人进不来。他背上熟悉的弓包，许一的心跳得飞快："秦教练说今天还有个新队员会报到，不会是你吧？"

周至已经走到了隔壁房间门口，拿出钥匙开门。"咔嚓"一声，房门打开，他抬起长腿勾过行李箱推到了门内，散漫地抬眼，很深地看向许一："不然呢？你希望是谁？"

"啊？"许一惊大于喜，周至怎么会来省集训队？他是国内一流射箭运动员，"你要重新练射箭了吗？你的手好了吗？"

"差不多吧。"周至活动手腕，他的右手腕戴着黑色运动手表，运动装袖子遮到手腕，也看不出来什么，"可以射箭。"

"那你——怎么会来这里？你不应该是回国家队吗？"

"我被国家队开除了，怎么可能回去？国家队又不是我家开的。"周至长腿迈进门，声音落在身后，有些失落，"你看，都没人帮我搬行李，今非昔比呀。小孩，你懂什么叫人走茶凉吗？"

许一把巧克力装进裤兜，快步走过去把他落在门口的行李箱推到屋子中间。他的房间格局跟自己的一样，一室一卫外面带一个小阳台，灰白色装修风格。

房门关上，周至卸下背上的弓包放到桌子上。许一后知后觉有些尴尬，他们两个共处一室。

"你以后就留在这里吗？"

许一万万没想到周至会来H省队，国家队和H省队差距太大了，十万八千里的距离。

"重新开始吧。"周至看许一忧心忡忡的眼，往后靠在桌子上，注视着许一的眼，"你很担心我？"

"真的回不去国家队了吗？"周至刚离开国家队那段时间，她每天都刷新闻，网上一群人猜周至如果没有退役进娱乐圈，一定会重返国家队，"网上有人说，射箭领导只是为了吓唬你。"

周至没有退役进娱乐圈，国家队真不要他了。

"天真。"周至嗤笑出声，抱着手往后斜靠，一条长腿微屈支着地面，"你以为小孩过家家呢！"

许一有些蒙，手里握着周至的行李箱拉杆，金属拉杆已经被她的体温暖热了。她抿了抿嘴唇，心里有些难过——周至真的从神坛跌落了。

"我现在有两个选择：一，屈辱退役；二，从省队打上去，光荣回归。"周至抬起下巴，"你认为我会选第一个吗？"

从省队打上去光荣回归。

这才是周至，他就是这么自信到自负的一个人。

许一抠着行李箱拉杆，房间内没有开灯，因为是阴天。他的五官英俊到凌厉，鼻梁很高，双眸深邃锐利。

"你需要铺床吗？"许一转移了话题，"我那里有多余的床单，我妈给我装了很多。"

林琴有点洁癖，总觉得外面的铺盖不干净，去哪里都给许一装上床单被罩。

周至舌尖抵着嘴角，点头："好啊。"

许一做事有点林琴的风格，麻利得很，她回去取了蓝色三件套抱着过来周至的房间。周至挽着袖子在洗手间洗手，许一余光瞥到他手臂上狰狞的伤疤，她脚步顿住，猛地转头看去。

周至若无其事地拉下了衣袖，垂着湿淋淋的冷白手指，出了洗手间，抬眼看来："你有多余的毛巾吗？"

周至是什么都没有带吗？他那么大一个箱子里都装的什么？二十八寸的大箱子里装满了大白兔奶糖吗？

许一放下床单转身回去取毛巾，她还真有。来之前，她以为要住集体宿舍，人多的地方她会准备全新的生活用品。

许一把新毛巾给了周至，揭掉他床上原本的床单被罩和枕套，铺上新的。她把枕头拍松软放到床上，正在拉被子，门口一道声音响起。

"嚯！真贤惠，周少爷，你把所有人甩在楼下，这么着急上来就是为了使唤许一给你铺床？"

许一倏然抬头。

秦川靠在门口，他抱臂挑起眉毛"啧"了两声："难怪不让人——"

周至长腿往前一步捂住了秦川的嘴，他比秦川高，瞬间就把秦川挟持住了。

秦川的声音很闷："以后我就是你的主教练！一日为师终身为父，孽徒！"

"闭嘴吧。"周至松开手，十分嫌弃地甩了甩手，迅速看了许一一眼，蹙眉走到洗手间打开水龙头冲手，"我马上下去，再多说一句，你一个人当猴吧。"

不是人走茶凉吗？

难怪不让人干什么？

许一握着周至的被子一角，抿着唇扯平铺到床上。

秦川说的话什么意思？

哗啦啦的水声响彻整个房间，许一快速把他的被子拉平，说："那我先回去了。"

她居然信了周至的鬼话，周至来省队怎么可能会无声无息？他难道只是为了骗自己给他铺床？至于吗？难道他不卖惨，许一就不帮他铺床了？

许一从口袋里取出巧克力，撕开包装狠狠嚼着，三观炸裂，周至居然会撒谎。

训练队晚上六点吃饭，许一直接去了食堂，但吃饭时没见到周至。可能他跟领导出去了，省队收这么个名将，肯定不会放过宣传的机会。

她端着餐盘坐到了角落，吃到一半，面前落下一道阴影，她抬眼看到对面的赵觉。

许一环视四周，又看向面前的人。

"看什么？我很可怕吗？"赵觉吃饭很快，他已经开始喝汤了，乜斜着许一，"你是周至的女朋友？"

"不是。"许一耳朵滚烫，立刻否认，"跟你有关系吗？"

"他居然会来省二队，真是离奇，若不是为了女朋友来，真不知道这有什么意义。手伤退役还能到别的地方捞一把，他居然没走，现在这样，一旦恢复不了成绩，身败名裂，拖到最后一无所有。"赵觉阴阳怪气道，"我以为他是聪明人，没想到也是个蠢货。"

"你才蠢。"许一坐直瞪了回去，她很不喜欢赵觉，他说话很难听，"他能重回巅峰，你这种输一次就一蹶不振的人怎么会懂？"

赵觉霍然起身，冷冷地看着许一。

"我知道你，输给周至一次，从此成绩一落千丈。"许一把剩余的一口饭挖进了嘴里，咽下去，以同样冰冷的眼神看回赵觉，"不堪一击。"

"你输过吗？大言不惭。你们这种天赋流懂个屁！你们轻轻松松就能达到别人努力几百倍都达不到的高度，站着说话不腰疼。"

"我是摔断腿从短跑转到射箭。"许一放下勺子抬眼看赵觉，想了想，还是把话说出口，"天赋流？轻轻松松？你知道周至从十岁开始练射箭，每天待在训练场七八个小时，没有朋友没有游戏机没有假期，每天不厌其烦地练射箭，为了多百分之一的精准度付出了多少吗？"

许一很不喜欢赵觉，赵觉素质太差了，但她说话也不客气："跟你说话是浪费时间，我要走了。"她端起盘子转身，正面对上秦川和周至，他们站在不远处端着餐盘在找位置。

许一瞬间头皮发麻。

他们不是出去吃饭了吗？怎么会在这里？

"吃完了？要走？"秦川看向许一，快步走过来把手里的酸奶递给许一，"再喝个酸奶呗，我这个也给你，请你喝。"

许一想让时空倒带，把刚才那段剪掉。

她站在原地，尴尬得脚趾抓地。

"坐吧，等会儿我跟你一块回去。"周至在对面坐下，抬手拨开了秦川的酸奶，把自己的酸奶插上吸管放许一面前。

许一又坐回去，拿起酸奶吸了一大口，吸管和酸奶盒底部接触发出巨大声响，许一立刻松开吸管。

想从这个世界消失。

"我先走了。"赵觉端着盘子转身快步离开。

这一片陷入寂静。

许一小心吸着底部的酸奶，垂着眼看餐桌。

"周至在你那里形象还挺正面的，评价很高呀。"秦川咬着虾，声音里浸着笑，"怎么跟赵觉一起吃饭？"

许一就差把脸埋到桌子里了，攥着酸奶盒："恰好坐到一块了。以前看过他的比赛，我觉得他技术不差，心态很差，他走到今天纯粹是自己的原因。"

许一越说声音越低，她没什么资格评价别人。

"就是这么回事，你说得没错，不用不好意思，听不进去的人这辈子就这样了。运动员不缺天赋高的，能进这一行每个人天赋都高，可真正走下去的一定是心态和天赋都最好的那个。"秦川扒着饭说道，

"就这么回事。"

许一如坐针毡地等秦川和周至吃完饭。暮色四合，训练场的灯光亮起，秦川被人叫走了，她和周至一前一后地往宿舍走。

室外风很大，训练场只有几个零星跑步的人。室内训练场灯火通明，许一把双手坠入口袋，走在周至的影子里。他们走上楼梯，走到宿舍门口。

终于解脱了。

许一虽然之前跟周至说过他是自己的目标，目标很好解释。可她时刻盯着周至，就很难解释了。

还背后夸周至，被周至当场逮住。

许一拿出钥匙开门，后背绷着，想一逃了之。

"想去练射箭吗？"周至停住脚步。

许一拧开了门，看向周至："现在吗？"她特别想，她十几天没摸弓，怕比赛跟不上，急不可待，"秦教练让我练吗？"

"我想教你，你就可以练。我跟秦川师出同门，水平应该不相上下，或者我更胜一筹。秦川教你的跟教其他人的一样，每个人都有。而我不一样，我只教你。"周至双手插兜，逆着光站，下颌微扬，"想学去拿弓。"

许一因为他那句"只教你"而红了耳朵，推开门打开灯走进去取弓。

周至往门框上一倚，迎着房间里的灯光，掀动睫毛似随口问道："赵觉唯一打过的能让体育生看到的比赛应该是三年前的全国锦标赛，体育频道直播。你说以前看过赵觉的比赛，是那次吧？"他停顿了下，说，"你是看我还是看他？"

她看赵觉干什么，她又不认识赵觉。

"那你下午说人走茶凉。"许一的做人宗旨是不能直接回应的就打回去，她仰起下巴，"他们在楼下等你。"

周至垂下睫毛，倚在门框上的身体站直，面不改色地清了清嗓子，嗓音淡淡："凉到能让你看到，那叫低级蠢。能混上去的都是人精，不会那么明显。毕竟我姓周，明白吗？如果我的茶没凉，我就是直接入队。"

周至的水平可以在 H 省队排第一，如果是以前的周至，所有人抢着要，根本不需要进队前的集训。

可周至跟许一现在处于同一位置。

"所以,你是看我?"周至双手插兜,"许一,我回答了你的问题,你没有回答我。"

"没有刻意看,学校放的直播。"许一把弓箭和护具都背到身上,不看周至,往门口走,"走吗?"

周至抬手搭在许一的头顶,意味深长:"原来如此,我以为你会追我的每一场比赛直播,是我想多了。"

许一停住脚步,周至已经松开了手,转身朝自己的房间走去:"我回去拿弓。"

走廊里的灯静静亮着,寒风呼啸,许一仰起头深吸凉气,肺里都是凉的。

这边的训练场设置都是顶尖,室内训练场箭靶非常专业,整体气氛严肃紧张。隔壁箭位还有队员在训练,他们训练的时候很安静,一支箭接一支箭地射。

射箭跟其他运动不一样,需要沉浸其中,那是一个人的世界。

许一穿上护胸护臂,试了下弓弦,心情多少有些紧张。换了个场地,换了靶。她拿起皮筋扎起短发,有一些碎发扎不起来。

她脑袋上忽然多了一只手,是熟悉的白茶香。

她落下手:"至哥?"

"低一下头。"周至的声音在身后,低醇尾调缓慢。

许一低着头看他白色运动裤包裹着的长腿,他喜欢穿白色,运动鞋也是白色。他刚才回去拿弓,还顺便换了套衣服,是许一最喜欢的白色运动装。

周至把粉色小发卡别到了许一的头发上,夹住了碎发,拇指一拨她头顶的小鬏,觉得可爱极了:"要留长发吗?"

"不可以吗?"许一耳朵有些热。她以前头发一个月要剪一次,不能过耳,可最近她没有剪头发,她想把头发蓄起来。她将脑袋从周至的手里移开,拎着弓转身面对他,抬手摸了摸头顶的小发卡,冰凉水晶状的发卡,形状像樱桃,"发卡吗?哪儿来的?"

周至居然有女生的东西。

"捡的。"周至薄唇微动,接触到许一亮晶晶的眼,脚步一顿,"不喜欢？"

他穿着白色运动衣，身高腿长，黑色护胸勾勒出他挺拔劲瘦的身型，带着一股子凌厉气势。

"谢谢。"许一戴上指护，站到靶位上，又忍不住抬手去摸，他从哪里捡的？"多少钱？我给你吗？"

"前几天带小表妹逛街，买一送一，送的，不值钱。"周至走过来教许一调整弓弦，他从后面长手越过来握住许一的手，语调很淡，"试一下弓弦，以后上赛场你要自己调整，你需要独立完成全部。"

晶莹的红色水晶樱桃点缀在她黑色发间，晃在周至眼前，十分好看。

周至教得很细，不厌其烦。

许一是慢热型的，不像周至一上来就杀气腾腾的压制别人。她发力点在三箭之后，一旦遇到个心态更强的，很容易翻车。

周至反复教她射第一箭。

他们在训练场待到熄灯铃声响，才背着弓离开。

第二天集训正式开始。

许一有在省队短跑集训的经验，自认为抗压能力还行，可前三天还是有些压力。高负荷的训练，尽管她和周至一个小组，可一天见面说话的时间也不多，只是吃饭时会坐在一起。

周至的抗压能力比她想象中的更强，他在集训队里游刃有余。十年射箭队老运动员，他是教科书般的存在。

许一到第四天才跟上节奏，她离比赛没几天了，秦川给她的任务也很重。她不是从小练射箭，她十六岁才正式开始，她的基础不好，甚至可以说很差，很多东西要重新学。

早上做核心力量训练，下午练射箭精准度。新队员的手被磨破是很正常的事，许一刚练射箭时就被磨破过，但没想到，她在集训队再次被磨破。

晚上洗澡时，她碰到水泡才意识到疼，许一在洗手间把水泡抠开挤出脓水，不好意思去跟队医要药。

进队之前，她大言不惭跟赵觉说没有什么天赋流，所有的天赋都是努力百倍的结果，因为这点事儿就去找队医也太矫情了。

许一抽纸擦干手，穿上运动衫和短裤。

房门响了两声，第一声跟第二声之间间隔有些长，许一愣了下，迅速把运动内衣穿上又套上外套过去拉开门。

房间的灯是在一刹那熄灭的，周至站在逆光下，他应该是刚洗完澡，身上还着着水汽，带着湿漉漉的潮。

寒风从打开的窗户卷向走廊，许一立刻让开路，压低声音说道："有事吗？"

"有。"周至长腿迈进门，反手按上了房门。"咔嚓"一声响，房间陷入黑暗。他在黑暗中磨了磨牙，这边集训很离谱，晚上还搞什么熄灯。

"我去拿手机。"许一伸手去摸，猝不及防间碰到周至，手腕就被周至抓住。

"别乱摸。"周至嗓音很沉。

他穿得很薄，隔着衣料许一碰到温热结实的肌肉。许一仰起头，手还陷在周至的掌心里，她深呼吸："做什么？"

蓝色荧光亮了起来，周至一手拿着手机照明，另一手拖着许一往里面走。他长腿勾着椅子到屋子中间，把许一按到了上面。他打开了手机手电筒插到睡衣胸口的口袋照明，从裤兜里摸出药盒："手是不是磨破了？"

许一坐到椅子上，点头，随即又摇头："不严重，没事。"

她想证明自己没那么娇气。

"很正常，我以前也是从省队打上去的，我进队的时候手磨得比你严重多了。手磨破不丢人，不用藏着。"周至的嗓音很淡，坐到许一的床边，长腿敞开横在一边。他挤出药膏到掌心，说道，"把手给我。"

两个人靠得很近，药膏浓烈的气息萦绕在空气间，丝丝缕缕地缠绕着两个人，越裹越紧，温度也在逐渐升高，许一止不住地紧张。

她觉得自己很没出息，明明小时候怎么相处都不尴尬，都很自在，现在长大了，她就做不到了。而周至，始终都是那么游刃有余。

许一把手递给他，周至胸口插着手机，灯光照在许一这边。他英俊的脸落在昏暗中，五官深邃，薄唇抿着，他身上没有一分一毫的不自在。

他精准地找到许一受伤的手指，把药膏抹上去。

"今晚晾着伤，明天训练时记得贴创可贴。"周至从裤兜里摸出一盒创可贴，转身放到许一的床头。

空气忽然静了下来，周至看着对面的许一。

他们对着坐，膝盖碰着膝盖。许一穿着短裤，细长的两条腿很白，宽大的外套遮住了一半，她刚洗完澡身上是栀子花香，半长的头发贴着纤瘦的脖颈，有一些已经落到了锁骨处。

沉默了会儿，周至移开眼，往后靠在许一的床上。他的长腿往前横了些，拖鞋尖抵着许一坐着的凳子腿，嗓音低沉缓慢："能适应吗？以后都是这种训练，一直到你退役那天。"

许一摇头，想了想，说道："那……以前有人给你上药吗？"

周至忽地扬起嘴角，他在昏暗的空间里，笑在黑眸中缓慢地溢开。他坐直倾身，手肘压在膝盖上，注视许一的眼："许一。"

"嗯？"许一也坐直，双手交叠放在腿上，把外套裹紧了一些。

"如果——"周至的嗓音很慢，他的睫毛尖沾了些光辉，黑眸锐利，"当年你跟我一起练箭，是不是会半夜敲门，给哥送药？嗯？"

肯定会，想都不用想。

"教练若是发现，会不会罚我们？"许一扭头看窗外，疯狂转移话题，不看周至的眼，她的心怦怦跳，乱七八糟的想法往脑子里涌。

没有人给周至送药吗？他的疼都是自己忍吗？

"我们还没有进队，不用完全遵守队规。"周至一个编外狂徒，嚣张地道，"何况，秦川也管不了我。"

但秦川能管得了她。

"还是把灯关了吧，目标太明显。"许一说，"窗外都能看到。"

周至起身抽出了胸口的手机关掉手电筒，房间恢复黑暗。窗外的光落进来，许一只能看到他颀长身形。周至在房间里走了两步，说道："过几天就要比赛了，紧张吗？"

许一点头，点完反应过来周至看不见，开口："有一点，不过我会调整。"

"怎么调整？"

黑暗让人失去了视觉，会无限放大听觉。他的声音分外清晰，尾调缓慢地撞入许一的心脏。

"不去想可能会好点。"许一说着，话锋一转，问道，"你紧张的时候会想什么？会怎么转移注意力？"

　　周至参加过很多大赛，他在赛场上看起来像是什么都不会想的类型，除了奥运会上那次比赛，他其他时间都很自信。

　　"你，紧张过吗？"

　　"你至哥又不是神，怎么会没有紧张过？"周至轻笑一声，"适当的紧张可以集中注意力，就不用管它。若是过于焦虑，可以去想一个很重要的人或者东西，把一半情感寄托到另一个重要的事情上。"

　　你的另一个重要的事情是什么？

　　"哦。"

　　"你最重要的人是谁？"周至已经走到了门口，转头问道，"我问你的这一瞬间，你想的第一个人是谁？"

　　除了面前这个人，还能有谁？

　　"你紧张的时候就想这个人。"周至拉开了房门，声音落在身后，"你比赛时我会跟秦川请假，陪你去，晚安。"

Chapter 6
/ 逆风翻盘 /

　　许一踩着线过了体测，拿到了比赛资格。预选赛头一天晚上，训练结束后，秦川通知她回去拿行李，明天早上要比赛，晚上得去市区住酒店。

　　比赛在市体育馆，他们集训的地方在郊区，早上过去来不及。

　　许一回到房间换了套衣服，快速整理好行李，到门口她又折回去把樱桃发卡装进了口袋。她拖着行李箱出门，装作无意地看了眼隔壁周至的房间，房门紧闭。

　　周至那晚说要陪她去比赛，可之后就再也没有提过。不知道他说的是不是真的，会不会去。下午的训练他是照常参加的，刚才许一离开训练场的时候，他还没有走。

　　许一不好直接问。

　　电话响了，来电是林琴，许一连忙收回视线带上房门拖着行李往出口走，接通电话："妈。"

　　"明天比赛了是吗？我买明天早上的车票赶过去。"

　　"你不用来了，比赛只有两天，也不对外开放。"今年这种小型比赛都封了观众席，所以许一告诉了林琴流程，并没有让她过来。她第一次参加射箭比赛，秦川在也好，也是个熟人，"结果出来我会第一时间告诉你。"

许一一手拿手机，另一只手提行李箱，重量没有问题，有问题的是行李箱有些大，一直磕腿。

忽然，手上一轻，一道颀长影子落了过来，带着清寒的水汽。男人骨节分明的大手已经提走了她的行李箱，大步朝楼下走去。

许一抬头看到周至斜背着一个黑色双肩包，肩胛骨在白色运动外套下面清晰可见，风吹动了他的外套。他的头发还湿着，他抬手拉起帽兜盖在头上，嗓音落在风里："订了餐厅，出去吃饭。"

"周至也在？"林琴听到了周至的声音，在电话里问，"他陪你去比赛吗？"

"嗯。"许一忍不住翘起嘴角，脚步也轻快了许多，握着电话下楼梯，"还有教练。"

"好吧，那我就不去了。你注意安全，好好比赛。"林琴叮嘱道，"加油。"

"好。"许一挂断电话，林琴的转账信息就到了。

林琴给她转了一万，在微信上发消息：【我们家现在不缺钱，该花钱的地方就花，不要省。虽然周至对你很好，可不要全部都依赖他。他若是送你东西，你记得买东西送回去，有来有往。】

许一几乎没有花钱的地方，她不吃零食不买衣服，集训吃喝住都免费。上次林琴给她转的钱，她分文未动。

她把手机装进口袋，看前面拖着行李箱的高大男生，他的步伐不算快，始终跟许一保持着两米的距离。许一也拉上了帽兜，快步跟上周至。

"你的背包需要我拿吗？"许一感觉抢不回来自己的行李箱，周至肯定不会让她拉，便退而求其次。

周至沉黑的眼斜了过来，注视着许一，抬手卸下肩膀上的背包递给许一："想背我的包？可以。"

不是！

她只是想帮周至拿包。

许一接过他的包，不太重，她背上有弓包，两条手臂穿过双肩包的包带，把包背在胸前："你……也去吗？"

"你至哥说话很不算话吗？"周至停住脚步转头看向许一，帽檐遮住了他半边脸，他的眼陷在阴影里，冷傲的下颌上扬，"嗯？还是你忘记了我说的。"

　　居然不等他。

　　周至洗完澡出来就听到许一的关门声，然后便是行李箱滚轮摩擦地面远去的声音，他来不及吹头发，咬着牙追出了门。

　　他们站在宿舍楼一楼入口处，此时正是训练结束的时间，来来往往的队员往这边看。许一耳朵红透了，自知理亏，移开眼往大门口看："那什么……出去等还是在这里？"

　　周至的舌尖一抵腮帮，眯眼。

　　炽白的车灯扫了过来，越野车嚣张地开了过来，秦川跟八辈子没开过车似的，炫耀到了极致。

　　忽然袖子被很轻地扯了下，周至冷冷看去，是许一揪着他衣袖的一角。她的大眼睛在灯光下清澈黑白分明，她快速说道："对不起啊。"

　　很软很低的声音撞到了他的心脏上，像是石子落入平静的湖面，波纹朝两边缓缓慢慢地荡去。

　　秦川这车开得也不是特别烂，最起码车灯挺亮的。

　　秦川的车刹到两个人身边，副驾驶车窗降下来，喊道："上车。"

　　周至嘴角扬了下，抬起下巴。

　　"你先上车，我去放行李。"他拎着行李箱放到了后备厢，许一快速拉开后排座位的车门坐了进去。

　　周至和秦川关系好，他应该会坐副驾驶。

　　秦川叼了一片口香糖，转身把盒子递给许一："吃口香糖吗？"

　　"谢谢。"许一取了一片却没有吃。

　　"不用太紧张，你现在的水平，拿个小奖没问题。"秦川语调轻松，"我们只需要拿个小奖。"

　　许一点头，旁边车门打开，冷风灌进来，随即周至坐了进来，坐到了她身旁。

　　"你要吃口香糖吗？"秦川从后视镜里看周至，把车开出去。

　　许一立刻摊开手把口香糖递给了周至，周至看了看她的手，接过她的口香糖撕开包装放进嘴里，道："吃到了。"

　　许一转头看向窗外，在车玻璃的倒影中看到周至懒洋洋地靠在座位上。

他已经恢复如常。

他们晚饭是吃的火锅，这回价格非常正常。普通消费的火锅店，周至付的钱。

许一没抢到买单的机会。

他们都住酒店，周至没有回家住。因为第二天有比赛，他们吃完饭到酒店就分开了。秦川让她早点睡，许一很听话，睡得很早，也确实睡着了。

可她在凌晨三点就醒了，再也睡不着。她自认为不紧张，也拼命地让自己不紧张。可她就是不受控制地慌张，可能怕跟上次一样摔在终点线上。或许，她人生中没有过成功，太顺利总让她慌张，感觉有不好的事会发生。

她检查弓箭，装好行囊。天还没亮，她换上衣服顶着寒风绕着体育馆跑了一圈，他们住的酒店就在体育馆附近。

在清晨第一束光中，她回到房间冲了个澡，去敲周至和秦川的门，一起吃早饭。

早上是排名赛，先比男队再比女队，等许一上场的时候已经十一点了，她困得很不正常，注意力无法集中的困，整个人都涣散了。

第一支箭射出去的时候，她就知道不太好。室外赛场有风，精神需要高度集中。第一支箭落到外环，周围人的唏嘘声都能听见。

她越是怕射不好，就越射得不好。

一共六支箭，她前面五支箭都在六环以下，只有最后一支箭射中十环。

许一从赛场走下来时大脑一片空白，她看到秦川和周至站在一起，他们的表情都十分严肃，她没勇气走过去。

她的排名一定会非常差。

排名越后压力越大，因为下一场她要面对的是正数名次运动员的1V1对决。赛制是按照排名，第一名打最后一名，以此类推。

中午炽热的太阳晒着大地，也落到他们身上。许一站在原地握着弓沉默，他们给她铺了很久的路，努力了很久。

如果她翻车，那要面对的问题会很多。

"许一。"周至拎着一瓶矿泉水拧开，招手叫她，"这里。"

许一深呼吸，握着弓走了过去："我——"

"喝口水。"周至抬手拉着她，刚要说话，迅速松开许一的手，抬手去摸许一的额头，"发烧了？这么热？"

"许一发烧了？"秦川也很震惊今天许一的状态差到了极致，虽然她平时也慢热，但她的慢热起点很高，不会射出三环四环这么差劲的箭。他伸手摸许一的额头，入手滚烫，瞬间头皮发麻，"怎么会发烧？"

许一也不知道自己发烧了，她只是在凌晨出去跑了一会儿，回到酒店洗了个澡，八九点钟开始困，刚才在场上怎么努力注意力都无法集中。

"去医院吧。"秦川果断做出决定，"先看病，你这个温度绝对不会低于38℃。"

"下午还要进行淘汰赛。"许一抬手摸自己的额头，手心比额头更热，她心跳得很快，有那么一瞬间的慌张。仿佛回到了半年前，她摔在终点的无助，她仰起头，"我现在走是不是弃赛？"

"明年六月还有比赛，等明年再参加吧。"秦川叹口气，拿起手机打电话。

"我比完再去医院行吗？你先别申报。"许一一把抓住秦川的手臂，眼睛瞬间红了，"我应该是早上着凉了，我因为紧张起得很早，三点就起了，早上很冷。对不起，我不知道我这么容易感冒。"

秦川皱眉。

"比赛结束，我跟您去医院。再给我一次机会行吗？就一次！"

她不想弃赛。

"我出去买药。"周至脱掉外套从头罩住许一，把她包裹在他宽大的衣服里，他只穿着白色毛衣，清瘦挺拔。他抬起手腕看时间，拧着眉，"川哥，中午还有两个小时休息时间呢。许一可以在这个时间里调整状态，我相信她能把这场比赛打完，行吗？"

沉默了下，秦川说："行，我去联系赛方负责人，先报备吧。"

她个人排名三十名，倒数第三，跟她对战的是正数第三。

许一确实运气很不好，每一次都是差一点。

她的人生就是差一点，就那么一点，她永远迈不过去。

下午两点，女子个人赛淘汰赛第一轮正式开始比赛。上午男子个人排名赛在前面，下午就是女子个人淘汰赛在前面，许一的时间更少了。

许一在退烧贴的作用下，体温降到了37℃。她已经要准备上场了，她比赛的时间在前面。

她撕掉了退烧贴，戴好口罩抬腿走向赛场。

"加油！"身后周至喊了一声，"许一加油！"

许一握着弓回头看到周至的眼，他抱着刚才许一脱下来的属于他的外套，没有立刻穿，他戴着黑色口罩，拍手，扬声："你可以的！我在你身后。"

许一点头，鼻子忽然有些酸。

她在口罩下用力咬自己的下嘴唇，让自己脑子清醒，快步走上了赛场。

淘汰赛一共十二支箭，如果是平时，这是许一的机会。她是慢热型选手，十二支箭是她最好的节奏。可由于感冒，她也不知道自己的状态在感冒下会怎么样。

随着哨声响，赛场静了下来。对方先发箭，许一看到不远处的摄像头缓缓往这边移动，她尽可能地平静下来。

对方排名第三，水平很稳，第一箭射出九环。

感冒发烧会让人的敏锐度降低，射箭太需要那种敏锐度了。许一拉开弓迟迟没有发，垂在耳边的发丝随着风动了下，她侧了下头余光看到了场下的周至，他绕到了侧边站到对方教练的位置，抱着手敞着长腿站得笔直，目光坚定。

许一把注意力落到点上，唇上一疼，她把唇咬破了，血涌进了口腔，她的注意力在疼痛之下高度集中，她松开了箭弦。

反曲弓回弹撞到她的怀里，许一仰起头，靶场尽头跳出八环。

"很好！"周至的声音响在耳边。

每个人有三十秒时间，许一抿着唇转头看向周至，又落到了前方的靶子上。

对方水平很稳定，估计这场比赛结束就会进省队，她射出第二支九环。

许一舔了下嘴角，缓缓地呼吸，去想最重要的事来集中精力。周至说，他想找个世界冠军做女朋友。

门当户对。

赛场边缘，秦川挂断电话，叹口气走到周至身边："把衣服穿上吧，你别也感冒了。这次就算了，这孩子运气真的不太好，我活这么大都没见过这么倒霉的孩子，下次努力吧。跟她比的这个姑娘，也是省队的名额。"

许一仰着头，因为发烧脸上微微的红，太阳落到她的下巴上，给她镀上了一层光。

"没到最后一刻。"周至的声音很淡，"一切都是未知数，我相信她不会输。她不是认命的人，从来都不是。"

秦川想说点什么，看到周至的脸色，什么都没有说。周至和许一的关系不一般，他从没见过周至这样紧张，比自己打世锦赛还紧张。

周至的手指关节在阳光下微微泛白。

"人定胜天"几个字说起来容易，做起来可太难了，差点运气什么都不行。大部分人，一辈子都被框在"命运"里，随波逐流。

赛场上，许一松开了箭，她的嘴唇上一片殷红。箭穿过赛场的风，以一个诡异的角度精准地落到了靶心。

十环，比分拉平。

从不给人加油、从不夸人、看不起任何场外应援的周至提高声音喊道："这一箭非常好！你的水平没有任何问题，许一加油！"

许一抿干净了嘴唇，隔壁射出十环，她搭上了第三支箭。

眩晕让周围变得安静，阳光下，靶心反射出光。她有些看不清，她把弓拉到了尽头，锋利的弓弦就在脸侧。

每一次呼吸都变得极慢，沉重灼热。她缓缓地调整位置，调到惯常需要的地方。

她松手，长箭咻然破空。

许一仰起头，抿紧了唇。

八环。

落后两环，许一的心脏紧紧绷着。三支箭结束可以休息两分钟，许一没有下场也没有回头，她握着弓站在太阳底下。

周至和秦川也没有过来找她，她抠了下手心，仰起头看天。

湛蓝天空一碧如洗，今天是个很好的天气，她也应该好起来。

第二局，依旧是对方先发箭，射得很好。第四支箭十环，不给许一一点机会。

这个世界上从不缺天才，从不缺比你更努力、运气更好的天才。

许一看到对方的名牌，薛宁。她收回视线，拉开了弓。

第四箭停了很久才射出去，依旧是八环。不过，她的状态似乎回来了。

她落后四环。

许一没有看对方的成绩，也没有看对方，她只是看着自己的靶子。

第五支箭许一射中九环，对方也是九环，许一始终落后四环。

非最后一轮淘汰赛，比赛是分批进行。正数第三对倒数第三的比赛没什么悬念，原本没人看这边，直到第六支箭射出，场下的教练们目光凝重。

许一虽然比分一直落后，但很明显在追。

而且下半场，她并没有因为落后而表现出颓势，两个人的比分一直紧紧贴着。第七支箭，薛宁失误了，她射出八环，许一射中十环。

许一落后两分。

"小孩热起来了。"秦川已经很久没有这种感觉了，仿佛第一次打正式比赛时的心情，年轻热血永不服输。

周至没说话，他还在看许一。

"她真的挺厉害，不管心态还是技术。"秦川想说，即便许一输了，也没有丢人，他也没有看走眼。

第三局，许一和薛宁表现得都一般，她们的分数一样，一直在八环徘徊。射完九支后，许一的手指微微颤抖，感冒影响很大。

第三局结束，薛宁领先两环。

薛宁的教练上前跟她说话。秦川想上前，周至按住了他，让他留在原地。

许一单薄的脊背挺得笔直，她穿着黑色运动装，戴着同样的黑色帽子，拎着弓看前方，也不知道在想什么。

最后一局，只剩下三支箭。

两分钟后继续，薛宁先发。许一困得厉害，肌肉也变得无力。中午周至买了饭，她没怎么吃，胃里很不舒服。

受过伤的腿似乎也隐隐作痛，身体每个细胞都在疯狂地叫嚣，让她躺下休息。

薛宁不知道射了几环，场外有人欢呼。哨声响，许一抬起弓射箭，她瞄准靶心想着很多年前周至教她的射箭技巧，不是最近秦川教的，她学着周至的样子，咬着腮帮一侧的嫩肉，疼让她无比清醒。

拉开弓，她射出第十箭。

十环。

许一抱着弓狠狠揉了把脸，脸上滚烫，灼烧着指尖。热得厉害，她又烧起来了。如果这次没过就怪她自己，跟谁都没有关系，她心态差。

许一收手时，指尖碰到耳边冰凉的樱桃发卡。她抬手摸了摸，松开手。

薛宁已经射第十一箭，许一目光飘过去。

九环。

薛宁很强，绝对是省队选手的水平。许一拉开弓，她在最后一秒射出箭，十环。

已经拉平了，薛宁的第十箭是九环。

最后一箭。

薛宁回头看向许一，许一的脸通红，唇抿着。打倒数第三打得这么艰难，真是人间奇迹。

"薛宁加油！"她的教练和父母在旁边喊，"稳着点。"

薛宁射出最后一箭，九环。

欢呼声在身后响起，许一拿起箭搭到了弓上。她抿了下唇，转头去看场外。

三十秒，看完她剩余的时间不多了。

薛宁收起弓，顺着她的目光看过去，一个高挑青年站在边缘，眉眼深邃好看得有些熟悉。

"铮"的一声。

许一射出了最后一箭，场上静了片刻，随即欢呼声响起。

薛宁看到尽头的计数器，十环。

许一连续三个十环，反败为胜。

世界静止。

许一冷静地收起弓箭，等裁判的哨声响起，她背起弓转身径直走向周至。周至也没想到她会赢，她稳到出乎意料。

他张开手，双眸深处的笑缓缓溢开："恭喜，晋级了。"

许一抬手击到他的掌心，转身"哇"地就吐了。

许一发烧到40℃，在医院检查后确认只是风寒感冒，开了药。许一上车就陷入了昏睡，迷迷糊糊中有人叫醒她，往她嘴里塞了两片药。

药味很恶心，许一皱眉想避开，听到很熟悉的声音："吃下去，给你买糖，听话，乖。"

许一咽下药，找个舒服的位置把脸埋进去，又睡着了。

周至看着怀里的人，沉默了片刻，把外套盖在她身上，抬头对上秦川探究的眼，解释："从小认识，我知道她的习惯。"

周至那么爱干净的人，往许一嘴里喂药，把刚吐过的她抱进怀里。啧！

秦川把买到的甜牛奶递到后排，问道："回酒店？"

周至让他去买甜牛奶给许一喝，许一没喝就睡了。

"把许一送到我家，酒店人多，环境不好，不适合恢复。"周至果断替许一做出决定，"明天还要比赛，越快恢复越好。"

秦川把车开了出去，说："她住你家的话，我也住你家。"

周至缓缓抬眼，看着秦川，一脸你有事儿吗？

"许一现在已经不是当初你带来的小孩了，你们没有血缘关系，在法律上是没有任何关系的，你做不了她的监护人。我和她的母亲签署过协议，目前她由我负责，我是她的教练，也是她的监护人，我要确保她的绝对安全。我等会儿还要跟她妈打电话，汇报情况。"

周至抿着薄唇，面色阴沉。

"小师弟，除非将来你跟她结婚，不然你们在法律层面是没有关系的。以后她有任何事，第一签字人也不是你。"秦川握着方向盘，幸灾乐祸地笑着把车开到主道上，"还去你家吗？"

周至很傲也很独，他从不邀请朋友去他家。那是他的私人领域，关系多好都不行。

"去。"周至往后靠在座位上，看了眼怀里的人。许一躺在他腿上，她很瘦，没什么重量，炽热的呼吸隔着布料落到他的肌肤上，露出来的一小片脸颊皮肤白皙，上面有很细很浅的绒毛。

许一醒来时在一片黑暗里，她吓了一跳，立刻去摸身边，摸到柔软的床和枕头。一瞬间，她想了很多，各种危险新闻一股脑地涌了出来。

敲门声响，很轻的一声，随即房门被推开。

光铺了进来，周至一手推门，另一手拎着水杯，回头跟外面的人说话："你先吃，我看看她怎么样。"他穿着白色休闲毛衣，配一条同样白的休闲长裤，清俊挺拔，颀长的影子落进了房间。

"周至？"许一彻底清醒，她记得自己在车上睡着了，然后就没有然后了。她嗓子哑得厉害，清了清嗓子，"至哥。"

"醒了？"声音响起的那一刻，房间的灯光也亮了起来，熟悉的房间，她在周至家的次卧。

床单是粉色的，房间很大。

"嗯。"许一点头。她身上还盖着被子，她勾了下脚趾，光脚，袜子脱了，瞬间耳朵烧了起来。

谁给她脱的袜子？

救命。

"头还疼吗？"周至拎着水杯大步走进来，一直走到床边，把水杯递给她。他抬手摸许一的额头，他的掌心因为长期射箭戴指护有薄茧，温热干燥。

跟许一那种汗手不一样。

许一心跳得飞快，攥着玻璃杯，顶着周至的手紧张得手脚不知道该往哪里放。她嗓子干疼，抱着杯子喝了一大口水，咽下去才开口："我怎么在你家？"

"你不想在我家还想在哪里？"周至收回了手，站在许一面前，觉得她汗湿的刘海很碍事，抬手给她撸了一把，露出光洁的额头，"不烧了，起来吃饭，吃完饭再吃一次药。"

"哦。"许一把水喝完，抱着杯子看周至。

"看什么？不起床？"周至的指尖沾了她额头的汗，潮热地贴着皮肤，他把手插入裤兜，审视许一，"腿软吗？"

许一怕脚丑。

她的脚不太好看，练短跑太早了。

谁给她脱的袜子？周至？外面那个人是谁？

"你——能出去吗？"许一抱着杯子，好像杯子是她的护盾，拥有着万千能力，可抵御一切，她鼓起勇气，"那什么……我起床，要洗脸。"

周至看了许一一会儿，转身大步往外面走："先别洗澡，洗完脸就出来吃饭。把衣服穿好，秦教练在外面。"

他出去带上了房门。

许一放下杯子，下床找拖鞋时，看到床尾摆着的运动鞋、袜子，还有行李箱，她的东西整整齐齐摆在那里。她被搬到了周至家吗？她把袜子穿上才穿拖鞋。

头还有些疼，不过困倦已经过去了。

感冒应该也差不多好了。

她洗漱完多穿了一件外套出门，秦川和周至在餐厅吃饭。看到她，周至抬起下颌示意："过来，吃饭。"

周至戴着手套剥虾，虾皮在他的手上留下了痕迹。他的眉头还有皱着的痕迹，一些虾支离破碎地躺在他面前的盘子里。

"这一觉睡得怎么样？缓过来了吗？烧已经退了吧？"对面秦川把粥递了过来，连带着一套餐具。

"嗯，退烧了。"许一坐到周至旁边，接过餐具，"谢谢教练。"

她拆开盖子拿勺子搅着，很稀的白粥，粥香浓郁。

许一吃着粥，怀揣着心思，不管她怎么进的这间房怎么躺到床上的，肯定都是周至做的。她余光看到周至艰难地剥虾，射箭王是剥虾困难户，他的手指很长很好看，却不擅长这些东西。

周至从小就不爱剥虾挑鱼刺，以前都是许一给他做。她刚想伸手帮周至剥，周至就把剥好的虾推到了她面前。

他摘掉手套，抽了三四张湿纸巾擦手："多吃高蛋白，增加抵抗力。"

周至给她剥虾？

许一埋头喝粥，控制不住地扬起嘴角。

秦川看了周至一眼，到底什么都没说。

吃完饭，许一终于抢到活了，她收拾了外卖盒子，跟母亲打了个电话报平安。秦川在客厅折腾投影仪，打算复盘今天许一的比赛。

她接了一杯热水握在手心里，看着面前的药盒，胶囊和冲剂都还好，药片实在是反人类。许一坐了很久，秦川那边终于把投影仪搞好了。

许一一咬牙把药片和胶囊全部塞到了嘴里，仰头拼命往下咽。一杯水喝完，药片咽下去了，但嗓子里那个怪味迟迟没散去。

秦川叫她过去，她连忙放下杯子走到了客厅。窗帘拉得严实，客厅里只有投影仪的光，秦川握着手机操控着投影仪，他身上落了光。

屏幕上是今天的射箭比赛录像，许一坐到了独立小沙发上，仰头看屏幕。

"今天你带病能把这场比赛拿下来，很不错，可也有一些细节问题。跟你讲一遍，明天比赛时你尽可能地避开。"秦川退后两步，从投影仪的光中离开，"从第一局开始。"

许一抿了下唇，嗓子里还有着涩味。

身后有很沉的脚步声，许一回头看了眼，周至拎着一瓶矿泉水走过来停在她身后。许一立刻看向投影屏幕，尽可能忽视身后的人。

周至一直站在她身后，转镜头时，房间一暗，鼻息间酸梅的气息萦绕，随即唇上落了一颗酸梅。许一后颈汗毛都竖起来了，迅速张口咬走酸梅，唇碰到了周至的手指。

屏幕恢复如常，周至收回手又撕开一颗酸梅咬在齿间。酸梅被舌尖抵到了腮帮处，他抽了一张纸漫不经心地擦着手指上的糖渍，看屏幕上的许一。

许一以前在体校也看过自己的录像回放，本来是平常的事。

但周至在这里，每一个失误都被自己无限放大。她的精神格外集中，紧紧盯着屏幕，渐渐就沉了进去。

她的问题有很多，基本功很差。

也就是基本功差，导致了她前期的慢热。

晚上八点半，秦川结束复盘，让她去休息。

许一回到房间却一直没睡着，可能下午睡多了，也可能是她耿耿于怀那些失误，或者，她紧张明天的比赛。

明天比赛很重要，最后一场淘汰赛。经过今天的比赛，许一也很清楚，越往上走，路越难走。那是独木桥，千万人往，只有一人能通过。

竞技非常残酷。

晚上十一点，许一第三次起床去洗手间，没有任何睡意。她在马桶上坐了五分钟，狠狠揉了把头发，拉开房门走出去，她想再倒杯水。

她刚一出门，就正面跟周至撞上。周至也拿着杯子，穿着宽松慵懒的 T 恤。他的房间没开灯，他清瘦高挑的身形一半落在光里一半在黑暗中。

"没睡？"周至的长腿离开卧室。

"哦。"许一连忙把揉乱的头发抚平，拿着杯子走出门。客厅的灯亮了一盏，昏黄的暖光照亮了方寸。

"睡不着吗？"周至拉开冰箱取了两瓶冰水，回头看到许一又把水塞了回去，转身拿热水壶去接水，"感冒怎么样？"

"好多了。"许一握着空杯子走到厨房，把水杯放到餐桌上。

"你也睡不着吗？"许一问道。

"也？"周至把热水壶插上了插座，在烧水声中往后靠在灰色的橱柜上，掀起睫毛看向许一，扬了下嘴角，嗓音低沉，"你睡不着？"

许一嗓子里堵着一团，她沉默了一会儿，点头："我不害怕不紧张，我只要认真打比赛，我觉得明天没有问题，但就是睡不着。"

"喝牛奶吗？"周至转身拉开了冰箱，取出甜牛奶递给许一，"秦川买了甜牛奶。"

"谢谢。"许一接过甜牛奶，不知道周至有没有信她的解释。暖光下，周至穿着宽松的浅色衣服，面部线条也柔和了不少。

"你为什么睡不着？"许一插上吸管喝了一口牛奶，先发制人。

周至靠在橱柜上，从裤兜里摸出烟盒，取了一支烟咬到唇上。他抬眼接触到许一的目光，抽走了烟，塞回烟盒装进裤兜："我是经常性失眠，不是最近的事。"

"奥运会之后吗？"许一试探着问，问完又补充，"我没有其他的意思，只是想知道，你会因为比赛而焦虑吗？"

"之前。"周至回答得很淡，"不单单是因为比赛，还有其他的事。"

周至在奥运会之前是多自信多狂妄的一个人，他居然会焦虑？

水开了，电水壶灯光灭下去，没了声响。周至倒了两杯热水，拎着其中一个杯子往客厅走："过来，聊聊。"

聊什么？许一看着他清瘦高挑的背影，以及后颈的肌肤。

犹豫了两秒，她拿着甜牛奶跟了上去。

周至把客厅单独的沙发移到了阳台，他坐到了沙发里，手肘随意地搭在沙发上："你觉得你自己水平怎么样？"

"还行吧。"许一喝了一口甜牛奶，鼓着腮帮，用脚勾着地面，一寸寸把沙发往落地窗前挪。顶层的灯光微弱，窗外的世界在脚下。

"你很怕输？"

"没有。"许一转头看周至，昏暗的空间，周至的眼沉黑，正静静看着她。

许一抿了下唇，改口："有一点。"

不是一点，是很多很多。

"我觉得你的水平能拿冠军。"周至的指尖轻敲玻璃杯发出声响，嗓音缓慢字句清晰，"不是淘汰赛的一个奖项，你的目标应该是冠军。你的水平就该站到领奖台上，戴上奖牌。"

许一捏着甜牛奶的盒子，往周至那边靠了些，抿了抿唇："周至哥。"

周至掀起睫毛，黑眸陡然锐利。

许一低着头看自己手里的甜牛奶，抠着上面残留的吸管包装纸："你当初，也是这么想的吗？"

她这个年纪最要面子，各种程度上的要面子。知道真相后，她一次都没问过，没必要也不能问。

一阵漫长的沉默后，周至点头："如果我不看好你，我不会教你射箭。"

周至停顿片刻，接着道："我只教过你一个人，你是我认识的同龄人里天赋最高的那个。"

许一倏然抬眼，大眼睛亮晶晶地盯着他。

"你哥挑剔得很，只要最好。"周至倾身把水杯放到地上，他并没有直起身，而是借着这个姿势往前挪了些，跟许一只有几十厘米的距离，他注视着许一的眼，微一点下颌，"最好，明白？"

许一明白又不太明白，反正脚底挺飘的。她整个人都很飘，她抬手盖住脸，扭过头去，不能让周至看到她那没出息的样子。

周至长手落过来揉了把许一的头发，说道："许一。"

"嗯？"许一咬着吸管拼命吸已经喝完的甜牛奶。

"叫声哥哥，送你个东西。"周至的手还搭在许一的头顶。

许一不叫。

她和周至没有血缘关系，他们也不是兄妹。她对周至的心思不是妹妹对哥哥的孺慕之情。

周至对她，更多的是少年时的情分。

许一相信，如果周至有亲妹妹，可能也是这个待遇。周至是独生子，他挺孤独的，他想要一个妹妹。

许一看着沉黑的天幕，没有星星，什么都没有："我不需要东西，你别给我买。"

周至收回手，靠在沙发上抱臂看外面，淡淡道："我第一次参加世锦赛的纪念奖牌项链，不要我给别人。"

"世锦赛？"许一翻身从沙发上坐起来，一把抓住周至的手臂，意识到不合适又松开，扶住他的沙发扶手，"给谁呀？"

"反正你不要，给谁跟你也没关系。"周至乜斜许一，缓缓道，"许一，你拒绝了。"

许一收回手，半晌才发出声音："那是你的荣耀，你的徽章，很贵重。"怎么能随便送人？

周至若有所思，他枕着手往后仰靠看着窗外的天空："你觉得它贵重？"

许一点头。

"有人在意吗？"周至看着黑暗，扬了下嘴角，"都是过去式了，我现在还有什么荣耀？"

"有人在意。"

周至转头看来："你吗？"

"你的粉丝。"许一反应极快，张口补救，"你的粉丝有很多，他们很期待你。你现在看不到，不过是因为阴天。星星被乌云遮住了，你看到的只是黑夜。终有一天，乌云散去，万千星芒为你闪烁。其实，星星一直都在。"

"是吗？"周至若有所思，"那你的乌云什么时候散？你的星星也亮在乌云后面，你能看到吗？"

许一沉默，她有吗？周至到底有没有听明白她说的星星是什么？

她还在谷底，哪里有星星？

"把手摊开，给我。"周至起身，单手插兜，长腿一横站到许一面前，居高临下地看她，"三秒钟，不伸手你会后悔。"

许一连忙伸出手："什么？"

周至抽出裤兜里的项链坠到许一的手心，他俯身单手撑在许一坐着的沙发扶手上，另一只手揉着许一的头发，把她的刘海掀起来，又放回去顺整齐。他清清嗓子，凝视她的眼："我给你我第一个世锦赛的奖牌，我要你的第一个射箭冠军奖牌，敢不敢交换？"

他没有再跟许一讲价值，也没有过多地安慰她。

金属细链顶端是一个金色的奖牌形状吊坠，落在许一的手上。

许一心跳得很快，快得她有些眩晕。她合拢手指，攥住项链，奖牌边缘硌着她的手心皮肤。

"换。"

许一回到房间在灯下细细观察奖牌项链。这个奖牌是按照大奖牌做的，一般作为纪念的存在送给拿奖的运动员。不大，纯金，有一定的分量。

后面刻着字，周至个人反曲弓竞技亚军奖牌的缩小版，他一个人的荣耀。

他把他的荣耀送给了许一。

许一比赛的时间在下午，十六个人要淘汰一半，剩八个人打四强赛。进四强的参加第二天早上的半决赛加决赛，是现场直播。

许一在上一轮表现优异，积分靠前，第三个上场。

但今天天气不是很好，有风，前面的选手表现都很一般。

秦川对许一的期待也没有多高，打不进决赛回头还有淘汰赛奖项，她能拿一个就可以。

许一练射箭的时间太短了，如果是风平浪静的日子，也许秦川还有点期待，她这倒霉到秦川都不知道该说什么。感冒加极端天气，她能把每一支箭射到靶上，秦川就谢天谢地了。

前面比赛的选手刚才脱靶了一个，还有个频频射外环。

许一上场时，天阴得像马上要下雨，秦川双手插兜盯着场上。

她的帽子被风吹得歪了，露出了耳边红色的发卡，射箭统一服装是纯白色，显得她清瘦单薄，皮肤白出了透明感。跟她比赛的选手也才十八岁，但看上去要比她年长一些。

许一整了下帽子，垂着眼整理她的弓箭，她没有看任何人。她在赛场上和平时区别很大，平时是有点内向的小姑娘，但上场就会非常沉静。

"不知道天气会不会有影响。"秦川仰起头看天，皱眉，"鬼天气。"

周至戴着口罩穿着白色外套站在一边始终没说话，他注视着场上的那个女孩。

许一先发箭，她忽然回头看了眼，目光对上，她迅速转回去。

只有三十秒射箭时间，她乱看什么？

许一拉开弓箭抬起下颌，箭弦落到她的脸侧，她整个人凌厉得像一把出鞘的箭，从手臂到脊背，线条充满了蓬勃的力量感。

没有多余的预瞄动作，她看完周至很突然地松手了。

箭落到了九环上。

周至在口罩下扬起嘴角，抬手鼓掌。

许一射出了全场最好的箭，她最差的一支是八环，她以第一的成绩进入了四强。她好像是为比赛而生，遇强则强，对方越强她心态越稳。

她站在赛场上，每一支箭都很坚定。

还有最后一天，许一的成绩已经超出了秦川的预期，不管她接下来的比赛表现如何，省队都会把她签下来。

不过许一并没有表现得多轻松，晚上吃完饭她就回房间了。她戴着耳机在房间看周至的射箭回放，她在网上找了很多周至比赛的视频，一遍遍地看。

她不是学技术，就是纯粹缓解焦虑。

用一种重要来平衡此刻面对的恐惧，周至是她除了父母之外最重要的人。

周至射箭非常自信，他在赛场上有种唯我独尊的气场，他不看任何人。不管你是谁，你有多强，都强不过我。

他有很多粉丝很能理解，绝对的自信是很吸引人的目光。

许一反反复复看他在赛场上的细节，从周至十六岁看到他十九岁，他从少年长成了青年，五官线条逐渐硬朗，非常有存在感的英俊。

那是异性的英俊。

许一看到十一点才睡，她晚上梦到了周至。

十分诡异的梦，醒来时她整个人汗津津地陷在被子里。闹钟在枕头边响着，许一急促地呼吸，光从窗帘缝隙挤进来照亮了房间的轮廓。

混乱的梦境，整个色调灰蒙蒙的什么都看不清，只有周至清晰。

敲门声响起，随即外面响起周至的声音："许一，起床了。"

许一的心脏怦怦跳："哦，我起了。"

许一洗了个澡才冷静下来，换好衣服出门，秦川和周至已经等在门口了。她连忙背上自己的弓箭，背包落在周至身上。

周至抬手一捞她后颈："车上吃早餐。"

许一立刻躲开，这触感跟梦里一模一样。

潮湿黑暗，炽热滚烫，许一埋头快步往前走，避开周至的手："好。"

周至的手落了个空，停顿了下落入裤兜。他歪了下头，面色不豫。

"最后一天比赛，不用太紧张。"秦川走进电梯，跟许一说话，"拿第几都影响不了你。"

许一抿了下嘴唇，点头。

周至抬腿走进电梯，许一往旁边挪了下。旁边是秦川，许一背上的弓已经碰到了秦川的手臂。

周至的脸色变得更难看。

由于 H 市下了暴雨，半决赛转到了室内。半决赛到决赛都是现场直播，四周有摄像机，黑洞洞的摄像头。

半决赛进了观众，室内赛场，稍微有一点声音就会显得嘈杂。许一在这种杂音中，背着弓走上了赛场。

许一的心又悬在空中了，像是跷跷板中间的轴，各方面的拉扯，梦境、现实与无数人的目光。

许一先发箭，她第一箭射得一般，七环。射完，她立刻回头看周至，看得很迅速，她想控制一下，但没控制住。

很丢脸的一支箭。

今天的比赛比较正式，周至没有教练证不能陪同，只能待在观众席。许一一时间没找到周至，秦川在场内喊道："加油许一！没关系，慢慢来，不要着急。"

许一抿紧嘴唇，点头。

对方第一箭射出九环，能走到现在的都不是平庸的人，射箭对身体素质和技术要求极高。

每个人实力都很强，谁失误谁就要离开。

瞬间全场欢呼，炸雷一般。

第二支箭，许一射中八环，依旧平庸。脑中杂乱渐渐沉淀，她想集中注意力。

"许一，不要看任何人，你的目标是靶心！"身后，周至的声音具有压倒性的强势，压下了所有的嘈杂，他的音质偏冷，像是冰块落进了夏日的燥热里，他说，"我等你的冠军。"

许一猛地回头，周至站在观众席最显眼的位置。他依旧穿白色，挺拔清瘦的身影在人群中瞩目，摄像头也跟着转了过去。

周至的脸出现在不远处的大屏幕上。

周至面对镜头没有躲没有避，很平静地看着摄像头。

许一看屏幕里周至的眼。

观众席似乎有人在讨论，这个人是不是周至。

对于许一来说，这是她第一次真正意义上参加有摄像头的大赛，她以前参加短跑省赛也有摄影机，但跑起来人是会忽略周围环境。

可射箭不行，射箭会放大周围的一切。

秦川说拿第几都没有关系，对于许一来说不是的，她答应了周至拿冠军，她的目标一直都是冠军。

许一在第五箭才调整过来状态，她连续射了四个十环。在第九支箭时反超比分。在这种比赛上打出连续四个十环，非常罕见。

上一次这么打的人是周至。

摄像头集中对准许一。

她射完第九箭，忽然抬手摸了下脖子，便垂下手继续调整弓弦。

后面三箭，她没有一点失误，两支九环一支十环，结束了比赛。

半决赛和决赛中间只隔了半个小时，这对许一来说非常有利。她本来就是慢热型，热起来需要时间，冷下去也需要时间。

她把半决赛的状态延续到了决赛，以碾压之势拿到了冠军。

射完最后一箭，许一的大脑一片空白。

裁判哨声响，她握着弓还没有回神。直到秦川走过来揽了下她的肩膀，她才反应过来，扬起嘴角："赢了？"

她后面都没看对方的箭，在决赛上她只看自己。

"去准备下，等会儿去领奖。"秦川乐得嘴角上扬，"恭喜你啊。"

许一拉上口罩跟秦川保持距离，转头人就撞入了一个带着茶香的怀抱中。干燥温暖，他很高，手臂很长。

许一的心脏活过来了，她依旧是跷跷板的轴，心脏处在中间，现在坠入了周至这边。

"不错。"周至很快就松开了她，隔着帽子揉了把她的头发。他戴着黑色口罩，露出来的眼弯了下，眸子黑沉。

"周至？"记者的镜头凑了过来，"你怎么在这里？你是来参加比赛还是以观众的身份？你们是什么关系？看起来很熟。你的手伤好了吗？你还会重返赛场吗？你现在拉得起弓吗？"

记者的问题很快很犀利，劈头盖脸砸了过来。

许一的大脑还没有做出反应，身体已经挡到了周至面前。周至之前因为跟记者发生冲突影响很差，之后引发了一系列的负面新闻，导致他离开了国家队。

周至的脾气不好，很不好。

"他不是——"许一想否认周至的身份，声音刚出口，周至就把她拉到身边，长手圈住她的肩膀面对记者的镜头。

周至站得笔直，骨节分明的修长手指隔着许一的运动外套，贴着她的皮肤，他的嗓音很平静："今天许一是主角，不是我。"

他没有暴怒没有生气没有嘲讽没有自嘲，他很客气："这是许一，我的——师妹，反曲弓竞技运动员，刚刚拿到了反曲弓H省锦标赛冠军。至于我会不会重返赛场，今天就不在这里回应了，如果我回来，我会告诉你们，谢谢。"

"对，今天主角是许一，采访许一。"秦川也凑了过来，笑着说道，"周至有什么好采访的。"

记者又把话筒顶上秦川，秦川也是个新闻。

省赛不是什么大赛，射箭也不是什么热门运动，比赛甚至都没有专业的解说，场地也很简陋。可许一的连续四支十环的箭上了热搜，她站在赛场上，有一点曾经周至的风格。素颜也依旧好看的一张脸，很平静地拉弓射箭，看起来很轻巧，每一支箭都精准地落到了十环上。

观众关注起许一是因为有人拍了周至的照片，周至两个月前发完声明后就消失了，所有人都以为他会退役。他却突然出现在H省反曲

150

弓射箭锦标赛的观众席，给一个女孩加油。

他的眼睛太独特，虽然戴着口罩，还是被人认出来了。

随后有人关注到了这场比赛，女子个人比赛中许一脱颖而出，她的表现太精彩了。冷静沉着，不畏不惧，她有着超高的天赋。

周至从出事后就拒绝看所有新闻，他把可能产生新闻的软件都卸载了。

因为许一，他把微博又下载回来。秦川说新闻里很多人夸许一，把许一吹得天上有地下无。

周至一边下载微博，一边看许一领奖，她站在领奖台中间抱着一束花，在等主办方颁奖。

今天周至做好了不被拍到的打算，他都没跟秦川进教练席，他在观众席坐着，藏在人群中。镜头落下来时，他打算避开，他很讨厌镜头。

可许一在看他，他就看了回去。压着生理性恶心，他让自己站在那里，平静地面对这个世界的审视，面对所有人。

他已经很久没有这么直面镜头了。

在过去的几个月里，他仿佛活在沼泽深处。

无数谩骂，无数诋毁，无数人扭曲着事实，放大着他的每一寸皮肤，来找他身上到底有多少腐烂的细胞。

周至是傲慢的，周至犯错了，周至是该死的。

周至打开微博，看到词条却迟迟没有点进去。他看到自己的名字，看到词条下面第一条微博有六千多评论。他的手指放在手机屏幕上，世界静止。

那个数字仿佛一个魔盒，他不知道点开后会冲出来多少妖魔鬼怪。

"周至。"前方的女孩清脆地喊了一声。

周至握着手机抬眼，许一抱着花束跳下台阶朝这边飞奔而来，脖子上的奖牌随着她的跑动而跳跃。

许一小时候就很爱跑，跑得很快，每次找他都像定向炮弹直冲他家，撞到他身上。

许一气喘吁吁地停在他面前，她跑得脸颊有些红，声音紧迫："你低头。"

周至看着她的眼停顿片刻，俯身："嗯？"

许一拉了下鼻梁上的口罩，试图遮脸上的红。她踮起脚尖摘掉了脖子上的奖牌挂到了周至的脖子上。

挂完，许一立刻退后拉开距离，眼睛弯成了月牙："它是你的了。"

许一坐到车里时接到了林琴的电话，许一借着周至的光上了新闻，林琴第一时间就看到了新闻，迅速把电话打过来。第一个电话是周至接的，她忙完颁奖才回过去。

她把额头贴在冰凉的车窗上，混沌的大脑渐渐清明，脸上的滚烫也在褪去。外面在下雨，车玻璃蒙上一层水雾，她从水珠斑驳的光影中看湿漉漉的城市。

车停在外面露天停车场，秦川还有事要交接，让她和周至在车上等他。

周至接了个电话也下车了。

"那我是不是可以过去了？我就说你一定能行，你是世界第一呀，你不行谁行？"林琴兴奋的声音毫不掩饰，"许一呀，你真棒！"

许一抿着嘴角笑："可以过来吧，我等会儿问问教练。"

林琴会毫无根据地认为许一是世界第一强，认为许一做什么都行，信任许一的所有选择。

"那我跟你教练打电话吧。"林琴声音里还带着笑意，停顿了一会儿，问道，"周至陪你比赛的？"

许一心里一"咯噔"，反应极快："教练也在，我们一起。"

"你要谢谢周至哥哥，他帮了你很多。"

许一不知道该不该跟林琴说交换奖牌的事，她又想到了昨晚的梦，很羞耻的梦，想一下耳朵都要热得炸开的那种羞耻。她梦到周至回到仙山镇，牵着她的手去射箭场，路上不知道怎么就停下来低头亲她。

可能是亲，也可能不是。因为那里是一团雾，她只能看到周至英俊的脸近在咫尺。

场景混乱，一下子从射箭场转到了周至的家里。他低头靠近她的耳朵。

许一对亲没有概念。

但在梦里，她认为那都是亲。

许一用下巴把脖子上的奖牌项链抵到锁骨处，金属硌着她的皮肤微微地疼。她垂下睫毛："好。"

　　"但男女有别，你可以感谢他，之外的事就需要考虑清楚再决定做不做。"林琴又叮嘱了一句。

　　许一清醒过来，沸腾的情绪随着脸上的热度渐渐褪散，只余下寒凉，她点头："哦，我知道了。"

　　"我可能明天会过去，你要什么？我给你带。想不想吃红豆糕？我打个电话，让人家多留点，给你带过去。"

　　挂断电话，许一抬手盖住脸，磕在车窗上。

　　她对男女之事一知半解，之前看电视剧隐隐约约知道点什么，具体怎么操作全不清楚。可周至那天半裸出现在她的视线里，再也回不去了。

　　车门骤然打开，随着凉风灌进来的还有很甜的牛奶香气，许一立刻离开了车玻璃放下手转头看去。

　　周至的长腿落入车厢，纸杯装的饮料递了过来："热牛奶，没有添加剂。"

　　他从寒风里回来，身上带着凉气，口罩落在鼻梁最高处，露出来的鼻梁骨冷峻。许一的视线在他的睫毛上短暂地停顿了下，跟他保持着很远的距离，接过牛奶："谢谢。"

　　许一握着温热的牛奶，从背包里翻出纸巾递给周至，刚才扫那一眼，她看到周至手背上有雨水。

　　纸巾递出去半晌没有得到回应，车厢内寂静，周至没有拿纸巾。

　　"你不要纸巾吗？"许一借着说话大方地抬头，鼓起勇气看周至的脸。

　　他摘了口罩，逆光之下英俊的脸深刻，他的脸跟梦里那张脸重叠了。

　　"我身上有刺吗？"周至拿走许一手里的纸巾，往后靠在座位上。

　　"什么？"许一没听明白，但看出来周至不高兴。

　　"离我那么远？"周至收回目光，也取了一杯饮料插上吸管。他叼着饮料吸管窝在座位里拿着手机修图，淡淡道，"你今天有点不对劲。"

　　秦川刚才给他发了一张照片，许一给他戴奖牌，他低头的那一瞬间被人抓拍。照片不知道是谁拍的，技术很烂，灯光也不好，而且他的表情很奇怪。周至反反复复地看，许一一切都好，他很不满意自己。

他想发朋友圈，修了好几遍都没有达到预期。

手机屏幕的光映在周至冷峻的脸上，许一喝了一大口热牛奶，很甜，温热恰好。她往周至那边挪了点，辩解："没有，我很正常。"

周至掀起睫毛看了过来，许一立刻转移了话题："秦教练还要多久？直接回去吗？"

"你想去什么地方？"周至的手指停在手机屏幕上，半晌没有点确定，"可以再请一天假。"

许一抱着杯子把剩余的牛奶喝完："那回去吧，再不回去可能跟不上训练节奏了。"

省队的训练强度很大，许一的基础并没有那么好，她本就是体能吊车尾，不敢松懈一分。

周至在傍晚时分，发了一张朋友圈，配图是赛场上的许一。她穿一身白色运动装，把弓拉到了极致，她坚定地看着前方，凌厉又意气风发。

配文：【未来可期。】

周至的微信名依旧是哥哥。

Chapter 7
/并肩作战/

许一拿到奖项就要办进省队的手续，调档案签署各种文件持续了大半个月。她十二月才正式入队，H市已经进入了深冬。

周至官宣进了H省射箭队，引起了不小的轰动。

他回来了，但没有完全回来。

毕竟H省射箭队成绩挺一般的，在全国排名不太高。

他是众望所归，曾经射箭之光的周至。

他背负着耀眼无比的荣光，落进了尘埃。

曾经周至公开手伤后，网上一片忏悔声，很多人讨伐网暴，替周至说话。许一以为这个世界善良了，谁知道他们反转得这么快。周至回来了，换个队他们又开始怒其不争，喊打喊杀。

许一翻看了一会儿，实在看不下去，一些言论属实离谱。她不懂为什么会有人能那么理直气壮地指点别人的人生，不觉得唐突吗？哪怕是父母，也不能干涉孩子的决定吧，何况是陌生人。

虽然她有时候也会觉得周至不应该选H省射箭队，可他选择了，那是他的自由。任何人都没有权利干涉，也没有资格。

她不太喜欢这个网络环境，如果不是为了周至，她不会看微博。

她对手机的需求是接打电话，看比赛视频回放。

她把手机装进口袋，起身去放餐盘。以往下午吃饭都是她和周至一起，今天许一结束训练去找周至时，秦川说他出去了。

入冬后天变短了，晚上六点天色就暗下来。暮色四合，路灯还未亮起，天地间是灰蒙蒙的暗。

许一在训练基地溜达了一圈都没找到周至，她看到那些言论都要气死了，她不知道周至看到会是什么心情。

她走到训练基地出口处，便看到训练基地外的停车场上有一道熟悉的身影，身形挺拔，长腿笔直。他埋着头往基地走，穿得很单薄。

许一打算往后退，并不想被周至正面撞到，她来找他，太直接了。

突然，一道女声响彻寂静的傍晚，她怒骂道："你知道你现在像什么吗？不可回收垃圾桶里的废物！周至，你现在就是废物！你这样丢人地活着不如去死了呢！丢人现眼！"

短暂地停顿了下，许一后退两步直冲门口，封闭式管理的训练基地大门长期锁闭。她按着一米多高的刷卡机一跃翻出了训练场，没有丝毫的停顿，一气呵成。

"我怎么生了你这么个东西？你为什么会变成现在这个样子？"李颖怒其不争，扯住周至的衣服，"我允许你走了吗？你眼里还有没有我这个妈！"

"现在努努力，还能再生个，你加油。"周至面无表情地睥睨李颖，冷冷道，"松手。"

李颖怒到了极点，抬手往周至的脸上扇。

周至没躲没避，只是冷冷地看着李颖。

预料中的耳光没有落到他脸上，一道身影斜着冲过来撞开了李颖，挡到了他面前。

周至抬了下睫毛，看到站在面前的许一，她的头发留长了，最近经常扎成马尾。她跑得急，发梢还在晃动，她单薄的脊背挡在他面前，呼吸急促，但声音很大："你干什么？你为什么要打人？你为什么可以打他？"

许一冲过来的时候就看清了对面是谁，是周至的妈妈。

她记忆中，这个人一直都是优雅高贵的存在。

李颖很漂亮，穿着很讲究。她坐着昂贵的小轿车到仙山镇，又坐着昂贵的小轿车离开。她很少跟仙山镇的人交流，可能也没什么可说的，仙山镇的人在她面前就是尘埃，不在一个层面。而她现在居然打周至，居然会说出那么难听的话。

许一张开手挡在周至面前，警惕地盯着李颖。李颖依旧是漂亮的，穿着精致的大衣，拎着手包，手指上戴着钻石戒指，头发烫得时髦又漂亮。

"许一？"李颖的面色比刚才更难看，红唇半晌才迸出第二句话，"你们一家子可真是阴魂不散，我家阿至的血好喝吗？"

"李女士。"周至往前一步把许一推到身后，面对李颖，也打断了她的话，他的表情是前所未有的冷，"你不用在这里发疯，也不用胡说八道。我做的选择跟任何人都没有关系，我选择什么跟你也没有关系。我欠你的，这几年我赚的钱也够还了吧？我是死是活都跟你没关系。"

他的出生似乎就是为了冠军而生，为了父母的荣耀而生。

十岁开始练箭，九年时间，他不能失败，不能失误。他失败了就是周家的耻辱，他就不配活着。

他活成一个机器人，一言一行，一举一动，都在父母的控制之下。

上面有爸爸有姑姑，他不能做出一点出格的事，因为他不是他自己。

可他终究不是数据组成的机器人，他被推到了高处，重重地跌下。

那一支脱靶的箭，对他来说是压死骆驼的最后一根稻草，也是一种解脱。

"跟她没关系？反正现在已经这样了，我也不怕丢人。周至，你是自欺欺人到自己都信了还是觉得我是傻子？你和秦川做了什么交易当我不知道？如果不是为了她你会来这里——"

周至上前拖走李颖，也打断了她后面的话，周至早就长大了，已经不是任人摆布的孩子。李颖也是在这一刻感受到力量的悬殊，她毫无招架能力地被周至塞到了旁边停着的轿车驾驶座。

李颖想从车上下来，周至重重地按上了车门。

"你是疯了吧！"李颖怒不可遏，周至从出事到现在，仿佛变了一个人，变成了她完全不认识的人，"周至！你开门！"

隔着车窗玻璃，周至周身寒冷，眼中没有任何温度。他俯身注视着车里的李颖，口型缓慢清晰，一字一句："再多说一个字，我会让你身败名裂。我无所谓，你可以试试看。"

周至确实可以什么都不在乎。

他不在乎那些漫骂，不在乎父母的打压。

别人骂他是废物，他不否认。

是与不是，与他有什么关系？

许一说乌云后面是晴天，是满天星辰，会有人等他。

如果他在海底呢？他沉在万米海底深处，四面八方都是逼仄的海水，他拼命地仰头，能看到天吗？

周至按在车顶的手因为用力，骨节泛白。他英俊的脸阴沉着，黑眸中没有一丝光亮。

"我想让你身败名裂很久了。"他的声音很冷，音量不大，但字句清楚，"我可以更疯，信吗？"

他的手伤原因一直没有对外公布，他只提了手伤，若是全部对外公布，李颖会被万人所指。网络言论是一把具有规模的刀，威力很大，指着谁，谁就会万劫不复，没有人能幸免。

李颖最看重颜面，如果公布，她会失去颜面，失去现在拥有的一切。

周至也会有失去，可又有什么关系呢，不过是再次沉入深海。

车厢内的李颖停止了动作。

"好自为之。"周至松开了李颖的车，缓慢地退后两步。他身上散发着前所未有的冷，不带任何感情不带任何生机地看过李颖，转身大步朝训练基地走去。

他训练服外面只套了一件单薄的外套。

冬天的风劲烈，吹着周至的外套贴在身上，显出他的消瘦。他步伐凛冽，走到入口处停了下脚步，在昏暗的暮色下回头。

他最近因为训练剪了个板寸，头发很短，显得五官更加深邃。他的眸子是暗沉的，薄唇抿成了一条线。

他很淡地看了许一一眼，拿卡刷开了训练基地的入口门。许一回过神来，直奔周至，用百米冲刺的速度在入口门合上之前，冲进了训练基地。

"刚才出去的不是一个人吗？"门卫探头出来，"怎么回来两个？

那个女孩什么时候出去的？怎么出去的？"

"她没出去。"周至把卡还回去。

"对，我没出去。"许一回过神来，立刻转头看向门卫，眼睛弯成了月牙，笑着道，"我在门口——等他，秦教练让我来找他。您可能没看清，我站在门口这里。"

门卫接过卡，审视许一："我确实没看清，你翻出去的速度太快。"

这么甜的小姑娘，笑起来人畜无害。

翻门倒是挺快，他在监控里看到一道影子闪出去，出门就只看到她的背影。

许一有点尴尬。

"以后有事叫我，别翻门了。"

"好的，谢谢叔叔。"许一怕闹到秦川那里，她翻出去这事儿确实违规，态度特别好，"麻烦您了。"

"好了，走吧。"

周至已经走出很远了，他没有等许一。他的外套被风鼓起，他穿着白色衣服，白色显在暗沉的暮色里。

她又看了眼停车场方向，李颖的车还没有走，她抿了抿嘴唇跑向周至。

李颖说的话是什么意思？周至做了什么？

周至没有立刻回宿舍，也没有回训练室，他双手插兜走向了操场。风很大，有些冷，但他无所谓。

省队的射箭训练场位置偏僻，有很大一片操场。冬日的傍晚，操场上没有人也没有灯光，空旷寂静，周至走到了操场边缘的高台上，从口袋里取出烟盒，拿出一支咬在唇上。

他已经很久没抽烟了，现役运动员别碰烟酒，碰得越多，离赛场越远。

"周至。"女孩的声音在风里并不是那么清晰，她清了清嗓子，提高了声音，"你冷吗？"

许一想问他到底做了多少事，到底为她付出了多少，她跟着周至走了很长时间，也不知道该怎么开口。

周至拿下烟随意地夹在手指间，转头注视着许一。看了差不多有一分钟，他把烟又咬回去。他垂着稠密纤长的睫毛，修长手指虚拢着手里的打火机，火苗卷上了香烟，又迅速被风吹灭。

白色烟雾飘散，烟灰也缓慢地落入风里，周至看向遥远处的山脉，嗓音因为抽烟而沙哑，他的语调散漫没有任何情绪，淡淡道："意外吗？"

许一皱了眉，心脏仿佛被揪住了一样难受。

她往周至身边走，挡住了他手上的烟头："你冷的话，我回去给你取外套。"

周至的外套再次被风吹鼓起来，他往前走了两步，走到高台边缘，又拿起烟头狠狠吸了下。他换了一只手拿烟头，低头看着脚下的操场，烟头被风吹得猩红，落在他的手指间。

周至嗤笑一声，嗓音很低："你以前看到的我都不是真的，你以为的也不是真的。我做不了任何人的榜样，不要再以我为目标了，我不是。"

他停顿了一下，接着说："真实的我就是你刚才看到的那样，活在阴影里，没有目标没有方向。很烂，一无是处。"

晚上七点到了，操场上的灯光骤然亮起。整个训练场的灯光亮了起来，远处的训练室一片通明。

"不是的。"许一皱眉，声音有些急迫，"根本不是她说的那样，你不是那样，你很优秀，你很强。真的，周至。"

"是吗？"周至又往前走了半步，脚尖悬空。他仰起头，从下巴到喉结拉出冷峻的线条。他深深地呼吸，冰冷的风落入肺里，他扬起嘴角带着些嘲讽，"我不如你了解我自己，是吗？"

手忽然被握住，温热的手包着他的手背。

手上的烟被拿走了，周至的喉结滚动，却没有再做其他动作，他站得笔直，静静看着天边的黑暗。

"没有人有资格定义别人的人生，即便是父母也不能，她没有资格定义你。"许一吸了吸鼻子，尽可能让自己声音平稳。

她也很害怕，今晚的一切都让她害怕。她紧紧抓着周至的手指，抓得很用力，她不知道该说什么，她在别人面前的情商，在周至面前全没有了。她说："在高处抽烟会被看到，队里禁止抽烟。"

周至回头注视着她的手，黑眸凌厉。许一移开了眼，但没松手。

她另一只手还拿着周至的烟头，低头看脚底下："你不是我，你能有我自己了解我自己吗？我的目标是什么，我很清楚。"

周至沉默不语，还看着她。

"我的目标就是你，永远都是你，你是什么样都是你。"许一握着他的手，想拉他下去。她对周至站在高处边缘特别敏感，就像上次在仙山镇，周至站在悬崖边一样。

许一深呼吸，仰起头迎着他的目光："你七年前在仙山镇训练场说你会站到世界之巅，会超越你爸爸和你姑姑成为射箭新王。我永远记得，并且相信你能做到，你会做到。"

"我刚才没反应过来，如果再来一次，不管她是谁，我都会跟她拼命。"许一把手上的烟头都快捏散了，她咬牙，"我真的会。"

周至没有抽回手，在漫长的沉默后，他回握住许一的手。他们顺着台阶往下走，他的表情很淡："为什么？"

许一的手背陷入温热，她其实有些不自在，这样的亲近总让她不由自主地想到那个梦，可她没松手。

她不知道周至此刻在想什么，换位思考，如果林琴这么对她说话，她会疯掉。被最亲的人抛弃，她会怀疑人生，会质疑这个世界，她可能会需要一个人来抓住她。她不想说心疼什么，她绞尽脑汁地解释："报恩，你以前替我打过陈锋。以后有人欺负你，我也帮你打回去。"

风声呼啸，再没有其他的声音。

他们从操场边缘走回了训练基地的路灯下，室外训练场空旷，灯光寂静。周至忽然停住脚步，俯身过来。

许一后背立刻僵住，站得笔直，周至英俊的脸在她面前一晃，近在咫尺。随即，许一的手指上一空。

"一个破烟头还要拿到什么时候？不嫌脏？"周至把烟头扔进了训练场边缘的垃圾桶，抬手拉起外套的帽兜盖住头，"报恩不应该是嫁给我吗？谁家的报恩是做打手？"

"你们在这里？"秦川在训练场尽头喊了一声，"我就猜许一去找你了，你们果然在一起。"

许一知道周至只是随口一句玩笑，但还是让她从耳朵烧到了脖子，火辣辣地烫。

谁不想嫁给周至呢？

她倒是想嫁，周至敢娶吗？

许一把两只手都揣进口袋，抬起头："教练，有事吗？"

"没事。"秦川观察周至，看不出来异样，"你们在一起就好，没事了。外面这么冷，少待一会儿，最近流感频发，感冒就麻烦了。晚上没有训练，早点休息。"

"好的，谢谢教练。"许一很乖地跟秦川打了招呼。

周至没有跟秦川打招呼，他只是看了秦川一眼，迈开长腿走向了宿舍楼。他头也没回，步伐很大，走得很快。

许一看着周至的背影，匆忙跟秦川挥了挥手："教练再见。"

"他心情应该不会太好，好好跟他聊聊。"秦川若有所思，"再见。"

秦川也知道他的事吗？

许一脚步一顿，环视四周。

四下无人，周至已经走远了，她开口："教练，我想问您关于至哥的事，您方便吗？"

"问什么？"秦川已经走出几米远了，闻言转头审视许一。如果他没看错的话，刚才许一牵着周至的手，把周至带了回来。

秦川还是第一次见周至这么听话，周至脾气很差，脾气上来谁的话都不听。他说："问我还不如直接问你至哥，他不会拒绝你。"

"这个问题不好问他，我进省队，他付出了什么？"许一思索着，"或者说，他为什么会来这里？跟我有关系吗？"

"这个你更应该问你至哥。"秦川停顿片刻才回，"我不方便。"

许一心里一"咯噔"："您的意思，他交换了对吗？"

"我说的是，我不知道。"秦川笑了起来，他双手插兜，寒冷让他缩着脖子，抖了抖肩膀，"你别看我，我真不知道。他是你哥，你们之间的事，我上哪儿知道去？是吧？"

许一耳朵尖有点红，怀疑秦川这话意有所指。

"不用想太多，你确实有实力，即使他什么都不做，你早晚也会进省队。"秦川说道，"你也可以为他做点什么，比如去安慰安慰他，给他鼓励。"

许一被秦川的直白闹红了脸，说："谢谢。"

"他母亲那个人，太功利了。"秦川走出两步，还是把话说出了口，"并不是所有的父母都会做父母，也不是所有的父母都是对的。周至不缺技术不缺天赋，他缺一份肯定。"

正式进队后，许一和周至的宿舍依旧挨着，中间隔着一堵墙。

天已经彻底暗了下来，走廊的灯亮着，周至的房门紧闭。许一拿出钥匙打算开自己的房门，开到一半，又抽出钥匙转身大步走过去敲响了周至的房门。

敲了几声没有人开，许一的脑袋抵在门上，从口袋里摸出手机发现没电自动关机了，她在考虑回去充电还是继续敲门。

房门忽然从里面拉开，许一一头扎了进去。

"碰瓷吗？"偏冷的嗓音在头顶响起。

许一的额头并没有磕到坚硬的地方，她撞到了周至的手心，立刻站直。周至的手没有离开她，顺着揉了把，把她的刘海给揉乱，才抱臂倚靠在门口居高临下地看许一："跟秦川聊完了？"

周至还穿的刚才那套衣服，手上不是很凉也不湿，他身上也没有洗澡换衣服的痕迹。那刚才她敲了那么久的门，周至不开门的原因是什么？

不想让她进？

许一乱七八糟想了一堆，腿已经迈进了房门，反手关上门环视四周，佯装淡定："你有要洗的衣服吗，我可以帮你洗。"

"你来只是为了帮我洗衣服？"周至仍然靠在那儿，没有挪动的意思，他的嗓音低了下去，"想帮我洗什么衣服？"

许一的头发很多，又不是太长，她没有戴发卡，有很多扎不住的发丝随意地散着，毛茸茸地贴着她偏白的肌肤。

他们这边有保洁，除了贴身衣物需要手洗，其他的会有保洁来收去清洗。

"你有什么——"许一把所有衣物在脑子里过了一遍，这个话题戛然而止，她迅速转入下一个话题，"你晚上吃饭了吗？你饿吗？"

"跟秦川聊了什么？"周至并不想吃东西，他心情很差，现在什么都不想做。如果不是许一，他甚至不想跟任何人说话。

许一不动声色地深呼吸，忽然快步走向周至，张开手抱了他一下，抱得迅速又突然。周至都没反应过来她就已经退开了，身上只残留一丝柔软和水果的香气。她的洗发水或者沐浴露可能是橙子味，酸酸甜甜。

"虽然我知道说什么都没有用，真正承受的是自己，别人也分担不了。"许一跟周至保持着一米的距离，看着他的眼，"但你说了，我会听，你回头……"

许一攥紧了手指，一咬牙把剩余的话说出口："我会一直在。"

没有人会喜欢被否定，没有人会喜欢最亲近的人否定自己。

"哥——至哥。"

周至不是一直想听她叫哥哥吗？许一叫了，很奇怪，这个年纪还叫他"哥"，别扭又羞耻，可她希望周至能高兴一点，她大胆地看向周至的眼："你想吃东西吗？我可以去餐厅给你拿，你想吃什么？"

许一不高兴的时候，林琴就会变着花样给她做吃的。

周至一直看着许一，看到许一有些不自在，她想移开眼。

周至开口："我想吃的餐厅做不出来，你那里有泡面吗？"

"有，你要吃什么口味？"许一精神抖擞，"我去给你泡。"

"都行。"

"那你等着。"许一直接冲出门，头也没回地跑了。

周至垂下睫毛，半晌扬了下嘴角，打开门锁虚掩着。他走回去拿起桌子上散落的烟盒，在手心里转了个来回，连同打火机一起扔进了垃圾桶。他从柜子里取出新的衣服，走进洗手间把外套连同里面的运动衣全部脱下来扔进了垃圾桶。

许一的动静很大，隔着一堵墙都能听到她翻箱倒柜的声音。不到两分钟，许一探头进来："至哥，我进来了。"

她长大了，但没有完全长大，想法还是小孩子，不高兴了，吃点东西哄一哄，明天一切都会过去。

周至抬手套上毛衣，拉平下摆："进来把门关上。"

许一循声扭头，又猛地回头，说："你换衣服吗？那我把泡面放下，先回去？"

"换好了。"周至没换裤子，他再次打开水龙头洗手，从手腕洗到指尖。

他迈着长腿出了洗手间。许一已经坐到了桌子边的椅子上，像个好奇宝宝似的看他放在书桌上的课本。

"对经济学感兴趣？"周至走过去拉开另一把椅子坐下，空气中弥漫着泡面的腻人味道。

许一摇头，不好意思说自己看不懂："你喜欢这些吗？"

"谈不上喜欢，一份工作而已。"桌子上还放着一袋坚果面包，周至打开面包袋子咬了一口，一瞬间，铺天盖地的饥饿感席卷而来。他好像从来没有这么跟人心平气和地聊天，聊他的选择。

"工作吗？你以后……去上班吗？"

许一的人生还停留在训练场和家之间，工作离她太遥远了，她从来没有想过。

"你说退役后吗？"周至把面包吃完，往后靠在椅子上，长手搭在桌子上掀开泡面盖子，瞬间味道弥漫整个房间。

许一一直觉得"退役"这两个字对于运动员来说很不吉利："离退役还很遥远吧。"

"没那么远。"也许很快就到了，周至用叉子搅开泡面，吃了一口面，没那么难以下咽，"你有没有想过以后？想学什么专业？"

"我能在训练场待一辈子吗？"许一抬眼看周至，"我很喜欢体育，是那种——超越所有喜欢的喜欢，我想在这里留一辈子。"

她一开始练体育是因为周至，后来就变成了她自己的事业。

她很喜欢赛场，喜欢射箭，许一喜欢把箭射到靶心那瞬间的兴奋，她无法想象离开后自己会是什么样，她根本就不想那么做。断腿那段时间，她逼着自己设想，十分痛苦。

"做教练吗？"

"可能吧，我会努力让自己留下来。"许一坐在椅子上，玩着运动外套上的线绳，"至哥，你最爱什么？"

周至冷峻的脸上没有任何情绪，垂着眼吃泡面。他挺挑食，泡面吃到一半就扔下了叉子，起身去拿矿泉水。

许一这个问题问得唐突又尴尬，她在想要不要道歉。

周至拧开矿泉水瓶灌下半瓶水，抿着嘴角，喉结滑动。他抬眼看许一一会儿，说："没有，没什么爱的。"

宿舍不大，周至的影子很长，落到了许一身上。他逆着光站，双眸深邃冷峻。

"你不是爱射箭吗？"

"那是以前。"周至把水喝完，捏了下瓶子，发出刺耳的声音，他把瓶子扔进了垃圾桶。

"为什么就不爱了呢？"许一直直看着周至的眼，"是你不想爱了？还是因为别人你不爱了？"

周至失笑："你这个问法——很幼稚。"

"我不觉得我幼稚。"许一起身，在灯光下站得笔直，她目光很坚定，有种纯粹的炽热，"人不就是为热爱而活吗？"

周至蹙眉，一时间没有找到反驳的点。

许一是个非常纯粹的人，她为她的热爱而活，她为她的理想而生，一直如此，她坦坦荡荡地讲着她的理想，讲着她的热爱。

她的世界只有两件事，想和不想。

可周至的世界有很多事。

"我年龄是不大，可我爱一样东西快十年，没有变过，我在这方面懂的不一定就比你少。"她攥紧的手松开，又合拢，声音不大但很坚定，"爱就是爱，不爱就是不爱，爱了就要爱到底。"

"你爱什么爱了快十年？"周至缓缓抬眼，直视许一，"许一？"

许一反应过来，言多必失，果然，可话已出口："体育，反正我爱的东西只跟我自己有关系，因为这是我的人生，只有我能决定。你也不要因人而影响你的判断，我先走了，晚上还有事。"

许一急匆匆带着泡面盒和面包包装袋出了门，房门关上动静很大。

房子隔音一般，周至听到许一走回她自己的房间，关上了门。

之后，世界一片寂静。

泡面的味道在变淡，周至靠在柜子上很久。许久后，他仰头看天花板上的白炽灯。他嘴角扬起，每次她被戳中心思就跑得特别快，一副做贼心虚的样子。

她爱什么爱了快十年？

周至轻笑，扭头看向门口，又转回来。许一真有意思。

这是第一次，他跟李颖争吵之后，他什么都没有做。

他甚至没有抽完一支烟，许一把他的烟拿走了。敢来他手里夺烟，她胆子很大。

可他一点都不排斥，他也不生气，他纵容着许一。

他空旷的世界，忽然就多了温度。

周至拿出没电的手机插上充电线，拉过椅子坐下，身体往后随意地靠着，脚尖踩着桌子腿的一角，一下一下地踩。

手机开机后，他找到许一的微信，但没有发消息过去。

下一秒，许一的消息发了过来。

周至给她的备注是"某小朋友"。

某小朋友：【也许我说的很多都不对，但你要相信，你是别人的期待。从来没有放弃过，一直期待。】

第二天，周至请假了，离开了训练基地。他一早就走了，许一早上拿早餐去敲他的门时，他已经离开了。

许一心情不好，周至还是被李颖那句"废物"给影响了。

他再成熟，也不过十九岁。

早上的训练，许一心不在焉，状态不是很好。秦川想让她练男女混合，搭档赵觉。

赵觉靠着全队年龄最大，待得最久，混成了队长，嘴比技术强。她本来心情就不好，赵觉还在耳边聒噪，她分分钟想拿箭把他射个对穿。

上午的训练结束，许一率先收拾东西离开了训练场，她没有立刻去餐厅，她先回宿舍拿到手机，试探着给周至发了一条信息：【你去市区吗？能不能帮我带点东西。】

许一这个信息发得很有心计，不是特意找周至，保持了一定的距离，也间接地问了周至的位置，确定他安全。

周至的信息很快就过来了。

【晚上回去，带什么？】

许一瞬间心情由阴转晴，外面的大太阳都没她心情灿烂。她拉上宿舍门，笑着眼睛弯弯，按着手机编辑文字。

【可以要一块蛋糕吗？一小角就可以，我不挑口味。】许一删除编辑几次后，还是把这句发了出去，【明天是我的阳历生日，但明天应该出不去了。】

明天是阳历一月一号，但她只过大年初一的生日。许一就是想得寸进尺，想从周至那里讨点东西。

微信上方变成了"正在输入中"，他输了很久。许一正在下台阶，停住脚步，半只脚踩着台阶边缘，一半悬空。

她的心"扑通扑通"地跳，紧张得手心里都是汗。

她没有跟人主动要过礼物，对于过生日，她也没有特殊的要求。

许一反应极快，迅速地转了个红包过去。

【普通蛋糕就可以，我把钱转给你。麻烦你了，至哥。】

哥哥：【？】

哥哥：【我是什么？外卖员？跑腿？】

周至的微信名一直是"哥哥"，许一也没有给他加备注。许一看着他的信息，心里一"咯噔"，周至这是不愿意给她带？

也是，周至是谁？全队最难接触的人。高冷如周至，会随便帮人带东西吗？

许一略有些失望，但也很有限。毕竟她也不是真的想要周至带蛋糕，她只是想确认周至是否安全。

许一：【那算了，抱歉。】

周至的电话打了过来，铃声骤然响起，手机上"哥哥"两个字在跳跃，许一惊得心脏都快飞出去了，握着手机低头快步往楼下走，想找个僻静的地方接电话。

周至冷质的嗓音传了过来，贴上了她的耳郭："许一。"

耳朵肌肤灼烧着，缓缓蔓延向其他处，许一有种很奇怪的感觉，心脏也痒痒的，仿佛爬上了蔓藤。

"我是谁？"周至问。

你是谁？你不是周至吗？

你失忆了吗？

"至哥？"许一把手机拿离耳朵，看清来电显示又放到耳边，"周至？"

电话那头的人短暂地沉默了下，许一听到有细微的机器声响。她问："至哥，你在干什么？吃午饭了吗？"

周至靠坐在椅子上，长手搭着，文身师正在做收尾工作。他手臂上原本伤疤的位置文着一个"start（开始）"，字母线条拉得很长如同蔓藤，中间开着一朵很小的玫瑰。

新队规的限制，文身不能过于明显，不能要整片文身。他退而求其次选择了小号，堪堪遮住伤疤，这个尺寸可以作为特殊情况申报。

极致的冷撞上了极致的艳，玫瑰仿佛有了生命，在冷白的皮肤上绽放。伤疤被覆盖，他的人生重新开始。

"不要转移话题。"周至对文身很满意，审视着上面的"start"，"我不是外卖员也不是你花钱叫的跑腿，我是你至哥，明白吗？不是花钱就能买到的。"

他原本想直接文"一"。

许一并没有跟他表白，虽然昨晚她说的话，几乎等于表白。她没有直说，但他会等她长大。

"要什么直接提，你跟我不是交易，不用付钱。"周至停顿，觉得这话直接了，又含蓄些许，"大胆一点，你可以对我提任何要求，我允许的。"

挂断周至的电话，许一把脸埋在手心里深吸气。她压不下脸上的燥热，在冬天的寒风里脸上滚烫。

提任何要求是什么意思？她能提跟周至练混双吗？

秦川让她练混双的目的，许一隐隐有些知道原因。如果她能在年中的全国射箭锦标赛上拿到名次，秦川可能想让她参加十一月份的射箭亚洲杯。

她的积分进个人项目难，但混双是新项目，相对来说名额比较宽松，老带新，这也是新人进大赛的唯一机会。

秦川给许一这次机会，虽然赵觉一到大赛就掉链子，但他毕竟也是 H 省射箭队最资深的射箭运动员，他带许一参加比赛合情合理。

周至可能也会参加亚洲杯，可周至从不打混双，也不带新人。许一跟他的技术还是有很大的差距，她也跟不上周至的步伐。

周至重返赛场，每一场比赛对他都很重要。

跟周至搭档的念头在她的脑子里停留时间很短，就被她驱赶干净，一丝都不留。她绝不能拖周至的后腿，想都不要想。

她尽可能和赵觉磨合，好在下午赵觉的话少了很多，没有再废话。

许一进队晚，训练射箭的时长也比不上其他人，为了能尽快追赶上大家的节奏，她每天练箭时间都超过其他人。

吃完晚饭，她就再次回到训练室，她练得很专心，进入到了一定状态，是会忽视周边的人和声音。

射完最后一支箭，她查看总积分。

"许一。"许一转头看过去，赵觉从八十米箭道走过来。他也是刚结束训练，护胸和护臂已经拿掉了，可手腕上还戴着黑色护腕，拎着两瓶矿泉水，一瓶扔给许一。

许一把弓背在身上，抬手接住："谢谢。"

"能从你嘴里听到一句谢谢可真不容易。"赵觉笑了一声，审视许一，"下午是有什么喜事？状态不错。"

上午许一的箭梦游似的，下午一下子就正常了。

许一拧开水瓶喝了一口，放到一边的桌子上，继续查看成绩。

"今天周至请假干什么去了？"

"不知道。"许一不想跟赵觉说话。

"你跟周至在谈恋爱吗？"

许一倏然抬眼，心跳加快，直直盯着赵觉。

"昨天我看到你们在操场牵手。"赵觉"啧"了一声，他觉得自己也好笑，居然会那么天真地以为周至和许一是兄妹关系，"如果这件事传出去，周至为了爱情放弃国家队的机会来省队，不知道他的粉丝还会不会那么支持他。"

"我拉我哥有什么问题？我拉一下他就是谈恋爱吗？你是不是没有兄妹？"

许一想说一句你是孤儿吧，但忍了回去，她松开咬紧的牙，抿了下嘴角，脸上没有任何情绪，低头继续收拾练习的箭，尽可能让自己冷静："你真可笑。"

"骗鬼呢？兄妹？世上有不透风的墙吗？"赵觉吹了声口哨，"你以为秦川是看上了你的射箭天赋高，让他破例收你进队？为你鞍前马后，你怎么那么特殊呢？不过是他想拉周至进来，为他自己争荣誉而已。周至也愿意上钩，我能说什么？我只能感慨这感天动地的爱情。"

赵觉话音刚落，身后一道白色挺拔影子已经到了眼前，他转头来不及做任何反应，人就被一脚踹到了地上，干脆利落得连一丝停顿都没有。

他脑子嗡嗡地响，刚要起身，胸口多了一只脚，他又被重重地踩了回去。

"这么喜欢找死？"周至踩着他的胸口，居高临下，目光里是全然的冷，"你以为我忍你是怕你？还是觉得我怕队规？"

"至哥。"许一反应过来，冲过去拉住周至。队规不允许打架，运动员打架是很恶劣的事。周至身上的丑闻已经够多了，不能再多一条，"你别冲动。"

许一拉住周至的手，她脱掉了指护，手指温热细软，只除了个别地方有一些薄茧。周至的怒火短暂地停顿了下，看向满眼担忧的许一，摁下心思，一字一句："我妹妹说让我不要打架，我听她的。"

他身上恶劣的事多了，臭名昭著，不在乎多一条骂名。可许一崭露头角，干干净净，她没有任何的错。

他之前还是想少了，赵觉的话提醒了他，也让他更理智更清醒地处理和许一的关系。昨晚太不小心了，一旦这些事曝光，那些疯子会连许一一起骂。

那些脏水那些骂对一个人的心理影响有多大，他比谁都清楚。他越是清楚，越不想让许一碰。

许一快速看了周至一眼，一颗心先进了油锅，又落进了浸着冰块的水里，彻底地平静下来。

"再胡说八道一句，我会让你知道什么叫后悔。"周至移开脚，往后退了半步，并没有抽回被许一拉着的手，"许一是我妹妹，我对她好天经地义，你这种孤儿懂个屁。她就是因为天赋高被选中，不过也能理解，你这种人这辈子都没有过这种经验。这是你做梦都不敢梦的事，你没有见过自然就认为是假的。"

周至踹的那一脚太狠了，赵觉站起来后没有下一步动作，因为他十分确定，若是真打架，他打不过周至。

"走吧。"周至抬手一撸许一的头发，手放在她的后颈上，他越是坦荡别人越不敢乱猜，他带着许一往箭位处走，"结束了吗？结束的话回去。"

许一收起弓箭，背起包跟着周至离开了训练场。外面风很大，他们并排走着，影子被路灯拉出很长。

"周——"

"许——"

他们同时开口，周至说："你先说，我听着。"

他双手插兜走在许一身侧，影子完全落在她身上，几乎罩住了许一。

"抱歉，昨天我拉了你，我不知道会被人看到。对不起，我也不知道会造成这样的误会。"许一原本有很多事想问的，可出口只有抱歉。

"也不完全是误会，不过是时机不对。"周至解释了一句，不知道许一有没有听懂，他抽出手摸了摸许一的头发，"不用理会那些无聊的言论，以后他们问你就否认，不要承认，什么都别说。"

许一缓缓抬眼看着周至清冷完美的下颌线，嗓子有些干，周至看出来了吗？他拒绝了吗？

许一讷讷道："哦。"

"赵觉的事我来处理，你不用管，专心训练。"

许一心脏里坠着一块石头，收回视线，低着头随着周至往宿舍走。

穿过长长的走廊，到了宿舍门口，许一拿出钥匙要开门。周至揽住她的肩膀，强势地带着她到了他的房间，他没有立刻开灯。

他让许一站在门口，他走向屋子中间，道："闭眼。"

许一闭上眼，没有听到开灯声，但有一声清脆的类似打火机的声音。周围亮了起来，但不是直接的白光，是灰黄的光。

"行了，睁眼吧。"

许一睁开眼，周至抱着个大蛋糕往这边走，蛋糕上插着数字蜡烛"17"。

"十七岁生日快乐。"周至走到她面前，扬了扬英俊的眉，"恭喜你，又长大了一岁。"

"蛋糕放不到明天，今晚熄灯后会有检查，不能等到十二点，提前了三个小时。"周至英俊的脸被烛光映得深邃，漆黑的睫毛尖上沾了光，眸子深处有着灯火，十分好看。

蛋糕做得非常精致，外层边缘是层层叠叠的白色，像是公主的裙摆。香甜气息飘荡在空气中，蛋糕很好看，但他比蛋糕还好看。

许一没有穿过公主裙，没有做过公主。

她在家里是姐姐，父亲早逝，她过早地承担家庭的责任，只有在周至面前才能做小孩。

"我大年初一才是正式的生日。"许一抿了下唇，这太隆重了，隆重到她会误以为自己很重要。

"我知道。"周至偏了头笑着看许一，漂亮的双眸里浸着笑，嗓音低沉，"这么着急要下一个礼物？是不是有些得寸进尺了？"

许一心里仿佛住进了一万只蝴蝶，它们扇动翅膀，在她的心里嗡鸣着，翩翩起舞，让她慌张不安，又欣喜万分。她快紧张吐了，她攥紧的手指背在身后，指尖抵着手心的肉。

"我不是要礼物。"许一紧张疯了，她背着手，纤长的睫毛一直颤抖，眼角微微泛潮，看起来快哭了。

周至不逗她了。

小孩经不起逗。

"许个愿。"周至敛起笑，清了清嗓子道，"你哥端很久了。"

许一深呼吸，鼓着腮帮一口气吹灭了蜡烛。房间瞬间暗了下去，她在周至去开灯时迅速双手合十许了个愿。

——周至不要谈恋爱，再单身久一点。

她觉得自己挺自私挺坏的，周至给她过生日，她在背后祈祷周至单身。

还要许愿周至的手永远健康，周至拿冠军。

灯光已经亮了起来，许一的手尴尬地举在脑门上，来不及撤回。

"你这个程序是不是不太对？吹蜡烛前许愿。"周至大手落到许一的头顶，揉了一把，"怎么现在许上了？"

他的掌心温热，手指骨清晰分明。

许一的心脏紧紧绷着，抿着唇想到曾经那个梦，周至牵着她的手行走在黑暗中。她什么都看不到，只能看到周至。

"心诚则灵。"许一很轻地呼吸，克制着所有的感情，尽可能语调平静地说道，"都一样。"

周至的生日是夏天，童年时，他每一个在仙山镇过的生日许一都会去。她唱《生日歌》最卖力，虽然没有一句在调上。

周至不喜欢任何名义的聚会，聚会对于他来说没有任何意义，那些都是成年人联络感情的借口，他只是工具，像个提线木偶任人摆布。

他的很多个生日都办得很浮夸，会有很多父母的朋友过来送礼物，送跟他没有任何关系的东西。

只有回仙山镇不一样，没有虚与委蛇，不需要迎合。爷爷奶奶会请林阿姨给他做一桌子他爱吃的菜，买一个蛋糕，还有个五音不全的小孩给他唱《生日歌》。

许一食欲也很好，一次能吃一大块蛋糕。他对生日和蛋糕都没有兴趣，他只是喜欢看许一吃蛋糕，喜欢有许一的热闹。

他的每一个生日愿望都是：明年能回仙山镇过生日。

"过来吃蛋糕。"周至触及许一清澈的眼，短暂地停顿了下，喉结很轻地滑动，也移开了眼。他收回手走向里面的桌子，放下蛋糕。

他脱掉了外面的厚外套，只穿纯白色休闲毛衣，身形挺拔："你切还是我切？"

"你切吧。"许一把手背在身后往周至身边走，他穿白色很好看，皮肤白，人高瘦清俊。

许一的目光从他的耳后落到他的脖颈，又缓缓往下落到他的手上。他拿起刀叉切蛋糕，手背上筋骨随着他的动作凸现。

许一第一次意识到自己对异性的审美还是在体校。同宿舍的一个女孩早熟，她大胆肆意地聊着异性，聊着游泳男队的身材，忽然问许一喜欢什么样的男生。

许一大脑里第一个涌现的异性是周至，他那时候崭露头角，穿着纯白色运动装，高挑清瘦。少年意气风发，冷傲地面对镜头。

许一在黑暗中红了脸，她第一次脸红，非常突然，没有任何征兆。

第一只蝴蝶就那么蛮横地闯入了她的心脏。

"坐。"周至长腿一勾，握着塑料蛋糕刀的手拖出椅子，一块大蛋糕放到了许一面前，"够吗？"

"够了。"许一坐到他旁边，拿起叉子仰头，目光再次触及周至英俊的脸，她很轻地抿了下嘴角，"至哥。"

"嗯？"周至拉开另一把椅子坐到旁边，端起一小角蛋糕，架起长腿往后懒散地一靠，挑了块水果，"要说什么？直接说就是了，我听着。"

"如果我进国家队，你——去吗？"许一鼓起勇气，一口气把话说完，"你还是要一直留在这里？"

周至挽了下袖子，碰到右手上的文身了，蹙眉换了一只手拿蛋糕。他把眉毛松开，吃了块奶油裙摆："你想进国家队？"

许一的脸上有些热，她挖了很大一块蛋糕放进嘴里。想到赵觉和李颖说的那些话，她把蛋糕咽下去，说道："我——能吗？"

"你想能就能。"周至看向许一，她的盘子里水果更多，周至被奶油腻住了，拿叉子叉走了她盘子里的一块草莓，叼进嘴里，草莓的酸中和了蛋糕的腻，"好好练，你的水平没问题。"

他没有正面回答他去不去。

许一换了个干净的叉子，将盘子里的草莓往周至的盘子里放，说道："秦教练想让我练混双，如果差不多的话，可以参加亚洲射箭锦标赛。我是说假如，假如我在比赛上拿到成绩，我是不是就离国家队近了？"

她找了一颗最红的草莓，打算往周至的盘子里放。忽然，周至倾身，英俊的脸放大，头发几乎碰到了许一，他咬走了许一叉子上的草莓。

他若无其事地退回去，懒散地靠到椅子上，鲜红的草莓汁液染红了他的唇。他的唇上潋滟，脸又透着冷淡，清清冷冷，语调也听不出情绪："想打混双吗？"

许一嗓子有些干。

"嗯。"许一也不知道在说什么，她脑子混乱。她低下头，匆匆忙忙地吃蛋糕。周至的唇好看极了，咽东西时，他喉结滚动的那一下……她搜肠刮肚，想到一个陌生的词——

性感。

用这个词形容男生可能不太合适，可许一一时间也找不到新词。

"跟我搭怎么样？"周至撂下了刀叉和盘子，咽下最后那点草莓，抱臂靠在椅子上专注地看许一吃蛋糕。不管过去多少年，许一多少岁，她吃蛋糕的样子没怎么变过，还是那样让人有食欲。

许一倏然抬头，大眼睛看着他。

她嘴角沾着奶油，周至倾身用拇指擦过她的嘴角。许一瞪大眼往后仰去，周至的长手一捞，把她拉了回来："不想跟我搭？躲什么？"

他抽了桌子上的纸擦着指腹上的奶油。

"我们水平差距很大，我会拖你后腿。"许一心跳得快从嗓子眼出来了，想抬手擦掉唇上的异样，又觉得刻意，"我不是小孩，会自己擦。"

"不喜欢我碰你？"周至把纸巾扔进了垃圾桶，语调不轻不重的，但眸子很黑。

175

"不是，只是——"许一声音卡住，一时间不知道该怎么说。

"害羞吗？不好意思？"

许一抬眼。

你有读心术吗？

"不是。"许一不想再继续这个话题，耳朵烧着，"如果我这么做，你肯定也会躲，这都是人的本能。"

她很仓促地做出一个决定，不管周至怎么想，这条路她会走到底，会一条巷子走到黑。

早晚有一天，周至会是她的。

"我不会，你可以试试。我的本能里没有躲许某人这一条。"周至双眸中浸着笑，注视着许一绯红的脸颊，修长手指轻叩桌面，发出声响，他缓缓道，"还不明白吗？"

"明白什么？"许一被他的"许某人"三个字弄得心里痒痒的，总觉得这三个字有种奇怪的热度，灼烧着心脏。

"笨死算了。"周至倒也没有直接解释，有些东西在蠢蠢欲动，不那么安分。他过去十九年里从来没有过的体验，陌生、新奇、冲动、燥热。

周至的目光在许一的唇上停留，视线上移看她的眼，主动转移了话题："我们的技术差距没有你想象的那么大，你还有十个月的时间准备。十个月，你的水平不能追上我，那你一开始别踏进来。你敢来找我，敢学了几个月就去打省赛，还能拿冠军，你有什么不敢的？怕什么？你应该想的不是拖我后腿，而是我们一起往前。

"敢就上，不要有任何顾虑。我托着你，我不会让你摔。"

周至沉默片刻，下颌上扬，带着一点曾经的张扬，说道："你想进国家队，那就一起。我也挺想看看，我再回去时他们的表情能有多精彩。"

周至曾经确实想过放弃射箭，在回仙山镇的时候，他失去了信念，失去了一直以来的方向。

他在赛场上，举着弓箭却看不到靶心。

他回到了仙山镇，重逢许一。

她没有变，她还和曾经一样，像个小太阳。

从仙山镇到 H 市，许一有着一腔孤勇，一往无前。她那么耀眼，她从颁奖台上跑下来，把奖牌戴到他脖子上。

他想再试一次，碰一次他的梦想。

Chapter 8

/ 明目张胆 /

11 月 20 号，光州机场。

飞机停稳，航站楼上的韩文在阳光下反射出光。许一的目光终于从窗外转到了机舱内，旁边的人正在睡觉，运动外套罩住头，尽管是头等舱，空间依旧有限。周至修长的腿敞着，膝盖倒到了许一这边，头歪到了她的肩膀上。

空乘提醒旅客注意安全，先不要离开座位。

阳光从窗外照进来，落到周至的手腕上，他戴着一块黑色运动手表，肤色冷白，骨骼清晰。

"至哥？"许一很轻地碰了下周至的手背，他上飞机就开始睡，睡到现在，"到了。"

前排秦川也回过头，说道："到了，周至你昨晚干什么去了，今天困成这样？"

肩膀上一松，许一很轻地松了一口气，活动一边肩膀坐直："教练。"

周至掀下外套露出倦懒的脸，狭长深邃的眼尾浸着浓重的倦。他打了个哈欠，抽出矿泉水拧开，仰着头喝水。他漫不经心地把头转向窗外，顺理成章地把目光落到坐在窗边的许一身上。

许一在活动肩膀。

他垂下睫毛，拧上水瓶抬手给许一捏肩膀："疼了？"

"不疼，没事。"许一在众目睽睽下被他捏肩膀，有些不好意思，前面还坐着周玉。这次去韩国参加比赛，他们代表国家队。她移开肩膀，压低声音很轻地说道，"要下飞机了，东西拿好。"

"不知道挪开吗？射箭运动员的肩膀很重要。"周至往那边靠了些，长手伸过去缓缓地揉着她的肩膀。前面坐着周玉和总队的队员，全是熟人，他不想打招呼，上飞机就蒙着衣服睡觉。他睡过头了，旁边坐的又是许一，自然靠到了许一身上。

去年12月，许一正式加入H省射箭队。今年7月参加全国射箭锦标赛，拿到个人单项铜牌，彻底出现在大众面前。许一训练刻苦，进步特别快。

许一大概是周至见过天赋最好、目标最明确、进步最快的一个运动员，她从短跑转到射箭，几乎没有过渡，快速地融入，每天都在飞速成长。

9月，秦川给她报了亚洲射箭杯选拔赛。她以优秀的成绩入选两项，女子个人单项反曲弓竞赛和男女混双，搭档周至。

12月1号正式比赛，11月20号他们提到光州。

周至不是第一次到韩国比赛，韩国在射箭竞技中占有很大比重，他们出过太多射箭名将。周至跟过韩援教练，也到过韩国集训，对这里并不陌生，但也没有多余的情绪。

机舱门打开，寒风席卷而来。

光州温度比H市低很多，他们是从H市飞到首都机场转机，中间没有出机场。衣服穿得并不多，几个南方运动员都缩着脖子在找衣服。周至穿上了厚外套把拉链拉到鼻子下方，解开安全带起身从行李舱里取出背包。

他的背包里装着厚厚的围巾，许一起身要去拿自己的背包，周至就把围巾围到了她的脖子上，打了个结。

两个背包斜挎到周至的肩膀上，他伸手到许一面前："冷吗？"

"还好。"许一只有眼睛露在外面，她以为周至要给她背包，把手递了过去。

周至非常自然地牵住了她的手，带着她走出座位。许一瞬间心跳加速，他的手很大，手心温热。

可能他们搭档，她打比赛周至也会陪着，他们一直在一起，周至这半年特别习惯牵她的手。

他高兴了还会把手架在她脖子上，半揽着她。在他那里，好像没有什么男女之别。

许一开始怀疑，周至是不是把她当哥们儿了？

毕竟兄妹也没有那么亲近，她跟许坞就没有那么亲近。长大之后，她也不会随便牵许坞的手。

周至又不会跟她谈恋爱，这么亲近，只有一个原因，她太不像女的。

"至哥，背包我拿一个吧？"许一借着拿背包，抽回了手。

她没拿到背包，周至把两个包都背走了，他很深地看了许一一眼，没有再牵她，单手插兜："走了。"

许一离开座位，把衣服整好跟着周至往外面走，忽然身后冲过来一个人，擦身把她撞回到座位上。

"嗨！至哥！"江璐抬手往周至肩膀上搭，"刚才登机时没看到你，你坐哪边？"

江璐搭了个空，周至侧身避开，他冷淡的目光从江璐身上扫过，忽然转身大步走来，气势汹汹。

江璐愣住："至哥？"

周至越过江璐拉起许一，推到了身前，蹙眉看向江璐："撞到人你没有感觉吗？许一，走前面。"

许一反应过来，怕他们起冲突，忙说："我没事。"

"没事什么？老实走前面。"周至把脊背留给了江璐，推着许一的肩膀面无表情地往前走，不满刚才许一松开他的手，"围巾围好，一个没看住就被人撞倒了，出息。"

江璐把剩余的话强行咽了回去，蒙在原地。原来周至不是对谁都冷漠，他也有这么温柔的时候。

他对许一真是过分温柔了。

高冷如周至，居然会把人护在怀里，小心叮嘱的样子，像是梦里的场景。

听说周至因为许一进 H 省队，所以每次许一比赛，他都会出现在观众席。周至不是低调的人，媒体拍他一拍一个准。

江璐一直不信，以为那是 H 省射箭队的队内文化，队员之间互帮互助。

现在看来才不是。

走出机舱，凛冽寒风扑面而来，许一回头看去。

她认识江璐，半年前就认识了。

江璐是国家一级射箭运动员，主要打团体赛。今年刚十九岁，比周至小一岁，跟周至是同门，跟过同一个教练。

许一第一次到 H 市找周至，周至带她去吃火锅，吃饭时遇到的那个女孩就是江璐。江璐长得很漂亮，应该跟周至关系挺好。

"看什么？看路。"周至隔着围巾把许一的脸摆正，手并没有立刻落回去，而是搭在她的肩膀上，半圈着她往前走，"后面有什么好看的？"

"你朋友呀，"许一试探着说，"刚才那个女孩。"

周至说要找个射箭冠军女朋友，是江璐那样的吗？江璐在国家队，虽然个人成绩一般，但团体赛里发挥还算稳定，中等偏上的水平，也是高手，离冠军一步之遥。

"前同事，总队的。"周至拧了眉。他对江璐印象一般，江璐性格外向，跟人相处没有分寸，他不喜欢没有分寸的人，"叫江璐，你应该看过她的比赛，成绩一般。不用关注，不值一看。"

江璐的成绩已经很好了，不管是成绩还是长相，都很值得一看。这还不值一看，他想看什么样的？

走在前面的秦川放慢两步，跟他们并排了，看了眼周至的手："差不多得了，别太得寸进尺，出去可能会有媒体蹲。"

周至收回了手，双手插兜，耸肩："无聊。"

"教练。"许一跟秦川打招呼，不知道秦川说的"得寸进尺"是什么意思，她面对媒体没什么经验，只求别出错，"需要注意什么吗？"

"什么都不用注意。"周至淡淡道，"跟在我身边就好。"

第一次出国，许一有些紧张。但周至一直在她身边，全程都没离开过她，她的紧张渐渐消散。

他们坐车到主办方安排好的酒店，就在训练场附近。男女的酒店是分开的，许一跟着女队到酒店，工作人员把房卡分给她，带她到房间她才知道自己跟江璐住一间房。

意外，但也合理。到这里大家就是一个队，H省射箭队的人本来就少，这次比赛主要集中在男队，女队只有她一个人，肯定会落单。

许一拖着行李箱看着江璐片刻，伸手过去："你好，我是H省射箭队的许一。"

江璐比许一高一点，居高临下地睥睨她的手，扭头走进房间，声音落在身后："江璐。"

许一收回了手，也没有失望。江璐是国家队，看不上省队的人很正常。

酒店房间不算大，环境一般，许一关上门走进去，江璐在房间里观察环境。许一先把围巾摘下来整整齐齐地叠好放到行李箱上，才走进洗手间，洗手洗脸。

这是许一第一次参加这么大的比赛，一年前她想都不敢想，没想到一年后实现了。短短一年，她的人生发生了翻天覆地的变化。

许一顶着湿漉漉的脸没找到擦脸巾，打算出去拿，门口递来了两张纸巾："给你。"

"谢谢。"许一接过擦脸巾，"你有什么需要的吗？我的行李箱里也带了很多东西，有需要我可以拿给你。"

江璐由上至下打量许一，看得很仔细。

之前江璐也看过许一的新闻，许一天赋很高，短跑转射箭，成绩非常优秀，一路杀了上来，短短一年就拿到了参加亚洲杯的资格。

但江璐也不是什么凡人，能进国家队大家都风光过，都是天之骄子。

她看许一的新闻主要是找周至，没注意过许一的长相。

许一非常漂亮，只用"漂亮"两个字形容都单调了。她的皮肤是细腻的白，很清透，可能年龄小，看不出一点毛孔。乌黑的头发很随意地扎成马尾，垂在身后。

没有化妆素着一张脸，大眼睛黑白分明，如同最清透的湖面。双眼皮恰到好处，不浅不深，睫毛很长很稠密。

她想从许一的脸上挑出点毛病，以此证明周至眼瞎，放着她这个珍馐不要，去吃粗糠。

挑了大概有半分钟，她放弃了。

周至眼光真不赖！

"长得挺好看。"江璐抱臂靠在洗手间门边看许一，"你平时用什么牌子的护肤品，不是，那什么，你跟周至在谈恋爱？"

许一震惊，缓慢地消化这几个问题。

"我不是至哥的女朋友。"许一攥着潮湿的擦脸巾，放缓呼吸，说道，"我还没用护肤品。"

"你不是？"江璐扬了眉，表情有些精彩，"那你跟至哥什么关系？"

许一的手机响了，她从裤兜里抽出手机看到来电显示是周至，往旁边走了半步说道："我先接个电话。"

江璐仍然高高地抬着下巴："周至吗？"

许一握着手机点头，说道："是至哥。"

江璐嗤了一声，转身走回了房间。许一看着江璐高傲的背影，若有所思，拿起手机放到耳朵边："至哥？"

"到房间了吗？怎么样？"周至的声音传过来，"有没有不舒服？"

"没有不舒服，都挺好。"

"等会儿下来餐厅吃饭，直接过来找我。"

"好。"许一的手机发出低电提醒，"我手机要没电了。"

"又该换手机了吗？"周至淡淡道，"这么容易没电。"

许一之前的手机经常因为没电自动关机，周至几次联系不上她后，在她农历生日当天，送了一部新手机。

最新款，最高配置，一万多块。周至生日时，许一榨干腰包还礼，拿全部积蓄给他买了一双限量版运动鞋。

她现在用的手机是周至送的，只要手机不坏，她能用到地老天荒。她怕了周至的礼物，周至再送一次，她得把生活费都搭进去了。

她参加的比赛太少了，奖金也少得可怜。

许一连忙拒绝："不用不用，这部手机非常好，是我用没电了，跟手机没有任何关系。"

周至偏低的嗓音浸着笑："知道你很喜欢这部手机了。"

手机离耳朵太近，他的声音贴着许一的耳朵肌肤，有一点点痒。许一的心像是春日里蛰伏在泥土中的蝉，蠢蠢欲动。

她是很喜欢的。

"等会儿下来穿厚点，可能要出去一趟。"

"好，我知道了。"

许一挂断电话，回到房间打开行李箱取充电线。

"你喜欢周至。"高高在上的肯定句。

许一手里的充电器掉到地板上发出声响，她捡起来握在手里直起身，清凌的眼直视江璐："你说什么？"

"我也喜欢周至。"江璐脱掉了外套，她没有像普通运动员那样穿休闲装，她里面穿着贴身毛衣，勾勒出婀娜身姿，身材很好。

"哦。"许一并不意外，没有人会无缘无故去接近另一个人，还是异性，江璐对周至的心思挺明显。

许一心里坠了下，说不出的滋味。

周至总有一天会有女朋友。

"你'哦'是什么意思？是不屑吗？"江璐咄咄逼人。

许一把手机插上电，听到"嘀"的一声，然后放下手机把手压在身后的桌子上，站得笔直。

"没有不屑，就是——挺正常的。"许一不知道自己在说什么，她抬起眼注视着江璐，心跳如鼓，"那你表白了吗？"

他们以前在一起过吗？许一什么都不知道，她不敢问周至的感情史，她怕一开口她和周至连兄妹都没得做。

"表白了，我第一次见周至就表白了。"江璐言语大胆直接，"不过他拒绝了，他最烦别人表白，也很烦别人主动，表白之后他就不理我了。嘻，原本我们关系还不错，现在连朋友都没得做。你没有跟周至表白吧？没有的话，劝你别开口。"

"我没有喜欢。"许一警惕起来，生怕一脚踩进言语陷阱。

"喜欢周至多正常，以前女队有一半女孩都喜欢他。他长得帅，成绩又好。"江璐观察许一，"又没什么见不得人。"

"不是。"许一再次反驳，原来江璐跟周至也没有关系。

"那你们是什么关系？"江璐走到窗边坐到小沙发上，"兄妹？"

"嗯，他是我哥。"许一走过去整理行李箱，不太想跟江璐继续聊天了，没有意义。

周至对外就是这么说他们的关系，他是许一的哥哥。

"有血缘关系吗？"

许一想了想，说道："反正是哥哥，不是你想的那样。"

之后许一和江璐就再没有聊天，江璐去找她的队友了。许一跟林琴打了电话报平安，换了套衣服出门找周至。

她出电梯就看到了人群中的周至，周至穿着黑色长款连帽羽绒服，戴着口罩耳机，身形挺拔，在人群中格外显眼。

他似乎有些不耐烦，眉头紧蹙地站在最边缘的地方，四周都是运动员。

许一快步走过去，想趁着没人注意走到周至身边。周至忽地抬眼看来，他松开了眉毛，下颔上扬："许一，这里。"

瞬间，所有人都看了过来，许一抿了抿唇，朝人点头致意，走到了周至身边。这些人她全不熟，她唯一熟悉的是周至。

"去吃饭。"周至抽出手一揽许一的肩膀，径直把许一圈到身边，带着她转身大步朝餐厅的方向走。

周至不在乎别人的目光，想做什么就做。他跟许一关系好，只跟许一一个人说话，其他人全不搭理。

传闻说周至跟H省射箭队的许一关系很好，他亲自证实，确实很好。周至在众人面前，明目张胆地偏爱许一。

刚才好几个人叫他去吃饭，他全拒绝了，他在等许一。

"他们在那边有事吗？"许一压低声音，其他人还没有走，"这样直接走好吗？"

"没事，他们闲得无聊，等会儿教练下来就会骂他们。"周至走出一段距离，松开了许一的肩膀，单手插兜，一边走一边侧头到许一这边跟她说话，"不用理他们，吃东西去，你哥很饿。"

中午在机场吃的饭，他挑三拣四，只吃了几口。飞机上加餐时他睡过去了，大半天没吃东西，能不饿吗？

"我这里有巧克力，你要吃吗？"许一连忙从口袋里拿出巧克力，递给周至，"给你。"

周至纤长的睫毛动了下，注视着近在咫尺的许一。他短暂地停顿了下，慢悠悠说："刚才跟人握了手，还没有消毒。"

许一看着他的睫毛尖，蝴蝶翅膀在心里起舞，迟疑着问道："你想吃吗？"

周至抽出手拉下口罩，若无其事："怎么吃？你喂我？"

许一环视四周，撕开巧克力的包装，迅速将巧克力塞到了周至的唇上。周至轻笑，低头咬走了巧克力。他英俊的脸放大到许一面前，黑色发丝跟许一的鼻尖擦身而过。

他直起身抿掉唇上的巧克力粉，把口罩戴回去。巧克力被他抿到了腮边，又缓慢地落回口腔。他一点头，评价："甜。"

许一把包装纸揉成团，等有垃圾桶就扔掉。周至那个"甜"字说得不重，但很烧耳朵。

"至哥。"

巧克力在口腔里溢开，丝滑香甜。

"嗯？"周至很克制地没有揽她的肩，看着她耳边的一片细腻，觉得"至哥"两个字并没有那么好听，想听她叫"阿至"。

许一只是单纯地想叫他，叫完也不知道该说什么。她绞尽脑汁，说道："餐厅的饭好吃吗？你以前来过这里吗？"

"这家酒店没来过，这个比赛才申办下来，有中餐，但期待不要太高。"周至说，"吃完饭，我带你去市区看看。"

许一第一次出国，想给林琴拍窗外的场景，发现跟国内也没什么区别，他们这个酒店外面甚至不如国内的大部分建筑，并不好看。

她不知道能不能出去，并没有抱太大期待。

"能出去吗？"

"能。"周至对上许一亮晶晶的眼，嘴角在口罩下扬了起来，"你至哥无所不能。"

周至要出去买东西，申请了三个小时外出时间，他把许一带上了。

他们打车到市区，刚下车天上就开始飘白色的片状，许一仰起头看天，以为是脏东西，拉住周至的袖子，问："至哥，这是什么？"

"下雪了。"周至拉住她的手，也仰起头看天，"雪花，没见过？"她的手指冰凉，周至把她的手带到自己的羽绒服口袋里，"光州挺容易下雪的，温度低。"

许一："！！！"

雪？

许一只在电视上看到过下雪，从来没在现实中见过。她生在南方，长在南方，过去的十几年，从来没有到过北方。

纷纷扬扬的雪花从漫天黑暗中悄然落下，许一立刻从背包里拿出手机，递给周至："帮我拍一张照片，我让我妈看看雪，她也没有见过。"

许一平时很沉稳，她很早熟，很少露出这样兴奋的表情，像个小孩。

许一穿着白色羽绒服，戴着浅粉色帽子，跳着跑出两三米远的距离。她面对周至，僵硬地站着："这样可以吗？"

繁华市区，她身后巨大的广告牌随着内容闪烁变幻着光色。

周围人来人往，初雪总是意义不同，很多人停下来拍照。对周至而言所有的色彩加在一块，都不如许一耀眼。

周至心思微动，打开了录制功能，清了清嗓子，指挥着许一："两只手伸出来，比两个V。"

许一很听话地抬手比了V在头顶，像个小兔子："可以吗？"

"手往下放。"周至动了下睫毛，嗓音里浸着笑，"到脸颊那里。"

"可以。"周至关闭录制，连续拍了几张照片，他划拉着许一的手机屏幕，把录制视频发到自己的微信上，删除记录，"雪太小了，拍不出效果。"

"那明天会下大雪吗？"许一跑过来接过手机查看。周至拍照技术很好，把她拍得很可爱，都不像她自己了。许一很少拍照，总觉得自己拍照不好看，她的照片也都是赛场摄影拍摄。

周至把她拍得很好看，和赛场上截然不同。她往后翻着，确实看不到雪，雪花太小了。

一片雪落到了她的睫毛上，许一惊喜万分，转身想跟周至分享，猝不及防撞到周至的下巴。周至站在她身后看照片，抬手圈住她："干什么？"

"我眼睛上有一片雪？"许一心跳飞快。周围的一切都变得清晰起来，旁边有一对情侣好像在接吻，大庭广众，众目睽睽之下。

许一的余光看到，胆战心惊，不敢再看，她全神贯注看面前的周至，装作见过面的样子。

"嗯，是有一片。"周至垂下睫毛，眼下拓出一片阴影。他的手落到许一的睫毛上，像是蝴蝶停到了云端，翅膀碰触发出细微的嗡鸣声。身后，广告牌的大屏幕暗了一瞬，又绚烂地炸开。

许一的心也炸开了，翅膀碰到了翅膀。

"现在没了。"周至的手离开了许一的眼，抬手隔着帽子揉了把许一的头发，带着她往繁华处走，"走了，等雪大一点再给你拍。但也别祈祷太大，下雪不利于比赛。"

他的声音从遥远处传来，落到了许一的耳朵里。

返回基地的路上，他们没有再说话，到酒店时雪已经停了，地上没有积雪。一切和刚开始并没有什么区别，好像什么都没有发生，但好像有什么东西发生了。

周至把她送到房间门口，她才找到声音，攥着房卡看向周至："那……明天见？"

短暂地沉默了下，周至说："明天见，进去吧。"

许一鼓起勇气看他的眼，他站在灯下，身形挺拔，双眸沉黑。

"你们在这里约会吗？"江璐的声音骤然响起，许一转头看去，她从走廊的另一头走过来，"这么高调？"

周至撩起眼皮看了过去，蹙眉："怎么哪儿都有你？"

"很不巧，我们住在一起。"江璐径直走到许一身边，拿出房卡刷开了房门，"嘀"的一声，房门应声而开，"是吧，许一？"

"江璐。"周至忽然叫了她全名，声调没变，可语气已经沉了下去，"我有事要跟你单独聊。"

他转身往外走，偏头示意："你出来。"

"有什么话不能在这里说吗？"江璐敛起了笑，往许一身后躲了下，"在这里也可以说，对吧？队长，许一又不是外人。"

许一的心脏忽然揪紧，仿佛被无数的毛线缠绕着。

"我现在不是队长，跟你也没有任何关系。"周至抬起手腕看着时间，"给你三秒时间考虑，你自己出来还是我去请你。"

他把"请"字说得很重，放下手直视江璐："我请你的话就没有这么客气了。"

"来了来了，不就是想跟我单独聊天嘛，这就来。"江璐从许一身后出来，走向周至，"队长，聊什么？"

"许一，你先回去，早点睡，明天要去适应赛场，可能会有训练。"周至缓了语调，叮嘱许一，"不要熬夜，去吧。"

他叮嘱完，转身大步往前走，脊背都透着冷意，很快就走过了走廊拐角。

许一攥着房卡的手很紧，半晌才松开，转身走回房间。

她很平静地洗完手，然后脱掉衣服抱着睡衣去洗澡，她站到淋浴下面，心里突然下了一场暴雨。

突如其来，毫无征兆，蝴蝶和花都被暴雨淋湿拍到了泥里，看不清面目。很陌生的情绪，让她焦灼。她有个很不好的想法，刚才那一瞬间，她想走过去揪住周至的衣领咬他一口，让他疼。

她想占有周至，这个想法涌出大脑的时候，她被自己吓了一跳。

外面响起开门声，应该是江璐回来了。许一仰头冲掉了脸上的泡沫，压下疯狂的占有欲，她不应该有这么坏这么自私的想法。

这是不对的。

她叹一口气，她觉得自己不是什么好人，心思不纯，心机很重。

洗完澡，许一拿着吹风机到外面吹头发，想把浴室让给江璐，江璐已经上床睡觉了。

江璐用被子蒙着头，整个人包裹得严严实实。

许一拿着吹风机回到了洗手间，开到最小挡吹头发。她不喜欢江璐，可也没必要搞出噪音报复。

吹干头发回到床上，许一想挑一张照片发给妈妈，拿起手机看到屏幕上躺着两条来自周至的信息。

【注意点江璐，她给你的东西不要吃。如果她欺负你，一定要跟我说，别什么都憋着忍着。】

江璐能欺负得了她？许一从不担心这个，她从第一次跟周至打架到现在，打架就没输过。

【天气预报显示今晚没雪，不要等。早点睡，真睡不着给我打电话。】

许一心里那只蝴蝶挥舞着湿哒哒的翅膀，灰头土脸地从泥里爬出来，迎着风飞了起来。

她按着手机纠结着该怎么回消息，手机响了一声，来自周至的信息。

【你哥我没谈过恋爱。】

没头没尾，没有前因没有后果。许一缩在被子里，盯着这条信息，心里轰隆隆地响着，响到耳鸣。

什么意思？

周至的信息又来了：【晚安，许一。】

许久之后，许一按着手机屏幕回复：【晚安。】

第二天光州暴雪，世界被白雪覆盖，训练推迟了一天。许一终于见到了现实中的大雪，拍了半天的雪，手机空旷已久的相册突然热闹起来。

她跟周至的距离不远不近，一边试探一边往前，发现不对就退后一步。周至倒是如常，跟平时没什么两样。

她在最后偷拍了一张周至的背影。周至正在认真地团一个大雪团，穿着白色羽绒服，没有戴帽子，露出来的一截后颈皮肤白皙干净。他身高腿长，背影都很好看。

许一登录微博把照片发了上去，配文：【雪真好看。】

她的微博只有三个粉丝，两个是微博客服，一个微博塞的粉丝。

许一不担心给周至招惹来不必要的麻烦，反正无人发现，她发完微博便把手机装进羽绒服口袋。

周至的雪团终于团好了，转身迈着长腿踩着厚厚的积雪朝这边走来，他戴着围巾口罩，露出来的眼沉黑深邃。

许一两只手揣兜，说道："回去吗？至哥。"

周至走到许一面前，把雪团递给了她："给你。"

圆嘟嘟的雪团上面有几个黑点，像是鼻子和眼睛。一根木棍用很细的橡皮筋拉弯成了弓的形状，背在胖乎乎的雪人身上。

许一惊喜万分，双手接过小雪人："给我的？"

"戴手套。"周至把手套脱了塞到许一的手里，让她隔着手套拿雪人，长手一捞她的后脑勺，带着她往酒店走。

他很满意许一的喜欢，嗓音里浸着笑："不用那么喜欢，小玩意儿。"

许一非常喜欢，她把雪人放到了酒店的冰箱里，试图保存。

雪人到晚上就化了，酒店的冰箱只有冷藏功能。

雪停了之后，训练就提上日程了。

初到陌生环境，陌生的场地，一切都需要重新适应，许一不敢再把心思放到其他地方，打好比赛才是最重要的事。

只有拿奖，她才有资格站到周至面前。

12月1号很快就到了，许一第一次参加大赛不紧张是假的，她都快紧张吐了。头一天，她和周至聊了很久，握着手机睡着的。她把周至送的奖牌项链戴在脖子上，坠在胸口处。

开幕式结束，比赛正式开始。

早上第一场是男子个人反曲弓竞技排名赛，场下有观众，十分聒噪。周至第一箭射得并不是很好，六环。

这是一年来，许一见过周至射得最差的一支箭。

周至高调回归后的第一场比赛，关注度很高。

箭落到靶子上那一瞬间，她听到了场上明显的唏嘘。他们在喊着什么话，因为是当地语言，许一听不懂，她不知道具体内容是什么。

旁边秦川骂了一句脏话，脸色很难看。其他人也沉默，第一轮上去的只有一个中国运动员，就是周至，万众瞩目，第一箭射出这样的结果。

"周至加油！"许一站起来挥着手里的旗，喊道，"你是最棒的！"

周至站在赛场上，穿着红色队服，黑色护胸勾勒出修长挺拔的身形，他长腿微分，站姿凛然，拎着弓漫不经心地往这边看了眼。

周围观众的声音太大了，许一怕周至听不到自己的声音，双手握成筒状喊："周至！加油！"

赛场上的镜头转到许一这边，她的目光在大屏幕上短暂地停留了下。她穿着红色队服，脸上贴着中国国旗，以气吞山河之势在喊加油。

赛场外，当地的解说正在调侃："这姑娘嗓门真大，中国队的运动员？第一次参加比赛吧？长得挺可爱，希望她哭起来也能这么可爱。"

"周至很可惜。"

周至昙花一现，他短暂地闪耀过，便坠入了黑暗。

连国内的解说也叹了一口气："周至的手伤还没好吗？状态很不对劲。"

镜头转走了，周至已经没什么可看了。忽然现场传来巨大的欢呼声，随即女孩的声音响彻整个赛场："周至！"

镜头又拉回周至那边，他握着弓站在赛场上，重新搭弓准备第三箭。

他的成绩已经变成了十六分，他射了个十环。他歪头，挑了下眉毛，似乎恢复了曾经的不可一世。他下颌微扬，利落地搭弓，没有预瞄，信然松开了弦射出第三箭。

十环。

他握着反曲弓，冷淡的眼没有任何情绪，没有看任何人，他搭上了第四支箭。

"他的状态回来了，这才是周至。自信张扬，生在巅峰的少年。"

之后，周至的每一箭都稳到让人震撼，他一如既往，很少预瞄，几乎是搭弓就射，自信傲然。

许一的心紧紧绷着，高悬在空中。

这一年多，周至经历了太多，她比任何人都清楚周至的压力。曾经的天之骄子，跌落深渊，被人辱骂踩踏，他要逆着风走出来，重新走上巅峰。

周至渐渐进入状态，他除了第一支箭，其他均在九环及以上。

七十二支箭全部射完，周至最后一支以十环结尾。

周至回头看了眼场外跳起来欢呼的小孩，手中的弓还在嗡鸣，他扬起嘴角，抬起右手隔着衣服吻到了文身上。

周至的总积分排在第十五位，前三被韩国队包揽了。观众席一片沸腾，韩国队那边教练喊了一声，声音很大。

周至抿了下嘴角，收起弓和箭囊，背着弓走下了赛场。

他第一箭射得非常差，太久没有参加比赛，观众一吵，他的心有些乱。

一道红色身影直奔而来，周至停住脚步。许一像箭一样冲过来抱住了他，抱得非常突然，结结实实地揽住他的腰。

她身上有温度，有很淡的香味。周至一颗冰冷的心落到了人间，感受到了暖意。

"至哥，你很棒！"

他用力把许一揽到怀里，摄影机拍到了他们拥抱，他松开许一，沉黑的睫毛垂下，嗓音有些哑："不准备比赛？怎么还在这里？"

下午女子个人积分赛，许一要上场了，这是许一的第一次世锦赛。

领队教练已经带人过去了，她特意落在后面，等周至离开赛场。也许很荒唐，也许很唐突，她就是想抱一下周至。

"这就是世锦赛。"他的嗓音依旧沙哑，黑眸沉沉地注视着许一，"差一点都不行，好好准备你的比赛，不要分心，好好打。"

"我知道。"许一点头，她喉咙很轻地动着，深呼吸从口袋里摸出一颗大白兔奶糖递给周至，"这个给你，我去准备比赛了。"

赛场喧嚣吵闹，许一站在面前，她的手上也有薄茧，手指因为长时间练习拉弓而轻微走形，她的手心里躺着奶糖。

周至看着她没有动作。许一因为刚才冲过来得比较急，后知后觉地感到羞耻。她表现得太明显了，不知道摄影机拍到会怎么说她，她想了很多，但都抵不过眼前人重要，她一鼓作气把奶糖塞到周至的手心里。

"周至，虽然我不知道他们说的是什么，但，我们会让他们闭嘴！"她退后两步，扬起下巴，"都会给我闭嘴！他们笑不了多久！"

周至小时候不吃糖，现在会吃，偏爱大白兔。他不高兴了就会吃糖，咬着糖块，整个人甜兮兮的。

"不要不高兴，我走了。"许一塞完糖，退后一步转身。忽然，手腕一紧，她被一个大力拉回去撞到周至的怀里。

周至双手圈着她："尽力就好，我去看你的比赛。"

他停顿，说道："谢谢。"

周至靠得很近，潮热的呼吸落到她的皮肤上。许一心跳很快，越过周至的肩膀忽然看到赛场大屏幕上显示出他们拥抱的镜头。

她蒙住，为什么要拍他们？

周至已经松开了她，推着她的后脑勺："去吧。"

不远处秦川在喊她。秦川是她的主教练，负责她的全部。

许一朝周至挥挥手，快步跑向了秦川。

周至打开奶糖包装递到唇上，咬进齿间，甜在口腔里溢开。他的心满得快溢出来了，他看着许一跑远。

他心情好了起来，转了下头，看到大屏幕上吃糖的自己，眼中的笑和嘴角的笑都很清晰。

周至背着弓快步走向运动员区。

有人喊他。

"周至。"

周至抬眼看到了周玉，他把奶糖抵到了腮边，表情冷下去："周教练。"

"手恢复得怎么样？"周玉审视他，"你第一箭失误很大，受手伤影响吗？"

"就是菜。"周至舔了下嘴角，仰着下巴，"手没事。"

"许一。"周玉看向赛场的另一边，"挺出乎意料的。"

"当初我就说过了，不要她是你的损失。"周至扬起嘴角，他也看向了许一，黑眸中浸着光，他的女孩非常优秀，"她非常优秀，你等着看吧。"

周玉看着周至，没见过如此生动的周至，也太过骄傲了。这一年周至的变化很大。

出乎了所有人的意料，他去了省队，但没有自暴自弃。他从零开始，这次预选赛他和许一并肩从省队杀上来。周至以男子个人第一的成绩拿到了参赛资格，许一是女子第三。男女混双，他们始终是第一。

一年前，周玉看许一还有很多瑕疵，绝对达不到国家队的标准。

一年时间，许一进步神速，她就这么横空杀到了众人面前。

"你们在一起了？"周玉问。

"还没有。"周至咬着奶糖，若有所思，"不要因为这些私事找她。"

"不耽误成绩的情况下，我不会因为私事找任何队员。"周玉热爱射箭，她爱这个赛场，射箭在她这里有着至高无上的地位，她对队员的标准也是成绩。

她最初问许一和周至是否在谈恋爱，也是怕他们互相影响互相拖累，周至曾经为许一打架失去理智，射箭运动员需要绝对的冷静，不能太情绪化。

周至天赋很高，他生在塔顶，若是因为情绪毁了他，作为教练周玉会惋惜他的天赋。

"希望你们对彼此的影响永远是正面。"

上午男队总体的成绩很一般，韩国队包揽前三。

压力给到了女队这边，韩国队的压迫感让她们神经紧绷，场下观众的嚣张让她们也不是那么好过。

韩国队的女队成绩非常稳，世界顶尖的射箭运动员今天都有参赛，甚至有个人积分赛射箭纪录保持者。

许一是这次参赛选手里，唯一一个没有打过世锦赛的人，年纪最小，不到十八岁，学射箭的时间最短，只学了一年多。

"不要害怕，打成什么样都行。"秦川对许一有期待，许一也值得期待，可又怕让她压力太大，"只要能晋级，你就非常优秀了。"

许一能走到现在，在他的预料之外。许一太强了，不管是努力还是天赋，她都是第一。

教练的作用对其他人来说可能是督促训练，对许一就是控制她的训练时间，不然她能不停歇，一直在训练。

她是个抗压性极强的选手，越是高压之下表现得越是优异，她好像是为比赛而生。今年的比赛，一整年时间，她几乎没有失误。

许一的手指摩擦着弓身，新弓是量身定做，弓把的位置保留了"ZY"两个字母。

室外赛场，寒风凛冽，许一缓缓地呼吸，肺里一片冰凉。

秦川重重一拍她的肩膀，说道："别紧张。"

十二点，女子个人排位赛正式开始。

进赛场之前，周至已经换好衣服坐到了观众席，他坐到了许一能看到的位置。

射箭之前，许一回头看了他一眼。

周至穿着白色运动外套，高大挺拔，他站在观众席，拉开了怀里的横幅，上面写着"许一世界第一"。

巨大几个字闪耀着，他身后灰色的天空都变得晴朗起来。

许一扬了下嘴角，忽然就平静了。

亚洲杯赛制接近奥运会，三十六支箭为一组，每个人射两组箭。一共七十二支，对每个运动员的体能要求都很高。

室外比赛，又十分寒冷，好在没有风。

许一最讨厌刮风和下雨，这次都没有。

赛场边几乎都是当地的观众，观众席大多也都是他们的声音，唯一庆幸的是许一完全听不懂当地语言。

她在第一组比赛，熟练地调整弓弦，戴好护具，看向靶心。

她全神贯注地注视着箭靶，射出第一箭，超出预期的顺利。她先听到了秦川的叫好声，才看到电子计数器上的分数。

十分。

第一支箭射出去，她的心也跟着沉了下去。

旁边不知道射出多少环，观众席那边尖叫欢呼。

许一歪了下头，抿着唇射出第二支箭。

叫啊，叫得再大声一点。

她听不懂。

他们叫什么跟自己一点关系都没有，反而会形成屏障，隔绝她与外界的联系。

第二支箭，依旧是十环。

这回秦川和周至都没有说话，中国队教练组这边非常安静。许一连续射中六个十环，跟了两个九环。

她垂着头调整状态，再次搭弓，依旧是十环。

观众席吵闹声非常大，并没有根据赛场规则在许一射箭时噤声，他们反而弄出很大的噪音，观众素质极差。

周玉几次申请裁判现场静音，并没有什么效果。

镜头一开始确实没怎么给许一，许一是完全的新人，新面孔。这场比赛之前，她在世界上没有排名，甚至都没有名字。

一支箭接一支箭地射，许一穿着红色运动装，身形偏瘦，如同利刃单薄又锋利。她戴着帽子，宽大的帽檐几乎遮到了眼睛，耳朵边缘处露出红色的樱桃发卡，漂亮的一张脸上没有多余的表情，她几乎没有犹豫就会松弦。

自信得和周至如出一辙。

赛场的镜头渐渐地往许一身上移，解说的重心开始落到这个中国小姑娘的身上。

三十六支箭，上半场射完。许一排名第一，三十六支箭，三百五十分。超出了所有人的预期，她很冷静，冷静到让人诧异。

中途休息，许一换下场。江璐也是刚打完比赛，她脱靶了一支箭，分数很难看。她以为许一的分数会比她更难看，至少她不是垫底。

她从后排开始找许一的名字，看到许一出现在第一的位置，目光中全是震惊。

何止江璐，在场所有人都震惊了。

许一如果保持下去可能会打破纪录，秦川连呼吸都不敢太重，怕惊扰到她，让她的状态下滑。

他拧开水递给许一，拍了下她的肩膀："很好，加油。"

许一喝了一口水，转头找观众席的周至。没找到，她装作不在意的样子，转身人就撞入了熟悉的怀抱。熟悉的味道熟悉的温度，她仰起头，眼睛弯成了月牙。

周至揉了把她的头发，说道："等你破纪录。"

下半场很快就开始了，依旧是三十六支箭。

她上场之后，观众席响起了一片嘘声。这回语言再不通，许一也能听明白是什么意思。

许一歪了下头，学着周至的样子，睥睨众人。

很快，她就射出了下半场的第一支箭，十环。

七十二支箭，许一打出六百八十五分。

最后一支箭落到靶上，世界寂静。

随即响起疯狂的欢呼声。

许一破纪录了。

Chapter 9

/ 意料之外 /

许一是今天唯一的破纪录者，一个还差一个月才满十八岁的中国小姑娘。初生牛犊不怕虎，她在一众高手中杀出重围。

总排名出来之后，国内论坛讨论度直飙。

男队个人排位赛时，观众被现场的噪音气得都憋着一口气。周至打完比赛，许一跑过来抱了他，转身背着弓去打破了世界纪录。

许一和周至是什么关系呢？有粉丝去"考古"，深挖这两个人。

一年前，周至因为手伤退出国家队，消失了一段时间，再出现是许一参加 H 省射箭锦标赛，他出现在观众席。许一拿到了那场比赛的冠军，周至揽着许一的肩膀说这是妹妹。

不久后，周至官宣加入了 H 省射箭队，他和许一是同门师兄妹的关系，许一的每一场比赛他都会出现。

周至这一年一共发了三条微博，一条是官宣进 H 省射箭队，剩余两条是庆祝许一拿奖。

很快，许一和周至拥抱的照片被推上了热搜，跟着许一打破世界纪录，创造新纪录一起，两条排在一起。

他们站在一起的画面实在太美了，两个人颜值都高，穿着同样的队服，背着弓箭在赛场下相拥，转头各自奔赴战场。

　　他们惺惺相惜，是队友也可能有更深层次的感情。

　　他们之间的关系很美。

　　许一换好衣服背着弓坐上回酒店的车，才拿出手机看到照片，瞬间脸红得整个人都烧起来了。

　　现场记者很会拍，拍得很好看。她从不知道自己在周至的怀里那么娇小，她的脸全埋在周至的怀里。

　　她飞奔而去，周至接住了她。

　　评论区第一条：【这两个人在谈恋爱吧？好甜！】

　　许一的耳朵嗡鸣着，脸红得快爆炸了。

　　"看什么？"周至带着一身寒气上车，长腿先跨过来，利落地摘下背上的弓包，坐到了许一身边，偏头往许一的手机上看，扫到许一的手机页面，最下方就是喷子在喷人，蹙了眉，"网上的东西少看，影响状态，明天我们要打混合团体赛。"

　　"哦。"许一抿了下唇，按灭手机屏幕攥在手心里，想了想还是解释自己在赛场上的行为，"他们今天太吵了，我想让他们闭嘴。"

　　"你让他们闭嘴了。"周至抬了眉，他可太喜欢许一背着弓上去给他撑腰的样子了。

　　周至把弓放好，系上安全带往许一这边侧了下，修长的腿随意横着，他的嗓音偏低，缓缓道："拉一下口罩。"

　　车内没有开灯，空间昏暗。她看着周至，心跳如鼓："你的？"开口才发现声音已经低到气音了。

　　她清了清嗓子，他们靠得太近，她怕周至听到自己的心跳声，往旁边小幅度地移着去拉周至的口罩，手碰到他的下巴。

　　周至握住了她的手，按了下去，抬起手指压低许一的口罩："你的。"

　　猝不及防，一颗巧克力就塞进了她的嘴里。

　　周至把包装纸揉成团捏在手心里，指尖还沾着巧克力粉。他若无其事地靠回去，也拆了一颗巧克力咬在齿间："明天，混合赛再接再厉。"

　　丝滑的巧克力在口腔里溢开，许一绷着脊背坐得笔直，目不斜视地看着前方。半晌后，她很轻地抿了下唇："好。"

　　她转头看向窗外，从玻璃的倒映中看周至的侧脸。

周至的口罩已经戴了回去，他鼻梁很高，口罩拢起的弧度清晰。他垂着眼不知道在想什么，睫毛在他眼下拓出很深的阴影。

周至和许一分别是男女个人赛排名最高的中国射箭运动员，他们将出战明天的男女混合赛八强。

他们在餐厅分开，各自回到房间，明天的比赛很重要，他们要早点休息。领队将许一和江璐分开了，不知道是谁的意思，许一拿到的信息是让她搬到隔壁的房间。

搬走也好，不管对谁都好。

许一拿着房卡进门取行李，刚推开门就听到哭声。短暂地沉默了下，她小心翼翼地退出去带上门，站了一会儿才重新敲门。

很快，里面就传来江璐的声音："没带房卡吗？"

"忘记带了，能不能麻烦你一下。"许一说，"谢谢。"

等了大概一分钟，江璐过来打开房门，她已经恢复如常，居高临下地看着许一，表情高傲地走进了洗手间。

许一回到房间整理自己的东西，整到零食袋的时候，她打开大白兔奶糖的包装袋抓了一把放到江璐的床上。

她拉上拉链，拖着行李箱背着包往外面走。路过洗手间，她撞到从洗手间出来的江璐。江璐湿着脸，神色恍惚："分开住不是我的意思，我并没有受你的影响。"

"我知道。"今天江璐的表现过于差了，可能有现场的气氛也可能有许一的影响，因为下半场她表现得更差，"我今天得益于听不懂他们说什么，希望下一次比赛，你也听不懂他们说什么。你还有比赛，不用放弃得太早，机会在你手里。"

江璐很不喜欢许一，许一天赋高人漂亮，轻而易举就能得到别人渴望已久的东西。

可许一说话很诚恳，可能她长了一张很乖的脸，说什么都带着真诚，那双眼看着人时，让她说的每一句话都很有力度。

江璐抱臂靠在门口，没有接话。

"加油，我走了。"

"你今天干得很漂亮。"江璐咬牙说道，她不想夸许一，可许一安慰了她，"希望你能保持，走得更远，把他们永远打闭嘴。"

许一扬了下嘴角，点头："好。"

"也希望你能一直优秀，让我输得心服口服。"

许一愣了下："你还没有输，个人赛还没有打完，决赛你可能会杀出来。我打省赛的时候，我排名倒数第三，后来我拿了冠军。"

谢谢您呢，她真被安慰到了呢。

江璐从回来到现在一直在看许一的新闻，根据网友的"洛阳铲"挖出来的信息。许一那场比赛高烧接近 40℃，才打出倒数第三的成绩。

江璐什么问题都没有，打出倒数的成绩，网上骂她都骂疯了。

江璐看了许一一会儿，觉得还是少说两句好。不管是比赛还是个人感情，她都不想提醒许一。

她说的"输"又不是只指比赛。

可不管是哪方面，许一都是可敬的对手。

"没到最后一刻，一切都是未知数。"许一拖着行李箱，"我走了。"

许一原本觉得江璐高高在上，跟她不是一个世界的人。江璐哭得很脆弱，这个赛场风云变幻，每一秒钟都会有新的事情发生，什么都可能发生。

每个人都会有脆弱的时候。

比赛是从早上八点开始，许一六点就起床了。早上风很大，许一最讨厌的风。因为她的总积分排名靠前，她的比赛时间一定在前面。

他们比赛的时间，风不会停。

秦川一直在跟许一交代注意事项，许一对风速的控制没有周至那么稳。她一遇到有风的天气，一箭天上一箭地下。这还是基础问题，她练箭时间过于短，基础没打好。

许一的心高高悬着，肩膀上多了一只手，熟悉的气息靠近。许一转头看到周至冷峻的下颌，心稍稍平稳些许。

"希望你们，能成为世界的焦点，所向披靡，永远一往无前。"秦川伸出手，"祝你们成功。"

进八强的时候，许一第一箭发挥失误了，可很快就被周至拉了回来。

男女混双，搭档比赛，有一个救场的人在身后，就像是定海神针，他在身后。许一的心就平稳了很多，她失误了两支箭后调整状态，很快就恢复了状态。

他们对战的是日本队，最终二比六，日本队被淘汰出局。

下午四强的比赛就比较激烈了，由于许一上一局的失误，拖了他们的总分，他们在四强就遇到了韩国队。

韩国射箭队实力很强，基本上是包揽所有射箭的奖项。这一次也是夺冠热门，许一从中午心脏就紧紧地绷着。周至上午发挥得很好，如果没有她的拖累，他们四强不会碰到韩国队，至少能稳住一个奖项。

不管承不承认，在进四强这个环节，没有任何一个队伍想碰上韩国射箭队。

下午天晴了，风速降低，时有时无。

如果这场比赛输了，许一可以想象她和周至会被骂得有多惨，周至被她拖累了。

进赛场之前，许一一直沉默不语，背着弓走向靶位。周至走在她后面，抬手揉了把许一的头发："该怎么打就怎么打，不要害怕不要担心。"他停顿片刻，说道，"如果不是你，我可能早就放弃了射箭。"

许一倏然转头，周至耸了耸肩，他挺拔修长，背着弓箭步伐沉稳："你也是我的方向，小孩，我们互相倚靠，我们不是一个人，我们是一个整体。你带我走了很长的路，我也会带你走下去，我们——并肩而行。"

在摄影机下，在众目睽睽中，周至下颌上扬，英俊的眉眼带着张扬："我们一无所有的时候都没有怕，现在更不用怕了。至哥在你身后，放心大胆地上，打成什么样，我们都在一起。许一，你是世界第一的一。"

这里的观众素质确实很差，他们一出场便一片嘘声。

周至冷淡地环视四周，走到自己的靶位上。

"不用看任何人。"他的声音不算高，但足以让身边的许一听到，"只需要看着你的靶心，看着你的目标。你想要什么。"

他停顿，说道："去拿，我给你看后背。"

他们并肩作战，他们是战友也是彼此的铠甲。

韩国队先射，许一不想关注那边，但人在赛场上，不由自主。

对方两个十环，非常稳定。

观众席那边像是开水倒进了油锅，沸腾疯了。

按照规则，运动员射箭时，现场要保持安静。可周至已经搭上了弓，观众席还在吵闹，用着许一听不懂的语言在叫着什么。周至面色冷沉，英俊的脸上没有任何情绪，他拉开了弓弦，拉到极致。

"铮"的一声，箭离开了弦，穿过风稳稳地落到了靶心。

十环。

反曲弓回弹，他握着弓下颌上扬，睥睨身后观众席。刚才他们在喊脱靶，周至眯了下眼。

许一拉起了弓弦，这回沸腾的声音更大了，她专注看着靶心。

"不要看任何人，看着你的靶心。"许一咬了下嘴唇，瞄准的时间依旧很长，她不擅长有风的天气。最后一刻，她余光看了眼旁边的周至，松开了箭弦。

许一仰起头感受着弓回弹撞到身上的力量，她的心脏紧紧地绷着，比弓回弹的力量更大，心脏震动。

靶场尽头显示环数，十环。

场外的解说刚才还在分析许一的状态，许一虽然昨天表现得很好，可那是个人排位赛，那是只打自己的。挑战晋级是在赛场上，2V2。

许一太年轻了，不到十八岁，可能没有那么好的心态。早上她的箭就很飘，她有极高的天赋，但毕竟年轻，毕竟没有经历过大赛，她失误很多。

下午直接撞上韩国队，国内外论坛吵成一团，撕得沸沸扬扬，其实所有人都不看好他们。

韩国队那两个运动员是世界名将，拿过无数的奖项，去年还拿过奥运会冠军。周至和许一的搭配，周至勉强算是老将，可唯一打赢的比赛是世锦赛，差太远了。

韩国队的第二轮，依旧是两个十环。

中国队周至先射，他没有看上去那么轻松，他也开始严肃了，整个人绷着，射出十环。很快，许一就搭上了箭，她和周至并排站着，弓拉到了极致。

射箭姿势相似，年轻锐利，充满了希望。

她再次射出十环。

第一局双方四个十环简直奇迹般的存在，不管是哪边的粉丝都疯狂地尖叫。

王者般的较量，没有一个人害怕，没有一个人失误。

平局双方各记一分，一比一平。

第二局起风了，韩国队射出三个九环一个十环。许一和周至射出一个八环三个九环，解说叹一口气，说还是太年轻了。

许一对风的处理始终不那么完美，她射出八环的时候，场下的嘘声隔着屏幕直播都听见了。

许一也听见了，第二局韩国队拿下两分。

一比二。

第三局很快就开始了，许一调整弓弦，抬手整了下耳边的樱桃发卡，阳光下，红色樱桃娇艳。隔壁韩国队射出两个九环，周至先射出第一箭，九环。

许一拉开弓瞄准靶心，世界在那一瞬间静了下来。

她把锋利的弓弦拉到脸侧，风吹动着发丝，她判断着落下的位置。周至曾经写给她的公式，她忽然就明白了。

她松开弓弦，箭落到了十环上。

"砰"的一声响，许一的心脏也跟着响了一声。

第三局领先一环，她仰起头深呼吸没有看任何人，没有听任何人发出的任何声音。

她的世界尽头只有靶心和周至。

韩国队又射出一个九环一个十环。

每一分都紧紧地咬着，差一点都不行。国内的直播解说看着屏幕，报着风速数据，心提到了嗓子眼："只要射中两个十环，就还有机会。但不管怎么样，他们还年轻，还有机会。"

周至拉开弓，射出他的第三局第二箭，他高高地仰着下颌，没有过多的瞄准，直接松开了弓弦。

"砰"的一声，十环。

"许一射个九环就好！"秦川双手合十，随即反应过来自己是唯物主义者，放下手，"九环！"

许一拿起箭搭上弓，拉开了弓弦，出乎意料地平静，仿佛回到了曾经的训练场，她没名没姓单挑赵觉。

她的自信不是周至那样张扬外放，她是很平静的海面，包容万物，看似无害，海啸时，杀伤力极强，吞天食地。

她松开了弓弦，舔了下嘴角。

箭落到了十环上。

遇强则强，这就是许一。

许一握着还在嗡鸣的弓，很轻地呼吸，转头看隔壁的周至。四目相对，她扬起嘴角，他们一起站到了世界之巅。

我会成为你的骄傲。

场下中国队队员的尖叫声盖过了全场的观众，高压之下，周至和许一都没有倒下，他们反而迎着风冲了上去。

江璐也在现场观看，她的心情已经不能用"震撼"形容了。

许一是奇迹。

周至能跟许一在一起，一点都不意外，一丁点都不意外。如果她是周至，她也会毫不犹豫地选择许一。

他们十分有默契。

第三局中国队拿两分，三比三平。

周至也扬起嘴角，长眉带着点曾经的傲慢和嚣张，朝许一比了下大拇指。

还剩最后一局，他们调整状态。等待裁判的哨声时，那边韩国的队员终于开始正经地打量他们，带了审视。

周至之前打过世锦赛，碰到过，知道深浅。可许一是个不定数，她突然杀出来在众人面前爆炸。

"赢了，送你一个礼物，你想要的任意东西。"周至开口，拉回许一的注意力，他调整弓弦，抬眼，"要吗？"

——要你也给吗？

许一偏了下头，很轻地点头。

韩国运动员先射，两个十环。太稳了，两个老将一点机会都不给。

"许一和周至也很强，今天四强若不是遇到韩国队，他们可能也会在金牌争夺赛上相见。"解说尽可能平静地解说这场比赛，可到底还是带了私心，"周至去年受伤遭遇很大的压力，这么快就调整回来，他已经很好很好了。小许一第一次参加世锦赛，打出这样的成绩，十分棒！"

"十环！周至十环！阿至今天非常稳啊，我好像看到了三年前的阿至。"解说提高了声音，"现在就看我们小许一，小许一稳一点！拿出排位赛上的风采来！十环！"

许一在解说说完之后，射出了她的第四局第一箭。

她射完摸了下耳边的发卡。

"最后两支箭，如果打平可以加赛。今天的比赛精彩，太精彩了，每一个运动员都全力以赴。朴胜俊今天发挥也特别出色，他和金智娜连续搭档十分默契，连续两届拿下男女混合冠军，今天他们每一箭都稳扎稳打。"

许一摸完发卡就垂下眼看地面，她尽可能让自己平静下来，她不去想输赢，不去看其他人的成绩。她只想重要的人，她想了父母，想了过去的人生，不由自主地想到了周至。

周至说如果不是她，他就放弃了射箭。

那她，很重要了。

第四场最后一箭，周至先射，他搭弓停顿片刻才松开了弦。箭破长空发出鸣叫，寒风卷来，箭偏移些许，箭堪堪卡在九环和十环的线上，压线算高环。

十环。

身后赛场有很大的欢呼尖叫声。

许一没忍住余光看了眼隔壁韩国队的分数，他们最后两箭射中的是一个十环一个九环。如果许一能打九环，他们加赛。周至的手伤恢复得并不是很好，昨天打了七十二支箭，许一不希望加赛。如果她射十环，他们就赢了。

风依旧在。

刚才在风里失误了的金智娜撇了下嘴，看向许一。

这是射箭亚洲杯举办的第三届，他们拿了两届的男女混合冠军。原以为这次也不会有意外，可这个中国小女孩从个人排名赛杀出重围，以绝对碾压的技术打破了她的记录，拿到个人排名赛第一。

早上的八强赛，她出现了明显的失误。金智娜嗤之以鼻，小孩子就是小孩子，水平还不够稳，昙花一现。

没想到她调整得这么快，下午他们竟然步步紧逼。比分始终没有拉开，这让金智娜心情有点差。

场下声音很大，赛场喧嚣。许一好像不受环境影响。

许一搭上箭，她沉入了自己的世界。弓弦被拉到了尽头，锋利地贴着脸颊，耳边有风声有呼吸声，她很缓慢地呼吸。

骤然松弦，箭离开了弓弦，反曲弓回弹，她仰起头。弓尾扫过她的下巴，垂落回去，一瞬间，全世界的声音落入了耳朵。

十环。

以一环之差，他们赢了最强的韩国射箭队。许一的胸口还嗡鸣着，随着箭弦一起颤抖，指尖颤得厉害。

直到裁判的哨声响起，许一撞到周至的怀里，她才清醒过来。她张开手结结实实地拥抱周至，护胸贴在身上，她仰起头鼻子有些酸。

"赢了。"许一嗓音沙哑，过于紧张让她的声音绷着。

"赢了。"周至用力揽着她，"晋级四强。"

他们都背着弓和箭囊，手指戴着指护，许一圈住了周至的脖子，眼泪蹭到他的胸口："谢谢。"

周至去擦许一的眼泪时发现还戴着指护，他摘下指护，大手抹掉许一眼睛下的泪，说道："不哭，我们会拿到第一块金牌。"

一年时间，太不容易了。

许一把额头抵在周至的肩膀上，很深地吸了一口气。理智回笼，她离开了周至的肩膀，扬起下巴："恭喜。"

"恭喜。"周至给她整了下帽子，背起弓转身跟走过来的韩国运动员握手。

朴胜俊用韩语说道："你们很默契，你受她影响很大，进步很快。"

"谢谢。"周至用韩语回了一句，松开了朴胜俊的手，跟另一个运动员握手，站到了许一身边。

"没想到你还能上场，我以为你会退役。"朴胜俊抬起下巴，审视周至，"下一场比赛见。"

朴胜俊跟许一握完手，耸肩背起弓箭大步离开了赛场。

许一和周至走向另一边，她虽然听不懂韩语，但刚才对方说话的语气可不像是好话："他说什么？"

下午还有四分之一决赛和半决赛以及总决赛，许一也不敢太激动，能走到这一步全是高手，一丁点的失误都可能成为离开的那个，她怕高兴得太早，吓跑了运气。

许一运气挺不好的，虽然最近一年她的运气好转了，可凡事都有意外。

"他夸你射箭漂亮。"周至放慢了脚步跟许一并行，嗓音很沉，缓缓道，"前途不可限量，未来的世界冠军，射箭之王。"

打败韩国的"梦之队"，许一确实前途不可限量。

周至也没想到许一会打得这么好，他们是互相影响。他也有失误的地方，可许一会把他的失误补回来，她就像是周至的灯塔。

许一因为周至的夸奖脸有些红，她不懂韩语，不知道对方具体说了什么。这些话从周至嘴里说出来，她有些害羞。

"谢谢。"

他们走下赛场，秦川飞奔过来直冲向许一被周至强行给截走了，秦川重重地抱住周至："厉害啊，你们打败了朴胜俊和金智娜！"

秦川眼睛都红了，朴胜俊有个"射箭大魔王"的称号，是很难打败。当时看到对战的是韩国队，还是这两个人，秦川一点期待都不敢抱，觉得要完了。

周至一年前从赛场上倒下去，一年后又杀回来，干翻了朴胜俊。

一环之差，他的心脏病都快发作了，脸往周至身上一埋："不容易，圆梦了！"

周至偏头试图避开秦川的肉麻，又怕秦川转身去抱许一，索性拍了他脊背两下："还有两场比赛，别这么丢人。准备国旗，准备首冠通稿。"

秦川一下子把周至抱结实了，每个运动员离开的时候都会有不甘，他的不甘随着他的退役永远地留在这里了。

周至打算退役时，他极力劝阻。他把周至拉到了省队，看着周至重新站起来，一步步走到今天。

"恭喜！你回来了！"

他们拿冠军，就是首冠。

韩国赛场上，他们拿了首冠，意义太不一样。

秦川激动完才松开周至，转身握住许一的肩膀，激动了半晌，道："前途不可限量，加油！"

一开始，许一并没有被人看好，但她用实力证明了自己。

接下来还有两场比赛，一场四分之一决赛，打赢的直接进决赛打冠军赛，输的打季军赛。

四分之一决赛，他们撞上了越南队，比想象中的轻松，全场最强的是韩国队，打完韩国队就容易多了。周至和许一以六比零领先进入决赛。

冠军赛打的中国台北，依旧是六比零。

许一最后一支箭射出，扎到靶心上，中国队全体队员欢呼起来。周至拎着弓仰起下颌，他双眸中的笑缓缓地荡漾开，意气风发。

这一次因为有了准备，许一已经没有打败韩国队时那么激动了，她按照程序跟周至击掌，转身跟对手握了手。

她走回去有条不紊地收弓箭，摘下指护，秦川把国旗送了过来。

周至背上弓，张开国旗罩在许一的背上，拥抱住了她。

"要什么？"周至低头时唇擦过了许一的耳朵，"答应你的，夺冠就送你，任何东西都可以。"

他的气息温热，落到许一的耳朵上。许一的心脏怦怦地跳，她仰起头，头发擦过周至的下巴，又迅速低头。

"这是你的。"另一个教练送来第二面国旗，递给周至。

周至有些遗憾地松开许一，他仰起下巴嚣张地一歪头，跋扈张扬尽显。他举起国旗到头顶，红色国旗飘荡在赛场中央，他绕着赛场观众席那边大步走了一圈又折回来到许一身边。

观众席前所未有的沉默，是今天最安静的时刻。

周至从来都是嚣张的人。

他长得高，身形挺拔，披的国旗也鲜艳，带着一股子少年的张扬。他牵着许一的手，带着她走向了领奖台。

许一直到戴上奖牌才有些真实感，万众瞩目，无数的镜头对准她，身边就是周至。许一紧张得手心冒汗，她低头看脖子上的奖牌，周至忽然握住了她的手，十指交扣。他很快就松开了，似乎只是安抚许一的紧张情绪。

他们站在最高处，穿着红白相间的队服。周至长手搭在许一的脖子上，歪了下肩膀带着她合照。他的奖牌从胸口滑落撞到了许一的奖牌上，金属奖牌碰撞发出清脆声响，像是在众目睽睽下接了个闪耀的吻。

首冠自然是隆重，国内媒体头条全部都是亚洲杯射箭队男女混合首冠。许一走下颁奖台拿到手机，跟林琴发了条消息报平安，看了眼跳出来的无数消息，上面写着她和周至的名字。

"许一，等会儿有采访，跟着至哥。"秦川大步流星地走过来，意气风发。他压抑了太久，他的小孩登上了领奖台。

"好。"许一把手机装回口袋，迟疑了一下，还是把手里的花束送给了秦川，"教练，送你。"

秦川笑了起来，灿烂地接过花："谢谢。"

许一朝秦川认真地鞠躬，帽子已经拿下去了，没有留刘海，光洁的额头显露出来，漂亮的眉眼清晰，她直起身时眼睛弯成了月牙。

"谢谢教练。"

秦川看着许一一会儿，把她抱进怀里，用力一抱就松开，抬手到许一的头顶："祝你，前途似锦。"

许一会飞得更高，不会停留在这里。

许一第一次这么正式地接受采访，她和周至坐在一起，面前全是话筒和摄影机，黑洞洞地对着她。

在赛场上，她还能集中精力看箭靶，可现在没有箭靶也没有弓箭，她抱着矿泉水瓶，反反复复地抠上面的标签。

"小一你不用太紧张，没事，我们不凶。"一个很温柔的记者姐姐笑着说道，"今天打八强时你出现了失误，后面很快就调整回来，你是怎么调整的？"

许一停止了手上的小动作，在思索怎么回答，旁边周至在回答另一边记者的问题，顾不了她这边。忽然，周至拉了下椅子，一下拉到许一身边，几乎跟她的碰到了一起："不如你们一起问吧。"

"至哥在旁边，他鼓励我不要太紧张。"许一坐得笔直，一鼓作气把剩余的话说完，"至哥今天很稳，他给了我很多信心。"

周至往后倚靠，长手搭在许一身后的椅子靠背上，好似在抱着她。

"哇哦！"

"你和至哥关系很好哦。"

"我们一起长大的。"周至接过了话题，看着许一在灯光下的睫毛尖，在思考该不该说更多。

"至哥老家和我家是邻居。"许一压下了脸热，怕记者误会她刚才的犹豫，迅速解释道，"我们从小就认识，差不多是没有血缘的亲兄妹。"

记者将"青梅竹马"四个字压在嗓子里没问出口。

周至垂了下睫毛，片刻才缓慢地看向面前的媒体，没有纠正许一的话，也没有补充，放任这个话题过去了。

"你头上的樱桃发卡戴了很久，赛点时你就会摸，是很重要的人送的吗？还是樱桃会给人带来好运？"

"这个吗？"许一摸发卡，她会碰吗？她在赛场上太紧张，有些动作是无意识的。她的心脏怦怦跳，这个太明显了吧？会给周至造成困扰吗？

周至转过头专注地看着许一，等她的回答。

许一攥紧矿泉水瓶，点头："我喜欢樱桃。"

周至若无其事地移开了眼，长手一摊，又懒洋洋地往后靠去。

采访结束，许一和周至背着东西跟着教练和领队一前一后离开赛场。他们坐的最后一辆车，周至选了最后一排。

许一依旧坐在靠窗位置，周至坐在外面。前排坐着几个教练和领队，许一第一次跟周至坐一辆车，正襟危坐。

旁边的周至就懒散多了，他上车就拉上了羽绒服外套的帽子，敞着腿随意仰靠着。车子发动，许一转头看窗外，忽然耳朵上多了一只温热的手。许一回头撞上周至的眼，他把一只耳机塞到了许一的耳朵里。

轻松欢快的钢琴曲在耳朵里响了起来，周至若无其事地收回手，抱臂往许一这边歪靠："想好了吗？"

"什么？"许一感受到周至呼吸的温度，她把脊背小心地放到靠背上。窗外的灯光掠进车厢，一闪而逝。

"礼物。"周至架起二郎腿，彻底歪到许一这边，"想要什么？"

周至的双眼皮不算深，眼尾处缓缓变窄，拉出单薄冷峻的线。许一抿了下唇，说道："奥运会金牌。"

周至撩起眼皮，注视着许一。

"奥运会男子个人金牌。"许一不知道周至具体怎么想，她不敢往个人方面带，怕翻车兄妹都没得做，"纪念章就行，可以给我吗？"

周至的舌尖抵着腮帮，皱着眉，盯着许一。

得寸进尺了吗？许一立刻就后悔了，太贪心了，要得太多了。

"那这次比赛个人金牌纪念章，可以吗？"

周至开始怀疑许一是不是真喜欢他，或者说，许一只是他单纯的事业粉。他给了许一很多次机会，许一始终没有表示，只对他的事业感兴趣。

许一漂亮的大眼睛看着他，期待在慢慢变淡："这个也不行吗？我可以跟你交换。"

"行，奥运会金牌是吗？我能拿到就给你。"周至咬着牙，坐直靠回去，"还要什么？"

就不能要点更过分的东西？

许一看着他露出来的喉结，冷肃顺延而下。他的羽绒服拉链没拉，随意敞着，里面是队服，他的脖颈线条就那么落入了运动衣里。

"不要了。"许一摇头，收起不该有的想法。

她觉得自己最近很奇怪，总是不由自主地想盯着周至看，特别不正常。

不到一分钟，耳朵里轻快的钢琴曲变成了重金属摇滚，震得猝不及防，许一歪了下头，怀疑周至切错歌了。可周至抱臂坐得笔直，耳朵里也塞着一只耳机，并没有切错的反应。

许一跟周至听了一路的重金属，到酒店时耳朵都快聋了。车停稳，她急忙摘下耳机还给周至。

因为教练们晚上还要开会，他们在酒店大厅分开。

许一和周至一前一后进电梯，刚走进去，紧随其后的记者小姐姐也冲进了电梯，跟许一打了招呼，转头就跟周至说话。

"至哥最近状态恢复得不错，恭喜。"

周至按下电梯按钮，余光观察许一。许一低着头发信息，手机比他有趣是吗？手机比他好看？

"谢谢。"周至把蓝牙耳机摘下来装进口袋，双手插兜看电梯上的数字。

"至哥现在还是单身吗？"

许一倏然抬眼，周至和那个漂亮姐姐的距离很近，两个人站在一起说话。

她立刻垂下视线看手机，心脏跳得乱七八糟。电梯门打开，许一没注意到。

她握着暗下去的手机屏幕，不知道该按哪个键。

"单身。"周至淡道。

"至哥喜欢什么样的女孩，我可以帮你介绍，我有很多漂亮的朋友。"记者小姐姐很热情，拿出手机说，"那我们加个微信？这也是我第三次采访你，缘分告诉我们，该做朋友了。"

周至看向许一，许一垂着头不知道在想什么，她的手机屏幕暗着，没有玩手机。

"暂时不谈，微信不加人，不方便。"周至拒绝得很干脆。他的微信里只有一个异性，是许一。

"我们到了。"周至拎住许一的后颈衣领，带着她大步走出了电梯，朝记者挥了下手，走得飞快。

周至拒绝了对方的搭讪也拒绝了进一步的发展。

许一被周至强势地带出电梯，才反应过来自己坐过楼层了。

"表妹让我在免税店给她带东西，女孩子的东西我不懂。"周至松开了许一，可也没让她走，摸出手机解锁递过去，"帮我看看。"

"啊？"许一握着周至的手机，回过神来，"我也不是很懂——好啊，要买什么？"

她根本就不会买东西，她的东西都是林琴和周至买的，她自己只买过弓箭。可她还想跟周至再待一会儿，可以装样子选选。

"我跟秦教练住，他暂时不会回来，进来吧。"周至拿房卡刷开房门，打开了房间的灯。

许一第一次来周至的房间，试探着走了进去。房间里开着暖气，很热，她拉开了羽绒服拉链，卸下背上的弓箭放到门口的柜子上："你妹妹喜欢什么？"

周至的妹妹是周玉的女儿，应该十岁左右，许一推算着年龄。周至的手机已经锁上屏幕了，锁屏是她参加省赛时的照片。

她在赛场上拉弓，还有些稚嫩，姿势也不是很标准。这简直是许一的黑历史，周至居然拿这张照片做屏保。

"你喜欢什么？"周至脱掉了羽绒服外套，只穿队服，走去洗手间洗手。他手上有消毒洗手液的泡沫，注视着许一片刻，"过来，把手给我。"

"怎么了？"许一走过去，两只手机都装在外套口袋里，把手递给周至，"至哥？"

周至手上泡沫挤多了，随手抹在许一的手背上，偏头示意："洗手消毒。"

泡沫温热，贴着许一的手背肌肤。她的嗓子有些干，看向周至的手。

周至往旁边侧了一步，打开水龙头冲手上的泡沫。冰冷的水冲刷着他的手背，他若无其事地洗手，洗得又细又慢。许一缓缓地把两只手搓在一起，感受着周至残余的温度，他的气息萦绕在狭小的空间里。

周至洗手洗了快两分钟，硬是没走。

许一的心跳从狂热疯狂到渐渐沉静，手上的泡沫都快干了。

周至才让开位置，让她洗手。他也没有离开洗手间，抽了一张纸慢条斯理地擦手。他靠在洗手池上注视许一，索性直接问道："想过谈恋爱吗？"

跟谁谈？

许一猛地抬眼，心跳到了嗓子眼。她看周至时，紧张到视线模糊："什么？"

周至擦干手把纸巾揉成团扔进了垃圾桶里，嗓音慢沉："你打算多大——谈恋爱？十八岁还是二十岁？有没有硬性标准？"

冰凉的水冲着手背，许一看着周至，沸腾的大脑无法平静。

洗手间里只有排风和水流发出声响，其余一切都是平静。

周至就站在她面前，近在咫尺。

他的睫毛微垂，落在眼下，遮住了锐利的黑眸。

周至为什么要这么问？目的是什么？

许一不敢猜测，许久后，她移开眼摇头："不知道，我没想过，我现在最重要的事是拿冠军。"

谁敢想跟周至谈恋爱啊，疯了吧！

许一关掉了水龙头。

"你刚才是不是不高兴？"周至抽了两张纸递到许一手边，语调沉了下去，"嗯？"

"没有吧？"许一接过纸，心脏怦怦跳，很明显吗？她生怕泄露马脚，让周至逃之夭夭，"我刚才怎么了？"

短暂地沉默了下，周至忽然倾身靠近。许一立刻就往后退了一大步，脊背抵着墙，仰起头直直看着周至："至哥？"

周至两根手指捏住了她的脸颊，很轻地一捏："笨。"

他捏完就松开，粗暴地揉了把许一的头发。

周至把许一的头发揉乱了，转身大步往房间走，声音落在身后："那个记者我不认识，我没有加过什么乱七八糟的人。我的手机密码是六个'1'，你可以随便看。"

许一攥着湿漉漉的纸巾，一时间不知道该继续拿着还是放下。

她扔掉纸巾，想辩解，可到底什么都没有说。周至的态度，让她不由得多想。

许一不是真笨，只是很多事她不敢想，不敢期待。

她从口袋里拿出周至的手机，走到房间放在桌子上。周至脱掉外套，身形挺拔，脊背轮廓在薄运动衫下清晰可见，充满了力量感。常年射箭，他从肩背到手臂都有着蓬勃的力量。

"你打算——什么时候谈恋爱？"许一深吸气，故作轻松地靠在身后的桌子上，手指背在后面按着桌子，清凌凌的眼注视着周至，"你会找个什么样的女朋友？"

周至缓缓转头注视着许一，许一穿着红色队服，她最近一年又长高了，现在一米六九，又高又瘦，长马尾垂在身后，长成了大姑娘。

"想知道？"周至坐到房间的小沙发里，架起长腿。他的手肘撑在沙发扶手上，支着下巴注视着许一。他自然而然地挽起袖子，露出手臂上的文身。他的双眸沉黑，语调很慢，意味深长，"很感兴趣？"

许一打省赛时发烧睡在他怀里那会儿，周至隐隐约约生出其他的想法。

国内法定结婚年龄是二十岁，许一还要两年才能达到。他们可以先从谈恋爱开始，只要许一那边确定，他无条件配合。

"谈恋爱"是个很新鲜的词，周至没谈过，以前他对恋爱的态度是不屑一顾。大部分人的恋爱都庸俗毫无新意，很降智。

可许一不一样，许一那么独一无二。

一定有趣。

许一应该是喜欢他，不喜欢刚才在电梯里反应就不会是那样，也不会在这里套他的话。

"想知道？"他的嗓音很轻，黑眸里浸着点笑，"嗯？"

许一的手指抠着桌面，周至最后那一声很轻，缓缓慢慢地撞到她的心脏上，让她的心酥酥麻麻。

"就——问问。"许一想不动声色地深呼吸，可周至直直盯着她，她的一举一动都在周至的眼里，根本避不开，"不能问吗？"

她硬着头皮把问题甩了回去，看向周至的手臂。周至的手臂上有一片很漂亮的文身，是去年文的，而她是今年夏天才发现。单词"start"中间缠绕了一朵很艳的玫瑰，在他冷白的肌肤上，有种极致的美。

"start"这个词许一知道，开始的意思。玫瑰她不知道，可能是周至喜欢玫瑰。

玫瑰就那么鲜艳地停在他的手臂上，配着他俊美的脸。他懒洋洋地支着下巴看着她，酒店的背景暗沉，他却是一种极其鲜艳的色彩。

许一想等打完比赛，以后管控没那么严苛的时候，在腿上文一朵玫瑰来遮她的伤疤，最好跟周至同款。她以前没有喜欢过花，因为周至，她开始喜欢玫瑰。

"能问。"周至双眸中的笑缓缓地荡漾到边缘处，停止了。他的表情沉了下去，放下手，坐直。

"不过问了之后你打算怎么做？刚才那个人，她问的目的很明确，她想追我，你呢？"他短暂地停顿了下，接着道，"也，想追我？"

许一的脑子"嗡"的一声，她本能地摇头，以求不管发生什么首先自保："我没有，随便问问。你刚才需要我帮忙选什么？我们现在开始选吧。"

许一这个话题转得又干又硬。

"也不是不可以。"周至嗓音依旧平缓，只是黑眸凌厉起来，带着锋芒看着许一，"我并没有拒绝你。"

许一所有的动作戛然而止，直愣愣地看着他，呼吸都快停止了。

周至坐直，放下手，说道："下一场比赛，我们交换金牌的时候，再交换点别的东西怎么样？"

许一的状态拿金牌没有任何问题，这是送分题。

"交换什么？"许一听到自己的声音，尾调颤抖得过分了，以至于有些变调的哑。

她使劲咳嗽了一下，说道："我今晚可能喝冷风了，嗓子有点不舒服。"

周至放下腿，起身取了两瓶桌子上的矿泉水，拧开递给许一一瓶，他站到许一面前。他拧开自己手里的那瓶水，仰起头喝了半瓶，冰凉的水涌进胃里，他抬手扯了下运动衣的领口。

他没来得及换鞋，脚上还穿着运动鞋，白色运动鞋一磕地面。他站得笔直，注视着许一大约有一分钟，抬手揽着许一的后脑勺，低头。

许一拎着没有拧盖的矿泉水，瞪大眼看着他。她的眼睛又漂亮又大，倒映着周至的脸。

空气静到落针可闻，许一能看清周至的每一根眼睫毛，他的鼻梁很高，唇薄得恰到好处。

"做什么？"许一的声音已经低成了气音，指尖掐住矿泉水瓶的螺丝纹，"周至？"

"换完金牌，我告诉你。"周至站直拉开距离，仰起头把剩余半瓶水一饮而尽，喉结随之滑动。他捏扁了空矿泉水瓶，长手越过许一，拿到她身后桌子上自己的手机，划开屏幕，靠着桌子垂下睫毛，"帮我选礼物。"

他们并排站着，站了半个小时，周至往购物车里放了一对运动手表，一个男款一个女款，按照他和许一的尺寸选的。

选礼物环节到此结束。

许一回到房间，一头扎到柔软的枕头里，周至的那句"也不是不可以"，还有他放大到面前的脸，让许一生出蓬勃的野心。

许一踢掉运动鞋把自己裹进被子里转了一圈，转了一身被子后，她隐隐约约地确定了一件事。

她离周至那么近的距离，周至没有拒绝，没有厌恶，没有逃之夭夭，他甚至打开了一瓶水给她，还有，那个手表他问的是她的尺寸。

虽然他没直说要送给她，可是他的小表妹暂时应该用不到这个尺寸吧？

许一在床上滚了半宿，等她拿到冠军，她就大胆地问周至，他是不是也有点喜欢自己。

虽然她激动，但理智告诉她，不能想太多。

不能太激动。

217

如果拿不到金牌，她会被打回原形。

许一和周至都没有报团体赛，接下来三天比赛全是男女团体，他们训练顺便观战。团体赛整体成绩一般，只有女队江璐发挥超常，女队拿了一枚铜牌。

第四天是个人赛，这也是这场比赛含金量最高的奖项。

上午八强赛打完，许一的分数依旧排在前面。

许一是今年最有希望拿冠军的人，她这一路高光太多了，意气风发，初生牛犊不怕虎。

四分之一总决赛下午一点半正式开始，许一是第一轮上场，对战金智娜。这次韩国队有两个队员进决赛，可能是为了不在四分之一决赛遇到自己人，也可能确实金智娜失误，她压了分，四分之一决赛撞上许一。

许一先发，她第一箭停了很久。射出那瞬间，她往左边偏了下头。

箭歪了。

许一在那一瞬间，心脏提到了嗓子眼。

完蛋了。

箭靶尽头跳出环数，七环。

非常糟糕的环数。

"许一加油！"场下传来一声疯狂的尖叫。

许一回头看去，视线有些模糊。周至举着那块"许一世界第一"的应援牌。

"加油许一！"秦川站在赛场边缘叉着腰中气十足地喊了一声，"你可以的！"

许一的心有点静不下来，刚才的失误太不应该了。

金智娜要开始射箭了，周围静了下来。

许一仰起头看天，今天是阴天，阴沉沉的云层压在头顶。她抿了下唇，转过头看向箭靶。

金智娜十环，她本来就是个极强的选手。

第二箭，许一射中了九环。

依次轮射，许一在等待的时间，垂下头拼命让自己集中精力。

对方依旧十环，连续两个十环。

218

许一拿起箭搭上弓，准备第一轮的最后一支箭，第三箭。这次她预瞄了很久，风拂过她的脸颊，她低头看脖子的位置，那里戴了一枚奖牌。

最后一秒，许一射出了箭，箭落到了十环上，"砰"的一声响。

许一握着弓的手垂落，她抬手想拉脖子上的项链，拉到一半理智回笼，她吻了下手背。

准备自己的第二局。

金智娜的第三支箭射出九环。

二十六比二十九，许一落后三分。

第二局，许一和金智娜打平了，她们一直是三分的差距。

进行到比赛的第三局，许一很明显地紧张了。

她孤零零地站在赛场上，宽大的帽子遮住了她半张脸，她垂着头不知道在想什么，握着弓的手很紧。

"小许一一定要加油啊！"解说都跟着紧张。

另一个解说道："第一箭影响太大了，金智娜是个很强大的对手，她拿到优势是不会给其他人机会。除非许一最后两局全部打满。光州今天有风，许一对风的把控还是没有金智娜那么老到，太年轻了。"

"年轻也代表着前途不可限量，真输了也没有关系。祈祷我们的运动员能平安归来，无论比赛输赢，许一没有输。"

第三局赛场起风了，许一射出第三局的第一箭，十环。她慢慢稳下来了。

"小许一的箭真稳啊！这一箭漂亮！"解说激动得连声音都有点变调。

金智娜的箭有了些偏差，她的第三局第一支箭是九环。

许一的第三局，射出三个十环，金智娜射出两个九环一个十环，许一落后一分。

最后三支箭。

金智娜明显没了一开始的轻松，她喝了一口水，看了一眼许一，脸上的表情很严肃。

许一没有喝水，休息时间即将结束，许一从脖子上拉出项链碰了下唇，又塞了回去，整理好衣服，拎着弓走上了靶位。

解说："她戴的什么东西？她今天没有戴樱桃发卡？改摸项链了？这是有什么魔力吗？"

许一的最后一局第一箭射中十环。

"果然有魔力！"解说喊道，"许一加油！"

她在确认她的信仰。

一如周至在赛场上，确认他的信仰。

"start"是开始，"一"也是开始。

他的文身是委婉的"许一"。

金智娜第一箭射中九环，被一个小孩按着打，而且打两次，任何人都会产生一定的心理阴影。

"平了！"秦川喊得声嘶力竭。

周至没有说话，他一直在看比赛，看得专注又认真。金智娜不容小觑，她实力很强。

最后两支箭，许一射中一个九环一个十环。金智娜也是一个九环一个十环，她们打平了，需要加赛。

这么多年，金智娜遇到的第一个加赛。

最后一支箭，一箭决生死。

"今天风速……"解说还在报现场数据，突然转为尖叫，许一这次没有预瞄很久，她搭弓就射了。

标标准准的十环。

短暂地停顿了下，金智娜射出了她最后一支箭，十环。

加赛第二支箭，这一箭许一出现了小失误，大概是高度紧张，也可能是战线拉得太长，影响了她的发挥。许一的最后一箭是九环，贴着十环的边，差一点就十环了。

金智娜没有再给许一机会，她射中标准的十环。赛场上，她的教练团队疯狂尖叫，跟她拥抱。

镜头下的许一略显落寞。

她沉默着收拾弓箭，背着弓走向备赛区。镜头追着她走了很远，她一个人坐到了观众席。接下来还有铜牌赛，她要跟另一组输的人打铜牌赛。

"已经很好了。"解说的语调里明显带着惋惜，"真的很棒了，差一点就赢了金智娜，差一点点。她只是一个不到十八岁的小姑娘。很棒！真的很棒。一年前她因为腿伤从短跑转到射箭，短短一年时间，能跟金智娜打到加时赛，她非常了不起了！"

"天赋和韧性都很强的小姑娘，前途不可限量。那我们就期待一下她的铜牌赛，经历了这么多，她真的很好很好了。"

许一坐在备赛区，整个人前所未有的平静。

她失误了，她连借口都不想找。她的心态还是没有金智娜好，她没耗过对方。

头顶落了一只手，许一抬头看去，是周至。

"你已经做得很好了，最后一箭风的影响很大，你今天表现得非常好。"周至说，"你没输。"

许一的嗓子里堵着一团。

他停顿片刻，说道："明天，我会帮你杀回去。"

帽檐遮下一片阴影，许一的脸陷在阴影里，她的难过随着眼泪的汹涌流淌后，渐渐落入了尘埃之中。

"我之前说的话依旧作数，铜牌也换。"周至摸了摸她的头，"等我明天打完比赛，我跟你换。"

"不换铜牌。"许一深吸气，嗓音还哑着，但语调很坚定，"只换金牌，我拿下一次比赛的金牌换你这次的金牌。"

Chapter 10
/敞开心扉/

　　许一的铜牌赛很顺利，毫无意外地拿下了比赛，她在亚洲杯上拿到一枚男女混合双人金牌，一枚个人铜牌。

　　周至第二天的比赛打得也很顺，大概憋着一口气，男队打进决赛的两个人，一个是国家队的郭晨，十八岁的男孩，另一个是周至。

　　郭晨在四分之一决赛上爆冷了，淘汰了朴胜俊，但决赛上以一环之差输给了周至。

　　比赛就此落下帷幕。

　　回国后周至突然被安排了其他行程，许一和周至的交换奖牌也就不了了之。

　　秦川给许一放了半个月假。国家队那边想要许一，许一在犹豫，正好休赛期，秦川让她回家犹豫去。

　　今天是元旦，许一上一次回家还是春节。

　　秦川开车把她送到高铁站就走了，秦川没有丝毫挽留她的意思，恨不得立刻把她打包送到国家队。

　　这次比赛让许一看到了教练的差距，秦川和周玉差很多，她去国家队肯定是跟周玉。她渴望更高的赛场、更好的成绩，去国家队是必然的。

可她不确定周至会不会回去，周玉是周至的姑姑，周至跟家里人有很大的矛盾。

许一不知道该怎么开口问周至，比赛结束快一个月了，每天周至都会跟她打电话，她也没问出口。

她想跟周至一起进国家队。

所以她没有第一时间回复秦川。

许一拖着行李箱上车，前面的行李架已经塞满了行李，她只能把行李往车顶的行李架上放。她的行李箱有些大，还有身高问题，许一举了一次没放上去，她换了个角度想从另一边举上去。

忽然，身后多了一双手，握住了她的行李箱，轻松地塞到了行李架上。那是一双非常好看的手，冷白肌肤，清瘦又骨节分明的手指，手背上筋骨因为用力而微微凸起，右手腕戴着一块黑色电子手表，刚刚好卡在腕骨处。

许一猛转头，头顶被一只手按着，熟悉的茶香落入鼻息，他身上有很淡的白茶香，尾调是清凉薄荷。

"坐里面去，人多，会挤到你。"偏冷质的音调，属于某人的说话节奏，带着一点散漫。

许一被推到靠窗的位置，坐到座位上仰起头撞到周至浸着笑的眼中。他戴着黑色口罩，穿着白色连帽运动衫，帽檐遮到眼睛上方，只有一双深邃的眼露在外面。

"你怎么在这里？"许一整个人都是蒙的，这还是她回国后第一次见周至。周至没有打视频的习惯，她也没有，他们虽然每天都聊天，可从不会视频。

周至卸下背包塞到行李架上，贴着许一的行李箱放，转身坐到了许一身边，长腿一敞贴上了许一的腿。他两根手指夹着车票在许一面前一晃，慢悠悠道："好巧，我们的座位居然在一起。"

许一弯了眼转头看窗外，片刻又转回来，清了清嗓子正色道："至哥，你去哪里？"

"仙山镇。"周至从口袋里拿出耳机，塞到一边的耳朵里，往后靠到座位上，把另一只递给许一，"昨天奶奶打电话，说梦到爷爷了，让我回去看看爷爷。"

周至那么嫌弃坐公共交通的人，居然跟她一起坐高铁回家。到县城还要坐公共汽车，不知道他能不能受得了公共汽车的味道。

他可是养尊处优的周少爷。

"你不开车？"上次那么远，周至都开车回去了，这次近多了。许一看着他手心的耳机，迟疑片刻，拿走塞到了耳朵里。

很温柔的轻音乐。

"累。"周至抱臂往许一这边斜了些，嗓音很沉，"最近事情很多，来回跑，昨晚凌晨四点赶到 H 市。睡了三个小时，你至哥是人又不是神。"

凌晨四点到 H 市？

"你去哪里了？"许一把耳机换到右边，把左耳朵留给了周至，她想第一时间听到周至的全部回应。

"B 市。"周至看向许一随身的背包，"有吃的吗？"

"你想吃什么？"许一把背包放到了腿上，拉开拉链给周至看，"有面包和牛奶，还有两瓶水。如果你不想吃的话，我去给你买一份饭吧？"

许一不是很爱吃零食，一般情况下她不会吃东西。这次坐车时间有些长，她买了面包和牛奶。

"不想吃饭。"周至对这两样东西都不感兴趣，取了一瓶水拧开拉下口罩喝了一口。

"那我让我妈早点做饭，我们到家再吃？"许一连忙拿出手机给林琴发消息，她之前只说了自己要回去，没说周至也要回去。

周至喉结微动，咽下水，垂下睫毛若有所思："到家？你该怎么介绍我？"

许一按着手机屏幕的手一顿，后颈麻麻的，耳朵一片炽热。

她和周至什么关系？

在韩国时，他们聊到恋爱，周至说她拿金牌交换时再交换点其他的。其他是什么，许一觉得跟感情有关系。

她没拿到金牌，那他们退一步回去，兄妹？朋友？

退得回去吗？

"我妈不是认识你吗？"许一几乎屏住呼吸，觉得周至话里有话，但她不敢确认，面对周至，"需要介绍吗？"

"行。"周至重重地一点头，拉上口罩，把矿泉水瓶拧回去，靠到座位上，拉下帽檐遮住了半张脸，"不需要介绍，我睡一觉，到了叫我。"

他这么一遮，整张脸都看不见了。

许一看了一会儿，手机屏幕已经暗下去了，耳朵里已经切到了新歌。她拿起手机解锁，发消息给林琴。

【周至也要回仙山镇，会在我们家吃饭。】

消息发送，林琴没有像往常那样立刻回消息。

许一原本很理直气壮，她和周至是同门，又是朋友，周至去他们家吃饭，再合理不过了。周至那么一问，突然就微妙起来了。

许一一颗心高高地悬着，她反反复复地看手机，看到第三分钟。林琴依旧没有回消息，周至的手落到了她的手背上。

许一僵住，周至握住她的手，扣着她的手指："你觉得，'许一的男朋友'这个称呼怎么样？"他停顿，道，"快吗？"

周至的手掌很宽，掌心有薄茧，严丝合缝地盖在她的手背上，包着她的手。他沉黑的眼凝视着许一："嗯？"

这何止是快，这是飞速。许一的思维还停在刚才的紧张上，她直直盯着周至，如雷轰顶，劈在脑门上。

"我的附加是'男朋友'，你的附加是什么？"周至的声音很低，只有两个人能听到。

高铁已经发动，车厢内有很多声音，前面坐着一个小孩，哭着要看奥特曼。

许一非常急促地呼吸了一下，整个人呛得死去活来。

她紧张到忘记呼吸了。

周至坐在旁边扶着她的背轻抚着，笑出声："有那么紧张吗？许一小朋友。"

周至的外套帽子蹭到许一的脸颊皮肤，微痒，她的心跳到眩晕，思维乱七八糟。

像在梦里，分不清梦境与现实。

电话响了起来，许一坐得笔直，拿起手机看上面的来电显示：妈妈。

周至已经笑完了。

他坐回去，但修长的手指还搭在许一的手背上，若无其事地按了下，手指上移到她的手腕，圈住了许一的手腕。

"需要我帮你接吗？"周至问。

许一猛然清醒，摇头。她拿着手机往耳朵上放，忘记了耳朵里还有一只耳机。周至的手绕过许一的后颈落过来，拿掉耳机，温热的指尖扫过许一的耳垂，收回去把耳机攥在手心。

"接吧。"周至在旁边说，"你怎么介绍，我怎么配合。未来男朋友也行。"

许一抬手摸了下耳朵，心已经飞出车外了——周至喜欢自己的吗？没有拿冠军他也喜欢吗？

她犹如梦游般接通了林琴的电话。

"妈。"

"你跟周至在一起？"

"嗯。"

"我知道了，那你们都回家吃饭，我多做点菜。"林琴说，"在路上饿了就买点吃的，别省钱。你这次奖金很高，非常高，够买很多东西，千万别省钱！别饿着自己。"

"哦。"许一心里的蝴蝶乱了套，飞成一团。

"那行，你们注意安全，路上互相照顾。"

"好的。"

周至把她的左手握到了手心里，十指交扣。

挂断电话，许一转头看向周至，周至已经收回了视线。

他坐得板正，压低帽檐，许一看不清他的眼。她低了下头，抿了抿唇，嗓子发紧："至哥？你刚才说的是什么意思，我能再确认一遍吗？"

"确认什么？"周至的拇指缓缓擦过许一的手背，许一的手不算特别软，但特别好摸。

"你的意思是，我没拿金牌也可以追你？"

周至低笑，他从窗户看向车厢外的世界。高铁飞驰在田野，南方的冬天并不是全部枯黄，窗外有大片浓绿。

片刻，他慢悠悠地垂下视线，注视许一："我都追到这里了，许一，我追得不明显吗？

"你上次问我喜欢什么样的女孩，我认真想了想。"周至坐正，修长的手指还搭在许一的后颈上，"应该是你这样的。"

刚才周至压下来时，高挺鼻梁碰到了她的鼻尖，隔着口罩。许一似乎感受到他鼻梁和唇的温度，近在咫尺，她感觉心跳声大得方圆十里尽人皆知。

她僵坐在位置上，怔怔看着前方座位上的广告页，两只手绞在一起，一口一口地呼吸。

"不是某种类型。"周至揉了揉许一的头发，他喜欢的不是某个类型只是许一，他停顿，道，"是许一。"

曾经周玉问他对许一到底什么心思，很简单的问题，他却没有第一时间回答上来。许一在他的世界里是什么角色？妹妹或者好朋友？

他想了很久，他很慎重地考虑他们的关系。

他想更理智地安排他们的感情，但在许一面前，他挺失控的，姑姑以前说的也没有问题，他面对许一一直都无法保持理智。他对许一有很强的占有欲，他想跟许一亲近，他想冲上赛场，拥抱孤零零的许一。

周至揽住许一的肩膀，指尖很轻地点了下她的肩头，缓缓道："在我这里，你永远都是世界冠军，独一无二的冠军。"

许一转过头看周至，眨眨眼，睫毛潮湿。

她不想哭，可周至说喜欢她哎。

她的嘴角先扬起来，随即笑就绽放了，眼睛弯成了月牙。有什么东西在她心脏里炸开了，绚烂得让她思考不了其他。

许一和周至四目相对。

周至语调慢悠悠："没有回馈吗？"

许一缓缓地呼吸，看了周至快一分钟，她小心翼翼拉着周至的手按到自己的胸口。

周至："？"

许一做完这一套流程也觉得不对劲，立刻松开了周至的手，慌忙解释："我没有其他的意思，我只是想让你感受我的心跳。"

周至黑眸中的笑缓缓荡漾开，他抬手隔着口罩抵着唇清了清嗓子，扭头看高铁走廊方向，片刻后一点头："我们慢慢来。"

他抱臂靠回去，拉低帽檐遮住了整张脸。他喉结很轻地滑动，手背上的触感似乎停在那里，一片柔软。

她长大了。

"慢慢来"是什么意思，许一有些不解。

她的意思，心跳足以回应全部。她的心跳不能说明问题吗？她又不好意思讲出来，反正她很激动很高兴很快乐，心里大放烟花，群歌乱舞。

可周至的反应是松开了她，抱臂在高铁上坐了两个小时，全程连口水都没有喝。

他遮得太严，许一不好意思扒开他帽檐看看他是不是真的在睡觉。两个小时，如坐针毡，许一把所有事情想了一遍，想了一个来回。

周至应该不是逗她玩。

周至敢拿这种事开玩笑，她会和周至一刀两断，这辈子都不会再联系。

许一有的没的想了两个小时，车到了县城高铁站。

到站的那一瞬间，周至就站了起来，他背上背包，拿下许一的行李箱。

许一连忙起身把背包背到肩膀上，说道："我来吧，很重。"

周至已经把行李箱放到了地面上，帽檐下的稠密睫毛掀动，把手递给许一："走吧。"

许一愣住，看着周至骨节分明的手指，周至是要牵她的手吗？

周至一把捞起许一的手握在掌心，另一只手拖着她的行李箱往出口走。出口处有不少人，他把许一带到身前。

许一回头看周至，心跳飞快。他们没有在赛场上，不是搭档，也不是在省队训练，他们在生活中牵手了。

"看什么？"周至握住她的手。

许一忍着不让自己笑出声，也不能脸红得太过分，更不能雀跃得尽人皆知。她有她的骄傲，她站直但没有抽回手，她很紧地回握周至。

林琴要是知道怎么办，会不会骂她？

许一的嘴角落回了原处，林琴不会骂她，甚至可能都不会说一句重话，可会用那种目光看她。他们两家有着巨大的差距，林琴是个清高的人，一生要强。她和周至发生点什么，林琴肯定会特别失望。

周家人那边就更可怕了，他们若是知道这件事，肯定鸡犬不宁，那时候周至会怎么选择呢？

许一钩着周至的手指，觉得自己想得有点多。或许到不了那一天，周至就会松开她的手。

坐汽车不用出高铁站，两个车站连在一起，周至第一次来这个车站并不熟悉路，许一牵着他的手在前面带路。

"姐？"

突然，一声熟悉的声音传来，许一头皮发麻，瞬间炸开了，立刻甩开了周至转头看去。许坞拖着行李箱背着双肩包站在三四米外，他往许一的手上看，又看向周至。

"你怎么在这里？"许一本能地去挡许坞的视线，挡到一半觉得没必要，心脏怦怦跳，他有没有看到自己跟周至牵手？

"你放假了吗？"

"放假三天，妈让我等你一块儿回去。"许坞审视许一身后的男人，十分警惕，"这是？"

"周至，周至哥哥，还记得吗？"许一先一步介绍周至，"他也回老家，我们就一起了，你买车票了吗？"

"还没有。"许坞看许一脸红得不正常，又语无伦次，一副做贼心虚的样子。即便小时候的事不记得，谁不认识周至？

"那我去买车票，你们把身份证给我。"许一都不知道自己在干什么，全凭本能做事，"许坞，身份证。"

"我去吧。"周至抽走了许一手里的身份证，看向许坞，伸手过去，"弟弟是吗？长得挺快。"

许坞长得挺高，跟许一有点像，他们姐弟眼神中有着如出一辙的警惕。

"妈妈说让我们自己买，不用麻烦。"许坞拒绝了周至代买车票，走过来要拖许一的行李箱，"这是我姐的行李箱对吧？我来吧。"

周至长手一带把拉杆箱推到身后，拒绝的意思非常明显："是你姐的，不过里面放着我的东西，也是我的。"

哪里有他的东西？许一看向周至，接触到他的目光就强行带起了话题："许坞，你把身份证给我，快点。"

许坞迟疑片刻把身份证递给许一，说道："妈给我转钱了，让我买车票。"

"那你留着当零花钱吧。"许一抽走他的身份证，也拿走了周至手里的身份证，快步走向自动售票机，埋着头打印车票，想从这个世界上消失。

林琴让许坞来接她？

许坞肯定全看到了，会告诉林琴吗？许一在下车那一刻做出决定，先瞒着不告诉母亲，走一步看一步。

她不想大张旗鼓，她害怕期待后落空，害怕消息传出去满城风雨，将来周至离开时也是满城风雨。

当年仙山镇那些风言风语，她不想经历第二次。

买完车票，三个人站在大厅等发车，场面异常诡异。周至先拿出了手机，他可能在发消息，修长的手指落在手机屏幕上，打字飞快。

片刻，许一的手机响了一声，她以为是寻常运营商的短信提醒，拿起来看到来自周至的微信：【？】

他打了那么久的字就一个问号？许一看了眼许坞，按着手机不知道怎么回复。

不到一分钟，周至发来第二条消息：【不想公开？不想让其他人知道我们的关系？】

"许坞，你能去给我买瓶水吗？"许一指使许坞，"顺着这条路一直走，拐弯有个自动贩卖机，我要一瓶矿泉水。至哥你喝什么？"

许坞抬起眼面无表情地看着许一。

"至哥也要矿泉水，你去买吧。"许一从背包里取出钱包，拿出现金递给许坞，"你喝什么你自己买，我给你付钱。"

"可以手机支付。"许坞拿出手机晃了晃，转身往售卖机的方向走去。

许一把钱装回去，拿着手机找许坞的微信，发了个红包过去。

"你不想让别人知道我们的关系？"冷质的嗓音在她头顶响起，"是认为我没有担当？负责不了我们的关系还是其他的原因？我能听听吗？"

许一缓缓抬眼，心虚地看着周至。

周至从裤兜里摸出另一块手表，拉起许一的手腕，把手表戴在她的手腕上，将表带扣好。他没有松开许一的手："我刚才是不是没说清楚？"他停顿，随即道，"我是想跟你谈恋爱，想做你的男朋友。这样，够清楚了吗？"

许一深呼吸，鼓起勇气快速地抱了下周至，抱完就松开。

环视四周，许坞还没有回来，她看向手腕上的手表，这块手表是他在韩国买的，跟他手上那块是一对，情侣款。

跟周至在一起真的好快乐，如果快乐能具体化，现在围绕在许一身边的一定全是快乐，能把她淹没了。

周至是她的男朋友，几个字连在一起读一遍，她心里的蝴蝶都飞上了天，漫山遍野地飞。

美梦成真。

"许一。"周至的嗓音沉下去，"在想什么？"

许一克制着自己的手不往周至的身上落，她把两只手都坠进外套口袋里，勾着手指去碰手腕上的手表，肯定是够不着，勾了个寂寞。

她抬起头，深呼吸，看着周至沉黑的眼，字句清晰："周至，你真的要做我的男朋友吗？不管以后发生什么事，你都不会反悔，不会……不告而别，不会丢下我一个人，是吗？"

周至往前一步，把她的头发揉乱又顺平，目光坚定："你担心的事这辈子都不会发生，明白吗？我对你说的每一句话都是经过了慎重考虑、认真衡量，我比你年长，我更清楚我开口后需要负起的责任。"

爱是克制是责任，是一个陌生又令人渴望且需要用一辈子去探索的世界。

"如果你有顾虑，不想让更多人知道，可以，我们再等等。等一个更成熟的时机，我会跟你妈坦白。"周至神色认真，"不公开不代表我不想，不代表我不喜欢你。"

许一的话让他心疼，他的小孩经历了太多。

"我们都已经长大了，你比你想象中更优秀，我也会比你想象中更负责，我会负担起——"他停顿片刻后道，"男朋友的责任，我们都长大了。"

许坞很快就回来了，拎了三瓶水。

他狐疑地看着满脸通红的许一，许一接过水攥着，站在周至身边谁也没有看。

上车时，许一没有任何考虑就坐到了周至身边。她这一年来只要出行都是跟周至一起，一直坐在一起也没有觉得哪里不对。

两人一排的座位，许坞坐到了后面。

"男朋友"三个字像是烟花在她的大脑里炸开，许一握着手机反反复复地看跟林琴的聊天记录，想跟林琴发点什么，又不知道该说什么。

微信上弹出新消息，来自周至。

周至的微信名改成了他的名字，现在的微信头像是他们在亚洲杯拿到男女混合射箭金牌的照片，他们在颁奖台上把奖牌碰在一起，周至揽住她的肩膀。

许一后知后觉，这个头像换得可太明显了，她居然还没有往暧昧上想。

周至：【把弟弟的微信推给我。】

许一倏然转头看周至，他戴着口罩帽子，帽檐压得很低。似乎感受到许一的目光，他抬了下头，让许一看到他的眼。

睫毛很长，眼睛很黑。

许一怦然心动。

许一用口型问要他微信干什么，说完才意识到自己戴着口罩，周至听不见，连忙拿起手机打字。

周至的第二条消息已经到了：【贿赂小舅子，他喜欢什么？球鞋？衣服？包？还是电脑？】

许一盯着"小舅子"三个字看了片刻，脸红了，打字：【不知道。】

不到一分钟，周至转过来一万，附加消息：【你的微信转账限额？】

许一抬头撞上他的眼，眨眨眼：这是干什么？

周至：【见面礼，你转给弟弟，他不加我。】

许一：【微信绑的是我妈的卡，她的卡有限制，许坞的卡也有限制。】

许一把转账退回去，她以前觉得周至花钱挺大手大脚，真正跟他相处后，发现他的消费欲并不高。许一第一次到 H 市，他请吃的那一顿巨贵的饭，好像只请她一个人吃过。

【我给他买了礼物。】许一按着手机打字，一边打一边思索，【你不用送了。】

周至那边一直是"正在输入中"，许一刚要问他要发什么，周至的信息就过来了：【我还没有跟你结婚，我们不能只送一份礼物。】

周至：【需要等两年，才能送一份，我给你转几个小额。】

什么等两年？许一的大脑已经不会思考了。什么结婚？周至的话一句比一句大胆，朝着不可控的方向奔去。

瞬间，屏幕上出现了一排转账，从"520"到"5200"，她的手机有限额，不管单笔还是多次都不能超过一万。

许一收了"520"，转给许坞五百，不算封口费。

她会找个合适的机会告诉林琴，她要谈恋爱了，她喜欢周至。

两个小时的汽车，他们终于到了仙山镇。已经是下午，金色的夕阳铺洒在仙女河上，绚烂铺向了遥远处。

桥头拉着红色的横幅，上面写着"恭喜本镇体育明星许一、周至荣获射箭亚洲杯冠军"。

许一唯一庆幸的是没人搞什么欢迎仪式，不然她能当场找个地缝钻进去。来接的只有林琴，倒是还好。

林琴没有问周至其他的事，也没有问许一，她很热情地接待周至，只是吃完饭，她把周至送到了镇上的度假酒店。

许坞放假了，他们家没有多余的房间。周至家的老房子被水淹了，一直没有修缮，他只能去酒店住。

林琴刚买了一辆小电车，开车送周至过去，许一也不好意思硬凑上去。

林琴很快就回来了，可她只给许一送了水果，并没有问其他。许一一直没有找到开口的机会，林琴就回去睡了。

房子恢复寂静，许一躺到床上，安静得让她有些想周至。

手机响了一声，许一拿起来看到周至的信息：【睡了吗？】

许一翻身坐起来，顺了顺长发，认真打字：【没有。】

周至：【在干什么？】

许一盘腿坐在床上，乌黑长发如瀑披在肩头。她垂着头支着下巴想了很久，放下手机起床换衣服。

她穿上运动外套，戴上护膝和护腕，把手机塞到口袋，轻手轻脚地出门。客厅里一片寂静，林琴和许坞应该都睡了。

　　运动员晚上夜跑很合理吧？

　　许一给自己找了个借口。

　　跑到周至住的酒店也很合理吧？

　　许一奔出小街，拿起手机想跟周至发消息。

　　"许一！"

　　许一握着手机抬头，猝不及防跟桥头跑来的周至撞上视线，他身形高大，腿长手也长。他穿着黑色运动装，抬手拉下了外套帽檐，腕骨上的护具一闪而逝。夜色下，他的脸俊美深邃。

　　"你怎么在这里？"许一把手机装回去，飞奔向周至，"至哥。"

　　"夜跑。"许一跑得太快，周至抬手拦了下，怕她刹不住。

　　许一已经刹到了他面前，她笑得非常灿烂，仰起脸："这么巧，我也夜跑。"

　　周至揉了揉她的头发，黑眸中的笑就溢开了："嗯，确实巧，那……一起跑？"

　　晚上风很大，在耳边呼啸。路灯一盏连着一盏，亮向了遥远处。

　　周至的指尖碰到许一的耳朵，有些痒，她歪头避开。她随即反应过来，不应该躲，又把脑袋往周至那边靠了些。

　　周至收回手，迎着风往前慢跑："走吧。"

　　许一跑到他身边，跟他节奏一致地顺着大桥往另一边跑："你要跑多久？几点去睡？"

　　周至转头看许一，嘴角上扬："去山上看星星吗？"

　　他其实回到酒店洗完澡都换上了睡衣，但忽然特别想见许一一面。他跑到许一家门口给她发信息，如果她睡了，他就跑回去。

　　许一只回了两个字，之后就消失了。周至若无其事地往回跑，假装什么都没有发生过。

　　但不到两分钟，许一出现在他身后。

　　"好呀。"许一心情很好。

　　冬天是旅游淡季，小镇上几乎没有人，本地人睡得早，晚上九点街道已经空旷了。他们用着同样的节奏，同样的步伐，跑到半山腰才停。

山上的路灯每一盏都间隔很远，从光亮走到昏暗，又从昏暗走到了光下。

周至从外套口袋里抽出一瓶水拧开递给许一。

"只有一瓶吗？"许一喘着气，"你喝吧，我不是很渴。"

"一人半瓶。"周至拎着水的手没有落回去，扬起下颌示意。

周至可从不跟人喝同一瓶水。

"那……"许一迟疑，"要不，你先喝？"

风变得温柔了，没有一开始那么凛冽了。

运动过后，身体炽热，许一的脸上也炽热。

"我先喝？"周至的嗓音因为运动稍有些哑，他的指尖随意拨弄着瓶盖，掀起睫毛，沉声道，"你是不是想亲我？"

什么跟什么？

"没有。"许一立刻接过水喝了一口，擦了下瓶口还给周至，"真没有，我绝对没有这种想法。"

"哦，不想跟我亲？"周至拎着水瓶拧上瓶盖，走在许一身侧。

许一在冬天的寒风里脸热得快要自焚了，她抿着唇低头往前走。周至右手拎着水瓶，她走在周至的右边，忍不住看他的手背，很想跟他牵手。

"不是。"许一转移话题，"酒店怎么样？住得还习惯吗？"

"还行吧。"周至转过身，面对着许一退着走，低头平视许一的眼，"小一。"

许一把两只手装进口袋，仰起头，清澈的大眼睛看着他："嗯？"

周至的目光在她的唇上停留，强行移开视线，转身大步往前走："今天是你生日，你想要什么礼物？"

"我只过一个生日，大年初一那个。"许一怕周至又给她买很贵的东西，"今天的不用过。"

"那还要很久。"周至换了左手拎水，把右手递给了许一。

许一看着他的手片刻，把手放到他的手心里，想解释去年那个生日，她只是为了找周至的借口，又怕周至觉得她心机重。

周至收拢手指，把她的手包裹在温热的掌心里。她的心脏怦怦跳，心花怒放。

"也没有很久，一个多月。"许一对过生日没有什么期待，那已

235

经不重要了，"你不要送很贵的礼物，我不需要。"

"那你现在最需要什么？"周至跟她十指交扣，在寂静的深夜里，牵着她慢慢走，"最想要什么？不用考虑价格，你只需要说你最想要的。不局限于东西，人或者行为，什么都可以。"

"什么都可以吗？什么都可以提？"许一停住脚步，深呼吸看向周至的眼。

周至黑眸深处有笑在荡漾，他点头，嗓音有些哑："可以。"

"我想去国家队，你能跟我一起去吗？"

"只要这个？"周至握着许一的手，扬了下眉，"没有其他的了？"

许一观察周至的表情，他看起来还算轻松，应该是不排斥。她心里的期待值更高了："没有了，你去吗？"

"我有没有跟你说过，我凌晨从B市回来的。"周至忍不住地笑，笑完又有些心疼，握着许一的手，跟她十指交扣往山上走，"你猜你哥我去B市干什么？"

许一不知道，也就没有说话。

"去B市见新教练，只要你这边确定下来，我的档案会跟着你一起进国家队。"周至偏头看许一，看得很深，"你一直不问，我以为你更想留在省队，想让秦川继续做你的教练。"

许一的笑瞬间绽放："真的？"

"嗯。"周至看着许一笑得过分灿烂的脸，抬手把她揽进怀里，很轻地一抱便非常克制地松开。他松开许一的手，拿起那瓶被许一喝过的水，喝了一口。他喉结滑动，单手插兜跟许一稍微拉开了些距离，怕克制不住情绪对她做点什么。

周至仰起头看天，今天是晴天，天上横着璀璨的银河，满天繁星。

"许一，我说过会一直在你身后。你放心大胆地往前走，我永远在你身后。"

冬天的星空似乎更加漂亮，浩瀚宇宙一望无垠，辽阔清透。每一颗星都是耀眼的亮，许一和周至并排坐在栏杆上。

许一悄悄地把手放到了周至的手背上，片刻后，周至把她的手包在手心里。

凌晨时分，他们在家门口分开，周至坚持要把她送到家。

许一快速回到院子，顺着楼梯爬到房顶看着周至走出小街，顺着大桥走向度假酒店的方向。她才下了屋顶，轻手轻脚地进门，便听到一声——

"冷不冷？这么晚出去？"

许一的心一下子提到了嗓子眼，缓缓抬头看到林琴披着外套坐在客厅沙发上看手机，没有开灯，手机屏幕的光映着她的脸。

干坏事被抓包。

许一瞬间想了很多，有的没的想了一遍。

她抬手开了客厅的灯，瞬间屋子大亮。她开口喊："妈。"

林琴放下手机，起身给许一倒了一杯热水，说道："回房间去，手脚肯定冰凉吧，进被子里焐焐。"

许一踩着心跳回到房间，被林琴发现是早晚的事，她也没想瞒多久。林琴能让许坞去接她，估计也猜到了，早晚的事。

伸头一刀缩头也是一刀。

脱掉鞋子坐到床上，林琴把热水塞到她手里，又去拿暖手袋："他走回去了？有没有到酒店？安全吗？打个电话问问。"

许一拿起手机看到周至发来的消息：【到酒店了，晚安。】

【晚安。】许一回复消息，心情反而平静下来了。父母家庭是横在她和周至面前的一道鸿沟，跨不过去，也无法忽视。可她本来就没有那么贪心，也没有追求天长地久，永远拥有周至。

"嗯。"许一捧着热水杯，点头，"他已经到酒店了。"

"在一起了？"林琴关上房门，拎着暖手袋到许一身边，把暖手袋塞到被子里贴着她的脚，顺便焐了焐她的脚，"什么时候的事？"

"今天。"许一没有否认，她窝在床头，陷在温暖里，"妈，跟他在一起，我很——"

许一思索着，找到一个词："高兴。"

许一从小就很懂事，独立坚强很有主见，她会照顾自己会照顾家。她喜怒也不会表现得很明显，她很早就会藏着情绪。

过早地懂事独立对于一个孩子来说并不是很好的事，藏起喜怒哀乐，把自己紧紧地裹在铠甲之中，伪装成大人。

她不说高兴也不说难过，这是许一第一次这么说她的心情。

她喜欢周至，这份喜欢毫不掩饰。

"妈，我知道喜欢他不对，跟他在一起也不对。我不会告诉别人这件事，可能过一两年，我们就会分开。"

"你知不知道你这种想法非常不负责任？不管是对你自己还是对周至都不负责任？谁说喜欢他不对呢？"林琴的表情严肃下来，语气也凝重，"跟他在一起不对呢？"

许一缓缓抬头。

"你如果不是因为一时的依赖，或者混淆感情误以为亲情是爱情，把对哥哥的依赖当成男女的爱，那就没有什么不对，你们可以选择彼此。"

林琴松开了许一的脚，说道："小一，你们的感情只跟你们自己有关系。在感情上，你们是对等的，永远都是对等的。我之前提醒你，只是怕你年幼，不懂，就像现在，你说出来的话就很不负责任。你很草率地定义你们的关系，你甚至都没弄清楚谈恋爱要做什么，只是盲目地开始。我希望你们能更成熟一点，能更负责任地对待你们的感情，尊重感情尊重彼此。要开始就好好开始，郑重地开始。虽然不是每一份感情都必须天长地久，但不要抱着朝夕的想法去草率地对待。你觉得周至是不值得认真？还是你自己不值得周至认真？如果不值得的话，为什么要开始呢？"

许一抱着炽热的玻璃杯，手心里一片滚烫。

"你们都很珍贵，不可以随便。"

"想在一起，那就认认真真地考虑，你们的未来在哪里。你要怎么保护这份感情能更平稳地走下去。喜欢就去争取，爱情不单单是短暂的欢愉，爱情更是一生相许。"

许一认真听着。

林琴给许一盖好被子："没什么不敢想，没什么不能想，周至很优秀，你也很优秀，你不比任何人差，你们谈恋爱不违法、不违背人伦道德，合情合理光明正大。你可以做，但你要对你做的每一件事负责，有始有终的负责。你要做个负责任的人，不管对你自己，还是对你的喜欢。"

林琴知道她和周至在一起，但没有劝分。

林琴告诉她要做一个负责任的人，要对周至负责，要对自己负责。

怎么才能负责呢？得有能力，他们才有选择权，才有未来。

许一在仙山镇待了两天，返回 H 市办理进国家队的手续。她手续办得很快，先一步被周玉领走带到 B 市训练。

　　周至的程序就比她复杂得多，他是退出国家队又回来，手续办起来麻烦。他腊月才办好全部手续，而腊月许一已经跟着周玉去 S 市参加集训了。

　　周玉比秦川严苛得不是一星半点，在她手里第一个月，许一都没有喘息的机会，周玉想让她参加 9 月的世界射箭锦标赛，时间紧迫。

　　许一以前从不渴望放假，放不放假对她来说并没有多大区别，不过是换个地方训练。唯独今年，她盼过年盼得望眼欲穿。

　　过年，她就会放假，她想先去 B 市找周至，跟周至见一面，再回家过年。

　　腊月二十八晚上放假，许一收起弓箭背在肩膀上就往宿舍奔，她订了凌晨的机票，今晚就跑。

　　"许一。"身后传来一声喊。

　　许一急刹在原地，她从小就怕周玉，怕到现在。听到周玉的声音，她后颈一麻，恭恭敬敬地转身："教练。"

　　"跑那么快干什么？"周玉快步走过来，审视许一，"你不直接飞 H 市？听说你飞 B 市？你妈和你弟弟今年不在老家过年吗？"

　　想离开训练基地是需要写行程报备表的，行程表不能作假，不然会被处罚。许一硬着头皮写了 B 市，已经被询问了一遍，她找了一万个理由。

　　"我去 B 市旅游。"许一语速很快地说完，硬着头皮迎着周玉的眼，"我在 B 市待一天，然后回家，我妈妈在老家过年，我已经订好机票了。"

　　"现在？去 B 市旅游？"周玉目光锐利起来。

　　许一耳朵火辣辣地烧着，绞尽脑汁："前几天我在广告页上看到 B 市旅游宣传照，挺好看的。"

　　周玉沉默了片刻，拿出手机拨号："那你等会儿，我通知周至别过来了，让他把机票退了，原地等你。你飞过去，他正好能接你。"

　　"啊？"许一反应再快也跟不上现在的节奏，倏然抬眼，"教练？周至要过来？"

　　"嗯，今晚的飞机。刚才你在训练，他打不通你的电话，打到我的手机上了。"周玉拨通号码放到耳朵上，那边暂时无法接通，她放下手机说，"应该是坐上飞机了，他的手机打不通。等会儿他落地了，你打电话过去让他在原地别动，你去机场，你们正好一起返回。"

周至都来了！谁要返回！

"真的？"许一嘴角上扬，满眼都是笑，接触到周玉的眼立刻站直敛起笑。

周玉还不知道她和周至的关系。她清了清嗓子，站得笔直："他来这里训练吗？"

"不。"周玉单手插兜，把手机插回口袋，干脆利落道，"他来这里找他的女朋友。过年不训练，你们都有十天假期，他也有。你是他的女朋友吧？"

许一犹如被雷劈中，张了张嘴没发出声音。

她直直看着周玉，攥紧了弓包的袋子："教练。"

周至跟周玉摊牌了吗？这么快？

许一以为还要再等两年，等他们成绩都稳定了，可能才会让人知道他们的关系。

周至跟周玉说他来S市找他的女朋友？他的女朋友？他怎么那么大胆。

"我不干涉队员的恋爱，我只管你们的成绩。你的成绩若是因为恋爱受影响，你们两个人必须走一个，我不会留任何情面。"周玉公事公办的态度，"希望你们的恋爱是正面的影响。"

许一朝周玉鞠了下躬，直起身握着弓包的背带："我不会让这种事发生，我们都不会离开。那，教练我先走了，我去机场。"

周玉蹙眉："还去机场？"

"去。"许一继续往后退，压抑着嘴角的笑，"接他。"

"需要开车送你过去吗？"

"不用，谢谢教练。"

"保护好自己，十天后还要训练。"

许一本来没往这方面想，被周玉一提醒，耳朵红得都快烧起来了。

"我们不是那个关系，没有，不会。"她摇头又点头，话也说得乱七八糟，"真的没有，不会的，教练再见。"

她匆匆地离开了训练场，不是很理解，她们为什么会往这方面想。

许一跟周至还只发展到牵手。

许一的身份证上生日是1月1号，她已经十八岁一个月十九天，离开基地不需要通知监护人，填完离队申请，拖着行李箱离开训练基地，打车到机场。

　　到取行李的出站口时，许一才意识过来自己有多冲动，她靠着售票软件上的航班信息，猜测周至的航班。她没有找酒店把行李箱放过去，拎着笨重的行李箱站在人群汹涌的接机人群中，连晚上住哪里都没有想好。

　　晚上十点，从B市飞到S市的航班只有一趟。许一握着行李箱拉杆看着B市过来的游客陆续出站，没有看到周至，她再次打周至的电话，占线中。

　　许一拨到第三个，面前忽然多了一道阴影。她不太喜欢跟人正面接触，以为是路人挤到这边了，刚想避开，抬眼猝不及防跟周至对上了视线。周至穿着白色运动套装，外套拉链没拉，随意敞着。运动裤勾勒出他笔直的长腿，他歪戴着帽子，眼睛又深又黑。

　　"这位姑娘。"他按在出口的栏杆上，微倾身，视线跟许一齐平，黑眸中浸着笑，嗓音偏低缓缓道，"你在等男朋友吗？"

　　"等队友。"许一弯着眼睛，心脏怦怦跳，嘴角的笑完全地绽放开了，"至哥！"

　　"只是队友？"周至换了一只手拉行李箱，另一只手牵起许一的手，他们中间隔着栏杆，就那么牵着手往出口走。

　　"前面有人。"许一抽回了手，接机区虽然人不多了，但这样也太高调了。周至和她也算半个公众人物了，周至现在发一条微博也有几千评论。

　　许一拖着行李箱跟周至并排往前走，在思考这么抽回手是不是有些伤周至了，两个人走到栏杆的尽头。许一抬头想再牵回来，人就撞入了周至的怀抱，他抱得非常用力，许一仰起头看着他近在咫尺的耳朵。

　　脸颊碰到他的脖颈肌肤了，许一抿了下唇，抬手环住周至的腰，很轻地叫他："至哥。"

　　"叫'阿至'。"周至亲了下她的额头，克制着没有进一步，他终于看到了许一巨大的行李箱，"怎么带着行李？"

"放假了。"许一脸上有些热，叫不出"阿至"，仰起头脸颊擦过他下巴边缘，"我原本打算回家，教练说你过来了。"

"所以拖着行李过来找我了？"周至嗓音很沉，长手揽着许一的肩膀，带着她往外面走，"我再给你订个房间。"

他以为许一明天才会离开基地，今晚只订了一间房，明晚的酒店订了两间。

周至拿起手机打电话，手臂贴着许一的脸颊，他打电话还不把手收回去。许一想把他的行李箱拖过来一起推着，周至长手一捞，带走了，依旧用着别扭的姿势打电话。

S市最近是旅游旺季，好一点的酒店都需要提前两天订，他们从机场出来坐到车上。周至脱掉了外套，他里面是休闲短T恤，露出来的手臂文身很清晰。

"那我回基地吧？"许一的目光在他的文身上停留，看向正在打电话的周至，"明天我再去找你。"

许一这几年去哪里都由队里安排，她已经忘记了到陌生地方，需要先订酒店这回事。

"想什么呢？"周至挂断电话攥着手机，"离开基地再回去，明天程序还要走一遍。"

离队手续麻烦得很，他往后靠在座位上，目光却很认真地落到许一身上。

"一般的酒店也可以。"许一还在翻手机，"我对住的要求不高。"

"晚上，我们住一起怎么样？"周至的手机在手心里转了一个来回，手机坠回原处，"我们还有十分钟才能到酒店，你可以在这个时间里想想这件事。不愿意的话，你住这里，我再找地方。"

晚上十点，夜风从没有关的车窗吹进来，吹动着头发。路边种着高大的椰子树，枝繁叶茂，天空是大片的云朵，被风推着走。

看不见月亮，只有零星几颗星星。

车厢没有灯，窗外的灯光偶尔掠进来，落到他好看的眉眼上。

许一看着他的眼，在想些有的没的。

"好找地方吗？"许久后，许一听到自己的声音，很紧绷。

"一公里范围内有一家三星酒店有空房。"周至拿起手机，拇指划着酒店页面，垂下了纤长稠密的睫毛，眼下拓出阴影，"我过去住。"

"你订的酒店几星？"许一抠了下手心，手心冒汗，不知道是热的还是紧张的。

"五星。"周至点开三星酒店的订房页面，查看详情，"全球连锁，我以前住过，离海边很近。环境还可以，你住。明天早上我去找你，我们在这里待两天再回家。"

"别订了。"许一心一横伸手过去抽走了周至的手机，她紧张得心脏都快跳出去了，握着周至的手机坐得笔直，"先看看房间吧。"

周至缓缓抬眼。

"万一是两张床呢。"许一指尖都是麻的，周至的手机很热，她不好意思看周至，转头看窗外，吸进去一口热风，尽可能让自己声音稳定，"两张床，我们可以一人睡一张。"

周至修长的手指虚拢在鼻梁上方，浸着笑的眼注视着许一的侧脸，半晌才缓缓开口："一张床。"

周至的手机上有着订房信息，清清楚楚写着"大床房"。

"我睡相应该还行。"许一已经听不清自己在说什么了，她坚决不回头，攥着周至的手机也没有松手，"不会跟你抢被子。"

是抢被子的事吗？

她和周至住一起过，在 H 市，她住过周至的家里。虽然不是一个房间，可同处一室什么的也不是多陌生。

房间比许一想象的大，有着一整面墙的落地窗，能看到海。屋子中间是巨大的一张床，房间里有很淡的香气，空调已经打开了，温度适宜。

她环视房间，觉得就算睡一起，以这个床的面积，她和周至也不会碰到。

"你要先洗澡吗？"周至关上房门，把两只箱子推了进去。他将外套扔到了一边的椅子上，踩着厚重的地毯大步走进去找窗帘遥控，"吃夜宵吗？想吃什么？我点外卖。"

"什么都行。"许一晚饭没吃多少，周至一提她就饿了，"我不挑食，至哥你拿我手机点吧，我现在所有的软件都绑上我自己的卡了，我有奖金。"

许一终于成年了，花钱自由。

她的奖金会打到自己的卡里，花钱不用跟林琴报备。周至付了房费，她请吃饭挺合理的。

"洗澡去吧。"周至拿起手机转身坐到小沙发上，"洗完我也要洗。"

"要不，你先洗？"许一匆忙洗完手，离开了洗手间。冬天从北方飞到南方一路脱衣服都嫌厚，有多难受许一太清楚了。S市很热，她从机场到酒店就一身汗。

周至抬眼注视许一片刻，重新看回手机页面，道："不用，你先，我不单要买吃的，还要买其他的东西。"

许一从行李箱里取出换洗衣服拎着进了浴室。周至点完外卖后，起身推开落地窗门走到了外面的露台上。

他迎着风，点了一支烟。

他现在不能抽烟，点了也就看看，他在风里看烟燃到了尽头，手肘撑在栏杆上眺望远处一望无际的海面。晚上的海面是灰白色，与天齐平。

周至点了粥，他们洗完澡后，穿着短袖短裤相对而坐，非常安静地吃完了夜宵。许一的头发已经很长了，黑发散在肩头，她穿着白色运动T恤，短裤到膝盖，露出大长腿。

许一把外卖盒扔掉，走回来站到周至面前，想问怎么睡，但接触到周至的眼，忽然就感觉气氛诡异起来。

周至也穿着白色T恤，宽松的运动短裤。他的头发还没有彻底干，看起来发丝更黑，他本来就白，在黑色发丝的衬托下更是白得瞩目。

"至哥，你要吹头发吗？"许一找到自己的声音。

"不用，短发，一会儿就干了。"

"那——"

"吃什么味道的？"周至从桌子上拿起两颗晶莹的水果硬糖，外卖商家送的小礼物，"一颗橘子味，一颗白桃味。"

"橘子味吧。"许一接过周至递来的橘子味水果糖，咬在齿间，若无其事地抬起头，"你今年去哪里过年？"

周至咬着白桃味水果糖，甜味在口腔里溢开："H市。"

"你去周教练家？"许一咬碎了糖块。周至如果在H市过年，她可以在家过完初一去找周至。

"我自己家。"周至把糖块抵到腮边，英俊的侧脸显出很浅的弧度，"今年我爸妈回H市，我不想跟他们一起过。"

"你们——"许一想问他有没有跟父母说他们的关系，又不知道该怎么开口。

"许一。"

"嗯？"许一倏地抬头。

"橘子味好吃吗？"周至起身离开了小沙发，检查了一遍房子，走到许一面前停住。

"还行吧。"许一心跳得很快，很是紧张。周至站起来很高，非常有存在感，房间里一下子就全是他的气息，空气燥热起来。她咬着齿间的碎糖，拼命地找回理智，去感受齿间的糖，"有点酸。"

"是吗？"周至抬手很轻地揉了揉她的头发，嗓音很低，"白桃太甜了，吃起来很腻，中和下会不会好些？"

"什么？"

周至忽然低头吻上了许一的唇，许一瞪大了眼。她几乎要原地起飞，她本能地想跑开，但面前是周至，她又把自己按回原地。

她屏住了呼吸，糖也忘记吃了。

"闭眼。"周至的唇稍稍拉开些距离，温热的气息落到她的皮肤上，他的气息很甜，可能是他说的白桃味。

许一迅速闭上眼。

周至看着她笑出了声，笑得胸腔震动，嗓音里浸着笑带着哑："许一，可以呼吸的。"

许一呼吸着，手落到周至的腰上，"咕咚"一下把碎糖块咽了。她瞬间傻眼，缓缓睁开眼："周至。"

"嗯？"周至搂着她的腰，在复盘刚才的行为，想怎么继续刚才那个吻。

空有理论，实践不足。

"糖咽下去了。"许一鼓起勇气，"还亲吗？"

许一眼前一花，后颈落入周至的手心，他的唇再次贴了上来。这回他侧了下头，微凉的鼻尖贴着许一的皮肤，他含着许一的唇，强势地闯了进去。

许一的大脑停止了思考，轰然炸开。

接吻不是贴着？

白桃什么味许一完全没有感受到，她应接不暇，只有攀着周至的脖子才不至于摔到地上。中间，周至好像松开了一次，让她换气。

许一把脸埋在他怀里，急促地呼吸着。

接吻是这样的吗？

"吃到白桃味的糖了吗？"周至在头顶问她，"甜吗？"

许一摇头，根本不知道糖在哪里，周至的唇很软。

太疯狂了。

"没吃到吗？"周至打横抱起她，把她放到沙发上。他俯身膝盖跪在沙发上，手肘撑在许一身侧，把她整个人笼在身下。他潮暗的眼注视着许一，嗓音沙哑，"那再试一次？"

他们在沙发上亲了很久，久到许一以为过去了一辈子。

曾经做的那个梦，如今场景重现，不过那时候她什么都不懂，不知道怎么发展，梦里只有一团模糊的浓雾。

而今周至就在她面前，他带着她攀上山峰，又沉入深海，最终融进平静温柔的湖水里。

静静地流淌相融，交织交缠。

周至离开她的唇时，她的拖鞋掉到了地毯上，脚趾勾着周至的后腰。不知道什么时候，她变成了坐在周至的腿上。

她立刻收回腿，蜷缩的脚趾无处安放。小沙发空间有限，她的手攀着周至的肩膀，薄薄的 T 恤下是精瘦的肌肉，两人肌肤相贴，他的胸膛起伏着。

膝盖似乎碰到硬处，不像是骨骼，许一挪了下膝盖，半跪在沙发上，想低头去看看是什么。她下巴被捏住抬了起来，他的脸近在咫尺，双眼暗潮漆黑，如同最深的墨，沉沉地看着她。

"至哥？"许一的声音很轻，话出口几乎化为气音，"怎么了？"

许一觉得周至的情绪似乎有些波涛汹涌，不知道是不是错觉，带着很奇怪的那种压迫感，她已经很久没有在周至身上看到过了。

触逆鳞了？

"我去洗个澡，你先睡，不用等我。"周至嗓音沙哑，将许一的手臂从自己的脖子上拉下来，胡乱地揉了把她的头发，霍然起身大走向浴室。

浴室门关上发出声响，许一的手落空搭在沙发扶手上。她有些蒙，眨眨眼，心也跟着空了一半。炽热的温度散了，唇还有些发麻，许一呼吸到新鲜空气。

房间寂静，浴室遥遥传来水声。周至真在洗澡，他不是洗过了吗？为什么还要洗？

她整个身体后仰，挂在沙发扶手上，头发倾落在半空中，捂着滚烫的脸，心脏"扑通扑通"地跳，每一下都十分有力。

她和周至接吻了，接吻的感觉还不错。

她在沙发上挂了几分钟后，想从沙发上直接跳到床上。她起身时发现自己腿软得厉害，便老老实实地下了沙发穿上拖鞋跑到床上。

难怪教练提醒她不要乱来。

接吻非常消耗体力。

许一睡在床的另一边，再次想着刚才那个吻。她到底也没有尝到周至说的发腻的甜，周至的唇很像果冻，软软的，有点凉。

初吻，不是碰一下就离开的那种，而是实实在在的吻。其实她还想再跟周至抱一会儿，可周至把她的手放开了。

许一开始慢慢回味、思索，是不是她亲得不够好。周至亲完态度很奇怪，看她的眼神也很奇怪。

她刚才太紧张了，都不知道怎么应付，全程跟着周至的节奏走，亲得一塌糊涂。

她拿出手机搜索接吻该怎么做，网上居然有详细的教程。

许一仿佛打开了新世界大门，把脑袋缩在被子里，看得面红耳赤。

忽然，床垫一动，许一猛地从被子里探出头跟湿着头发的周至对上视线。他随意地拎着毛巾擦头发，看了许一一眼，把毛巾撂到床头柜上，抬腿上床倾身去摸许一的额头："发烧了？脸这么红。"

"没有。"许一往被子里缩，想到接吻教程里的介绍，忍不住往周至唇上看，"热的，你头发吹干了再睡。"

"害羞？"周至的手指停在她的脸颊上，捏了捏，嗓音沉下去慢悠悠道，"脸红了。"

他比许一大，有些节奏需要他来把控。他不单单是许一的男朋友，他还是许一的哥哥。他们的关系不是短暂的男欢女爱，他需要负责起他们的感情，担得起许一的信任。

离开仙山镇之前，林琴跟他聊了很久。

林琴是个很好的母亲，她很爱许一。她尊重许一的选择，可也会担心许一横冲直撞受伤。

她问周至是打算跟许一短暂地谈恋爱，还是想长久地在一起。

周至想做的不单单是男朋友，还是许一未来的丈夫，和许一建立法律上的关系。他们的未来很长，每一步他都做了计划。

他的计划里不包括今晚。

失控，非常失控。

他在最后一步被理智拉了回去，他对许一的感情大过他对许一产生的生理本能。等许一再长大一些，至少要二十岁。

"热的。"许一强行把脸从他手心里移开，缩在被子里，只留眼睛在外面，"至哥。"

"嗯？"

"我都会学，以后会好的。"许一迅速地说完，把眼也沉进被子里，"晚安。"

"学什么？"周至扬眉。

"睡了，你记得吹头发，不要湿着头发睡觉。"

周至看着被子里鼓起的弧度，嘴角上扬："晚安。"

周至吹干头发才重新上床。许一已经睡着了，没心没肺，真不怕他做什么。

幸好是跟他谈恋爱，换个人，她会被吃得骨头渣都不剩。他转而一想，许一只能跟他谈恋爱，没有"换个人"这种假设，不存在。

周至关掉了大灯留一盏昏黄的壁灯，靠在床头拿起手机登录微博，看到许一二十分钟前发的微博。

【好像被嫌弃了，好好学习。】

配图是接吻的三个级别，初级、中级、高级。

周至："……"

他那是嫌弃吗？

周至把许一的微博翻了一遍，保存了许一的接吻三个级别截图。

许一翻了个身，把他身上的被子卷走了，她抱着被子像只树懒挂在床边，背对着周至，露出一截雪白的后腰。

　　周至眯眼抵了下腮帮，他估计等不了两年。

　　许一醒来时，发现自己在周至的怀里。她梦到身上有一座大山，压得她喘不过气，她拼命地挣扎，怎么都出不去，猛地惊醒了。

　　晨光从窗帘的边缘挤进了房间，昏暗的空间有着微弱的光，周至的脸隐隐可见。他冷峻的下巴抵着许一的额头，喉咙线条顺延而下。

　　许一的理智在第一时间把自己按在原地，没有从他怀里冲出去。周至侧躺着睡，一只手搭在她的腰上，另一只手绕过她的头顶垂在她身边。

　　许一被严丝合缝地锁在他怀里。

　　他们昨晚睡在一起。

　　许一僵硬着脊背干巴巴地躺着，身体不敢动，怕惊醒周至。

　　她很想起床，又怕吵醒周至。不知道几点了，她饿了。

　　极度安静中，身体感官无限放大，许一小心翼翼地动了下腿，想从下面钻出周至的怀抱。忽然，周至翻身，长腿搭在她身上。

　　下一刻，周至就把腿落了回去，他醒了。

　　许一脑子"嗡"的一声，电闪雷鸣一瞬间，她好像知道昨晚周至为什么那个反应。

　　"大清早往哪儿钻呢？"周至嗓音惺忪沙哑，单手拎着许一的后颈把她拖到了枕头边，皱眉，"几点了？"

　　许一屏住呼吸转身去找手机看时间，才早上六点，她的训练生物钟醒了。她握着手机迅速抽回腿，跳下床穿上拖鞋才呼出一口气，从炽热与尴尬中抽离出来："六点，还早，你再睡一会儿。"

　　周至把脸埋在被子里，长手搭在枕头上，嗓音依旧哑着："出去跑步？"

　　"你要去跑吗？"许一已经绕到了床尾，忍不住往他身上看。没有开灯，没有拉开窗帘，屋子里一片漆黑，他在被子下颀长一道。

　　离得远，她已经看不清周至的脸了。

　　"可以，你先去洗手间，我等会儿要用。"

许一在洗手间洗漱好，换了一套运动装出门。

他们六点半出了酒店，沿着海边公路跑了一个小时。早上阳光很好，灿烂地照耀着大地，椰树林在风里发出声响，他们顺着小路走向海边沙滩。

树荫深处，只有他们两个人，许一忽然很想知道，恋爱中的人总是无聊又多疑的，她硬着头皮问周至："你以前有跟女生那样过吗？"

"那样是哪样？"周至停住脚步，转头注视着她，"嗯？"

许一的脸红得快爆炸了，仰着头："你知道男女在一起都做什么吧？"

周至把剩余的半瓶水一饮而尽，扭头看绚烂到刺眼的日出，喉结滑动，咽下水后把水瓶扔进垃圾桶。他脱掉了运动鞋，转过身弯腰蹲在她面前，说道："上来，哥背你。"

他不想回答这个问题吗？是不是问得太直接了？

这些事还是很隐秘很隐私。

许一看着他的脊背，开始后悔，为什么要乱说话。

周至穿着很薄的运动衫，刚跑完步身上有热气腾腾的汗，脊背轮廓清晰。许一小心翼翼趴到他的脊背上，抱住了他的脖子。

他们谈恋爱的时间很短，昨晚才第一次深入地接吻。

那些事还很遥远。

射箭的人，肩背需要力量训练，他的背宽阔，轮廓分明。许一很羡慕他的身材。

她也有背肌，但没有周至那么好看。

她想帮周至拿运动鞋，被拒绝了。周至背着她，拎着鞋踩着沙子往海边走。

许一趴在他的脊背上，前前后后里里外外地想了一遍，把下巴搁在他的脖颈边，贴着他的脸侧皮肤。

"你有想过未来吗？"周至问她。

许一抬头："你说哪方面？"

不管哪方面她都想过。

她现在这么拼命地训练，想拿奖，不就是为了能再靠近周至一些，能跟他有未来吗？

"我们。"周至仰起头看朝阳升起的地方，"有没有想过？要跟我在一起多久？"

　　许一心里一"咯噔"，不知道周至为什么要这么问。她抱着周至的手松了些，随即又紧上。

　　她在林琴面前说的时候很硬气，安慰自己的时候，也不求天长地久，但她私心里想要的有很多，可以称得上"野心勃勃"。

　　她从有记忆起就认识周至，喜欢跟周至亲近。她不断地向他靠近，直到现在，他们在一起。她对周至的喜欢是定向的，一直都是他这个人。

　　未来还有多长呢？应该长不过她对周至的喜欢。

　　想在一起多久？地老天荒。

　　"我不好说。"许一模棱两可地回答，一咬牙，反问周至，"你呢？至哥，你想跟我在一起多久？"

　　"上次回家，林阿姨问过我这个问题。"

　　许一这回是彻底把心悬到了嗓子处，急忙道："我妈说什么你不用放在心上，也不用在意。"

　　"为什么不在意？不重要吗？"周至已经走到了海边，这里的沙子坚硬，不会钻进鞋子里。

　　周至放下许一，风吹着他的 T 恤，贴到身上，他双手插兜站着，眼睛又深又沉："我认为很重要，我跟你在一起，所有的计划都是按照'在一起一辈子'去做的。许一，我想跟你在一起一辈子，你呢？"

　　海风呼啸，海水拍击着沙滩，贝壳被卷上岸，浮沙被带走。

　　泡沫在太阳底下闪闪发光。

　　周至的发梢被映成了金色，他逆着光站，五官俊美，无可挑剔。许一弯了眼，把手背在身后站直，迎着周至的眼睛。

　　"至哥，你能再说一遍吗？"

　　周至咬牙，倾身跟许一的眼齐平，嗓音缓缓："我只想谈一次恋爱，从初恋到结婚。我可以跟她一起计划未来，一起打比赛，一起做喜欢的事。其他男女在一起做什么，我不明白，我只知道，我会和我的爱人做什么。要跟我一起的那个人，必定是会和我过一辈子的人。"

　　某笨蛋居然问他有没有过其他人。

　　她是不确定会跟自己在一起多久？还是没有做过计划？准备随时

抽身跑路？

周至觉得有必要跟她好好地聊聊。

许一忽地弯着眼睛笑了起来，笑得非常灿烂。她转头看大海，被周至捏着下巴强势地转回去，对着他的眼。

片刻后，许一张开手抱住周至，抱得非常紧。

远处有捡贝壳拍照的年轻人，她环着周至，靠近他的耳朵，声音很低："周至。"

"嗯。"周至抬眼，"会正面回答问题吗？许一。"

许一忽然跳起来用腿夹住他的腰，挂到了他身上。周至抽出手揽住了她，也就是他体力好，换个人都会被带得摔到地上。

周至稳稳接住许一，直起身："这是什么回应的方式？"

许一凑过去亲住了他的唇，她不太会亲，拼命想昨晚看的教程。她脑袋里一团糨糊，贴着周至的唇，一点点碾磨："你让我这么想，我想了你可不准反悔。周至，我是认准一件事，就不会回头的那种人。我野心很大，我没有看上去那么单纯——"

周至凶狠地回吻。

他们在海边接吻。亲完，许一已经从挂在他的身上变成了扑在他的怀里，他们吻了很久。

结束时，许一红唇潋滟，头发都散开了。

周至扶着她的肩膀，给她扎马尾。他以前给许一扎过头发，也不陌生，手腕上戴着她的头绳，握住她黑色的发丝把头绳褪下手腕缠到她的头发上。

"我比你想的要久很多，很多很多。"许一的脸埋在他的胸口，隔着薄薄的布料，热气全呼在他的皮肤上，她的声音沙哑带着暗潮，"我想要的也很多很多。"

"想要就要。"周至给她扎好了头发，低头吻她的额头，"你可以有野心，你可以有欲望，你什么都可以有。野心不是什么可耻的东西，我也有野心。我野心勃勃，我想要世界冠军，我想要站到世界之巅让所有人看到我。我想要你，想要你跟我永远在一起。

"我只喜欢你，你是我的初恋。"

周至拉着许一的手，踩着沙滩迎着太阳往前走："回答你之前的问题，我的第一次当然是你，这个你根本就不需要有疑问。你年纪还小，我们如今都不算最成熟最好的状态，贸然发生关系，可能对彼此都不是那么负责。我们的未来还很长，不急于一时。"

周至停顿，说道："还是你想？"

"我没有。"许一低着头看脚底下的沙子，耳朵滚烫。她钩着周至的手指，用力往前甩，"我在意的不是这个。"

"你在意什么？"周至看着她，"以后有什么问题都可以问你男朋友，他比你早到这个世界三年，比你多看三年这个世界，可能看到的东西会比你多一点，也许能帮你解惑，你可以信任我。"

周至说喜欢她，他明明白白地说喜欢。

许一已经没有"惑"了。

"你呀。"许一快速地说完，看向灿烂的太阳光，"周至，我们交换奥运会冠军奖牌的时候，再附加点其他的好吗？"

许一一开始的计划是拿到奖牌，站到最高处再跟周至提条件。可周至提前提了，他们从不同的出发点做出了相同的选择，朝着同一个方向奔去。

他们依旧是比肩而行的队友。

周至注视着她，眼底深处盛着笑意："好。"

换什么，都好。

他们在 S 市待了一天，除夕飞回了 H 市。

周至取了蛋糕，开车带着许一奔向了仙山镇。

过年镇上的酒店不营业，周至住进了许一家，暂住在许坞的房间。

镇上不禁烟花，除夕晚上，周至搬了两箱烟花在小院里放了很久，气氛是前所未有的热闹。

零点钟声响起的时候，许坞被林琴安排出去放鞭炮。客厅里只剩下周至和许一，电视里主持人数着倒计时，周至忽然倾身过来亲到了许一的唇上："生日快乐。"

许一手里攥着砂糖橘，瞪大眼看近在咫尺的周至。外面母亲和许坞说话的声音清晰可闻，眼看就要进房间了。

她手指上一凉，周至离开了她的唇，若无其事地坐回去继续剥砂糖橘。

门外噼里啪啦的鞭炮炸开，许坞和林琴进了门。许一低头吃橘子，去看手指上是什么，一枚亮晶晶的银色素环戴在她的右手无名指上。

戒指？

周至胆子好大，居然送她戒指。

周至取了一颗水果糖剥开送到许一的唇边，他深邃的黑眸中浸着笑，看着许一。

他的手指上也戴着一枚素环戒指，不知道什么时候戴上的，电视屏幕的光映在他的手指上，银色戒指闪闪发光。

他真的敢。

许一含走了水果糖，悄悄地在他的手指上落了个吻。

许一大年初一在家过生日，她最爱的一个生日，有蛋糕，还有戒指，她爱的人都在。

不过那枚戒指，她第二天就取了下来，串到了项链上，跟周至送她的奖牌挂在一起。周至那枚戒指，倒是一直戴着。

Chapter 11
/ 顶峰相拥 /

8 月，奥运会如期举办。

射箭项目是在开幕式的第三天进入赛程，第一天积分赛，许一表现非常不好。

奥运会高手云集，全是世界名将，每一个人都很强，一个失误，可能就会起连锁反应。

许一第一个三十六支箭过于保守，以至于没有突破。她急了，她想要突破，想要脱颖而出。

第二局开始时，第一箭，她在众目睽睽下，失误了。

这个失误造成了连锁反应，她之后的几箭全部射得很差。

排名赛结束时，她的大脑里一片空白。她茫茫然地抬头，看着靶心，看向观众席，忽然听不清别人在叫什么。

天很阴，似乎要下雨，许一深呼吸，收回视线沉默着背起弓走下赛场。

周至的初赛也不是很顺利，他积分赛遇到下雨天。

四年前，周至第一次参加奥运会，遇到下雨天，惨败收场。这一次好运气也没有眷顾他，依旧是下雨。

他前面几支箭表现得都很一般，到第十支箭才稳定下来。

许一排名四十四，周至排名二十四。

这次男队爆冷了一个郭晨，拿到了排名赛第六。

许一和周至这三年来新闻众多，成绩也很稳定，带着夺冠的势头杀进奥运会，却在比赛的第一轮中纷纷滑铁卢。

他们在第一时间被骂上了热搜，并且有人爆出他们在谈恋爱。恋爱导致了成绩下滑，各种失望的声音纷沓而来。

今天下了一下午的雨，比赛结束，他们背着弓箭离开赛场。接下来两天的比赛都跟他们没有关系了，他们的成绩进不了他们最擅长的男女混合，周至后面还要参加男子团体赛和个人赛，许一只剩下个人赛了。

上车后，许一选择了最后一排座位。很快，周至也上车，跟她并排坐到了一起。

有那么一瞬间，仿佛回到四年前。他们在仙山镇，一个断腿一个断手。

一无所有。

"怕吗？"周至侧头看来，他的双眸很深，沉静如海。

许一第一次参加奥运会，遇到这样的打击，说不怕是假的。她害怕就此一蹶不振，害怕再也站不起来。

"四年前的我，也有着同样的害怕。"周至仰起头靠在座位上，摊开手，看着修长又骨节分明的手指，"怕再也拿不起弓，怕再也找不到靶心。四年后，我又回来了，我的靶心依旧在那里，你的呢？"

周至的长手绕过她的脖子，往她的耳朵里塞了一个耳机："这两天不要看新闻，不要接电话，专心训练备赛。许一，不要害怕。我们在赛场上，就没有结束。"

许一把脸埋在周至的肩膀上，她今天输了，她一直没有哭也没有做任何过激的事。她很平静地接受着周玉的批评，她看完了整场比赛。

直到周至说一切没有结束，她的眼泪瞬间浸湿了周至的衣服，贴上了他的皮肤，无声地哭着。

"你是许一。"周至低头亲到她的额头上，"世界第一的一，你的勇气呢？拿出你无畏的勇气。大不了下一次，再来。"

周至让她不要听不要看，专心比赛。许一把手机交给了周玉，不看不听。

中国队男女混双拿到一个铜牌，男子团体拿到一个银牌。

射箭比赛开始的第四天，女子个人反曲弓竞技比赛。上赛场前，周至在众目睽睽之下拥抱了许一，把已经旧了的樱桃发卡别到了许一的耳朵边，给她戴好了帽子。

"无论成绩如何，你永远是我的骄傲。"

许一抿了下唇，对上周至的眼："至哥，你相信我能赢吗？"

"信啊！"周至抬起下颌，迎着镜头，迎着许一的目光，无比信任，"我相信你能拿冠军，你能拿到金牌！我不质疑你的实力，你有拿金牌的实力，你是许一。交换金牌的约定依旧生效，这次的附加条件你想要什么都可以，怎么样？"

许一扬起头，有一个人信任她，肯永远站在她身边，已经足够了。半晌，她点头，拎着弓走上了赛场。

重新站到赛场上，这至高无上的赛场，是她曾经梦想的地方。

许一想告诉所有人，她堂堂正正地和周至谈恋爱。他们谈恋爱不会影响任何东西，他们在一起，只会越来越好。

她有能力拿冠军，她也有能力决定自己的人生。

场下观众非常多，什么声音都有，她回头看观众席，精准地找到周至。

他穿着红色队服，如同骄阳，站在人群中举着她的应援牌，举过头顶。昏暗的天空，阴沉沉的，随时都能下雨，只有他是明艳的色彩，亮在天地之间。

许一调整自己的弓，走上靶位。

跟她对战的是一名英国选手，这位选手积分赛排名二十，世界排名前十。紧张依旧是紧张的，这是世界大赛，一厘一毫的失误都不能有，她的心和弓弦一样紧紧地绷着。

六十四进三十二，1V1，输的淘汰。

许一第一箭射中八环，对方十环。

在这里没有差的选手，只有更好的选手。

许一垂下睫毛拼命让自己冷静下来，拿起第二支箭搭上了弓，第二箭她依旧是八环。天阴得很重，还有风，许一的发挥不是很好。

对方九环。

如果英国队员领先她六分，可以直接淘汰她进入下一轮，现在已经三分差距了。

第三箭许一拉开持续了很久，才松开了弓弦，箭落到了九环上。

英国队员也是九环，第一局结束，进入第二局。

休息阶段，场下观众席很吵，许一喝了一口水，调整弓弦准备下一局。

"许一加油！"场下中文喊声压下了所有的声音，具有穿透性，响彻整个赛场，"许一！"

许一放下水瓶，抬头看过去。

周至站在人群中，十分耀眼，他扬起左手，无名指上的戒指一闪而逝。

许一抿了下嘴角，拉出衣服里的奖牌和戒指，当着所有人的面放到唇边亲了下。她将其塞回去，抬起下巴重新走上了赛场。

场外解说都惊了，许一和周至传了好几天的绯闻，说他们在谈恋爱，影响比赛。如今公开秀了一对戒指，他们好像真的在一起了。

解说迟疑了一下，才说道："许一的每一场比赛，周至都会出现在观众席为她加油。每一次，她都能创造奇迹，希望这一次，她依旧可以，希望他们永远是对方的幸运BUFF（技能加持），'从一至终'CP（情侣）所向披靡。"

世锦赛他们男女混合拿了冠军，他们有了个CP名：从一至终。

第二局第一箭。

天开始下雨，蒙蒙细雨落到赛场上，有风也有雨。对方射中九环，在这种极端天气里，九环已经是非常好的环数了。

许一的弓拉到了极致，整个人绷得非常紧，蓄势待发。

骤然松开，长箭穿过雨和风，"砰"的一声落到了靶心。她的唇抿成了一条线，扬起了下巴。

"十环！"

许一听到周玉的喊声，很快场下又静了下来。

许一落后两环。

258

英国选手的第二箭依旧是九环，许一紧跟其后射出了她的第五箭，十环。

万众瞩目的最高体育赛事，许一连续两个十环。

第六箭，关键的一箭，英国选手今天发挥稳定，九环。

许一抿了下唇，似乎往观众席看了眼，但没有彻底转过头，只是做了个动作，随即射出第六箭。

十环。

打平了。

许一越来越稳。

她的状态彻底回来了，她永远不缺从头再来的勇气。一次次跌倒，一次次爬起来，她再一次站到了这里。

第三局，英国选手可能受下雨天气影响，也可能是受许一的成绩影响，她的第三局第一箭是八环。

许一第一箭是十环。

场下中国队员和华人观众彻底沸腾起来。

第二箭对方九环，许一十环。

许一的手感来了，第三局最后一箭，对方破天荒地来了个六环。许一以十环结束第三局，率先领先七环，提前结束了比赛。

她在备赛时，只有周玉过来跟她讲三十二进十六时的注意事项和战术，其他人都没有过来。

许一站在雨中，意外地很平静。

三十二进十六，她连一箭失误都没有，全部保持在九环以上，顺利晋级。中国队只剩下两个队员，一个许一，一个江璐。

接下来的比赛，江璐在八强赛上被淘汰，场上只剩下许一。

不管是场上的人还是场下的人，心都提到了嗓子眼。如果许一再淘汰，场上就没有中国队员了。

江璐下场之前，抱了下许一。

这个奖牌至关重要，不管是对许一，还是对整个中国队。

八进四，许一再次撞上了金智娜。上一次在光州比赛，金智娜在加时赛淘汰了许一。

上场之前，国内外论坛到处都在讨论这次金智娜会在第几箭送走许一。许一背着弓箭走上赛场，金智娜下颌上扬高高在上地睥睨许一。

雨好像没有停的意思，细雨缠绵。秋天的雨落到身上有些冷，许一放下弓箭，检查好设备。

裁判的哨声响起，金智娜先射出了第一箭，瞬间场下观众尖叫。她在雨中射出十环，非常自信。金智娜最引以为傲的就是极端天气的平稳，她已经二十八岁了，有着老将的稳健。

许一搭上弓，垂下眼缓缓地呼吸，平复着心情。

场下有人在叫什么，她自动屏蔽掉，大约有五六秒，她睁开眼拉开了弓。弓被拉到了尽头，手上一片潮湿，她专注地看着靶心。

那一点从虚幻到渐渐清晰，它在许一的长箭尽头。

她在心里计秒，倒数第六秒，她松开了弓弦。长箭穿过雨，穿过风，钉在了靶心。

十环。

许一已经听不到其他的声音了，她拿起箭搭上了第二支。这是她一个人的比赛，她只需要看着她的靶心。

金智娜干脆利落地射出第二支箭，十环。

许一紧跟其后，跟了个十环。

许一已经长开了，眉眼精致。乌黑长发束在耳后，她脸上是前所未有的平静，静得像一潭清池。

金智娜第三支箭射中九环，许一缓慢地搭上第三支箭，余光看向观众席的周至。

她眯了眼，抬起下颌把箭搭上了弓，拉开指向靶心。

"许一一定要稳住！"

镜头打到许一的侧脸上，锋利的箭弦贴着她秀美的脸颊，她微歪了头，唇抿成一条线。

解说也非常紧张，上一次，许一失误一支箭，遗憾地输给了金智娜。

"射好每一支箭，金智娜并不是那么难以战胜。"

"现在风速——"另一名解说在汇报现场的风速和降雨量。

许一的箭忽地离开了弦，镜头一转，箭已经落到了靶心上。

"十环！"

慢镜头回放，许一这一箭犹豫的时间并不长，她停顿的时间很短，很快就松了弦。

"许一！奇迹！"

第四箭，金智娜射中九环，许一又跟了个十环。

绝对的实力面前，一切都会让步。

许一顶着风雨，连续五支十环一支九环，两小局领先三环。许一太稳了，稳到让人恐惧。金智娜开始怀疑许一在排名赛是故意低分，降低对手的警惕心。

高手的对决，一环可能就会决生死，三环，那是高山一样的存在。

许一在接下来的两局中没有给金智娜机会，她一箭比一箭稳，她没有失误，领先四环挺进四强。

金智娜第一次没有进决赛，她打了三届奥运会，连续两届拿多项金牌，女子个人赛她是卫冕冠军。

这次却在八强赛，被人淘汰了。

她连打铜牌的机会都没有。

许一扛住了全部的压力，结束比赛那一刻，她转身面对观众席抬起下颌笑了下。镜头里的许一笑得眼睛微微泛红，笑得非常好看。

但她没有哭，她笑完就收回视线收起弓箭，背到背上离开了赛场。

"永远不服输的许一，她做到了！"国内的直播解说非常激动，喊道，"她做到了，我忽然有很大胆的想法，也许——"

许一可以拿金牌，中国队已经很多年没有在这个项目拿过金牌了。不管是单人还是团体，很久很久没有拿过了。

这个想法在每个中国队队员的心中徘徊，可不敢贸然说出口。怕空欢喜，怕走不到那一步。

上一次期待的周至，重重地摔在了赛场上。

周玉也期待，她叉腰站在场外走了两步，压下激动的心情，举起手鼓掌："加油许一！"

四分之一决赛比想象中来得快，另一边四分之一决赛韩国队一个年轻队员率先进入决赛。许一是第二场比赛，赢了进决赛，输了打铜牌赛。

许一再次背着弓走上赛场，雨停了，下午的太阳从乌云深处挤出来，照在赛场上，世界一片大亮。

许一活动手腕，隔着衣服摸了下胸口的奖牌。

上次光州比赛的奖牌没有纪念章，她脖子上挂的奖牌还是周至曾经的银牌，奥运会有纪念金章，这里早晚会换成金的。她的金牌，也会挂到周至的脖子上。

许一放下手，调整弓弦。她的对手是一名俄罗斯选手，今年俄罗斯也来势汹汹，一副势在必得的样子。

许一听到了周至的加油声，她回头看了眼周至，射出了她的第一箭。

第一箭十环，开门红。

这回轮到别人追她了。

许一今天从六十四进三十二就很稳，一路杀到四分之一决赛，她一箭比一箭射得好。她进入状态了，她除了比赛前跟周至聊了几句，全程都没有说话。

中间周玉来找她，她只是听着，并没有开口。

她专注平静，让自己沉到了最深处，不骄不躁，这是她一个人的赛道。

许一射完最后一箭，伸手跟俄罗斯队队员碰了下拳头。她抿了抿唇，拎着弓抬眼，欢呼尖叫等所有声音在一瞬间涌入耳朵。仿佛隔音的玻璃突然被推开，喧嚣炸开在她的耳朵中。

她听到周至的声音，她很浅地扬了下唇，又落回去。

她送走了俄罗斯队员，进入决赛。无论最后一场怎么样，她今天至少有一个银牌，她会站到最高领奖台上。

她背着弓走下赛场，金牌赛是最后打，她被周玉拉过去抱住拍着肩膀："可以，很耀眼了。"

许一抿着唇没有说话，她皱了下鼻尖，不敢说话，也不知道该做什么反应。

她还没有比完。

许一缓了一下，忽然被拉进了一个熟悉的怀抱。她倏然抬头看到熟悉的一张脸，周至低头亲在她的鼻尖上："你会是冠军！"

许一弯着眼，笑瞬间绽放开来，眼睫毛潮湿。

"还没有打完，不要太激动，还有最后一场比赛。"周至揽住她的肩膀，把外套披在她身上，迎着镜头，张扬地挥了挥手，"打完一起激动。"

许一点头，深呼吸，张开手抱住了周至的脖子，很快就松开。她背着弓走到了安静的角落，坐着看比赛。

十五分钟后，她要打金牌赛。

对手是韩国的年轻小将，许一披着周至的外套把脸埋在手心里，她想让自己冷静下来，再冷静一些。

周玉拦住了要采访的记者，拦住了所有想靠近许一的人，她护着许一在那一片寂静的地方待了十五分钟。

十五分钟后，许一背着弓重新走上了赛场。周玉竖起大拇指朝许一重重挥了挥："等你凯旋！"

许一点头，走上了靶场。

许一没想到自己会走到这一步，连她的对手都没有想到，她就这么杀出重围，站到了决赛赛场上。

一如当年她第一次挑战周至，初生牛犊不怕虎，仗着学了点皮毛就敢拎着弓跟周至比，在输了无数次后，把箭射到靶心上。

她有着永不服输的信念，不管多强大的对手，她都敢迎难而上。

这种信念是怎么建立起来的？或许是周至第一次帮她打架时，站在她身后说："上去揍他，你打得过。"

尽管许一比对方矮很多，弱很多。

周至说打得过，她相信他。

那就一定打得过。

许一回头看了眼身后，周至站到了她容易看到的地方。许一收回视线，垂下眼调整弓弦和瞄针，整理好护具，站到了靶位上。

她率先射出了第一箭，没有任何意外的，十环。

天气很好，下午时分光线柔和，太阳也不是那么烈。没有风，也没有雨，一切都平静下来。

她没有看对手，她打完第一小局才抬头看成绩。

30:29。

对方居然落后一分，许一拧开水喝了一口，缓解情绪。

休息一分钟，开始第二局。

周至的心紧紧地提着，盯着赛场上的许一。

他可能比许一还紧张，他举着写着许一名字的牌子，站在人群中。

许一重新拉弓射箭，她穿着红色的队服，在赛场上非常耀眼。

朝阳的颜色。

第二局第一箭，许一射中九环，她射完没有看旁边的人，低着头不知道在想什么。大屏幕上显示出她的脸，很平静。

周至低头亲吻手腕上的文身，呼吸都快停止了。

韩国老将在前面被许一送走了，杀进决赛的队员也很年轻，她并没有那么平稳的心态，只射中八环。

那一瞬间，周至松一口气，在心态这方面，许一绝对稳赢。他往后坐到了椅子上，手肘压在膝盖上，拳头抵着唇静静注视许一。

许一比想象中的更平稳，她第五箭和第六箭都是十环。

周至拿出手机下单了一枚钻戒，赛场信号很差，迟迟无法提交成功。周至觉得再不成功的话，他就去线下买了。

许一的第三局开始，她已经领先五分。

周至看到周玉把国旗拿了出来，手机网络终于连接上，下单成功。

周至心跳得飞快，比他们初吻那天更快。

他的女孩在赛场上所向披靡，义无反顾，她身上仿佛有着光。

第三局结束，许一领先六分。

第一次决赛出现这么大的比分差，周至把左手上的戒指抵着唇，心高高地悬着。许一射出第十箭，稳定的九环。

对方也是九环，只要最后两箭不脱靶，冠军是许一的。

对手的粉丝疯狂尖叫干扰，他们这边异常安静，怕打扰到许一。

第十一箭，许一顶着压力射中十环。

对方是九环，许一领先七环。

最后一箭，许一忽然回了下头，很干脆地射出——九环。

周至站起来，举起了许一的名字。

观众们还算克制，并没有尖叫干扰对手，只是国旗已经扬了起来。

周玉展开国旗，举过头顶。

对方射完最后一箭，周至已经不想去看对方射的是什么，场上的观众疯狂地尖叫着，整齐地喊着许一的名字，周至也喊了她的名字。

许一拎着弓拉开衣领，扯出奖牌项链和戒指叼在嘴上，扬起白皙的下巴回头朝这边看来，她灿烂的笑脸出现在大屏幕上。

赛场大屏幕显出许一的名字，她的成绩出现在最上方，名字后面跟着中国国旗。

这一刻，她被全世界认识。

许一的名字响彻赛场。

射完倒数第二箭，许一就知道自己肯定会拿冠军。没有风没有雨，她脱靶的概率很低，只要不脱靶，领先七分对手根本追不回来。

可真正地射完那支箭，她脑子里还是有短暂的空白。

周玉把国旗塞到她手里，她一把抱住了周玉。压抑了一整天，她喊出了第一声，随之而来的是眼泪。

"教练！我赢了！"

"对！你赢了！"周玉说，"恭喜你！世界冠军！许一！"

许一是个含蓄的人，她做不到像周至那样扛着国旗绕场一圈，她在喊完第一声之后就平静下来了。

许一收拾弓箭，背着弓走下赛场。周玉递来外套让她穿上。

许一拉上外套拉链准备去找周至，离领奖还有几分钟，她想抱一下周至。这时，记者的话筒递了过来。

许一停住脚步，面对记者认真地回答问题。等回答完，她已经要上台领奖了，她也没有抱到周至。

领奖台是神圣庄严的，许一不敢分心，她谨慎地站在上面，眼睛都不敢斜一下。第一次，太紧张了。

颁完奖，现场还有记者拍照和采访环节，许一捧着奖牌让人拍照，余光搜寻观众席。比赛结束了，观众和参赛选手陆续退场，她没有看到周至的身影。

周至去哪里了？

许一心里稍微有些失望，她还想第一时间下场拥抱周至，把奖牌送给周至，这个人居然没有等她。

"你比赛结束后第一时间亲吻脖子上的戒指，这枚戒指是很重要的人送的吗？"有记者八卦，"许一，这可以问吗？"

许一思索的时间不超过十秒，重新把戒指从衣服里拉出来，清清楚楚地给记者拍："这是一对，我和至哥一人一枚。"

"哇哦！"这是可以说的吗？许一居然正面回应，就近的记者激动起来，"这是定情戒指吗？"

"是。"许一的回答干脆利落，面对镜头，不畏不惧，"网上的传闻大多是假的，只有这件事是真的，我们在一起。"

如今她是冠军了，她可以光明正大地介绍周至。她可以堂堂正正地介绍她的另一半，她有能力保护她的感情。

"他是我的灯塔，是我的领路人。"她停顿，斟酌用词，找个更合适的词，"也是我很爱的人。感谢大家的关心，我会认真地打好每一次比赛，也会认真地对待我的另一半。冠军和他对我来说，一样重要。"

许一已经看到了周至，他抱着一束巨大的白玫瑰站在人群的尽头。白玫瑰纯净美丽，他穿着队服笔挺英俊。

玫瑰与他都是绝色。

许一的声音一下子就卡住了，她怔怔地看着周至。周至笑着朝她点了下头，走了过来。

许一听到自己的心跳声，短暂地停顿了下，她朝记者说道："抱歉，等我两分钟，我去处理一件很重要的事。"

许一抱着手捧花和金牌直奔周至。

记者的话筒和摄影师的镜头一起跟着追了过去。

白玫瑰的花语是：无人及你。

你是我世界里最耀眼的光，你是我的希望。

无人及你。

你在梦想的尽头，你是我全部的勇气。

周至张开手接住了许一，抱住了她。许一摘掉脖子上的金牌，挂到了他的脖子上，抱着他吻了上去。

许一第一次出现在公众面前是十七岁，脸上还带着稚嫩，面对媒体的采访有羞涩也有着窘迫，并不是特别大胆。周至站在她身边介绍："这是小师妹，也是妹妹。"

邻居妹妹，青梅竹马。

许一的比赛越来越多，每一次比赛周至都在身边。他们接受采访时，许一会下意识地依赖他，难回答的问题都递给他。

有事找至哥。

他们一起从省队打进了国家队，他们颜值很高，很是般配。只是坐在那里，哪怕什么都不做，他们也是甜蜜的。

他们身上的气场格外契合，而且越来越像。许一在赛场上很平稳，她的心态太好了，她只要拿起弓，天塌下来都影响不了她。周至是冲锋型，桀骜张扬，每一箭都充满了锋芒，他们在一起互相影响。

周至不那么尖锐了，多了许一的沉稳。许一越来越自信，多了周至的锋锐。

他们在一起不意外。

郎才女貌，同一个行业，两个精英，各有千秋的优秀。他们能被彼此吸引太正常了，在比赛前他们是有一小撮 CP 粉的。

可开局许一的成绩太差了，网上一些好事的人就开始故意带节奏。

——他们那么年轻，能负担起责任吗？能对人生负责吗？不管是事业还是爱情，他们有负责的能力吗？

许一和周至都没有理会，他们只是用行动回应了，这是属于他们的傲气。周至在男子团体拿到了银牌，网友以为这就是结束，可许一在射箭比赛的第四天拿到了射箭的第一枚金牌，七十二支箭，她没有失误一支。

她在赛场上射完最后一箭，咬着跟周至同款的戒指笑着面对镜头的时候。

谁哭了？ CP 粉和射箭粉都哭了。

一向沉稳的小姑娘，抱着鲜花和奖牌奔向了周至。全球直播，万众瞩目下，她勇敢地亲了周至。

都说周至高调张扬，许一也不遑多让。

从第一天失利到现在，许一压抑着情绪，她不看新闻，不接受采访，不跟人说话。她人生中最重要的比赛，她人生中最重要的人，全都在这个赛场上。她的心紧紧绷着，像是拉紧的弓弦。

她害怕摔在领奖台前，害怕自己重复失败。

周至坚定地站在观众席，举着她的名字。周至是她的环套，是她的护弦，是拉住她的弓片，是让她的害怕紧张变成力量的存在。

许一亲他的时候才发现自己手指发抖，她亲完把脸埋在周至的脖子上，哭出了声。她哭得很大声，因为周至护着她，她才敢哭。

她成功了。

许一上了三个热搜。

一个夺冠，许一在赛场上冷静沉着杀气腾腾，没有失误一支箭打完了全程。比赛片段不断地回放，许一在赛场上又美又凶，凌厉得如同出鞘的箭。

　　一个官宣跟周至在谈恋爱。她面对镜头没有避讳，直言她和周至在一起，冠军和周至她都要。二十岁的许一，张扬自信又坚定。

　　一个夺冠后哭成了喜剧人。她正在接受采访时看到周至后眼神就变了，周至抱着玫瑰花站在出口处，她狂奔过去抱住周至就哭了起来。

　　在台上那么冷静的许一，能把对手心态打崩的杀神，在周至身边就像个小孩。她因为哭得太厉害开始打嗝，之后的采访在一字一打嗝中结束。

　　许一坐上车还在打嗝，周玉给她拿了热牛奶，她喝完也没止住。

　　周至轻拍着她的背，深邃的眼里浸着笑，忍不住低头亲她的额头。

　　"等会儿还有采访，周至就别跟着了，你不跟着，许一一点事儿都没有。"周玉忍不住吐槽周至，想到今天他们的高调就头疼，"到酒店你们就分开，你明天还有比赛。"

　　许一也看向周至，点头："你不用跟着我嗝……早点睡嗝，明天你还有比赛嗝……"

　　"不能明天一起采访吗？都这样了还要采访？她能说话吗？"周至很心疼许一，她今天一整天没有说话，嗓子哑得厉害。他也是运动员，很明白许一那种神经高度紧绷后的感受，"明天——"

　　他停顿，接着道："我拿金牌后，我们一起接受采访。"

　　"什么？"周玉转头看过来，"你拿什么玩意儿？"

　　"金牌，至哥会拿金牌，我们约定了交换金牌。"许一重复了一遍周至的话，握住周至的手，十分坚定地说，"可以吗教练？至哥明天结束比赛，我们一起接受采访。"

　　周至拿金牌的概率非常低，几乎没有可能。

　　虽然周玉很希望周至拿奖，可现实摆在面前，天气预报显示明天有雨，周至对雨有很强的抵触，他始终突破不了，团体赛上的银牌可能是周至今年最好的成绩。

　　周至的黑眸彻底地沉了下去。

　　一阵漫长的沉默后，周玉说："这样吧，今晚我陪许一去采访，尽可能把时间缩短。结束后，许一就回去休息，明天若是阿至夺冠，给你们约一个双人采访，我来安排。"

"可以。"周至往后靠在座位上，拧开一瓶水喝了一口，"希望明天能有双人采访。"

"一定有。"许一的嘱突然就停止了，她看着周至的眼，"我等你。"

许一一直很坚定地相信周至会夺冠，他有夺冠的实力，他不比任何人差。

晚上的采访确实很短，结束之后，许一原本想去找周至，他的教练在，许一就退了回去。她洗完澡躺到床上，却一直睡不着。接近凌晨，许一写了很长一条信息，最终也没有发，她只发了一条很短的话：【我们会在顶峰相见。】

第二天早上没有下雨，周至顺利晋级八强。

许一祈祷了大半天，下午的八进四，周至第三组上场，雨落了下来。她咬了下牙，国外的神明一点都不靠谱。

"至哥，你等下。"许一在周至进场之前，叫住了他。

她一边跑，一边摘脖子上的项链，冲到周至面前，喘着气道："你低头。"

周至沉黑的眼注视着许一片刻，低下身。许一把项链扣到了他的脖子上，在项链上亲了一下，然后塞到了他的领口里："这个奖牌带给我好运，也会给你带来好运。"

周至的第一份荣耀，旁边还挂着许一的戒指，许一怕拆开就没那么好了，全部挂到了周至的脖子上："银牌会在未来换成金牌。"

雨丝细密，许一的眼睫毛上沾着水珠。周至把她外套的帽子拉上去，抬手揽住许一用力地一抱。他松开她，转身大步走上了赛场，金属垂在胸口，贴着他的皮肤，带着许一的体温。

周至走上赛场跟对手点头致意以示尊重，调整弓弦与护具。细雨缠绵，手臂受过伤的地方隐隐作痛。

最近频繁地比赛，手伤复发。他十岁学射箭，这是他第二次参加奥运会，也可能是最后一次。

不管能不能拿冠军，都是他最后的机会了。

这里曾经承载了他全部的梦想。

周至的第一箭手滑了下，射中八环。

周至握着弓看着靶心方向，弓弦在嗡鸣，他甩了下手腕。

"周至加油！"观众席上传来一道很大的声音，盖过一切嘈杂，具有穿透性，"你什么都不要想，专心射箭！雨挡不住你！什么都挡不住你！你就是神明！"

周至回头看去。

许一站在观众席，穿着火红的衣服，写着他名字的横幅举过头顶。周围的观众都打起了伞，她什么都没有打，甚至把挡雨的帽子也拿掉了，她坚定地站着。

周至仰起头看天，雨滴落到了他的脸上，运气不怎么样。

对手第一箭九环。

周至拿起第二支箭，他在雨中缓缓拉起了弓。耳边静了下来，他缓慢地呼吸，看着靶心的方向，脖子上的项链随着他的动作，晃动彰显着存在，他牵起嘴角，运气又有什么关系。

他的信仰不是那莫须有的运气，他的信仰在他身后。

随即，他松开了手，长箭穿过雨水穿过风落到了靶心。

身后的尖叫声响彻整个赛场，周至想今晚回去得给许一炖梨水喝，她这么喊嗓子肯定要哑几天。

周至的第三箭依旧是十环。

他进入状态了。

他在第三箭就和对手比分拉平了。

淘汰赛一共四局，每局三支箭，周至的第二局射满了三支十环。许一跳起来欢呼，她不想那么激动，可她按捺不住自己。

周至状态最好的时候，就是这样。连续的十环，自信张扬，射箭不会犹豫，拉弓就射。

下雨天的连续十环，对手已经跟不上节奏了。周至领先三环，进入第三局。

许一的心紧紧绷着，盯着周至。

他的第三局两个九环一个十环，对手是三个九环，再次赢下一局。

周至领先四环。

第四局，许一几乎是屏住呼吸看周至射完第三支箭，然后她急促地呼吸着，差点哈住。周至射了两个十环，一个九环。

射完，他活动了一下手腕，许一的尖叫声没有出口，被他的动作提住了心弦。

周至的手怎么了？

周至成功晋级，进入备赛区，等待四分之一决赛。

许一不敢去找他，怕惊扰了他的状态。她知道在赛场上，状态情绪有多重要。她坐在雨里，身上湿漉漉的，抿了下唇。

她愿用她永远不吃奶糖，换周至夺冠。

许一在周至四分之一决赛之前，千里迢迢越过观众区，跑到选手备赛区给周至送了一颗奶糖。

周至忽然捞住她，把她抱进怀里。

"我夺冠的话，许一，我们结婚吧。"周至很轻地亲了下她的耳朵，克制着情绪，"想吗？"

"结婚"两个字对许一来说太遥远太陌生，她没有概念，那是什么疯狂又遥远的事？他们都还年轻，很年轻很年轻。她要跟周至结婚吗？她没想过。她看着周至眼中的炽热，那个人是周至，上刀山下火海都行。

她抿唇，点头："好啊。"

雨停了。

许一又在心里把神明给供起来了，很好，不要再下雨了。

周至的四分之一决赛非常顺利，他本身技术就很强。上一届奥运会是意外，他经过四年的沉淀，更沉稳了。

决赛之前，周至就上了热搜。手机上到处都是他的消息，昨天射箭队女子单项许一拿了冠军，今天射箭队男子单项周至进入了决赛。

不是冠军就是亚军。

许一坐在赛场，手机疯狂地响，有来自四面八方的消息。所有人都在看直播，所有人都在看赛场上那个人。

昨天周至在这里坐着，是不是也是同样的待遇？

周至进了决赛，许一已经松了一口气。

林琴问周至是不是要夺冠了，她十秒钟一条消息地问，自从许一练射箭后，她开始看射箭比赛，了解规则，追每一场比赛。

林琴说：【不是冠军也是亚军，都好！真好！】

【妈妈，我可能要跟周至结婚了。】

林琴：【？】

林琴：【！】

许一把手机装回去，举起了横幅。

铜牌赛打完了。

周至拎着弓走上了决赛赛场，他的对手是朴胜俊。朴胜俊也要退役了，这是他的最后一场比赛。收官比赛，他打得非常好，一路上成绩都很稳定，以碾压之势走到了决赛。

前两局，周至和朴胜俊的比分一直持平，第三局，天再次下起了雨。

下雨那一刻，朴胜俊的粉丝开始疯狂欢呼。许一咬着唇提着心脏，静静看着周至，她想做点什么，可什么都做不了。

第三局第一箭。

朴胜俊很自信，率先发射，他的第一箭奔着十环去了，因为雨落到了九环。

周至亲了下右手手臂，拉开了弓箭。

许一攥着手里的横幅，很轻地呼吸。她在心底数秒，周围的一切都静了下来。周至短暂地停顿，射出第三局的第一箭。

十环！

"啊！周至加油！"许一跳起来尖叫，"周至！"

周至在下半场表现出异常的稳健，雨没有打败他，赛场的噪音也没有，来自朴胜俊的压力也没有。曾经，他差一环输给了朴胜俊，如今，他在最不擅长的雨天，战胜了朴胜俊。

周至的最后一箭落到了十环上，许一跳起来欢呼。

周至握着弓回头看向许一，裁判的哨声结束后，他做了跟许一昨天同样的动作。他从脖子上拉出项链，桀骜地咬在齿间，张狂地喊了一声。

他挽起袖子露出文身，冲下赛场奔向了许一。

教练没拦住他，他冲到广告围栏边缘，接住了观众席上的许一，他们隔着围栏拥吻。

"我爱你！"周至捧着她的脸，擦掉她眼底的眼泪，"许一，我的交换金牌附加条件是交换戒指，你愿意吗？"

周至被叫回去领奖，许一才恍恍惚惚地回过神，捧着脸缓缓抬眼看到移过来的摄像头，挥挥手打招呼。

周至好像说了爱她，也不知道是不是听错了。

观众席有人叫许一的名字，许一回头跟粉丝打招呼，心脏怦怦地跳，她踩着心跳顺着台阶往下走。

电话响了起来，来电是母亲。

许一挂断反打过去，她的脸上滚烫，烧得厉害："妈。"

"周至拿奖了？恭喜！"

电话那头很吵，许一听到很大的声音，很多人在喊叫。

"嗯，冠军。"许一很骄傲，声音里也带着笑意，"他很优秀。"

"恭喜你们，真好，你们都如愿以偿。"林琴又夸了一会儿周至，"你刚才说的结婚是怎么回事？"

许一向工作人员出示证件，想解释自己是参赛选手，可以过去参赛区域。对方说着她完全听不懂的法语，许一停在原地跟保安面面相觑，谁也听不懂谁说话。

"我们可能会结婚。"许一听到赛场上广播用英文叫着周至的名字，她只能听懂周至这个词。

她站直把手插兜，看着披着国旗往领奖台走的周至，说道："如果，我们决定结婚，你不要太惊讶。"

她仔仔细细想过了，她和周至结婚也不是不行。

冠军的奖金非常可观，射箭队的商务也很稳定，她的未来不会缺钱。

不管周至是继续留在射箭队还是退役去读书，他们的经济基础都非常稳定，她能很好地保护周至，也能保护自己。

她想了很久，最终得出一个结论：挺好。

周至求婚，她会答应。

周至领完奖把奖牌戴到她的脖子上就去接受采访了，随后回到酒店洗澡换了件衣服，继续接受采访。

采访结束，队内庆祝狂欢，他们被拉到了庆功宴上。

许一以为的事情没有发生，也没有机会发生。他们出不了奥运村，他们住的房间不是单人间，出门到处都是记者，一举一动都会被拍。

闭幕式结束，他们被安排直接回国，她之前想的跟周至单独出门连做梦的空间都没有。到达 B 市机场，林琴来接机了，晚上许一自然是跟林琴一起住。

第一周，许一的时间被各种采访和商务活动占满，她以前挺不喜欢被采访，可现在只有采访的时候才能跟周至坐到一起，也就慢慢接受了。

队内工作全部结束后，她和周至才有了一周假期。他们一同飞回H市，把林琴送回了仙山镇。

之前许一比赛的奖金就足够买房子了，可林琴没有离开仙山镇的打算，一直待在老家。老家更热闹，敲锣打鼓摆宴席折腾了两天，她跟周至连牵手的机会都没有。那么多人盯着，他们的一举一动都是新闻。

第三天，许一借口要回H市给秦川摆谢师宴，跟周至离开了仙山镇。

许一没有订酒店，打定主意晚上要住周至家。她全程都在思索，该怎么跟周至提同居的事。

回程是周至开车，许一全程瞄他，他的表情没有任何变化。

许一简直怀疑那句"我爱你"是自己的幻听，周至下了赛场就挺冷静的，做什么都游刃有余，冷静沉稳。

接吻、牵手都是点到为止，不会过火。

"看什么？"周至握着方向盘，注视着前方，他穿着黑色休闲T恤，宽肩，手臂修长，显出蓬勃的力量感，"饿了吗？后面有零食，水也在后面。"

"秦教练发了几个地址过来。"许一拿起手机打开跟秦川的聊天记录，"问你想请他吃哪家。"

"回复他今晚不行，今天时间不够。"周至骨节分明的手指轻叩方向盘，"明天请，餐厅让他定。"

许一抬起手腕看时间，现在是下午三点，到H市应该是五点。

周至晚上有事吗？怎么会没有时间吃饭？

许一跟秦川敲定请客时间，放下手机从后排取了一瓶水拧开喝了一口，再次看周至："至哥。"

"嗯？"

"你晚上……"许一拧上瓶盖，若有所思，"有什么事？很急吗？"

如果是很紧要的事，她去住周至家也不合适，可能需要订酒店。

周至看了许一一眼，点头，缓缓道："是挺急的。"

"那我订酒店吗？"许一拿起手机说道。

"你喜欢在外面？"周至喉结动了下，"你喜欢酒店的环境？"

什么喜欢在外面？她对酒店的环境能有什么喜不喜欢的？不就是住吗？

"还行吧。"

周至蹙眉，嗓音沉下去，道："我不喜欢在酒店，你喜欢的话，去酒店也可以，你先别订，等会儿下了高速我来。"

许一愣了几秒，觉得他们不是在聊同一件事。

她住酒店，为什么要周至喜欢呢？

"你晚上不是有事吗？你忙你的，我随便订一家酒店就可以，你把我送到市区，我打车过去。"

周至缓缓转头看向许一。

"看路。"许一提醒他，"注意安全。"

周至把目光落到前方的路上，往后靠着座椅靠背，快被气笑了。半晌，他才开口，语调慢悠悠："我的事得你配合，我一个人不能进行。酒店就不要订了，直接过去我那里。"

什么事得她配合，一个人不能进行？

很重要，不惜推掉跟秦川的饭局？

许一把视线落到周至英俊的侧脸上，屏住了呼吸："啊？"

"不想吗？"下午的阳光照在高速路栏杆上的反光柱上，反射出耀眼的光芒，周至抬起下颌，嗓音缓慢，"嗯？"

许一迅速把脸扭到车窗的方向，看向窗外。她半边脸都红了起来，捏着矿泉水瓶，抿紧了唇。

"不然我为什么要开这么久的车回 H 市？"周至的黑眸里浸着笑，指尖摩挲着皮质方向盘上的纹路，"自然是有更'重要'的事要做。"

如果林琴还想继续住在仙山镇，等他和许一结婚了，可以回老家把房子修修。隔音太差了，他想跟许一做点什么都不行。

越野车飞驰在高速公路上，许一的心跳跟车速同频。

他们下高速是五点，到家是六点。

车停到地下车库，周至推着两个人的行李箱，把外套和没装什么东西的背包递给了许一，一前一后进了电梯。

周至按下楼层按钮，许一开始紧张。

电梯上的数字从负数到正数，缓慢地上升，许一度过了漫长的几十秒。她觉得很热，整个空间都很热。

H市比仙山镇温度高，他们都没有穿外套。

电梯停下来，许一先走了出去，刷指纹解锁打开了房门。走进门，她才觉得自己这个行为，显得很着急。

她很含蓄地清了清嗓子，又退出门。周至抬手推了下她的后脑勺，拎着两个箱子进门，说道："做什么去？"

许一环视四周，夕阳铺在客厅，整个屋子被映成了金色。她很长时间没来周至这里，可能周至也很久没回来了。

他们一直在基地接受训练，都没时间离队。

"我好像也会有一套房子，过几天就可以去办手续。"许一说，"你家里什么都有吗？还需要买吗？"

"你想要什么？"周至带上房门，打开柜子取出两双拖鞋，一双粉色女式，一双白色男式，看起来很像情侣款，"我看看家里有没有。"

许一满脑子都是林琴那套防护措施。

"这个拖鞋是刚买的吗？"许一换上拖鞋，把衣服放到玄关的柜子上，"大概就是一些——日用品。"

"喜欢吗？"周至换上了拖鞋，长手捞过许一往里走，"我在网上买好寄到家里，让管家安排人换上。"

许一落在他的怀里，忍不住紧张，心跳也很快。她攥住他的手，他的手指很长，她很喜欢握他的手。

"晚上你想吃什么？我会做饭。"

"还不饿，不急。"周至推开了主卧的门，带着许一走进去，"先看看房间，有需要换的，我给换掉。"

许一第一次进他的房间，穿过衣帽间和洗手间，房间全貌显现眼前。房间很大，有一整面的落地窗，夕阳光斜着铺了进来。

屋子中间的白色大床上是大红色床上用品，绣着龙凤。

许一抬头看周至，脸红得不能看了，他是有什么恶趣味？

周至脚步顿住，惊诧于这满眼的红。

家里的东西是他在网上挑选寄过来，管家安排人清洗换上的。周至只看过网上效果图，实物实在夸张。

四目相对，周至的手落到许一的头发上，冷峻的下颌还绷着："喜庆吗？"

挺喜庆的，结婚也不过如此。

"你房间挺大的。"许一环视四周，不知道该说什么，手脚都不知道往哪里放，不知道第一步该做什么。

"窗帘遥控器，是这个。"周至捡起桌子上摆着的窗帘遥控器，按下了关闭，整个房子黑了下去。

瞬间，许一的心脏都快跳出了胸腔，她把两只手都塞进裤兜，片刻又抽出来："黑吗？至哥？"

这才下午，不至于这么急。

许一的意思，是让他把窗帘打开。

"我去开灯。"周至走过去开灯。他的窗帘选的是全遮光，黑得伸手不见五指，他往开关的地方走时绊到了许一。

许一拉住他的手臂，稳住身体。下一刻，周至的吻就落了下来。

漆黑的空间，没有任何光源。身体的感官被无限放大，周至的唇温热，他的指尖抚着许一的后颈，酥酥麻麻，许一想躲，他的吻有着海啸之势，夹杂着狂风骤雨。

许一仰起头，攀住他，接受着他的吻。

周至的吻太热烈了，许一的呼吸都快要停止。她在思维涣散之际，抓着周至的手臂。

周至的吻停了下来，贴着她的耳畔，嗓音低哑："怎么了？"

热气全落到她的耳朵上，许一整个人都很乱，脚底发软，攀着他的手臂才站稳，嗓子发干："至哥。"

许一把脸埋在他的怀里，心跳像是夏日惊雷，一道一道地砸在大地上，她深呼吸缓解身体里的疯狂。

"我们还是先去吃晚饭吧。"周至的嗓音沙哑，揽着许一亲了亲她的发顶，松开起身道，"我去洗澡。"

晚餐是点的外卖，吃完饭，周至找了部电影揽着许一在客厅看。他们很少有这样的时光，不用想比赛没有训练，电影节奏很慢，许一看得昏昏欲睡，趴在他怀里，忍不住研究他手臂上的文身。

"至哥，你的文身……是什么意思？"

"新生。"周至对电影也没什么兴趣，纯粹是想给自己找点事做。

"是你。"

许一没明白过来，抬眼看他："什么意思？"

"'一'是一切的开始。"周至垂下眼，深邃的眼注视着许一，"'一'是我的开始，也是我的新生，是长出玫瑰的地方。"

许一的眼睛弯了下去，她的名字带"一"。

"哦……"许一拖着语调，笑得像偷吃了蜜。

"哦？"周至看着她，黑眸中的笑也缓缓地荡漾开来，低头把额头贴在她的额头上，碰她的睫毛，"你以为是什么？"

许一攀住了他的脖子，抿紧了嘴唇，半晌才开口："周至。"

"嗯。"周至揽着她，有些情动。

"我爱你——"许一迅速说完，最后两个字低成了气音，她仰头亲周至的唇，试图阻拦周至听清楚。

周至揽着她接了绵长的一个吻，打横抱起许一走向卧室。

"我听见了。"周至走进卧室踢上门，床上的四件套已经换成了正常的颜色，他把许一放到床上，点头，"嗯，我爱你。"

许一心中的烟花绽放开，绚烂让她眩晕。

从头到尾，他们的世界里只有彼此。

第二天，许一破天荒地比周至起得晚，醒时房间是暗着的，窗帘只留了一条缝隙，能看到外面的光。

床头柜上整整齐齐放着她的手机和手表，她习惯把手机塞到枕头底下，这么做的肯定是周至。许一脸上有些红，昨晚的疯狂全涌现出来，她拿起手机看时间，中午十二点半。

真够能睡的。

行李箱已经被周至拎到了衣帽间，她的衣服被挂到了周至的衣柜里，她简单洗完澡换衣服时，对着一排运动装，再次产生了自我怀疑。

也许真的该买衣服了。

她挑了一套不那么职业的运动套装穿上，拉开卧室门听到周至的声音。

"她比我优秀，是我在追随她的脚步，我仰望她。我比她大三岁，要动心思也是我先动心思，责任永远在我。"周至握着手机站在落地窗前看着外面的光，"她是我未来的妻子，我的另一半，我们要过一生。

你们可以不接受，那我们的婚礼就不邀请你们了。"

李颖气得说不出话，许一和周至高调公开关系，高调在一起。除了她，所有人都在庆祝。

无数的朋友跑来跟她恭喜，李颖脸上火辣辣的。而周至和许一在一起这件事，她还是从新闻上知道的。

周至已经三年没有回家了，跟她断了商务合同，签了新的公司。

周至自立的速度超出了所有人的想象，他如李颖所愿夺冠了，可许一也夺冠了，他获得的荣耀跟李颖并没有多大的关系。

李颖打电话给周玉，周玉的意思是感情的事她不管。

周玉只管成绩，许一是她的徒弟，若是李颖因为感情的问题骚扰许一，影响许一的比赛，那周玉会跟李颖没完。

许一已经不是曾经那个许一了，可许一优秀，李颖并不高兴。她最看不上的林琴，教育出一对优秀的儿女，他们都在打李颖的脸。

"你们结婚不邀请我？那林琴该笑死了。"李颖声音尖锐，"林琴等着看我们家的笑话，你倒好，就差改跟他们家姓了。"

"改跟他们家姓吗？那也不错，我跟许一结婚，我会改口叫林阿姨'妈妈'，我早就想要一个那样的妈妈了。"周至淡淡道，"你根本就不配做一个母亲，你想要的是一个能满足你虚荣心的完美木偶，而不是活生生的人。可我是人，我有着七情六欲，我有我的理想抱负。我已经长大了，你控制不了我。"

"林琴哪里比我好？"李颖咬牙切齿，"我不能理解你的想法，简直荒谬。"

"你不荒谬吗？你的人生不荒谬吗？你爱过人吗？"周至被气笑了，他停顿了一会儿说，"你爱过谁？你除了爱钱和爱你自己，你对别人有过一点点的爱和尊重吗？你高高在上、自私自利，你从来没有把别人放到跟你同等的位置上尊重过。林阿姨自强自立，你问我，她哪里比你好，她是一个合格的母亲，她是一个正常的人。她爱着她的孩子，她尊重她的孩子，所以她养出了一对优秀的儿女。而你只能养出我这样的，你什么都不是。有时间去看看心理医生吧，心理医生对你更有用。"

周至挂断了电话，他把手机装进裤兜，双手插兜沉沉看着窗外。

他喉结滑动，攥着口袋里的钻石戒指，用了很大的力气，钻石的边缘抵着他的肌肤微微刺痛。

他眼底的戾气化开，抽出手转身，猝不及防看到了许一。

许一穿着白色运动装，清瘦高挑地站在客厅中间。她头发没有吹干，潮湿乌黑，披散在肩头。

"醒了？"周至短暂地停顿了下，回过神来说，"什么时候醒的？饿了吗？我点了外卖，马上就到。头发怎么没吹？需要——"

许一快步走过来抱住了周至，她抱得很紧。

周至扬了嘴角，嗓音沉下去："许一？"

他预想到的一切都没有发生，许一拥抱了他。他没有跟许一聊过这些，许一不问他不说。他有过担心，怕他达不到许一的预期。

喜欢一个人，就会有诸多担忧。

"你很优秀，你很好，不要受她影响。有很多人爱你，我就是其中一个。"许一斟酌用词，"我会爱很久。"

周至低头亲她的额头，紧绷的心放了回去。他眼底浸了笑，柔和了许多："哥帮你吹头发，要不要？"

许一迟疑片刻便同意了，她坐到周至的怀里，让他吹头发。

他们在一起，周至照顾她更多。

周至看起来矜贵高冷，却比谁都温柔。

"我不太喜欢我的父母，他们从来都不知道怎么样做合格的父母。我小时候过得并没有你看上去那么好，我的整个童年很糟糕。我没有自己的爱好，没有自己的感情，他们不允许我有。我练射箭是因为我爸我姑姑他们都是射箭运动员，这是他们的荣耀，我要继承。"周至声音低沉，"我真正喜欢上射箭是你陪我练的那段时间，那时候年纪小不太懂这样的感情。我只知道你是我的方向，那是我第一次产生独立自主的渴望。"

许一抬头看他。

周至修长的手指掀起她的头发，温和的暖风穿过他的手，落到许一的皮肤上。

"我曾经想过放弃射箭，在我十九岁的时候，我彻底脱离了我妈的管制，打算放纵自己堕落。我们重逢了，你拉了我一把，你没有变，还是我的渴望。

"后来就是你看到的这个样子，我因为你又走上了赛场。你比我优秀，你比我坚强，你比我强大很多。我没有你想象的那么好，我是一个普通得不能再普通的人——"

你愿意接受这样的人，跟你过一生吗？

"不是，你非常好。"许一打断了周至的话，转身半跪在沙发上，按着他的腿，"真的，你不是普通人，你是周至。太阳会注意到自己是太阳吗？你在我这里，是太阳般的存在。"

周至对上许一炽热的眼，关掉了吹风机。

"以后我们在一起，我可以保护你。"许一说，"我有能力。"

周至没说话，只是看着她。

许一觉得自己说得有点多了，脸上滚烫，想从沙发上下去。她动了下腿，周至握住她的手腕，把她拉到怀里。他的喉结动了下，嗓音很沉："别动，我有些话想跟你说。"

他的目光太认真了，许一有些紧张："什么？"

"许一，我可能会在年底宣布退役，去读书。毕业后，我会开体育相关的公司。我名下有两套房，B市一套，H市一套，其他的现在没有确定下来，先不算吧。还有两辆车，在地下车库停着。之前保险广告费还有这次的奖金商务什么的加一块有一千万左右，这是我个人的东西，我独立拥有，我可以自由支配。"

许一眨眨眼，什么意思？

"我跟我的父母会做一个切割，我会独立生活，我不会让他们把手插到我的世界里来，我有能力保护我的生活不被打扰。"

然后呢？许一的心怦怦跳。

周至想回去把西装换上，对上许一清凌凌的眼，他把自己又按到了原地，说道："我的一切你都看到了，关于我，你还有什么想问的吗？"

许一的大脑一片空白，周至太快了，他做事雷厉风行。

她总是跟不上他的节奏。

许一摇头。

"我一直想有个家，我们的家，我会尽全力保护这个家。我也会让自己变得越来越好，跟上你的脚步。我想从法律上建立我们的关系，把我们绑在一起。"

"周至？"

"比赛结束时，我跟你说的话。"周至攥着裤兜里的戒指，"还记得吧？"

　　"交换金牌？"许一立刻站起来，"我的纪念金章在行李箱里，我拿出来给你。"

　　"不是，交换金牌的附加条件，交换戒指。"周至拉住许一的手，摊开了手心，一枚晶莹的钻石戒指躺在他的手心里，他攥太久了，手心被硌得发红。

　　他仰视着许一："许一，你愿意跟我结婚吗？"

　　周至拿冠军都没有此刻紧张，许一站在面前，迟迟没有回应。

　　"许一？"他听到自己的心跳，很响，"不愿意吗？"

　　下一刻，许一扑到了他的怀里，潮热的唇蹭过他的脖子，落到他的脸颊上。他听到许一的声音——

　　"愿意。"

/英年早婚/

　　钻石戒指带着周至的体温，套到了许一的右手无名指上，尺寸恰好，严丝合缝地贴着肌肤，存在感极强，像是一种束缚，又像是永久的契约。

　　许一心跳如擂鼓，轰隆隆地响着，响得她再也听不到其他的声响。只有眼前这枚戒指上的钻石在闪耀，随着窗外阳光斜进客厅，流光溢彩。

　　"我还没有拿金牌给你。"许一脑子木木的，抬头撞入周至深邃的黑眸中，那里仿佛有旋涡，她陷了进去，半晌才从嗓子深处发出声音，"我拿给你？"

　　周至忽地就笑了起来，纤长稠密的睫毛覆在眼上，俯身亲上许一的唇，高挺的鼻梁碰触到许一的肌肤："不急。"

　　许一在周至的吻和钻戒之间应接不暇，她喜欢这枚戒指，她对于周至的吻更是无法把持。

　　手机铃声不合时宜地在卧室响了起来，这个吻浅停在唇上。

　　四目相对，许一在轰隆隆的心跳声中找到残留的理智，开口说道："好像是我的手机。"

说话间，她碰到了他的唇，有薄荷的甜。他们的呼吸交缠，周至侧了下头，高挺鼻梁划过许一的肌肤，很痒。

"嗯。"

许一的手机铃声和周至的不一样，很容易辨认。

"要接吗？"许一快不能呼吸了，他们靠得太近，近到缠绵，"可能是我妈的电话。"

她住进了周至家，母亲应该会打电话过来询问情况。

"我去接。"周至喉结滚动，起身揉了把许一的头发，迈开长腿大步走向卧室。

面前空下来，许一跪坐在沙发上深吸一口气，理智后知后觉地回笼，捂着滚烫的脸消化刚才的疯狂。

周至太会蛊惑人了。

周至的声音在卧室响了起来，他接起了电话，叫了一声"阿姨"。

果然是母亲。许一连忙放下手把衣服整好，跳下沙发打算去取金牌纪念章。

行李箱被周至收进了主卧衣帽间，她在卧室门口被周至拦住，周至长手圈住许一的肩膀往客厅走，骨节分明的手指抵住许一的颈窝，跟电话那头的林琴说道："要让许一接电话吗？"

"也没什么事，她不方便的话不接也行。记得按时吃饭，你们都不会做饭，记得请阿姨来照顾你们一日三餐。"林琴在电话那头温声叮嘱，"小一十岁就进了体校，过的集体生活，除了训练就是训练。生活技能不足，你们在一起，得麻烦你多操心。"

许一被周至带着走，回头看卧室，声音压到只有他们两个人能听到："至哥，我去拿奖章，送你。"

周至停住脚步垂眸对上许一黑白分明的眼睛，他比许一高一些，目光微移便能看到她白皙锁骨上鲜红的吻痕。

周至嗓子一动，黑眸暗深。

他没有松手，带着许一到客厅，抱她坐到了沙发上，跟那边说话："我知道，我会照顾她，您放心。"

他一停顿，接着说道："阿姨，我想和小一结婚。"

刹那，房间以及电话那头一片寂静。

窗外的风似乎撞到了玻璃上，秋天的阳光直接炽热，晒得客厅地板反射出炽白的亮光来。

"这是一件很隆重也很严肃的事，我想我们该第一时间告诉您。"周至英俊的脸落在中午的阳光里，睫毛尖沾着一点光辉，遮住了黑眸中的情绪。他坐得很直，手指贴着许一的腰，下颌线条紧绷着。

许一心跳仿佛擂鼓，慌乱仓促又激烈。

"婚礼流程方面，我问了姑姑，她结婚早，流程可能跟现在不太一样，不太能做参考。您有什么建议或者要求吗？我会去做。"

许一猛然清醒，立刻就要去拿手机。

手被周至握住，周至转动手腕，修长的手指插入许一的指缝里，跟她十指交扣，掌心相贴，他把许一的手按到了沙发上。

他打开免提，握着电话认真地跟那边说："阿姨，彩礼方面我听您的，车子房子——"

"没有没有，不需要。"林琴终于从震惊中反应过来，"小一都有，我也有。我只是很意外，你们还年轻。这是你深思熟虑后做出的决定吗？阿至，我希望你慎重。婚姻不是恋爱，这是人生大事。"

"我爱许一，爱了很久。"周至的语气严肃，像是蓄势待发的弓箭，"阿姨，我和许一认识二十年，我有多喜欢她，我很清楚。我比她大，我考虑得更多。说的每一句话做的每一件事都是经过深思熟虑，我想要的是跟许一在一起一辈子。"

结婚的事确实有些快，他们可以谈很长时间的恋爱。

可周至迫不及待，他想昭告天下，他爱许一。他想让许一成为他合法的妻子，户口簿上的家属。让所有人知道，许一对他有多重要，他有多爱这个姑娘。

他原本没打算这么早提结婚的，他想等筹备得差不多了再通知林琴，通知所有人。可母亲的电话，打乱了他的计划，他想立刻跟许一结婚。

周至抬头静静地看着许一，看了约莫有半分钟，他往前倾，似要亲许一，却在离许一的唇只有几厘米的地方停下。

"阿姨，我很爱她，我想跟她组建家庭。我想照顾她一辈子，我希望您能同意。"他说完握紧了许一的手，目光沉下去，身体无声地紧绷。

许一的手陷在周至的手心里，那里一片炽热。她看向周至英俊的侧脸，周至个性张扬跋扈，自信狂妄，做事全凭喜好，谁都不服，谁的话都不听。

他很少说软话，也很少跟谁低过头，他做事不需要征求别人的同意，他向来任性，可此刻他紧张得连许一都看出来了。

"小一那边，"林琴半晌才开口，"是什么态度？她愿意吗？"

"我愿意。"许一没等周至回答，抢先说道，"妈，我们可能会结婚。"

那就结婚吧！许一看着面前的男人。

他是周至，他是许一爱慕了很多年的人。

青梅竹马，从一而终。

许一的一一直是周至的一。

刹那，周至黑眸深处的笑便溢开了。

他爱的人也爱着他。

"小一？"林琴似乎有些无奈，叫了许一的名字，叹一口气，"那你们有时间回来再详细商量婚期，阿至，你跟你父母那边一定要说清楚。结婚不单单是你们两个人的事，还是两个家庭的结合，方方面面都要考虑。你长大了，是成年人，一定要处理好这些事。结婚不是谈恋爱，结婚要担负成年人的责任。"

有些话林琴没有说的那么直白，可周至明白。他母亲是个麻烦，他需要正面去处理。

"好，我会办好，我不会让许一为难，不会让任何人有机会伤害许一。"周至攥紧许一的手，"阿姨，您放心。"

"你们彼此相爱，能担负起婚姻的责任，能对做出的决定负责，那我祝福你们，愿你们长长久久。"

"谢谢阿姨。"周至握住许一的手指放到唇边很轻地亲吻，"等我们忙完这段找个时间正式谈婚礼的事，您要跟许一说话吗？我把手机给她。"

周至很贴心地把公放关掉，把手机递给了许一。

许一握着手机，心脏还跳得很乱，她要跟周至结婚了，跟做梦一样。

"妈妈。"

"小一。"林琴说，"吃饭了吗？"

"等会儿吃。"许一坐在沙发上，手上一空，她抬头看去，周至起身走向客厅去拿毛巾。

她匆匆收回视线，说道："我挺好的，一切都很好，别担心。"

"跟他在一起你幸福吗？"林琴问道。

许一愣了下，才点头："嗯。"

跟周至在一起很幸福，他们青梅竹马，志同道合。识于微时，走到现在。

周至在面前，她不好意思说自己幸福到眩晕。

"真为你高兴，找到了喜欢你你也喜欢的人。我也不知道你的决定是不是正确的，人生很长变故很多，未来什么样我们都不知道。但此刻你幸福，那就去做吧。人生是你的，选择权在你手里，想要就去争取。如果未来有意外，也不用太过于懊恼后悔，你是个勇敢的小孩。敢去追求幸福，敢去追求你想要的一切。享受你现在的幸福就好，妈妈永远都支持你。"

周至拎着干净的毛巾走到沙发，看到许一的眼泪没有任何征兆地滚出了眼眶，哭得眼睛发红。

他登时皱了眉，表情沉了下去。

他给许一擦头发的手停顿，低头去看许一的眼，声音压得很低："怎么哭了？"

林阿姨说什么了？

"没事。"许一吸了下鼻子摇头，匆忙抬手去擦脸，"谢谢妈妈，我知道，我……爱你。"

周至表情并没有缓和，也没有离开，俯身与她的视线齐平，再次询问："阿——妈妈不同意？"

许一握着手机仰起头看周至。周至的表情前所未有的凝重，他的情绪又紧绷起来了，他在紧张，因为她哭了吗？

林琴在电话那头说道："那你们赶快去吃饭吧，你跟周至在一起不用太自卑，你非常优秀，你们很般配。但也不要太过于自傲，感情需要双方一起维护，好的爱情是双向奔赴。小一，愿你婚姻美满幸福，妈妈为你高兴。"

即便手机没有开外放，林琴的声音也足够清晰。

房间寂静，林琴又叮嘱了几句才挂断电话。许一握着手机的手垂到沙发上，抬头："至哥——"

周至猛地吻住了许一，吻得又深又激烈，许久才分开："我爱你，许一。"

炽热的吻像是夏天的风，穿过楼宇、高大的树木，与盛开的繁花缠绵相拥。

热烈如斯。

周至跟许一一起长大，他的喜欢来自许一，他的欲望也来自许一。

他喜欢许一是本能，刻在 DNA 里，流淌在血液之中。

世界之大，他在意的人也只有许一一个而已。

他们在沙发上亲了很久，外卖到来的门铃声让他们结束了这场激烈的热吻。周至起身去拿外卖，许一靠在沙发上，快晕过去了，她的身体发软，仿佛踩在云上，飘得不知所以。

不多时，周至把餐盒放到餐桌上，嗓音带着笑："我抱你过来吃饭？"

她一个在役运动员，怎么能被抱去吃饭？她的面子往哪儿搁？

许一揉了把脸装作见过大风大浪的样子扎起半干的头发，走到餐厅拉开了椅子端正地坐下。周至拆开餐盒看了许一一眼，眼尾的笑意更深。

许一被他笑得脸红，接过筷子拆开包装，说道："其实我也会做饭，基本的生活技能还是有的。我没我妈说的那么无能，以后我做给你吃。"

"不舍得。"周至打开煲汤，盛了一碗汤放到许一面前，"吃饭吧。"

许一没听清第一句，反应了一会儿，问道："什么？"

"舍不得。"周至在对面坐下，戴上手套剥虾，嗓音慢沉，字句清晰，"以后我会学，你不用做这些。"

许一眨眨眼，弯着眼睛笑了起来，她握着筷子笑了很长时间，直到周至把剥好的虾放到她的盘子里，她才敛起笑。

真饿了，昨晚消耗了太多体力。

"至哥，你别给我剥虾了，你自己吃。"许一喝了半碗汤补充体力，

288

拿筷子夹虾，筷子头碰到了戒指。她第一次戴戒指，还戴在右手无名指上，做事很不方便，有种束缚的别扭，但戒指又很好看，她忍不住看手指上的戒指，"下午我们要做什么？"

"你想做什么？"周至慢条斯理地剥虾，蘸了料汁伸到许一面前，径直喂到她嘴边，"跟秦川约了晚上吃饭，下午没有安排，我们想做什么都可以。"

周至的手指很漂亮，指骨很长，骨关节清晰。许一咬走虾的时候，唇几乎碰到了他的指尖。

"这个。"许一咬着虾，说话字句还不是很清晰，举起右手露出戒指，"什么牌子？H市有吗？"

周至摘下手套取了一双筷子，思索片刻才抬眸看来："怎么，不喜欢这枚戒指？"

"不是。"许一咽下虾，她非常喜欢这枚戒指，说道，"H市有吗？"

"有，但这一款没有。"周至送许一的戒指是定制款，他的许一是独一无二，他送给许一的戒指也应该是独一无二。

周至吃着饭，表情微沉，若有所思，语调也散漫："你想换？"

许一摇头："我想买个送你。"

周至看向许一，许一夹了一棵青菜放到碗里，说道："金牌纪念章我也送你，我再送你一枚戒指吧。"

许一有些不好意思，耳朵红得厉害，但还是把后面的话说出口："戒指应该成对吧，在一起的是你我，对吧？"

"对，是要成对。"周至俊眉扬起，嗓音里也浸了笑意，"吃完饭我们去买。"

两个人说干就干，吃完饭就直奔最近的商场。

戒指买得还算快，男款戒指可选的不多，许一挨个在周至的手上试了一遍，选了一款铂金指环。

"需要刻字服务吗？"服务人员问。

许一握着周至的手指还在欣赏那枚戒指，周至的手指好看，戴什么戒指都赏心悦目。闻言，她看了过去。有口罩遮着，许一大胆得多："怎么刻？"

"你们可以在戒指上刻下对方的名字。"服务人员是个年轻的女人，笑起来温柔好看，"需要的话，我可以为你们安排。"

"至哥，要刻字吗？"许一拉了下脸上的口罩，看向周至。

周至倚靠在展示柜边上看门外探头探脑的记者，长腿懒散地敞着，闻言转头看向许一说道："刻吧。"

"刻你我的名字吗？"许一说，"那我的要刻吗？"

"你的刻过了。"周至直起身，但手还放在许一的手边，任由她牵着，"你的上面刻了我的名字，这个刻你的名字吧。"

许一倒是不知道戒指上暗藏玄机，连忙收回手去看自己的戒指，说道："刻在哪里？"

"内侧。"周至听到快门的声音，再次回头，拍摄的人往后退去，他眯了下眼，道，"刻着至哥爱你。"

服务人员笑出了声，眼前这一对情侣尽管戴着口罩也能看出来颜值极高，明星似的，且出手大方，买的是最贵的款。服务人员对他们的印象很好，年轻小孩的情话真挚直白，听着十分可爱："你男朋友很爱你。"

许一脸上通红，不知道该说什么，只是摘下戒指斜着对灯光去看内侧的字，只有两个字母：ZY。

周至和许一的名字缩写。

"谢谢，不过很快就不是男朋友了，我们要结婚了。"周至长手越过许一的肩膀揽着她，接过服务人员递来的纸笔，填写资料，"刻unique 吧，唯一。"

一语双关，唯一的你，唯有许一。

许一倏然转头看周至，头顶擦过他的下颌，她整个人陷在周至的怀里，周围是他干净的气息，温热的呼吸就在头顶，她的世界里全是周至。

"要结婚了？恭喜。"服务人员挺意外这么年轻的情侣居然是买婚戒，感慨之后拿到周至填好的资料，说道，"戒指要放在这里，制作时间大概要一周，刻好后我们会通知您来取。"

"好。"周至从裤兜里摸出手机，并没有摘戒指，戴着戒指的手握住了许一的右手，另一只手绕过许一把戒指给她戴回去。许一想知道他要干什么，仰头还没有问出口，周至就亲到了她的额头上。

两只手紧握，戒指并排在一起。他拍了一张照片，摘下戒指还给工作人员，跟许一说道："等会儿发个微博。"

周至和许一在赛场上官宣，接受采访默认情侣，可他们始终没有发微博正式回应过。

　　周至的微博粉丝数量庞大，人多口杂，什么言论都有，尽管大部分网友都很喜欢他们在一起，可总有一些人喜欢干涉别人的人生，言辞尖锐具有攻击性，让人不舒服。周至对这些东西还是挺在意，许一以为他不会再发微博了。

　　走出珠宝店，周至还牵着她的手，两个人顺着电梯上楼。周至一边走一边打开了修图软件，把两个人的牵手照片加了一层粉色的滤镜。

　　"真发微博？"许一环视四周，斜对面好像有个人拿手机在拍她，"我们现在干什么去？"

　　"买衣服。"周至还在专心修照片，换了个滤镜，"情侣装。"

　　周至想得很周到。

　　许一玩着他的手指，心情非常好："好啊。"

　　他们走下电梯，周至把手机装进裤兜，带着她进了一家女装店，他想给许一买衣服，许一的衣服太少了。

　　逛了几家店，周至给许一挑了一条裙子，两个人拎着购物袋往外走的时候再次撞到了跟拍的那个人。

　　这回，许一十分确定他是在跟拍，立刻拉上兜帽遮住了头发："至哥，他在拍我们，是认出来了吗？"

　　"嗯。"周至拉下许一的兜帽，让她乌黑的头发散下来，坦坦荡荡地揽住许一的肩膀，大步往前走，"我知道，我们挑戒指的时候他就在拍。随他去吧，我们不用挡，我们确实在一起，还要结婚生孩子呢。绑定一生，从一而终。"

　　他们要一直在一起。

　　下午四点，"射箭冠军周至许一挑选戒指疑似婚期将至"上了热搜，双冠恋情最近备受关注，热度很高，热搜位置攀爬很快，短短一段时间便爬到了前十的位置。

　　——许一和周至谈恋爱非常甜，青梅竹马双强组合在一起好看又好嗑。可结婚是不是太冲动了？许一和周至都还很年轻。

　　粉丝和营销号撕得轰轰烈烈。

下午四点半，许久没有发微博的周至发了一张照片。一大一小两只手握在一起，两枚戒指闪烁着光辉。

周至配文：【求婚成功，我爱你。@许一】

冠军CP真的"英年早婚"。

番外 二

/ 与之同行 /

　　许一在 H 市待了三天，甚至没等到周至拿到属于他的那枚刻了唯一的戒指，便被队内宣传给拎走了。

　　刚夺冠他们的人气都处于高峰，价值最高的时刻，商务有很多。许一的商务是队内负责，队里捧她，她得服从队内安排。

　　她以为自己和周至同属射箭队运动员，类型一致，即便不在同一个宣传公司，商务重叠也会很多，见面的机会应该不会太少。

　　他们还是会在一起。

　　但事实证明，她想得有点多，她和周至只有一个综艺同组，一个双人代言广告同录，之后再没有重叠的商务了。

　　结束商务，许一来不及跟周至见面便跟队伍去了 A 市集训，迎接明年四月的比赛。这场训练周至不来，他因为伤病可能会在今年退役，他拿到了世界冠军，这是最好的退役时刻，他在荣光里体面退场。

　　他不参加这次集训，也不会参加四月的比赛。可能，以后的训练他再也不会参与了。

　　事业上，他们要分开了，他们要各自长大面对自己的事业。

训练基地信号不太好，许一和周至的联系断断续续。一开始，每次通话是一两个小时，后来就越来越短。彻底进入冬天后，周至很少跟她打电话，只是发信息。

许一生日前一天队内组织了一场排名赛，她的状态很不好，一整天只射了一支十环，全天排名在第六。这是她进国家队以来，成绩最差的一次。

她很早前就学会了在赛场上怎么让自己进入平静，屏蔽掉一切外在因素集中注意力进入状态，可她今天没有做到。

结束训练，周玉过来递给她一瓶水："怎么回事？"

"对不起教练。"许一接过水攥在手心，低着头看地面，没脸看周玉，另一只手紧紧地攥着弓身，"我状态不好，我会尽快调整。"

周玉抬手揉了把许一的发顶，说道："去吃饭吧，别给自己太大的压力，也别太担心，不是什么大事。阿至现在长大了，他做事稳妥成熟，不是以前的毛头小子，横冲直撞。放心吧，他会处理好一切，别想太多。"

许一抬眼看周玉，耳根瞬间滚烫，被戳穿了心思。

她的状态确实跟周至的离开有关系，但这种事需要她自己去调整，周至要做什么？

周至能做什么？

她和周至都是独立的个体，他们各自都有事业。她应该更成熟更独立，才不会拖周至的后腿，他们的关系才能长久。

"跟他没关系，是我的问题。"许一解释到一半拐了个弯，"谢谢教练，我会尽快调整好自己。"

周玉笑了一会儿，收回手站直插兜看着许一，说道："给他点时间。"

不是，许一没明白自己状态不好，为什么要给周至一点时间？周玉的意思是说给他们彼此一点适应的时间吧？

许一需要从周至的陪伴中走出来，需要独立地上赛场，面对未来的一切。

周至不能再时时刻刻陪在她身边了，他们在事业上走到了分岔路口，该分开了。

"嗯。"许一点头，"我会尽快调整。"

"去吃饭吧，别想着训练了，有心事的时候训练并不会有太好的结果，相反可能会影响自信心以及你对自己的判断。吃完饭，也许天就晴了，相信我。"

许一看窗外已经开始飘的雪花和呼啸的北风，天气预报显示未来一周有雪，这天有晴的希望？

"好。"

周玉先离开，许一在训练场站了很久，她收起弓箭装进背包。明天要离开这里了，他们得回 B 市准备参赛资料。

一整天射出一个十环，如果四月的比赛她依旧这个状态，她离退役也不远了。

她背起弓包，把外套的拉链拉到了下巴处，转头看了眼巨大落地窗外被风卷起的雪花。

她拿出手机关掉飞行模式，手机上跳出两个新闻推送，却没有新的消息。往日，周至都会发信息给她，信息是个无论什么时候打开手机，都能收到的通信工具。

他昨晚发信息说今天有个很重要的活动，大概是在参加活动。许一一边走一边刷新闻，周至又上了热搜，有人爆料周至没有参加射箭队的集训疑似要退役。

信号不太好，新闻刷得断断续续。

许一打开周至的微博，他的最新一条微博依旧是那个钻戒的照片。评论好几万，热度很高。

他最近商务虽然很多，但始终没有用这个微博宣传，没有压到他们的官宣微博上。

许一翻看了会儿，打算退出的时候扫到他微博上的 IP 属地：A 市。

许一立刻点开周至的微博资料详细地看，确实定位 A 市。他可能在什么地方发了评论，微博的定位跟着他改了。

许一看着 IP 属地愣住了，周至在 A 市？他来 A 市干什么？

信号再次断掉，许一握着手机皱眉拉开训练场的大门。寒风呼啸而至，夹杂着雪花如同刀子割到肌肤上，有些刺痛，她连忙拉起衣领，把脖子缩进厚厚的外套里。

"许一。"一道清冽男音响了起来，在寒风里清晰，"这里。"

许一倏然抬头，便看到站在风雪中的高挑男人，他穿黑色长款羽绒服，戴着口罩帽子，抱着一束红玫瑰。

训练场在山里，基地只有一盏灯亮在最高处，光线微弱。远处山脉黑得浓重，头顶乌云压得很低。风卷着雪花飞舞，呼啸而至。

他手里的玫瑰明艳动人，像是夏日焰火，炽热地燃烧着。他露出来的眼深邃，眉眼英挺。

目光对上，他长而密的睫毛动了下，随即眼睛弯下，嗓音里浸着笑意："想我了吗？"

想，每天都在想他，想得心脏都有点疼。

许一的大脑一片空白，回过神的时候她已经冲过去撞到了周至的怀里，紧紧地抱着他。

"这么想我？"周至及时把花挪开，腾出位置拥抱许一，他拉下口罩低头亲在许一的耳朵上，"很高兴？"

远处起哄声响彻，嗷嗷的。许一后知后觉地发现射箭队的人都在围观，到处都是人。

周至还没有退役，依旧是队长。队长来接小师妹，场面煞是好看。

"至哥。"许一攥紧周至的羽绒服，嗓子动了下，有些哑，"你怎么来了？"

"我很想你，便来了。害羞了？"周至把她整个抱进怀里，抬手用花挡住许一的脸。

许一简直想钻进周至的羽绒服里，与他融为一体。她仰起头，隔着厚厚的羽绒服碰到周至的脖子，低声说："我也很想你。"

周至低头，高挺鼻梁碰到许一的脸颊，他侧了下头，唇印到许一的唇上。

队友发出尖叫。

许一也想尖叫，鼻息间全是玫瑰的香气，周至带着一身玫瑰香来到了她的世界。

她仰起头迎接了周至的吻。

周至过来给射箭队带了一份大餐，随他而来的还有一大包的糖果。许一吃晚饭的时候，周至给基地上下每个人发了一份喜糖，连看门的大爷都没有漏掉。

许一心情好，晚饭吃得也很愉快。她吃完饭，周至风尘仆仆地从外面回来坐到了她面前。许一看到他心情就变好了，弯着眼睛喝饭后酸奶。

"走吗？"周至摘掉手套把手递到许一面前，"小师妹。"

"去哪里？"他的无名指上戴着戒指，灯光下闪烁着光辉，许一抿了下唇，咽下最后一口酸奶，把手放到了周至的手心，"至哥。"

"回去领证。"周至收拢手指，注视着许一，"集训结束，你有一周假期，我跟教练打过申请了，要先把我们的终身大事给办了。"

许一停住动作，直直地看着他。

"这段时间忙死了，筹备我们的订婚仪式，应付我爸妈，转教练申请，每一样都需要时间。"周至把许一的手指送到唇边亲了下，"婚礼放到今年6月6号怎么样？4月你比赛结束，5月我们拍婚纱照，6月办婚礼。"

许一整个人愣住。

"我是打算退役了，但我不想离开赛场，离开这个地方。"也不想离开许一太久，许一经常会集训，像这次。一待就是一个月，山里信号不好，温度又低。周至不舍得许一挨冻，他们两个许久才通一次电话。这个体验并不好，周至很不爽。

周至握紧许一的手，目光沉下去，郑重说道："许一，我想留下来做教练。"

射箭是许一的信仰，也是周至的信仰。

他们有着相同的信仰，相同的梦想，相同的热爱。许一打算用一生去守护信仰，周至陪她一起。

"这片战场，我们并肩而行。"

零点，周至带许一到了车前。后备厢打开，无数气球飘了起来，玫瑰在星星点点的灯中，生日蛋糕放在中间。

大雪沸沸扬扬而下，天地一片雪白。

远处有人放烟花，烟花飞上天空绽放开来，绚烂夺目。

周至点燃了蜡烛，抱着蛋糕站在许一面前，挡着风雪，以免蜡烛被风吹灭。他笑着看许一："恭喜你，长大了一岁。过了这个生日，我们都有了新的身份。未来，多多指教。"

许一笑得眼睛潮湿，忽然就明白了周玉说的那些话，周玉说的"天晴"原来是指周至。

许一闭上眼抬手到胸口双手合十，虔诚地许了个生日愿望。

他们凌晨离开了基地，周至开车载着许一奔向了回家的方向。

前路漫长，充满了意外，没有人知道明天是暴雪还是晴天。

她有周至同行，风雪不惧。

周至是爱人亦是知己。